KB163262

# 채털리 부인의 연인 1

**Lady Chatterley's Lover**

세계문학전집 85

# 채털리 부인의 연인 1

**Lady Chatterley's Lover**

**D. H. 로렌스**
이인규 옮김

민음사

# 차례

제1장    7

제2장    25

제3장    41

제4장    65

제5장    88

제6장    120

제7장    150

제8장    184

제9장    212

제10장    242

제11장    325

## 2권 차례

제12장    7

제13장    39

제14장    78

제15장    119

제16장    156

제17장    207
제18장    251
제19장    289


작품 해설   323
작가 연보   344

일러두기

소설 속에서 소리 나는 대로 적힌 문장은 영국 중부 지방 사투리이다.

# 제1장

우리 시대는 본질적으로 비극적이다. 그래서 우리는 이 시대를 비극적으로 받아들이려 하지 않는다. 큰 격변이 일어났고 우리는 폐허 가운데 서 있다. 우리는 자그마한 보금자리를 새로 짓고 자그마한 희망을 새로 품기 시작하고 있다. 이것은 좀 어려운 일이다. 미래로 나아가는 순탄한 길이 이제는 전혀 없기 때문이다. 하지만 우리는 장애물을 돌아가든지 기어 넘어가든지 한다. 아무리 하늘이 무너진다 해도 살아나가야 하는 것이다.

이것이 콘스턴스 채털리가 놓인 대략적인 처지였다. 전쟁으로 인해 그녀는 머리 위로 천장이 무너져 내리는 듯한 경험을 했다. 그리고 사람이란 살면서 겪고 알아가야 한다는 것을 깨달았다.

그녀는 클리퍼드 채털리와 1917년에 결혼했는데, 그가 휴가를 받아 한 달간 집에 돌아와 있을 때였다. 그들은 한 달 동안 신혼 생활을 했다. 그런 다음 클리퍼드는 플랜더스[1]로 돌아갔다. 그러고는 여섯 달 뒤에 다시 영국으로 후송되어 왔는데, 부상으로 몸이 바스러지다시피 한 상태였다. 그때 아내 콘스턴스는 스물세 살, 그는 스물아홉 살이었다.

삶을 향한 클리퍼드의 의지는 놀라웠다. 그는 죽지 않았고, 바스러진 몸은 다시 아물어가는 듯했다. 이 년 동안 그는 의사의 치료를 받았다. 그런 뒤 그는 치유되었다는 선고를 듣고 다시 일상생활로 돌아갈 수 있었는데, 다만 허리 아래 하반신은 영원히 마비되었다.

이것이 1920년의 일이었다. 클리퍼드와 콘스턴스는 클리퍼드의 고향, 즉 집안 대대로 살아온 곳인 라그비 저택으로 돌아왔다. 그사이에 그의 아버지가 세상을 떠나 클리퍼드는 이제 준남작[2]으로 클리퍼드 경(卿)이 되었고, 콘스턴스는 채털리 부인이 되었다. 그들은 다소 외떨어진 채털리 가문의 저택에서 그리 넉넉하지 못한 수입으로 살림을 꾸려나가며 결혼 생활을 시작했다. 클리퍼드에겐 누나가 하나 있었지만 출가한 지 오래였다. 그 밖에는 가까운 혈육이 아무도 없었다. 그의 형은 전사했다. 영원히 불구가 되

---

1) 현재의 벨기에 서부, 네덜란드 남부, 프랑스 북부를 포함하며 북해에 면하는 지방. 1차 세계대전 때 영국과 벨기에가 이곳을 지켰다.
2) 영국의 귀족 계급에서 남작 다음의 작위로서 세습된다. 경(Sir)이라는 칭호를 이름에 붙여 호칭하며 그의 아내는 부인(Lady)이라는 칭호를 남편의 성씨에 붙여 부른다.

어 결코 자식을 가질 수 없다는 것을 알고 있었지만, 할수 있는 데까지 채털리 가문을 지키기 위해 클리퍼드는 이곳 연기 자욱한 중부 지방의 고향으로 돌아온 것이었다.

그는 정말로 절망에 빠지지는 않았다. 휠체어로 혼자 이동할 수 있었고, 소형 모터가 달린 환자용 바퀴 의자가 있어 그걸 몰고 정원을 천천히 돌아다닐 수도 있었으며 우울한 기분이 감도는 근사한 저택 영지의 임원(林苑)으로 갈수도 있었다. 그는 이 임원을 아주 자랑스럽게 여겼지만, 겉으로는 별것 아닌 체했다.

너무나 심한 고통을 겪었기 때문에 그는 고통을 느끼는 감각이 어느 정도 없어졌다. 그는 늘 새롭고 생기 있는 모습을 하고 있었으며, 혈색 좋고 건강해 보이는 얼굴에 도전적인 연푸른 색 눈을 밝게 반짝이고 있는 모습은 거의 쾌활하다고 할 정도였다. 어깨는 건장하게 떡 벌어졌고 손은 아주 억셌다. 그는 옷차림에 돈을 많이 들였으며 본드가(街)[3]에서 구입한 멋진 넥타이를 맸다. 하지만 얼굴에는 불구자 특유의 경계하는 듯한 시선과 어딘가 허전한 듯한 표정이 엿보였다.

거의 생명을 잃을 뻔한 지경까지 갔던지라, 되찾은 생명의 나머지 부분은 그에게 너무나도 소중하였다. 불안한 듯 반짝이는 그의 눈빛에는 그 엄청난 타격을 받고서도 살아 남았다는 사실을 그가 얼마나 자랑스러워 하는지가 역력하게 드러났다. 그러나 워낙 심하게 다쳤던 탓에 그의 내면

---

3) 런던의 고급 상점가.

의 무엇인가는 무너져 없어졌으며 그의 감정도 어딘가 죽어 사라지고 말았다. 무감각의 공허가 깃들어 있는 것이었다.

그의 아내 콘스턴스는 혈색 좋고 시골 분위기가 나는 여자로 부드러운 갈색 머리칼에 몸이 튼튼했으며, 동작이 느린 듯했지만 발산되지 못한 활력을 가득 머금고 있었다. 커다랗고 파란 두 눈은 놀란 듯했고 목소리는 부드럽고 상냥하여, 고향의 시골 마을에서 갓 올라온 사람처럼 보였다.

하지만 사실은 전혀 그렇지 않았다. 그녀의 아버지는 한때 유명했던 왕립 미술원 회원인 노(老) 맬컴 리드 경이었다. 그녀의 어머니는 라파엘 전파(前派)[4]의 색채를 띠던 전성기 페이비언 협회[5]의 교양 있는 회원이었다. 예술가들과 교양 있는 사회주의자들 사이에서 콘스턴스와 그녀의 언니 힐더는, 말하자면 미적 측면에서 인습에 얽매이지 않는 교육을 받으며 자랐다. 그들은 부모를 따라 파리와 피렌체, 로마 등지를 다니면서 예술의 숨결을 들이마셨으며, 다른 한편으로는 헤이그와 베를린에 따라가서, 사람들이 온갖 세련된 언어로 연설을 하고 그 누구도 당황하는 법이 없는 사회주의자 총집회에 참석하기도 했다.

따라서 두 자매는 어릴 적부터 예술이나 이상적인 정치

---

4) 라파엘로 이전의 이탈리아 화가들의 사실적이고 자연스러운 화풍을 되살리자고 주창하며 1848년 영국의 화가들이 결성한 개혁적인 문예 유파.

5) 1883년 영국에서 지식인들이 주도하여 창립한 점진적 사회주의자 단체.

사상 등에 대해 조금도 위압감을 느끼지 않았다. 그러한 것들은 그들에게 지극히 자연스러웠다. 그들은 세계 시민인 동시에 지방민으로, 예술의 세계주의적 지방성이 순수한 사회적 이상과 결합하여 그들 안에 내재되어 있었다.

열다섯 살 때 그들은 드레스덴[6]에 보내져 음악을 비롯하여 여러 가지를 배웠다. 그곳 생활은 즐거웠다. 그들은 학생들과 어울리며 자유롭게 생활했고, 철학과 사회학과 예술의 여러 문제들에 대해 남자들과 토론했으며, 남자들에게 조금도 뒤지지 않았다. 아니 여자였기 때문에 오히려 더 나았다. 그들은 기타를 멘 건장한 청년들과 어울려 숲속을 돌아다녔는데, 기타 소리를 팅! 팅! 신나게 울려대었고, 반더포겔[7] 노래를 부르면서 한껏 자유를 누렸다. 자유! 그것은 존귀한 화두였다. 탁 트인 야외로, 아침의 숲속으로 나가 혈기 충만하고 목청 훌륭한 젊은이들과 어울려 마음대로 행동하는 자유, 그리고 무엇보다도 마음대로 말할 수 있는 자유. 이때 그들에게 진정 가장 중요했던 것은 함께 나누는 이야기, 즉 열정적으로 주고받는 이야기였다. 사랑은 그저 소소한 부산물에 지나지 않았다.

힐더와 콘스턴스는 둘 다 열여덟 살이 되기 전에 이미 시험 삼아 연애를 해본 경험이 있었다. 그들과 그토록 정열적으로 이야기를 나누고 함께 힘차게 노래를 부르거나 나무 밑에서 정말 자유롭게 같이 야영하며 지냈던 청년들

6) 1차 세계대전이 일어나기 전에 영국인 음악가들이 많이 유학하던 독일의 도시.
7) 1901년에 창립된 독일의 청년 도보 여행 장려회.

은 당연히 사랑의 결합을 원했다. 두 처녀는 망설였다. 하지만 당시 그 문제에 대한 이야기가 아주 많았고 사람들은 그런 결합을 아주 중요하게 여겼다. 게다가 남자들은 아주 겸손한 태도로 간절히 원했다. 처녀가 여왕처럼 굴면서 동시에 자신을 선물로 주지 못할 이유가 어디 있단 말인가?

그리하여 두 자매는 각각 가장 민감한 문제까지 속 깊은 토론을 나누었던 청년들에게 자신을 선물로 주었다. 토론이나 논쟁 등은 정말 신나고 근사한 것이었지만 성행위나 육체의 결합은 그저 일종의 원시적 퇴행으로 김빠지는 짓에 불과했다. 관계를 가진 뒤 상대 남자에 대한 그들의 사랑은 식었고 그 사람을 미워하는 마음까지 좀 들었는데, 마치 사생활의 비밀과 내적 자유를 침범당하기라도 한 것 같았다. 그것은 물론, 젊은 아가씨의 인생에 있어서 모든 존엄성과 의미는 바로 절대적이고 완벽하며 순수하고 고귀한 자유의 성취에 있기 때문이었다. 젊은 아가씨의 인생이 그 밖에 무슨 의미가 있겠는가? 낡고 지저분한 관계나 예속 따위를 벗어던지는 것 말고는.

아무리 감상적 차원에서 좋게 생각하려 해도, 이 성관계 문제는 세상에서 가장 오래되고 가장 지저분한 관계이자 예속 중 하나였다. 이것을 찬미한 시인들은 대부분 남자였다. 여자들은 항상 뭔가 더 나은 것, 뭔가 더 고귀한 것이 있다는 것을 알고 있었다. 특히 지금은 어느 때보다도 더 명확하게 그 점을 잘 알고 있었다. 한 여자의 아름답고 순수한 자유는 그 어떤 성관계의 사랑보다도 한없이 더 훌륭한 것이었다. 다만 불행한 것은 이 문제에 있어 남자들이 여자들에 비해 너무나 멀리 뒤처져 있다는 사실이었다. 남자들은 마치 개처럼 성관계에만 집착했다.

그리고 여자는 이에 따라야만 했다. 남자란 욕구로 가득 찬 어린아이와도 같았다. 여자는 그가 원하는 것을 주지 않으면 안 되었다. 그렇지 않으면 그는 아이처럼 심술 사나워져 골을 내고 날뛰면서 이제껏 아주 유쾌했던 관계를 엉망으로 만들어버리기 십상이었다. 그러나 남자의 욕구에 굴복할 때 여자는 자기 내면의 자유로운 자아를 내주지 않고 지킬 수가 있었다. 바로 이 점을 성에 대해서 노래하거나 이야기하는 사람들은 제대로 고려하지 못한 것처럼 보였다. 여자는 자신을 진짜로 내주지 않고도 남자를 받아들일 수 있었다. 분명 여자는 자신을 남자의 지배하에 떨어뜨리는 일 없이도 남자를 받아들일 수 있었다. 아니, 여자는 오히려 이 성관계를 이용하여 남자를 지배할 수 있었다. 왜냐하면 여자는 성교할 때 그저 자신을 가만히 다잡고 있으면서, 자기는 절정에 오르지 않고 남자로 하여금 용을 쓰며 일을 마치도록 내버려 두기만 하면 되었기 때문이다. 그런 다음 그녀는 그 성교를 좀 더 길게 끌면서 남자를 단순한 도구로 삼아 자신의 오르가즘과 절정을 이룰 수 있는 것이다.

두 자매 모두 연애 경험을 했을 무렵 전쟁이 났고, 그들은 서둘러 귀국했다. 두 사람 다 상대 남자와 먼저 말로써 아주 가까워지지 않으면, 즉 서로 이야기를 나누면서 깊은 관심이 생겨나지 않으면 결코 사랑에 빠지는 일이 없었다. 놀랍고 심오하며 믿기 어려운 짜릿한 쾌감 같은 것이, 정말 똑똑한 젊은이와 몇 달 동안 날마다 말을 이어가며 몇 시간이고 열정적으로 이야기를 나누다 보면 생겨났다—이것은 그들이 실제로 겪어보기 전까지는 전혀 깨닫지 못했던 사실이었다. "그대에게 이야기를 나눌 남자들을 주리라!" 이것은 이제까지 들어본 적 없는 천국의 약속이었다. 그것이 어떤 약속인지 그들이 알아차리기 전에 이미 그것은 성취되어 있었다.

그리고 이처럼 생기 넘치고 영혼을 일깨우는 토론으로 친밀감이 고양된 끝에 성관계가 어느 정도 불가피하게 되면, 그때는 하는 수 없었다. 그것은 한 단원의 마감을 표시하는 것이었다. 또한 나름의 짜릿한 쾌감도 있었는데, 몸 안에서 묘하게 떨리는 전율과 자기를 주장하는 마지막 경련은 자극적이었고, 마지막 한마디 말과도 같았으며, 한 문단의 끝과 주제 전개의 일단락을 나타내려고 집어넣은 별표의 행렬과도 같았다.

1913년 여름휴가를 보내러 집에 돌아왔을 때 힐더는 스무 살, 코니[8]가 열여덟 살이었다. 그들의 아버지는 딸들에게 연애 경험이 있다는 것을 분명하게 알아볼 수 있었다. 누군가 말하듯 '사랑은 그곳으로 지나갔네.(L'amour avait passé par là.)'였다. 그러나 맬컴 경 자신도 경험 많은 사람이었던 터라 되어가는 대로 딸들의 인생을 내버려 두었다. 그들의 어머니로 말하자면, 목숨이 몇 개월 남지 않은 신경질적인 환자였는데, 그녀는 오직 딸들이 '자유'롭고 '자

---

8) 콘스턴스의 애칭.

기 능력을 온전히 발휘하기'만을 바랐다. 그녀 자신은 한 번도 완전한 자신이 될 수 없었다. 그녀에겐 허용되지 않는 일이었다. 이유가 무엇인지는 아무도 몰랐는데, 왜냐하면 그녀에게는 자신의 수입이 있었고 자기 하고 싶은 대로 하며 살 수도 있었기 때문이다. 그녀는 남편 탓을 하였다. 그러나 사실은 자신의 마음 또는 영혼에 오래전에 찍힌 어떤 권위의 낙인을 그녀가 떨쳐버릴 수 없었던 탓이었다. 그것은 맬컴 경과 아무 상관이 없는 것이었으니, 그는 자신의 방식대로 살아가면서 아내의 일일랑은 정신적인 성향이 강하고 신경질적으로 적대감을 드러내는 그녀가 마음대로 처리하도록 내버려 두었기 때문이다.

그렇게 해서 두 딸들은 '자유'로웠고, 다시 음악과 대학과 사랑하는 청년들이 있는 드레스덴으로 돌아갔다. 그들은 각자의 남자를 사랑했고, 그 남자들도 각자 정신적인 매력에 사로잡혀 온갖 정열을 쏟아 그녀들을 사랑했다. 이 두 젊은이가 생각하고 표현하고 글로 쓴 그 모든 놀라운 것들은 전부 이 두 아가씨들을 위해 생각하고 표현하고 글로 쓴 것들이었다. 코니의 남자는 음악을 했고, 힐더의 남자는 공학을 공부했다. 그러나 두 남자는 그저 그들의 아가씨들을 위해서만 살았다. 그들의 마음과 정신적 흥분이라는 면에서 볼 때 그랬다는 뜻이다. 그들은 알아채지 못했지만, 어딘가 다른 면에서 보면 그들은 여자들한테 거부당하고 있었던 것이다.

사랑을 겪었다는 것, 즉 육체적 경험을 한 흔적은 남자들에게도 역시 분명하게 나타났다. 남자건 여자건 할 것

없이 육체적 경험을 하고 나면 아주 미묘하면서도 틀림없는 변화가 신체에 일어난다는 것은 신기한 일이다. 여자는 좀 더 활짝 피어나면서 살짝 둥그스름해지고 팔팔하게 모났던 것이 부드러워지며 표정은 수심기를 띠거나 아니면 의기양양해진다. 남자는 훨씬 차분해지고 보다 내성적으로 변하며 어깨와 엉덩이의 모양과 움직임 자체가 좀 주저하는 듯 두드러짐이 덜해진다.

몸속의 실제 성적 쾌감에 있어서 두 자매는 남성의 이상한 힘에 거의 압도되었다. 그러나 곧 그들은 정신을 차렸고 그 성적 쾌감을 하나의 감각으로 여겼으며 자유를 잃지 않았다. 반면 남자들은 성 경험에 대해 고마워하면서 자신들의 영혼을 여자에게 넘겨주었다. 그러고는 나중에 열 냥을 주고 닷 냥만 얻은 듯한 표정을 지었다. 코니의 남자는 좀 화가 난 듯했고 힐더의 남자는 좀 야유를 하는 듯했다. 그러나 남자란 그런 것이다! 고마워할 줄 모르며 결코 만족하는 법이 없다. 남자들은 받아주지 않으면 받아주지 않는다고 상대를 미워하고, 받아주면 또 뭔가 다른 이유를 대어 상대를 미워한다. 아니면 전혀 아무런 이유도 없이 미워하는데, 남자란 불만에 찬 어린아이나 다름없어서 여자가 뭘 어떻게 해주든, 무엇을 갖든 만족하지 못하기 때문이라고밖에는 달리 설명할 길이 없다.

하지만 전쟁이 일어났고 힐더와 코니는──이미 지난 5월에 어머니의 장례를 치르러 집에 다녀온 뒤였지만──다시 고향으로 급히 돌아갔다. 1914년 크리스마스가 되기 전에 그들의 독일 남자 친구들은 전사했다. 두 자매는 그들의 죽음에 대해 눈물을 흘렸고 그 젊은이들을 향해 열정적인 사랑을 느꼈다. 하지만 마음속 저 밑에서는 그들을 이미 잊고 있었다. 그 남자들은 더 이상 존재하지 않는 사람들이었다.

두 자매는——원래 어머니 소유였던——켄싱턴[9]의 아버지 집에서 살면서 케임브리지파 청년 집단과 어울렸는데, 이들은 '자유'와 플란넬[10] 바지, 목 부분이 트인 플란넬 셔츠, 세련된 감정적 무원칙, 속삭이고 중얼거리는 투의 목소리, 초 민감성 태도 등을 표방하는 집단이었다. 하지만 힐더는 갑자기 열 살이나 많은 남자와 결혼을 해버렸다. 이 남자는 케임브리지파 회원 중 나이가 많은 축으로 부유하고 정부 쪽의 안정된 일을 맡고 있는 집안 사람이었으며, 철학 평론을 쓰기도 했다. 힐더는 웨스트민스터[11]에 있는 자그마한 집에서 그와 함께 살았으며, 최상류 계급은 아니지만 나라의 진정한 지식 계급이고 또 그렇게 될 정부 관계 인사들이 모인 물 좋은 사교계를 드나들었다. 이들은 자기네가 말하고 있는 내용을 잘 알거나 아니면 잘 아는 것처럼 말하는 그런 사람들이었다.

코니는 전시(戰時)의 부역 가운데 수월한 일을 하면서 케임브리지파 사람들과 사귀었는데, 플란넬 바지를 입고 비타협적인 이들은 모든 것을 아직은 점잖게 비웃어댔다. 코니의 '친구'가 된 사람은 클리퍼드 채털리라는 사내로, 독

---

9) 런던 서부에 있는 부유한 지역.
10) 가볍고 부드러운 모직 천.
11) 국회와 정부 관청이 있는 런던의 지역.

일의 본에서 탄광 전문 기술을 공부하다가 급히 귀국한 스무 살의 젊은이였다. 그는 전에 케임브리지에서도 이 년간 공부하며 지낸 적이 있었다. 그때 그는 한 괜찮은 연대의 중위였는데, 군복 차림 덕에 모든 것을 비웃어대는 태도가 다른 사람보다 한층 더 잘 어울렸다.

클리퍼드 채털리는 코니보다 상류 계급이었다. 코니는 부유한 지식인 계급이었지만 그는 귀족이었다. 명문 대가급은 아니었지만 그래도 어엿한 귀족이었다. 그의 아버지는 준남작이었으며 어머니는 자작의 딸이었다.

그러나 클리퍼드는 코니보다 좋은 가문에 한층 더 '상류 사회 사람'이면서도 개인적 면모에 있어서는 코니보다 더 시골스럽고 소심했다. 그는 제한된 '지체 높은 세계'—즉 지주 귀족 계급의 사회—에서는 마음이 편했지만 그 밖의 다른 모든 넓은 세계, 수많은 중하류 계급의 무리와 외국인들로 이루어진 세계에 대해서는 겁을 내고 거북해했다. 사실을 말하자면, 그는 중하류 계급의 사람이나 자기와 계급이 다른 외국인에 대해 약간의 공포감 같은 것을 느꼈다. 특권 계급으로서 모든 보호를 다 받고 있음에도 불구하고 사실은 자신이 무방비 상태라는 것을 의식하고 있었고, 그로 인해 뭔가 마비되는 느낌에 사로잡히곤 했다. 이상한 일이지만 이것은 우리 시대의 한 현상이다.

따라서 콘스턴스 리드 같은 아가씨의 독특하면서 부드러운 자신감 넘치는 태도는 그를 매료시켰다. 바깥세상의 그 혼란스러움 속에서 그녀는 클리퍼드보다도 훨씬 더 자신을 잘 가누고 주체적으로 행동했다.

그렇지만 클리퍼드 역시 반란자였다. 자기 계급조차도 거역한 반란자였다. 반란자란 말은 너무 강한 표현일지도 모른다. 아니, 너무 지나치게 강한 표현이라고 해야 할 것이다. 그는 그저 인습이나 실재하는 모든 종류의 권위를 혐오하며 이에 반발하는, 당시 유행하는 젊은이들의 일반적 행태에 휩쓸린 것뿐이었다. 아버지 세대는 모두 우스꽝스러운 존재였다. 클리퍼드 자신의 완고한 아버지는 특히나 더할 나위 없었다. 정부라는 것들 역시 우스꽝스러웠다. '기다려보자'는 식의 현재 정부는 특히나 그랬다. 군대도 우스꽝스러웠다. 구닥다리 장군 놈들은 모두 똑같았고 빨간 얼굴 키치너[12]는 더할 나위 없었다. 심지어 전쟁조차도 우스꽝스러웠다. 비록 좀 많은 사람들이 죽긴 했지만.

사실 세상 모든 것이 약간 또는 굉장히 우스꽝스러웠다. 군대든 정부든 대학이든 상관없이 어디에서든 권위와 연결된 것이면 모두 어느 정도는 정말 우스꽝스러웠다. 지배계급 역시 나라를 다스리겠다고 나서서 꼴값을 떠는 한, 마찬가지로 우스꽝스러웠다. 클리퍼드의 아버지인 제프리 경은 극도로 우스꽝스러운 작태를 보였는데, 자기 소유의 산림을 베어 바치고 자기 탄광에서 장정들을 솎아내어 전쟁터에 밀어 넣고는 그 자신은 아주 안전하게 애국자 행세를 하면서 한편으로는 수입보다 많은 돈을 나라에 쏟아 붓

---

12) Horatio Herbert Kitchener(1850~1916): 영국의 장군으로, 1차 세계대전 때 국무장관이 되어 젊은이들을 참전하도록 독려했다.

고 있기도 했다.

미스 채털리——에마 채털리——는 간호사로 봉사하기 위해 고향 중부 지방에서 런던으로 나왔을 때 아버지 제프리 경의 행태와 그의 결의에 찬 애국심에 대해 완곡하지만 아주 재치 있는 농담을 했다. 장손이자 그녀의 오빠인 허버트는 참호의 버팀목용으로 베어지고 있는 나무들이 바로 자기가 상속받을 산림의 나무임에도 불구하고 한바탕 웃음을 터뜨렸다. 하지만 클리퍼드는 그저 미소만 지을 뿐 약간 불안스러워했다. 모든 것이 우스꽝스러웠고 그건 분명 사실이었다. 하지만 그런 것이 너무 가까운 데서 일어나고 자신마저 우스꽝스러운 것이 된다면 그건 좀……? 다른 계급, 즉 코니와 같은 사람들은 적어도 뭔가 진지하게 여기는 것이 있었다. 그들은 믿음을 가지고 있는 뭔가가 있었다.

그들은 영국 병사들의 문제, 징병제의 위험 그리고 아이들에게 줄 토피 캔디[13]와 설탕이 부족한 상황 등에 대해 꽤 진지하게 생각했다. 물론 이 모든 것들에 있어서 정부 당국은 우스꽝스러운 잘못을 범하고 있었다. 하지만 이것은 클리퍼드에게는 별로 심각한 사실이 못 되었다. 그가 보기에 정부 당국이란 애초 생길 때부터(ab ovo) 우스꽝스러운 것이지 토피 캔디나 영국 병사들의 문제 때문에 우스꽝스러워진 것이 아니었다.

그런데 정부 당국도 분위기가 우스꽝스러워지더니 다소 우스꽝스러운 방식으로 행동했으며, 그 결과 한동안 세상이

---

13) 설탕과 버터 등으로 만든 씹어 먹을 수 있는 캔디.

온통 미친년 널뛰기 하듯이 뒤죽박죽이 되었다. 그러다가 저쪽 건너편에서 일이 악화되고 이쪽 편에서는 로이드 조지[14]가 나서서 사태를 수습하려고 하기에 이르렀다. 이렇게 되자 이제는 우스꽝스럽다고도 못할 지경이었다. 경박한 젊은이들도 더 이상 비웃어대지 않았다.

1916년에 허버트 채털리가 사망했다. 그래서 클리퍼드가 집안의 상속자가 되었다. 이것에 대해서조차 그는 두려움을 느꼈다. 제프리 경의 아들로서 그리고 라그비의 자손으로서 자신이 지닌 중요성에 대한 의식은 워낙 타고날 때부터 박혀 있던 것이라 그것을 벗어던질 수는 없었다. 하지만 들끓고 있는 광대한 세상의 눈으로 보면 그것 역시 우스꽝스러울 뿐이라는 것을 그는 알고 있었다. 이제 그는 집안의 상속자로서 라그비를, 낡은 이 라그비를 책임져야 한다. 정말 두려운 일 아닌가! 그러면서 또한 굉장한 일 아닌가! 동시에 완전히 웃기는 일일 수도 있고.

제프리 경은 그따위 웃기는 생각을 용납할 수 없는 사람이었다. 그는 핼쑥하니 긴장된 얼굴로 자신의 생각에 깊이 사로잡힌 채 로이드 조지가 되었든 누가 되었든 어쨌거나 나라와 자신의 지위를 구하겠다는 굳은 결의를 완고히 다지고 있었다. 지나치게 세상을 등진 채 영국의 실상으로부터 너무나 단절되어 있고 또 완전히 무능한 존재가 된 그는 호레이쇼 보텀리[15]조차 훌륭하게 생각할 정도였다. 자기

---

14) Lloyd George: 1916년부터 1922년까지 재임한 자유당 출신의 영국 수상.

조상이 영국과 성(聖) 조지[16]를 지지했던 것과 같은 태도로 제프리 경은 영국과 로이드 조지를 지지했는데, 사실은 경우가 다르다는 것을 결코 깨닫지 못했다. 그리하여 제프리 경은 목재를 베어 바쳤고 로이드 조지와 영국을, 영국과 로이드 조지를 지지했다.

그리고 그는 클리퍼드가 결혼해서 상속자를 낳기를 바랐다. 클리퍼드는 자기 아버지가 구제 불능의 시대 착오자라고 느끼고 있었다. 그러나 사실 자신이 아버지보다 앞섰다고 할 구석이 어디 있단 말인가, 모든 것이 우스꽝스럽고 특히 자신의 처지가 가장 우스꽝스러움을 움찔하며 느끼고 있는 것 말고는? 싫든 좋든 그는 별 심각한 생각 없이 남작의 작위와 라그비 저택을 받아들였지 않은가.

전쟁에 대한 들뜬 흥분은 사라졌다—아니, 죽어 없어졌다. 너무나 많은 죽음과 끔찍함이 남았다. 남자들은 자신을 지탱해 주고 위로해 주는 존재가 필요했다. 그들은 안전한 세상에 내릴 닻이 필요했다. 남자들은 아내가 필요했다.

채털리 가의 자손들, 즉 두 형제와 그들의 누이는 모든 친척들을 물리치고 이상하게도 라그비에 함께 틀어박혀 고립된 채 살았었다. 가족 간의 유대는 고립감으로 인해 강화되었는데, 귀족의 작위와 토지에도 불구하고, 혹은 오히

---

15) Horatio Bottomley: 영국의 재정가이자 정론가이며 국회의원이기도 했는데 애국주의적 선동과 투기로 축재를 했고 1922년에는 사기죄로 7년 형의 유죄를 선고받았다.
16) 303년에 순교한 영국의 수호 성인.

려 그것들 때문에 자신들의 지위가 허약하고 무방비 상태에 있다는 느낌이 들었다. 그들은 자신들이 살고 있는 공업 지대인 중부 지방과도 단절된 채 살았다. 그리고 그들은 아버지 제프리 경의 성격, 즉 쉽게 우울한 생각에 빠지고 완고한 데다 폐쇄적인 성격으로 인해 같은 계급의 사람들과도 단절된 채 지냈는데, 그들은 그런 아버지를 우습게 여기면서도 다른 사람이 그에 대해 뭐라고 하는 것에 대해서는 아주 민감하게 반응했다.

이들 형제와 누이 셋은 언제까지나 모두 함께 모여 살아갈 것이라고 말하곤 했다. 그러나 이제 허버트가 죽고 없었고, 그러자 제프리 경은 클리퍼드가 결혼하기를 바랐다. 제프리 경이 이 바람을 입 밖으로 표현한 적은 거의 없었다. 그는 말수가 아주 적은 사람이었다. 하지만 그래야 된다고 심사숙고하며 말없이 주장하는 그의 뜻은 클리퍼드가 싫다고 거역하기 어려운 것이었다.

그러나 에마는 안 돼! 하고 말했다. 그녀는 클리퍼드보다 열 살 위였는데, 클리퍼드가 결혼하는 것은 집안의 젊은 자손으로서 함께 믿고 지지하던 바를 배반하고 도망쳐 버리는 행위라고 여겼다.

그렇지만 클리퍼드는 코니와 결혼했고 한 달간 그녀와 신혼 생활을 했다. 그것은 그 끔찍했던 1917년의 일로, 그들은 마치 가라앉는 배에 함께 탄 두 사람처럼 서로에게 다정했다. 결혼할 당시 클리퍼드는 숫총각이었는데, 성 문제는 그에게 별로 중요한 의미를 갖지 않았다. 그와 코니 두 사람은 그 문제를 제쳐두더라도 아주 사이가 좋았다.

코니는 성이나 남자의 '만족'에 상관하지 않는 이러한 다정한 관계에 약간 흥분된 기쁨을 느꼈다. 어쨌든 클리퍼드는 다른 대다수의 남자들과는 달리 자기의 '만족'을 채우려는 데만 열중하지 않았다. 실로 그들의 다정하고 친밀한 관계는 그런 것 이상으로 더 깊고 인간적으로 더 가까운 것이었다. 게다가 성이란 그저 우연하고 부차적인 것, 괴상망측하고 낡아 쓸모가 없어진 신체 기관의 작용에 불과한 것으로서 그 어설픈 꼴을 계속 고집하지만 사실 꼭 필요한 것은 아니었다. 다만 코니는 아이를 갖고 싶어 하긴 했다. 시누이 에마에 맞서 자신의 입지를 튼튼히 하고 싶은 생각 때문에라도 그랬다.

그러나 1918년 초에 클리퍼드는 몸이 으스러진 채 후송되어 돌아왔고 아이도 생기지 않았다. 그리고 제프리 경은 화병으로 세상을 뜨고 말았다.

# 제2장

코니와 클리퍼드가 라그비에 돌아온 것은 1920년 가을이었다. 미스 채털리는 동생의 변절을 아직 혐오스럽게 여기고 있었던지라 그곳을 떠나 런던의 조그만 아파트에 들어가 살고 있었다.

라그비는 기다랗고 나지막한 옛 저택으로 18세기 중엽에 지어진 갈색 석조 건물인데, 그 뒤로 계속 증축되어 지금은 별 특징 없이 토끼장처럼 빼곡하게 건물이 들어선 집이 되고 말았다. 저택은 참나무가 우거진 오래되고 꽤 근사한 영지의 임원 안 약간 높은 지대에 서 있었다. 하지만 애석하게도 가까운 거리로는 테버셜 탄광의 굴뚝이 증기와 연기를 자욱하게 피워 올리는 모습이 보였고, 또 습기 차고 흐릿하게 보이는 언덕 저 멀리로는 조잡하게 흩어져 있는 테버셜 마을의 모습이 보였다. 이 마을은 거의 저택 영지의 임원 출입문이 있는 데서부터 시작되어 정말 지독히도 보기 흉한 꼴로 1마일가량이나 길고 끔찍하게 이어진 채 늘어서 있었다. 작고 초라하며 지저분한 벽돌집들이 시커먼 슬레이트 지붕을 뚜껑처럼 덮고 귀퉁이마다 날카롭게 튀어나온 모습을 한 채 제멋대로 생기 하나 없이 황량하게 줄지어 있는 것이다.

코니가 익숙하게 보아온 것은 켄싱턴 거리나 스코틀랜드의 구릉 지대 또는 서식스 지방의 구릉 지대 등이었다. 그녀에겐 그것이 바로 영국의 모습이었다. 젊은이의 냉철한 극기적 자세로 그녀는 석탄과 철의 고장인 중부 지방의, 영혼도 없고 흉하기 짝이 없는 모습을 한눈에 파악하여 받아들였고 이후로는 있는 그대로 내버려 둔 채 개의하지 않았다. 즉 그것은 믿기지 않는 것이지만 유념할 만한 것도 못 되었다. 라그비의 좀 음울한 방에서 그녀는 탄광의 석탄 거르는 체가 덜그럭거리는 소리, 감아올리는 기계 엔진이 증기를 뻑뻑 뿜어대는 소리, 선로를 바꾸는 석탄 운반차들이 쩔그렁거리며 요동치는 소리, 그리고 탄광의 수송 기관차가 쉰 소리로 낮게 울려대는 기적 소리 따위를 들을 수 있었다. 테버셜 탄광의 갱구(坑丘)[1]에는 불이 타오르고 있었는데, 여러 해 동안 타고 있던 것을 끄려면 막대한 비용이 들 것이다. 따라서 그냥 타도록 내버려 둘 수밖에 없었다. 그래서 흔히 있는 일로 바람이라도 이쪽 방향으로

---

1) 갱 입구에 있는 약간 높은 지대로 파내어 올린 석탄을 분류하고 걸러내는 장소로서 때때로 여기에서 나오는 폐기물에 불이 붙어 여러 해 동안 타곤 한다.

불어올 때면, 집 안은 대지의 배설물이 연소되면서 나오는 유황 섞인 고약한 냄새로 가득 차곤 했다. 그러나 바람이 없는 날조차도 공기는 항상 유황, 철, 석탄 또는 산(酸) 따위와 같은 지하 광물질의 냄새가 배어 있었다. 그리고 성탄꽃[2] 위에까지 석탄 가루 검댕이 믿을 수 없을 만큼 줄기차게 내려앉았는데, 마치 최후 심판의 날 하늘에서 내려올 시커먼 만나인 듯했다.

글쎄 뭐 그렇게 되어 있었다. 다른 모든 것들처럼 운명적으로 정해져서 말이다! 그건 좀 끔찍한 일이었다. 하지만 걷어차 봤자 무슨 소용이 있단 말인가? 걷어차 없앨 수 있는 노릇도 아니었다. 그것은 그저 계속될 따름이었다. 우리 자신도 마찬가지였다. 다른 모든 것과 같이 나날이 살아 굴러가는 것이다! 밤이면 구름이 낮게 깔린 어두운 하늘 위로 뻘건 반점들이 너울거리며 타올랐는데, 얼룩덜룩 여기저기 부풀어 올랐다 사그라졌다 하는 것이 마치 고통스러운 화상(火傷)의 흔적 같았다. 그것은 용광로의 불꽃이었다. 처음에 그것들은 일종의 공포스러운 매력으로 코니를 사로잡았다. 지하에 살고 있는 듯한 느낌이 들기도 했다. 그러다가 그녀는 그것들에 익숙해졌다. 그리고 아침이 되면 비가 내리곤 했다.

클리퍼드는 런던보다 라그비가 더 마음에 드는 듯이 말했다. 이 지방에는 그 특유의 완고한 의지 같은 것이 있고 사람들에겐 두둑한 배알이 있다는 것이었다. 코니는 사람

---

2) 크리스마스 무렵 청백색 꽃이 피는 미나리아재비과의 식물.

들에게 그것 말고 뭐가 더 있는지 의아스러웠다. 그들에게 서는 눈이나 정신을 전혀 찾아볼 수 없었다. 사람들은 그 지방의 풍물과 마찬가지로 메마르고 볼품없고 따분한 데다 친절한 구석도 없었다. 그저 낮고 굵은 목소리로 웅얼거리 듯 말하는 사투리와 일을 마치고 무리 지어 집으로 돌아갈 때 질질 끄는 징 박힌 광부용 장화의 저벅거리는 소리에만 뭔가 무섭기도 하면서 약간 신비스러운 것이 있을 따름이 었다.

젊은 지주의 귀향을 맞는 환영회 같은 것은 하나도 없었 다. 잔치도 열리지 않았고 사람을 시켜 인사를 전한 경우 도 없었으며 심지어 꽃 한 송이도 보내오지 않았다. 그저 자동차로 어둡고 축축한 찻길을 따라 우중충한 나무들 사 이를 뚫고 습기에 젖은 채 달려가다가, 축축한 잿빛 양들 이 풀을 뜯어먹고 있는 영지의 임원 비탈진 곳으로 빠져나 온 뒤 마침내 저택의 암갈색 정면이 드러나 보이는 언덕 위에 이르렀고, 가정부 내외만이 마치 대지의 표면 위를 불안스럽게 떠도는 소작인들 모양으로 그곳을 서성거리고 있다가 뭐라 더듬거리며 인사를 올릴 뿐이었다.

라그비 저택과 테버셜 마을 사이에는 아무런 교류가 없 었다──그런 건 전혀 없었다. 사내든 아낙네든 모자를 젖 히든지 무릎을 살짝 구부리든지 하며 인사하는 사람은 아 무도 없었다. 광부들은 그저 물끄러미 쳐다볼 뿐이었으며, 장사꾼들은 아는 사람에게 하듯이 모자를 살짝 들어올리며 코니에게 인사를 던지고는 클리퍼드에게는 어색하게 고개 를 숙여 보이는 것이었다. 그뿐이었다. 건널 수 없는 심연과 서로에 대한 일종의 말없는 원한이 자리 잡고 있었다. 처음에 코니는 줄기차게 내리는 부슬비처럼 마을 사람들에게서 풍겨 나오는 원한이 고통스러웠다. 그러다가 그녀는 차츰 그것에 단련되어 갔고 한편으로 그것은 일종의 자극제, 즉 그것에 맞춰 살도록 끌어당기는 어떤 조건으로 작용하였다. 그녀와 클리퍼드가 사람들에게 인기가 없었다는 뜻은 아니다. 그들은 그저 광부들과는 완전히 다른 부류에 속한 사람들일 따름이었다. 넘을 수 없는 심연, 뭐라 말로 설명할 수 없는 불화, 그런 것은 아마 트렌트 강[3]의 남쪽에서는 존재하지 않을 것이다. 하지만 이곳 중부 지방과 북부의 산업 지대에서는 넘을 수 없는, 그 사이로 아무런 교류가 일어날 수 없는 심연이 존재했다. '넌 네 쪽에 충실해라, 난 내 쪽에 충실할 테니!' 그것은 공유하는 인간성의 맥박을 괴상하게도 거부하는 행태였다.

물론 마을 사람들은 추상적으로는 클리퍼드와 코니와 교감하는 바가 있었다. 하지만 살과 피로는 양쪽 모두 '넌 내 일에 상관 마!' 라는 식이었다.

마을 교구의 목사는 예순 살가량의 사람 좋은 노인으로 직분에 충실한 자였는데, 마을의 이 말없는 '넌 내 일에 상관 마!' 주의에 의해 하나의 개인으로서는 아무 실체도 없는 존재로 전락해 있었다. 광부의 아내들은 거의 모두가 감리교파 신자였다. 광부들은 어느 쪽도 아니었다. 그러나

---

3) 스태퍼드셔에서 더비, 노팅엄 등을 거쳐 험버 강에 이르기까지 북동쪽으로 흘러 이어지는 영국 중부의 강.

목사가 입는 성직복 같은 것만으로도 충분히 사람들은 그가 다른 사람과 마찬가지로 한 사람의 인간이라는 사실을 완전히 망각할 수 있었다. 즉 그는 애시비 목사 선상님으로, 말하자면 자동으로 설교와 기도가 쏟아져 나오는 존재일 뿐이었다.

처음에는 이 완고하고 본능적인 — '당신이 채털리 부인이라 해도 우리 역시 나름대로 당신 못지않다고 생각해!' 라는 식의 — 태도에 코니는 극도로 난감하고 당혹스러웠다. 코니가 접근하며 말을 걸었을 때 이를 대하는 광부 아낙네들의 그 이상하고 의심쩍어하는 겉치레 상냥함, 절반은 아첨기가 섞인 그들의 목소리 속에서 언제나 울려 나와 코니의 귀에 들려오는 '어머나! 채털리 부인이 이렇게 나에게 이야기를 걸고 있으니 난 이제 대단한 사람인 셈이야! 그러나 그렇다고 해서 그녀가 내가 자기보다 못한 사람이라고 생각할 필요는 없지!' 라는 식의 묘하게 공격적인 투의 태도 등은 견딜 수 없는 것이었다. 그걸 이겨내기란 불가능했다. 그것은 어찌할 도리 없이 불쾌하고 공격적인 비국교도[4]적 태도였다.

클리퍼드는 그들을 내버려 둔 채 상관하지 않았고 코니도 그렇게 하는 법을 배웠다. 즉 그녀는 그들에게 눈길을 주지 않고 그냥 지나쳤으며 그들은 그녀를 걸어 다니는 밀랍 인형인 양 빤히 바라볼 뿐이었다. 어쩔 수 없이 그들을

---

4) 영국 국교가 아닌 개신교, 즉 장로교나 감리교 또는 침례교 등을 믿는 신자를 가리킨다.

상대해야 할 때면 클리퍼드는 약간 거만하고 경멸적인 태도를 취했다. 이젠 더 이상 그런 사람들을 친절하게 대해 줄 수 없는 상황이었다. 사실 그는 자기와 같은 계급이 아닌 사람은 누구든지 대체로 좀 깔보고 경멸하는 태도로 대했다. 그는 자신의 위치만을 완고히 지킬 뿐, 호감을 사려는 어떤 시도도 하지 않았다. 그래서 그는 그 지방 사람들에게 미움을 받지도 사랑을 받지도 않았는데, 그들에게 그는 말하자면 탄광 갱구나 라그비 저택 그 자체처럼 뭇 사물의 일부일 뿐이었다.

그러나 클리퍼드는 다리 불구가 된 탓에 사실 극도로 소심하고 자의식이 강했다. 그는 자신의 시중을 드는 하인들 이외에는 누구와도 만나기를 꺼려했다. 휠체어나 환자용 바퀴 의자에 앉아 있어야 했기 때문이다. 그럼에도 불구하고 그는 전과 다름없이 옷차림에 세심한 주의를 기울여 값비싼 양복점에서 옷을 맞춰 입었고 옛날처럼 본드 가에서 세심하게 고른 넥타이를 맸다. 그래서 상반신의 차림새만 보면 그는 전과 다름없이 맵시 있고 멋진 인상을 주었다. 그는 현대의 여성스러운 젊은이들과는 전혀 닮지 않았다. 혈색 좋은 얼굴과 떡 벌어진 어깨를 하고 있어 오히려 시골 젊은이다웠다. 그러나 아주 조용하고 망설이는 듯한 목소리와, 대담하면서도 동시에 무서워하는 듯하고 확신에 찬 듯하면서도 불안해하는 시선은 그의 본성을 드러내고 있었다. 그의 행동거지는 종종 기분 나쁠 정도로 오만하게 깔보는 듯했는데, 그러다가도 곧 다시 조심스럽고 자신을 감추며 거의 겁에 질려 떠는 듯하기까지 한 태도가 되곤

했다.

코니와 그는 애정을 가지고 서로를 대했는데, 다소 초연한 듯하고 현대적인 태도였다. 불구가 되면서 커다란 충격을 받아 내면에 너무나 깊은 상처를 입었기에 그는 느긋하거나 가벼운 기분을 가질 수가 없었다. 그는 상처 입은 존재였다. 코니는 그를 그런 존재로 받아들이고 성의를 다해 그에게 충실했다.

그러나 그녀는 사실 클리퍼드에게 다른 사람들과의 인간적인 관계가 얼마나 부족한지를 느끼지 않을 수 없었다. 광부들은 말하자면 그가 거느리고 있는 사람들이었다. 하지만 그는 광부들을 사람이 아니라 사물로, 즉 생명체의 일부가 아니라 탄광의 일부로, 자신과 더불어 사는 인간이 아니라 거칠고 조야한 자연 현상으로 보았다. 그는 어떤 면에서는 그들을 두려워하기도 했는데, 불구가 된 지금 그들에게 자신의 모습을 보인다는 것은 견딜 수 없는 일이었다. 게다가 그들이 지닌 이상하고 거친 사내다움은 그에게 고슴도치처럼 부자연스럽고 기괴해 보였다.

멀찌감치에서 그는 흥미를 갖기도 했지만 그것은 현미경을 들여다보거나 망원경을 올려다보는 사람의 경우와 같았다. 그에겐 접촉이 없었던 것이다. 그는 어떤 사람하고도 실제로 접촉해 보질 못했는데, 전통적으로 유지해 온 라그비와의 접촉과 집안을 지킨다는 폐쇄적인 유대감에 의한 에마와의 접촉이 고작이었다. 그 외에는 정말이지 그는 누구와도 접촉하지 못했다. 코니도 자신이 그와 정말로 접촉하여 닿지는 못하고 있다고 느꼈다. 결정적으로 그에게 가

닿은 적이 결코 없었던 것이다. 혹 그에겐 궁극적으로 닿아 잡을 것이 아무것도 없는지도 몰랐다. 그저 인간적 접촉의 부정만이 있을 뿐.

하지만 그는 전적으로 그녀에게 의지하고 있었다. 매 순간 그녀를 필요로 했다. 체격이 크고 건장했지만 그는 무력한 존재였다. 물론 휠체어를 이리저리 굴리며 스스로 이동할 수 있었고 모터가 부착된 환자용 바퀴 의자가 있으니 그걸 타고 저택 영지의 임원을 모터 소리를 내면서 천천히 돌아다닐 수도 있었다. 하지만 아무도 없이 혼자만 있을 때 그는 길 잃은 존재와 같았다. 코니가 그의 곁에 붙어서, 그가 존재한다는 것을 확신시켜 주지 않으면 안 되었다.

그렇지만 그에겐 야심이 있었다. 그는 단편 소설을 쓰는 일에 열중했는데, 자기가 알았던 사람들에 대한 묘하고 아주 사적인 이야기들이었다. 날카로운 재치가 돋보이고 약간 짓궂기도 하지만 왠지 모르게 무의미한 것들이었다. 관찰력은 특이하고 비범했다. 하지만 접촉하여 닿는 것이, 실제 와 닿는 접촉이 아무것도 없었다. 모든 것이 인공적으로 만든 세상 위에서 일어나는 것 같았다. 그런데 대체로 삶의 현장에서 오늘날 벌어지고 있는 것이 바로 인공 조명으로 밝혀진 무대 위에서 벌어지는 것과 같으므로 그의 이야기들은 묘하게도 현대의 삶, 그러니까 현대의 심리에 딱 들어맞았다.

자기가 쓴 이야기들에 대해 클리퍼드는 거의 병적일 정도로 예민했다. 그는 모든 사람이 그것들을 좋다고, 최고라고, 그 이상 갈 수 없는 것(ne plus ultra)이라고 생각하기를 바랐다. 그 이야기들은 가장 현대적인 잡지들에 실렸으며 보통 그렇듯이 칭찬도 받았고 비난도 받았다. 그러나 클리퍼드에게 비난은 칼로 찌르는 듯한 고통을 주었다. 마치 그의 존재 전부가 그 이야기들 속에 들어가 있는 듯했다.

코니는 할 수 있는 한 그를 도왔다. 처음에는 짜릿한 흥분도 있었다. 그는 모든 것을 한결같이 끈기 있고 고집스럽게 그녀에게 다 말해 주었으며 그녀는 최선을 다해 이에 응해야 했다. 그것은 마치 그녀의 영혼과 육체와 성 모두가 분발하여 일어나 그의 이야기 속으로 흘러 들어가야만 하는 것 같았다. 이것이 그녀를 짜릿하게 흥분시키고 몰입하여 빠져들게 했다.

육체적인 면에서 보면 그들은 하는 일이 거의 없었다. 코니는 물론 집안일을 감독해야 했다. 그러나 가정부는 제프리 경만도 여러 해 동안 섬겼던 사람이었고, 식사 시중을 드는 하녀는 쭈글쭈글하니 나이가 많고 더할 나위 없이 정확하게 일을 수행하는——잔심부름꾼 하녀라고도 부를 수 없고 심지어 여자라고도 부르기가 힘든——아낙네로 이 집에서 일한 지가 사십 년이나 된 사람이었다. 집안의 다른 하녀들 중에도 이제 젊은 사람이 하나도 없었다. 끔찍한 일이었다! 그냥 내버려 두는 것 말고 이런 곳에서 할 일이 뭐가 있겠는가! 아무도 쓰지 않는 한없이 많은 이 모든 방들, 중부 지방의 되풀이되는 그 모든 일과들, 기계적인 청결함과 기계적인 질서! 클리퍼드의 주장으로 그가 런던 집에서 데리고 있던 경험 많은 여자가 새 요리사로 들어와 있었다. 그 밖에 나머지 집안일은 기계적인 무질서에 따라 저절로 움직이는 듯했다. 모든 것이 상당히 훌륭한 질서, 엄격한 청결성, 엄격한 시간 엄수, 그리고 심지어 꽤 엄격한 정직성까지 지켜지는 가운데 굴러갔다. 하지만 코니가 보기에 그것은 조직적인 무질서였다. 그것을 유기적으로 결합해 주는 따뜻한 인간적 감정이 전혀 없었다. 집 안은 버려진 길거리처럼 황량했다.

그냥 내버려 두는 것 말고 그녀가 할 일이 뭐가 있겠는가? 그래서 그녀는 그냥 내버려 두었다. 이따금씩 미스 채털리가 귀족적인 마른 얼굴을 하고 찾아와서는 아무것도 달라진 게 없는 것을 보고 의기양양해하곤 했다. 그녀는 코니를 결코 용서하려 하지 않았는데, 동생과 일치된 정신적 유대 관계를 유지하고 있던 자신을 코니가 쫓아냈다고 여겼기 때문이다. 클리퍼드를 도와 이 이야기들, 이 작품집들을 나오게끔 하는 사람은 바로 에마 자신이었어야 했다. 그것들은 바로 **동생과 자신**, 즉 채털리 가문의 사람들이 세상에 없었던 뭔가 새로운 것으로 이 세상에 내놓은 채털리 가문의 이야기들이었다. 그 밖에는 어떤 것도 기준이 되지 않았다. 지나간 과거의 생각이나 표현과 어떤 유기적 관련도 없었다. 오직 세상에 없었던 뭔가 새로운 것, 즉 완전히 사적인 채털리 가문의 작품들이었다.

라그비에 잠깐 들렀을 때, 코니의 아버지는 코니에게 살짝 말했다. 클리퍼드의 작품은 말이야, 근사하긴 하지만 속에 아무것도 든 게 없어. 오래 못 갈 거야! —— 코니는 평생 호화롭게 살아온 이 우람한 스코틀랜드 훈작(勳爵)[5]을 쳐다보았다. 그리고 그녀의 큰 두 눈, 항상 놀라워하는 듯한 그녀의 푸른 두 눈은 멍해졌다. 속에 아무것도 든 게 없다니! 아무것도 든 게 없다니, 무슨 뜻일까? 비평가들이 칭찬했고 클리퍼드의 이름은 이제 거의 유명하다고 할 정도인 데다 돈까지 벌어들이고 있는데, 클리퍼드의 작품 속에는 아무것도 든 게 없다니 아버지는 무슨 뜻으로 그렇게 말씀하시는 거지? 그의 작품에 또 뭐가 더 있을 수 있단 말인가?

이런 의문이 든 까닭은 코니가 젊은이의 기준으로 생각했기 때문이다. 즉 현재의 순간에 있는 것이 전부였다. 그리고 매 순간은 서로 잇따라 다가오는 것이지만 꼭 서로에게 관련되어 속할 필요는 없었다.

그녀가 라그비에 와서 두 번째 겨울을 맞고 있을 때, 그녀의 아버지는 또 이런 말을 했다.

"코니야, 네가 상황에 이끌려 '반(半)처녀(demi-vierge)'가 되어버리지 않기를 바란다."

"반처녀라고요!" 코니는 멍한 표정으로 대답했다. "왜요? 그럼 어때서요?"

"물론, 네가 좋아서 그런다면야 괜찮겠지." 그녀의 아버지는 급히 덧붙였다.

클리퍼드와 둘만 있을 때도 그는 똑같은 이야기를 했다.

"코니가 반처녀가 되는 것은 별로 마땅한 일이 아닌 것 같네."

"절반은 처녀인 여자라고요!" 클리퍼드는 그 뜻을 분명

---

5) 준남작(baronet) 아래의 귀족 작위인 나이트(knight)를 뜻한다.

히 하기 위해 말을 영어로 고쳐 표현하면서 대답했다.

그는 한순간 생각에 잠기더니 곧 얼굴이 아주 빨게졌다. 화나고 불쾌한 표정이었다.

"어떤 점에서 마땅하지 않다는 말씀이신지요?" 그는 딱딱하게 물었다.

"그 애는 여위어가고 있네. 앙상해지고 말이야. 그 애답지가 않아. 그 앤 청어처럼 삐쭉하니 깡총한 계집애가 아냐. 살찌고 팔팔한 스코틀랜드 송어라고 할 수 있지."

"물론, 반점이 하나도 없는 송어 말씀이겠지요!" 클리퍼드가 말했다.

그는 나중에 코니와 이 '반처녀'라는 것 ─ 절반은 처녀인 여자라는 그녀의 처지에 대해 좀 이야기해 보고 싶었다. 하지만 그는 아무래도 그 이야기를 꺼낼 수가 없었다. 그와 코니는 그러기엔 너무 가까운 사이면서도 또한 그럴 만큼 충분히 가깝지도 않았다. 그와 코니는 정신적으로는 정말 깊이 하나가 되어 있다. 하지만 육체적으로는 서로에게 존재하지 않는 사이였으며, 그래서 어느 편도 죄의 몸(corpus delicti)이라는 문제를 들먹이려고 하지 않았다. 그들은 아주 친밀하게 가까우면서도 전혀 접촉이 없는 사이였다.

그러나 코니는 그녀의 아버지가 무슨 말인가 했다는 것, 그리고 클리퍼드가 뭔가를 마음에 담고 있다는 것을 눈치챘다. 그가 전혀 모르고 있는 한, 그리고 그에게 전혀 알려지지 않게 하는 한 클리퍼드는 그녀가 반처녀가 되든 화류계 여자가 되든 개의치 않는다는 것을 코니는 알고 있었다. 눈으로 보지 못하고 머리로 알지 못하면 그것은 존재하는 것이 아니라는 식이었다.

코니가 라그비에 온 지 이제 거의 이 년, 그녀를 필요로하는 클리퍼드와 그의 작품에만 정신을 쏟을 뿐 별로 특별할 것 없는 생활이었다. 특히 그의 작품에 더 몰두하는 생활이었다. 두 사람의 관심은 항상 함께 그의 작품 위로 쏟아져 흘렀다. 그들은 창작의 진통 속에서 함께 이야기를 나누며 씨름했는데, 뭔가 이뤄지는 것처럼, 공허의 한가운데서 정말 뭔가가 이뤄지고 있는 것처럼 느꼈다.

그리고 이런 점에 있어서는, 공허 속에서일지언정 하나의 생활이라 할 수 있었다. 그러나 그 나머지는 존재가 없는 삶이었다. 라그비가 있었고, 하인들도 있었다. 하지만 모두 유령 같을 뿐, 정말 존재하는 것들이 아니었다. 코니는 저택 영지의 임원이나 그곳과 이어진 숲으로 산책을 나가곤 했는데, 가을이면 갈색 낙엽들을 발로 차 굴리고 봄철이면 앵초꽃을 꺾기도 하면서 고독과 신비감을 즐겼다. 그러나 그것은 모두 꿈과 같았다. 아니 좀 더 정확히 말하면 그것은 현실의 허상(虛像)이었다. 참나무 잎들은 그녀에게 거울 속에 비쳐 흔들거리고 있는 참나무 잎과 같았으며 그녀 자신도 누군가가 읽은 책 속의 인물로서 그림자나 기억 또는 낱말에 불과한 앵초꽃을 꺾고 있을 뿐이었다. 그녀든 어떤 다른 것이든 모두 아무 실체가 없었다──아무런 접촉도, 아무런 닿음도 없었다. 있는 것이라곤 오직 클리퍼드와의 이 생활, 즉 자잘한 의식의 거미줄 같은 이 이야기의 그물을 한없이 짜나가는 일뿐이었다. 맬컴 경의 말로는 속에 든 게 아무것도 없으며 오래 못 갈 그 이야기들을 말이다. 하지만 왜 꼭 뭔가 속에 들어 있어야 하며, 왜 꼭 오래가야 한단 말인가? '한 날 괴로움은 그날에 족하느니라.'[6]인 것이다. 현재 이 순간 현실의 모습은 이 순간으로 충분한 것이다.

클리퍼드는 친구, 정확하게 말하면 아는 사람이 상당히 많았으며 그들을 라그비로 초대하곤 했다. 그는 비평가나 작가를 비롯하여 자기 책을 칭찬하는 데 도움이 될 만한 온갖 종류의 사람들을 불러들였다. 그리고 그 사람들은 라그비에 초청받은 것을 자랑스럽게 여기면서 찬사를 바쳤다. 코니는 이 모든 것을 완벽하게 파악하고 있었다. 그러나 그게 뭐 어때서? 그건 거울 속에 일순간 비쳤다 사라지는 수많은 모양 중의 한 가지였다. 그러니 그게 뭐 잘못되었단 말인가?

그녀는 안주인으로서 이 모든 사람들——대부분 남자인 이들을 맞아 대접했다. 이따금씩 찾아오는 클리퍼드의 귀족 친척들도 안주인으로서 맞아 대접했다. 부드럽고 혈색이 좋으며 시골티가 있는 여자로, 약간 주근깨기가 있고 크고 푸른 두 눈과 곱슬진 갈색 머리칼에 목소리가 부드러우며 허리는 여성적이면서 튼튼한 편인 그녀는 약간 구식풍의 '여인다운' 여인으로 여겨졌다. 사내아이처럼 가슴팍이 납작하고 엉덩이가 작은 조그만 청어류의 생선이 아니었다. 그녀는 너무 여성스러워서 딱히 멋지다고 하기가 힘

---

6) 마태복음 6장 34절.

든 여자였다.

그래서 남자들은, 특히 이제 젊다고 할 수 없는 사람들은 정말이지 아주 다정하게 그녀를 대했다. 그러나 그녀는 자신이 혹 약간의 새롱거리는 표시라도 보인다면 불쌍한 클리퍼드가 얼마나 고통을 느낄지 잘 알고 있었기에 그 남자들의 호감을 부추기는 행동은 전혀 하지 않았다. 그녀는 조용하고 투미한 듯 있었으며 그들과 아무런 접촉도 하지 않았고 또 하려고 하지도 않았다. 이에 대해 클리퍼드는 굉장히 자랑스러워했다.

그의 친척들도 그녀에게 아주 친절했다. 친절함이란 곧 두려움이 없다는 뜻임을, 그래서 자기를 좀 무서워하게 만들지 않으면 이 사람들은 자기에게 조금도 예의를 차리지 않는다는 것을 그녀는 알고 있었다. 그러나 그들과도 역시 그녀는 아무런 접촉이 없었다. 그녀는 그들을 내버려 두었다. 그들이 친절한 듯 경멸하는 태도로 대하도록 내버려 두었으며 언제든지 뽑아들 수 있도록 칼을 대비해 둘 필요가 전혀 없다고 느끼게끔 내버려 두었다. 그녀는 그들과 진정으로 이어진 것이 아무것도 없었다.

시간은 흘러갔다. 이런저런 일이 있었지만 정말 일어난 것은 아무것도 없었다. 그녀는 정말 훌륭할 정도로 아무런 접촉 없이 살았기 때문이다. 그녀와 클리퍼드는 자신들의 생각과 그의 작품 속에 묻혀 살아갔다. 그녀는 손님을 맞아 접대해야 할 때도 많았다──집에는 늘 사람들이 끊이지 않았다. 시계가 7시 반에서 8시 반을 가리키듯이 그렇게 시간은 흘러갔다.

# 제3장

 하지만 코니는 점점 마음이 초초해지는 것을 느꼈다. 접촉이 없는 것에서부터 일종의 초조감이 광기처럼 그녀를 사로잡았다. 움직이고 싶지도 않았는데 팔다리가 경련하듯 실룩거리곤 했으며, 등뼈를 곧추 세워 젖히기보다는 편히 쉬는 자세로 있고 싶었는데도 등뼈가 느닷없이 홱 젖히듯 펴지곤 했다. 그녀의 몸속, 자궁 안 어딘가 계속 전율하며 떨리는 곳이 있어, 물속에 뛰어들어 헤엄이라도 쳐서 그로부터 도망쳐야겠다는 느낌이 들 정도였다. 광적인 초조감이었다. 그녀의 심장은 아무 까닭도 없이 격렬하게 뛰곤했다. 그리고 그녀는 점점 여위어갔다.

 그것은 진정 초조감이었다. 그녀는 영지의 임원을 가로지르며 달려나가, 클리퍼드의 일 따위는 모두 팽개쳐 버리고 고사리 덤불 사이에 쭉 뻗어 엎드려 있곤 했다. 집으로부터 도망치기 위해서였다. 그녀는 집과 모든 사람으로부터 도망쳐야 했다. 숲은 그녀의 유일한 피난처요 성역이었다.

그러나 숲은 진정한 피난처나 성역이 되지 못했다. 그녀와 그곳은 아무런 연결이 없었기 때문이다. 그곳은 그저 그녀가 나머지 다른 것들로부터 도망쳐 있을 수 있는 장소에 불과했다. 그녀는 진실로 숲 그 자체의 영혼에 닿아 접촉한 적이 결코 없었다──그런 허튼 것이 숲에 있다면 말이다.

어렴풋이 그녀는 자신이 어딘가 모르게 부서져 엉망이 되고 있다는 것을 알아차렸다. 어렴풋이 그녀는 자신이 단절되어 있다는 것, 즉 자신이 살아 있는 세상의 실체와의 접촉을 잃어버리고 말았다는 것을 알아차렸다. 오직 클리퍼드와 그의 작품만이 있을 뿐이었다. 진정한 존재가 없는, 즉 속에 아무것도 없는 것들만이 말이다! 공허에 이은 공허. 어렴풋이 그녀는 알아차리고 있었다. 그러나 그런 깨달음은 돌에다 머리를 들이받는 것과 같았다.

그녀의 아버지는 그녀에게 다시금 충고했다. 애인 하나 두는 게 어떻겠니, 코니야? 세상의 여러 재미도 좀 맛보도록 하려무나!

그해 겨울 마이클리스가 며칠 동안 와 있었다. 그는 젊은 아일랜드인으로 미국에서 희곡으로 이미 상당히 많은 돈을 번 사내였다. 그는 런던의 일류 사교계에서 한동안 아주 열광적으로 환영을 받았는데, 그가 근사한 사회극을 썼기 때문이었다. 그러다가 차츰 일류 사교계는 보잘것없는 더블린 뒷골목의 쥐새끼 같은 작자가 자신들을 조롱거리로 삼았음을 깨달았다. 그러자 이제 거꾸로 거센 반감이 몰아쳤고, 마이클리스는 곧 비열하고 방자한 상놈의 결정판이 되었다. 그는 반(反)영국주의적인 작자로 밝혀졌으며, 이를 발견해 낸 계급의 사람들에게 그것은 세상의 어떤 추악한 범죄보다도 더 흉악스러운 것이었다. 그는 도살되었고 그의 시체는 쓰레기통에 내던져졌다.

그럼에도 불구하고 마이클리스는 메이페어[1]의 아파트에서 살면서 신사의 모습을 뽐내며 본드 가를 활보했다. 아무리 일류 양복점이라 할지라도 고객이 돈을 내는 한 그가 천박한 상놈이라고 해서 딱 잘라 거절하지 않는 법이기 때문이다.

클리퍼드가 이 서른 살의 젊은이를 집에 초대하려던 때는 이 젊은이의 경력에 있어서 불운한 시점이었다. 하지만 클리퍼드는 망설이지 않았다. 마이클리스에겐 아직 수백만 명의 사람들이 관심 있는 독자로 남아 있을지 몰랐다. 게다가 지금 가망 없는 왕따가 된 처지인지라, 상류 사회의 다른 모두가 그를 외면하여 내쫓는 이 괴로운 시기에 라그비에 와달라고 초대해 준 것이 그로서는 틀림없이 고맙기만 한 일일 것이다. 그렇게 해서 고마운 마음을 갖게 되면, 그는 필경 저 건너편 미국에 가서 클리퍼드에게 '도움'이 되는 일을 해주리라. 명성! 어떤 것이 되었든 적당

---

1) 런던의 하이드파크 동쪽. 본드 가와 파크 레인 사이에 있는 상류 계급 주택 지역.

히 입에 오르내리기만 하면 굉장한 명성을 얻게 되는 법이다. '저 건너편'에서는 특히 그렇다. 클리퍼드는 막 두각을 나타내기 시작한 작가였는데 인기에 대한 본능이 얼마나 투철한지 정말 놀라울 정도였다. 마침내 마이클리스가 자신의 한 희곡에서 클리퍼드를 아주 훌륭하게 묘사했고 클리퍼드는 일종의 대중적 영웅이 되었다. 자신이 조롱거리였다는 것을 클리퍼드가 알게 되기 전까지는 말이다.

코니는 유명해지고 싶어 하는 클리퍼드의 맹목적이고 강박적인 본능에 대해 약간 놀라워했다. 말하자면 그는 자신이 잘 알지도 못하고 불안해하며 두려워하기까지 하는, 그 형체 모를 넓은 세상에서 유명해지고자 했고 작가로서, 그것도 일급의 현대 작가로서 유명해지고자 했다. 나이 많고 원기 왕성하며 허세를 부리는 성공한 아버지 맬컴 경을 통해 코니는 예술가들도 자기선전을 해대며 자신의 상품을 잘 보이게 하려고 애쓴다는 것을 알고 있었다. 그러나 그녀의 아버지는 기존에 만들어진 경로, 즉 다른 모든 왕립 미술원 회원들이 그림을 팔 때 사용하는 경로를 사용했다. 그에 반해 클리퍼드는 인기를 얻는 온갖 새로운 종류의 경로를 찾아내었다. 그는 — 딱히 자신을 천하게 떨어뜨리거나 하지는 않았지만 — 온갖 종류의 사람들을 라그비에 불러들였다. 그러나 명성의 기념비를 하루빨리 세워 올리고 싶은 마음에 사로잡힌 그는 제대로 다듬어지지도 않은 잡석을 아무거나 잡히는 대로 손쉽게 사용했다.

마이클리스는 운전기사와 하인을 거느리고 아주 멋들어진 차를 타고 예정된 시간에 도착했다. 그는 완전히 본드가 그 자체였다. 그러나 그의 모습을 보는 순간 클리퍼드의 '지방 명문가 출신' 영혼은 어딘가 반발하여 움츠러들었다. 그는 자신의 외모로 풍겨내고자 하는 것과 별로 정확히——글쎄 별로 정확히——아니 사실 전혀 조금도——일치하지 않는 사람이었다. 클리퍼드에게 있어 이것은 더 따져볼 것 없는 충분한 사실이었다. 하지만 그는 그 사람을 아주 정중히 대했다. 그의 놀라운 성공에 대한 정중함이었다. 이른바 세속적 성공이라는 암캐 여신이 겸손한 듯 오만 당돌한 마이클리스의 발꿈치 주변을 보호하듯 으르렁거리며 맴돌고 있었는데, 이 암캐가 클리퍼드의 기를 완전히 꺾어버렸다. 왜냐하면 클리퍼드 자신 역시, 받아만 준다면 성공이라는 이 암캐 여신에게 기꺼이 몸을 팔아넘기고자 했기 때문이다.

런던 최일류 거리의 양복점, 모자점, 이발소, 구두점 등을 거쳐 단장했음에도 불구하고 마이클리스는 분명 영국인이 아니었다. 정말이지 그는 절대 영국인이 아니었다. 납작하고 창백한 얼굴과 행동거지는 종류가 다른 것이었고, 불만스러워하는 표정도 종류가 달랐다. 그는 원한과 불만을 품고 있었는데, 진정한 영국 신사라면 누구든지 분명히 알아볼 수 있는 그런 것이었다. 진정한 영국 신사라면 자신의 품행 가운데 그런 모습이 뻔히 드러나는 것을 경멸할 것이다. 가련한 마이클리스는 과거에 몹시도 많이 걷어차였던지라, 지금까지도 약간 겁에 질려 꼬리를 움츠린 듯한 표정을 하고 있었다. 그는 자신의 희곡 작품을 가지고 순수한 본능과 그보다 더 순수한 뻔뻔스러움으로 밀고 헤쳐

나가 연극계에 진출하는 데 성공했고 나아가 정상까지 올라섰다. 그는 대중을 사로잡았다. 그리고 이제 걷어차이는 시절은 끝났다고 생각했다. 아, 하지만 그 시절은 끝나지가 않았다. 그것은 결코 끝나지 않을 것이었다. 왜냐하면 어떤 의미에서 그는 걷어차이기를 자청했기 때문이다. 그는 자기가 속하지 않는 곳에—즉 영국의 상류 계급에 끼기를 갈망했던 것이다. 그런데 그들은 그를 이리저리 걷어차며 얼마나 짜릿한 흥분을 즐겼던가! 그리고 그는 얼마나 그들을 증오했던가!

그럼에도 불구하고 그는 하인을 데리고 그 멋들어진 차를 척 타고서 행차를 하였으니, 이 더블린의 잡종개는 어쩔 수 없었다.

그런데 그에게는 코니의 마음에 드는 뭔가가 있었다. 그는 스스로에게 허세를 부리지 않았다. 그는 자신에 대해 아무런 환상도 품고 있지 않았다. 클리퍼드와 이야기를 하면서 그는 클리퍼드가 알고 싶어 하는 것들 모두에 대해 조리 있고 간단하며 실제적으로 대답했다. 그는 과장하여 떠벌리거나 제멋에 겨워 지껄이지 않았다. 자기가 라그비에 초대받아 온 것은 다 쓸모가 있어서 그렇다는 사실을 그는 알고 있었으며, 그래서 마치 나이가 많고 교활하며 대수롭지 않은 듯 대하는 사업가 또는 거물급 사업가처럼 그는 던져지는 대로 질문을 받았고 가능한 한 감정을 소모하지 않고 바로바로 대답을 해줬다.

"돈이란 말입니다!" 그는 말했다. "돈이란 일종의 본능이지요. 돈을 번다는 것은 인간에게 있어 일종의 타고난 본성인 것입니다. 그것은 우리가 행하는 그 어떤 행동이 아닙니다. 우리가 부리는 그 어떤 술책도 아니고요. 그건 바로 우리 자신의 본성에 붙어 있는 일종의 영원한 부착물과 같은 것입니다. 일단 우리가 시작을 하면 돈을 벌게 되고 그러고 나서는 계속 나아가는 것이지요. 어느 지점까지는 말입니다⋯⋯."

"그렇지만 그 시작이란 것을 해야 하겠지요." 클리퍼드가 말했다.

"아, 그렇지요! 안으로 뛰어들어야 하지요. 밖에 있으면 아무것도 할 수가 없으니까요. 길을 뚫고 안으로 들어가야 합니다. 일단 그렇게만 하면, 아무리 해도 어긋날 수가 없게 되지요."

"그렇지만 당신은 희곡 말고 다른 수단으로 돈을 벌 수 있었을 거라고 생각합니까?" 클리퍼드가 물었다.

"아마 못 벌었을 겁니다! 나를 좋은 작가라고 할 수도 있고 나쁜 작가라고 할 수도 있겠지만 작가, 그것도 희곡 작가라는 것이 현재 나의 존재이며 내가 되어야 하는 존재입니다. 이 점에는 의문의 여지가 없지요."

"그리고 당신은 자신이 되어야 하는 존재가 바로 대중적인 통속 희곡 작가라고 생각하나 보군요?" 코니가 물었다.

"예, 바로 그렇습니다!" 갑작스럽게 코니 쪽을 휙 돌아보면서 그가 대답했다. "그런 작가란 사실 별게 아니랍니다! 인기라는 것도 별게 아니지요. 대중 역시 그런 면에서 보면 별게 아니랍니다. 내 희곡들도 사실 정말 인기를 얻을 만한 점은 아무것도 없지요. 그런 게 아니랍니다. 내 희곡들은 그저 날씨와 같이, 당분간 그렇게 있어야만 할, 그런 것들이죠……."

그는 다소 큰 듯한 눈을 천천히 코니에게 돌렸다. 실로 바닥 모를 환멸에 빠졌던 경험이 있는 눈이었는데, 코니는 약간 몸을 떨었다. 그는 정말 늙은 듯이 — 한없이 늙은 듯이 보였고, 지층(地層)과 같이 세대에 세대를 거듭하여 환멸의 층이 그의 안에 내려앉아 겹겹으로 쌓여 이루어진 존재처럼 보였다. 동시에 그는 버림받은 어린애처럼 쓸쓸한 사람이었다. 일종의 추방당한 자였으나 쥐와 같이 멸시받는 존재로서 자포자기적인 용감성을 지니고 있었다.

"적어도 그 정도 나이에 당신이 그만큼 해낸 것은 굉장한 일이지요." 클리퍼드가 생각에 잠긴 듯 말했다.

"내 나이가 서른 살 — 그래요, 서른 살이지요!" 마이클리스는 날카롭고 돌연한 어조로 묘한 웃음을 터뜨리며 말했다. 공허한 듯하면서 의기양양하고, 또 쓸쓸한 웃음이었다.

"그런데 혼자세요?"

"무슨 뜻이지요? 혼자 사느냐, 이 말인가요? 하인이 있지요. 아내가 없는 사람은 하인이라도 하나 있어야지요. 자기 말로는 그리스인이라고 하는데, 아주 무능한 녀석이랍니다. 하지만 그냥 데리고 있습니다. 그런데 결혼은 할 생각입니다. 아, 그래요, 정말 결혼은 해야 되겠지요."

"마치 머리라도 깎아버릴 예정인 것처럼 말씀하시는군요." 코니는 웃었다. "노력을 해야만 결혼할 수 있나요?"

그는 찬미하듯이 코니를 바라보았다.

"글쎄요, 채털리 부인. 어느 정도는 그런 셈이지요! 난 말입니다──실례된 말씀입니다만──영국 여자와는 결혼할 수 없을 것 같습니다. 심지어 아일랜드 여자하고도 못할 겁니다."

"미국 여자하고는 어때요?" 클리퍼드가 말했다.

"아, 미국 여자요!" 그는 공허한 웃음을 웃었다. "안 돼요. 난 그래서 하인에게 터키 같은 나라의 여자든지, 뭐 동양인 가까운 여자를 하나 찾아보라고 부탁해 두기도 했답니다."

코니는 엄청난 성공의 표본인 이 묘하고 우울한 사람에 대해 정말 놀라움을 느꼈다. 그는 미국에서만도 5만 달러의 수입을 올린다고들 했다. 이따금 그는 잘생겨 보이기도 했다. 즉 비스듬히 아래를 바라보고 있고 광선이 그를 비출 때면 이따금 그는, 다소 큼지막한 두 눈과 묘하게 선이 휘어진 단단한 이마며 꼭 다문 채 움직이지 않는 입 등이 어우러지면서, 마치 상아로 조각된 흑인 가면과도 같이 조용하고 영속적인 아름다움을 띠기도 했다. 순간적이지만 드러나 보인 그 불변부동(不變不動)의 형상, 그것은 바로 부처가 목표로 삼는, 그리고 때때로 흑인들이 의도하지 않은 채 표현해 보이곤 하는 불변부동의 형상, 영원의 형상과 같았다. 아주 오랜 옛날부터 종족을 묵묵히 따르며 내려온 어떤 것, 우리들처럼 각기 개인적으로 반항하는 대신 종족의 숙명을 묵종(默從)하며 따라온 영겁(永劫)의 표정이라고 할까! 그러다가는 곧이어 어두운 강물을 헤엄쳐 나아가는 쥐 떼와도 같은 모습이 나타나는 것이었다. 코니는 갑자기 이상하게 그에 대한 동정심이 약동하는 것을 느꼈다. 연민과 결합하고 혐오로 인한 반감도 섞인 듯하면서, 거의 사랑이라고까지 할 만한 감정의 약동이었다. 열외자(列外者)! 열외자! 게다가 방자한 상놈이라고도 사람들은 부르지! 하지만 클리퍼드가 얼마나 더 막무가내인 방자한 상놈으로 보이는가! 얼마나 더 어리석은가!

마이클리스는 자기가 코니에게 뭔가 강한 인상을 주었다는 것을 즉시 알아차렸다. 그는 약간 튀어나온 담갈색의 커다란 두 눈으로 완전히 무심한 표정을 지으며 코니를 바라보았다. 그는 그녀의 됨됨이를 그리고 자기가 준 인상의 정도를 가늠해 보고 있었다. 영국인들과의 관계는 그 어떤 것도, 사랑조차도 그를 영원히 열외자의 신세로부터 구해 줄 수 없었다. 하지만 여자들은 때때로 그를 동정하곤 했다. 영국 여자들 역시 그랬다.

그는 클리퍼드에게 있어 자신이 어디쯤 위치하고 있는지 정확히 알고 있었다. 그들은 서로에게 으르렁대고 싶지만 그 대신 억지로 미소를 지어 보이고 있는 두 마리의 낯선 개였다. 그러나 이 여자에 대해서는 자기가 어떤 위치에 있는지 그다지 확신할 수가 없었다.

아침 식사는 각자 침실에서 하도록 되어 있었다. 클리퍼드는 점심 식사 전에는 전혀 모습을 보이지 않았기 때문에 식당은 약간 쓸쓸하고 따분했다. 커피를 마시고 나자, 차분히 한곳에 앉아 있지를 못하는 성격인 마이클리스는 무엇을 해야 할까 궁리하기 시작했다. 11월의 맑게 갠—라그비에서는 맑게 갠 날이었다. 그는 우울하게 보이는 영지의 임원을 훑어보았다. 맙소사! 끔찍한 곳이군!

그는 하인을 시켜 채털리 부인에게 자기가 뭐 모실 일이라도 없는지 물었다. 차를 몰고 셰필드[2]에 갔다 올까 생각하는 참이라고 하면서. 답변이 내려오기를, 채털리 부인의 거실로 올라와 주시지 않겠느냐고 했다.

코니의 거실은 저택 중앙부의 맨 위층인 3층에 있었다. 클리퍼드가 사용하는 방들은 물론 1층에 있었다. 마이클리스는 채털리 부인의 거실로 올라오라고 초청받았다는 사실에 기분이 좋았다. 그는 아무 다른 생각 없이 하인의 뒤를 따라갔다. 그는 사물을 눈여겨본다든지 자기의 주변과 접촉을 갖는다든지 하는 법이 결코 없는 사람이었다. 그녀의 방에 들어가서 그는 르누아르와 세잔 그림의 훌륭한 독일 복제판을 대충 훑어보았다.

"아주 기분 좋은 곳이로군요, 여긴." 마치 미소를 짓는 것이 아프기라도 한 것처럼 그 묘한, 이를 드러내는 미소를 지으며 그는 말했다. "현명하시게도 이렇게 맨 위층에 방을 잘 정하셨습니다."

"예, 나도 그렇게 생각해요." 그녀가 말했다.

그녀의 방은 이 저택에서 유일하게 화려하고 현대적인 방이자, 라그비에서 그녀의 개성이 조금이나마 표현된 유일한 곳이었다. 클리퍼드는 이 방에 와본 적이 한번도 없었다. 그리고 그녀가 사람들을 이곳까지 불러들이는 경우는 극히 드물었다.

---

2) 영국 중부의 공업 도시.

이제 그녀와 마이클리스는 불이 지펴진 벽난로 양편에 마주 보고 앉아 이야기를 나누기 시작했다. 그녀는 그 자신과 그의 부모와 형제 등에 대해서 물었다. 그녀에게 있어 다른 사람들은 항상 어딘가 놀라운 관심거리였으며, 동정심이 일깨워지는 순간 계급의식 따위는 깡그리 잊어버렸다. 마이클리스는 아주 솔직하게 자신에 대해 대답했는데, 쓰라린 한을 품고 아무렇게나 뒹구는 떠돌이 개와 같은 그의 영혼을 꾸밈없이 그대로 드러내는가 하면, 곧이어 자신의 성공에 대해 복수심 가득한 자부심을 번득이며 내비치기도 하면서 아주 솔직하게 말했다.

"하지만 당신은 왜 그렇게 외톨박이인가요?" 코니가 그에게 물었고, 그는 다시금 그 살피는 듯한 커다란 담갈색 눈으로 그녀를 쳐다보았다.

"뭐 그런 인간이 더러 있기 마련이지요." 그는 대답하였다. 그러고는 친근하게 빈정대는 어조로 덧붙였다. "하지만, 그런데 말입니다, 부인 자신은 어떤가요? 부인 역시 외톨박이 신세라고 할 수 있지 않나요?"

코니는 뜨끔 놀라면서 잠깐 동안 그 말에 대해 생각해 보았다. 그러고는 말했다.

"단지 어떤 면에서만 그렇지요! 당신처럼 완전히는 아녜요."

"내가 완전히 외톨박이라고요?" 마치 치통이라도 앓는 듯이 묘하게 히죽거리는 미소를 지으면서 그는 물었다. 그것은 아주 뒤틀린 미소였으며 그의 눈은 정말 조금도 변함없이 우울한 듯, 극기적인 듯, 환멸에 찬 듯, 아니면 두려위하는 듯한 빛을 띠고 있었다.

"왜, 아닌가요?" 그를 바라보면서 그녀는 약간 숨이 막히는 듯 말했다. "당신은 그렇죠, 안 그래요?"

그녀는 뭔가 무서운 매력이 그로부터 자기에게 다가오는 것을 느꼈는데, 그로 인해 그녀는 거의 침착성을 잃을 지경이었다.

"아, 그래요, 부인 말이 맞아요!" 그는 고개를 돌리면서 이렇게 말하고는, 비스듬히 아래를 내려다보았다. 그러고는 오늘날 이곳의 우리에게는 거의 존재하지 않는, 오래된 종족의 그 이상한 불변부동의 형상을 띠었다. 바로 이것이 코니로 하여금 그를 자신과 분리해 바라볼 힘을 잃게 했다.

그는 모든 것을 보고 모든 것을 기록하여 새기는 그 가득 찬 시선으로 코니를 쳐다보았다. 그 순간, 깜깜한 밤에 울고 있는 어린애와 같은 것이 그의 가슴에서부터 그녀를 향해 울며 불러대었다. 그녀의 자궁 바로 그곳을 사로잡아 뒤흔드는 울음소리였다.

"이렇게 제 생각을 해주시니 정말 고맙습니다." 그는 짤막하게 말했다.

"제가 당신 생각을 해서는 안 되는 이유라도 있나요?" 말도 거의 다 못할 만큼 숨이 막히면서 그녀는 외치듯 말했다.

그는 짤막하고 뒤틀린 웃음을 피식 터뜨렸다.

"아, 그런 의미시군요! ……부인 손을 좀 잡아봐도 될까요?" 그는 불쑥 물었는데, 거의 최면술과 같은 마력으로 그녀에게 시선을 고정시킨 채, 그녀의 자궁을 곧장 뒤흔들어 사로잡는 매력을 뿜어내고 있었다.

그녀는 멍하니 꼼짝 못한 채 그를 응시했고, 그는 다가와 그녀 옆에 무릎을 꿇고 앉았다. 그러고는 그녀의 두 발을 자기 두 손에 꼭 감싸 쥐더니, 그녀의 무릎에 얼굴을 파묻고는 꼼짝 않고 가만히 있었다. 그녀는 완전히 멍하고 몽롱해진 채, 그의 약간 부드러운 목덜미를 일종의 놀라운 마음으로 내려다보면서 그의 얼굴이 허벅지를 지그시 누르는 것을 느끼고 있었다. 몸이 달아오르면서 온통 당황스러운 가운데에도, 그녀는 부드러움과 연민의 정으로 손을 들어 훤히 드러난 그의 목덜미 위에 갖다 대지 않을 수 없었다. 그러자 그는 갑자기 몸서리를 치면서 부르르 떨었다.

그러고 나서 그는 타오르는 듯 강렬한 눈길에 그 끔찍한 매력을 담고서 그녀를 올려다보았다. 그녀는 도저히 저항할 수가 없었다. 그녀의 가슴으로부터 그 눈길에 응답하는, 그에 대한 한없는 다정함이 흘러넘쳤다. 그녀는 뭐든지, 어떤 것이든지 모두 그에게 주지 않을 수 없었다.

그는 묘하면서도 매우 살가운 연인으로, 떨리는 것을 어쩌지 못하면서 그녀를 무척 살갑게 다루었지만, 동시에 거리를 두고서 분명한 의식으로 바깥의 소리를 모두 의식하고 있었다.

코니로서는 그에게 몸을 허락한다는 것 외에 아무런 의미도 없었다. 마침내 그는 몸을 떠는 것을 멈추더니 아주 가만히 움직이지 않고 있었다. 정말 아주 가만히 있었다. 그러자 그녀는 연민에 찬 어렴풋한 손길로 자기 가슴 위에 얹혀 있는 그의 머리를 쓰다듬었다.

이윽고 몸을 일으킨 그는 그녀의 두 손에, 그리고 염소 가죽으로 만든 슬리퍼를 신은 그녀의 두 발에 입을 맞추고는 말없이 방 한쪽 끝으로 가서 등을 돌린 채 가만히 서 있었다. 몇 분 동안 침묵이 흘렀다.

그러다가 그는 돌아서더니 벽난로 가의 원래 자리에 가 앉아 있는 그녀에게로 다시 다가왔다.

"자 이제, 당신은 나를 미워하게 되겠지요!" 그는 조용한 목소리로 피할 수 없다는 듯이 말했다.

그녀는 휙 그를 쳐다보았다.

"내가 왜 그래야 하죠?" 그녀는 물었다.

"여자들은 대개 그러니까요." 그가 말했다. 그러더니 멈칫하며 말을 누그러뜨렸다. "내 말은, 여자란 그러도록 되어 있다는 거죠."

"지금 그런 식으로만 말하지 않으면 내가 당신을 미워하는 일은 결코 없을 거예요." 그녀는 화가 난 듯이 말했다.

"알아요! 알고 있어요! 그래야지요! 당신은 정말 지독히도 나에게 잘해 주는군요." 그는 비참한 듯 외쳤다.

그녀는 그가 왜 그렇게 비참하게 느껴야 하는지 의아스러웠다.

"앉지 않을래요?" 그녀가 말했다.

그는 문 쪽을 흘끗 보았다.

"클리퍼드 경이 있잖소!" 그는 말했다. "이 일을 알면 그는…… 그는……?"

그녀는 한순간 가만히 생각에 잠겼다.

"아마, 끔찍하겠죠!" 그녀가 말했다. 그러고는 그를 쳐다보았다. "클리퍼드가 이 일을 알게 되는 것은 물론이고, 그의 의심을 사게 되는 것도 난 원치 않아요. 그에게 정말 끔찍한 상처를 줄 테니까요. 하지만 우리가 잘못을 저질렀다고 생각하진 않아요. 당신 생각은 그래요?"

"잘못이라고요! 천만에, 그렇지 않아요! 당신은 그저 너무나 한없이 나에게 잘해 주고 있을 따름인데……. 거의 견딜 수 없을 만큼 말이오."

그는 얼굴을 옆으로 돌렸다. 코니가 보기에 그는 금방이라도 흐느껴 울 것만 같았다.

"하지만 클리퍼드가 알게 할 필요는 없지요, 안 그래요?" 그녀는 호소하듯 주장했다. "그에게 정말 깊은 상처를 주고 말 테니까요. 그가 전혀 모르고 있고 조금도 눈치채지 못하고만 있으면, 아무도 상처를 입지 않을 거예요."

"나야 물론!" 그는 거의 격한 어조로 말했다. "나한테서 그가 뭘 알게 되는 일은 결코 없을 거요! 두고 보세요. 내가 스스로 탄로를 내다니요! 하하!" 그런 생각은 가소롭다는 듯 그는 공허하고 냉소적인 웃음을 터뜨렸다.

그녀는 놀란 모습으로 그를 빤히 바라보았다. 그가 그녀에게 다시 말했다.

"이제 당신 손에 입을 맞추고 나가도 되겠습니까? 차를 타고 셰필드에나 가볼까 합니다. 거기서 점심을 할 수 있으면 하고 차 마시는 시간까지는 돌아올까 해요. 당신을 위해 뭐 해줄 일은 없나요? 당신이 날 미워하지 않는다고 믿어도 되겠지요? 그리고 앞으로도 미워하지 않으리라는 것도요……?" 그는 절망적인 냉소를 띤 어조로 말을 마쳤다.

"그래요, 당신을 미워하지 않아요." 그녀는 말했다. "당신은 괜찮은 사람이라고 생각해요."

"아!" 그는 격한 어조로 그녀에게 말했다. "날 사랑한다는 말보다 오히려 방금 그 말이 당신한테 더 듣고 싶은 말이랍니다! 그 말에는 훨씬 더 많은 의미가 담겨 있지요! 그럼 오후까지 안녕히……. 그때까지 난 생각할 게 많군요."

그는 그녀의 손에 겸손히 입을 맞추고는 사라졌다.

"난 아무래도 그 젊은 작자가 역겨워 못 견딜 것 같아." 점심 식사 때 클리퍼드가 말했다.

"왜요?" 코니는 물었다.

"그 작자의 겉모습 뒤에는 아주 방자한 상놈의 본성이 감춰져 있거든. 허세로 우리를 농락하려고 잔뜩 도사리고 있으면서 말이야."

"내 생각엔 사람들이 그를 너무 모질게 대했던 것 같아요." 코니가 말했다.

"놀랄 일이 아니지! 화려하게 잘나갈 때 그가 사람들에게 친절히 굴 만한 사람으로 보여?"

"내 생각엔 어떤 너그러움 같은 것이 그에게 있는 듯해요."

"누구에 대한 너그러움 말이야?"

"잘은 모르겠어요."

"모르는 게 당연하지. 당신은 몰염치한 무도덕성을 너그러움으로 잘못 생각하는 것 같아."

코니는 가만히 있었다. 정말 그녀가 오해한 것일까? 그

럴 수도 있었다. 하지만 마이클리스의 몰염치한 무도덕성
은 그녀에게 어떤 매력으로 보였다. 클리퍼드가 겨우 몇
발자국 소심히게 살금살금 내디더 보았을 뿐인 곳을 그는
거침없이 걸어가 끝까지 가보았다. 자기 나름의 방식으로
그는 세상을 정복해 왔는데, 그것은 바로 클리퍼드가 하고
싶어 하는 것이었다. 수단과 방법이 어떻다고……? 마이클
리스의 수단과 방법이 클리퍼드의 것보다 과연 더 야비한
것이었나? 가련한 열외자가 몸으로 직접 부딪혀서, 그리고
뒷문으로 들어와서 밀치고 날뛰고 하며 앞으로 헤쳐나간
방식이, 자신을 선전하여 유명해지려고 하는 클리퍼드의
방식보다 더 나쁠 게 뭐가 있는가? 세속적 성공이라는 그
암캐 여신은 바로 수천수만의 개들이 혀를 늘어뜨린 채 헐
떡이면서 뒤쫓고 있는 것이다. 그 암캐를 제일 먼저 차지
한 개는 바로 개 중의 개였다. 성공만을 기준으로 삼는다
면 말이다! 따라서 마이클리스는 꼬리를 꼿꼿이 세울 수
있었다.

그런데 묘하게도 그는 그렇게 하지 않았다. 그는 차 마
시는 시간이 되어갈 때쯤 제비꽃과 백합을 한 움큼 가득
들고는, 예의 그 비굴하고 비열한 표정을 한 채 돌아왔다.
코니는 그것이 혹시 사람들의 저항감을 풀기 위한 일종의
가면은 아닌지 궁금해하곤 했다. 왜냐하면 거의 지나칠 정
도로 고착되어 있는 표정이었기 때문이다. 그는 정말 그렇
게 슬픈 사내였을까?

자아가 소멸된 그 슬픈 개 같은 그의 태도는 저녁 내내
계속되었다. 물론 클리퍼드는 그 속에 감춰진 뻔뻔함을 꿰

뚫어 보고 느꼈다. 코니는 그것을 느끼지 못했는데, 아마 그 뻔뻔함이 여자들을 향한 것이 아니라 오직 남자들과 그들의 거만한 억측과 편견에 대항해서만 표출되는 것이기 때문일 것이다. 이 홀쭉한 작자에게서 느껴지는 그 무너질 줄 모르는 내면의 뻔뻔함은 바로 남자들로 하여금 마이클리스 그 자신을 혐오하고 학대하게 만들었다. 짐짓 훌륭한 행동으로 아무리 덮어 가리고 있을지라도, 그의 존재 자체가 상류 사회의 남자에게는 하나의 모욕이었다.

코니는 그를 사랑하는 마음에 사로잡혀 있었지만, 자수(刺繡) 거리를 들고 앉아서는 남자들끼리 이야기하도록 내버려 둠으로써 자신의 속을 드러내지 않을 수 있었다. 마이클리스로 말하자면, 그는 완벽했다. 우울하고 주의 깊고 초연한 젊은 사람의 모습을 전날 밤과 조금도 다름없이 견지하면서, 주인으로부터 수만 리 떨어져 있지만 그에게 요구되는 정도까지는 시원스레 죽을 맞춰주었고, 그러면서도 결코 한순간도 주인에게로 다가가지는 않았다. 코니는 그가 아침나절의 그 일을 잊은 게 틀림없다는 느낌이 들었다. 물론 그는 잊지 않았다. 그러나 그는 자기의 위치, 즉 날 때부터 배척당한 자들이 있는, 예의 그 세상 바깥의 자리에 자신이 있다는 것을 알고 있었다. 그는 아침의 그 성관계에 정말로 심각한 개인적 의미를 두지는 않았다. 그것으로 인해 자기의 신세가, 어쩌다 황금 개목걸이를 차게 되어 사람마다 모두 시샘하며 불쾌해하는 임자 없는 똥개에서 안락한 상류 사회의 애완견 신세로 바뀌지는 않을 것이라는 사실을 잘 알고 있었다.

결정적인 사실은 바로 영혼 저 밑바닥에서부터 그가 열외자이자 반사회적인 존재라는 점, 그리고 아무리 겉모양을 본드 가로 치장하더라도 마음속으로는 자신도 그 사실을 인정하고 있다는 점이었다. 고립은 그에게 필수적인 것이었다. 근사한 상류계 사람들과 적당히 하나가 되어 어울리는 외관 역시 마찬가지로 필수적이었지만.

그러나 이따금 찾아오는 사랑도 마음을 달래고 위로해 주는 것으로서 역시 좋은 것이었다. 그리고 그는 이를 고맙게 받아들였다. 아니, 그는 아주 뜨겁고 절실한 마음으로 한 줄기 자연스럽고 자발적인 친절함을, 말하자면 거의 눈물을 흘릴 정도로 고맙게 받아들였다. 창백하고 변함없는 표정의, 환멸에 찬 얼굴 아래에서 그의 어린애 같은 영혼은 여자에게 감사하는 마음으로 흐느껴 울었고, 다시 그녀에게로 다가가기를 뜨겁게 갈망했다. 정말은 자신이 그 여자에게서 떨어져 피하리라는 것을 그의 추방당한 영혼은 또한 알고 있었지만.

홀에 촛불을 켜고 있을 때, 그는 기회를 잡아 그녀에게 말을 걸었다.

"당신에게 가도 될까요?"

"내가 당신한테 갈게요." 그녀가 말했다.

"아, 좋아요!"

오랫동안 기다렸는데도 그녀는 아직 오지 않았다. 그러나 마침내 그녀는 왔다. 그는 몸을 떨면서 흥분하는 유형의 연인이었는데, 절정의 순간에 금방 이르렀다가 또 금방 끝나버렸다. 그의 벌거벗은 몸에서는 이상하게 어린아이

같기도 하고 무방비 상태 같기도 한 무언가가 느껴졌다. 그것은 마치 어린아이들이 벌거벗고 있는 것과도 같았다. 자신을 지키는 그의 모든 무기는 재치와 교활함, 바로 그 본능적인 교활함에 있었다. 그런데 이런 것들이 해제되자 그는 두 배로 벌거벗은 듯했고, 아직 미숙하고 부드러운 육체를 지닌 채 어쩐지 무기력하게 버둥거리고 있는 어린 아이처럼 보였다.

그는 여자에게 일종의 격렬한 연민과 다정함, 그리고 거칠게 갈구하는 육체적 욕망을 불러일으켰다. 그러나 그는 그녀의 이 육체적 욕망을 만족시켜 주지 못했다. 그는 항상 너무 빨리 절정에 이르러 끝내버렸으며, 그런 다음에는 그녀의 가슴 위에서 오그라들며 축 늘어졌고, 그녀가 멍해진 채 실망하여 헤매는 동안 자신의 뻔뻔함을 어느 정도 회복하는 것이었다.

그러나 다음 순간 여자는 그를 붙들어 두는 법을, 그의 절정이 끝났을 때 그를 자기 몸속의 그곳에 계속 잡아놓는 법을 이내 터득했다. 그리고 그는 이에 너그러이 응해 주었고 또 묘하게도 그 행위 능력을 유지했다. 그는 그녀의 몸속에 단단하게 머물러 있으면서, 그녀가 몸을 움직여, 격렬하고 정열적으로 몸을 움직여 마침내 절정에 이르는 동안 그녀에게 몸을 맡겼다. 그리고 단단하게 발기된 자신의 수동적 대응으로부터 그녀가 오르가즘의 만족을 얻으면서 격렬한 흥분에 이르는 것을 느꼈을 때, 그는 야릇한 자부심과 만족감을 맛보았다.

"아, 정말 참 좋았어요!" 그녀는 떨리는 목소리로 속삭였다. 그러더니 곧 그의 몸에 꼭 달라붙은 채 아주 조용해졌다. 그리고 그는 혼자만의 고독에 잠긴 채, 그러나 어쩐지 자랑스러운 느낌으로 함께 누워 있었다.

당시 그는 단지 사흘 동안 그곳에 머물렀는데, 클리퍼드에게는 첫날 저녁과 조금도 다름없는 태도로 대했다. 코니에게도 마찬가지였다. 그의 외관을 허무는 것은 불가능했다.

그는 코니에게 편지를 썼는데, 예의 그 애수와 우울에 찬 어조는 여전했고 이따금씩 재치가 담기기도 했으며, 성적 기미를 전혀 풍기지 않는 묘한 애정이 배어 있었다. 일종의 희망 없는 애정을 그녀에게 느끼는 듯이 보였으며, 근본적인 거리감은 그대로 남아 있었다. 그의 마음속 깊은 곳에는 아무런 희망도 없었고, 또 희망이 없기를 원했다. 그는 오히려 희망을 혐오했다. '굉장한 희망이 지상을 쓸고 지나갔다.(Une immense espérance a traversé la terre.)'[3]는 말을 그는 어디선가 읽었는데, 이에 대해 그가 덧붙인 논평은 이러했다. '그리고 그것은 소유할 가치가 있는 모든 것을 깡그리 물속에다 처박아 몰살시켰다.'

코니는 결코 그를 진정으로 이해하지는 못했지만, 그녀 나름의 방식으로 그를 사랑했다. 그러는 내내 그녀는 그와 비슷한 절망감이 자신의 내면에도 생겨나는 것을 느꼈다. 희망이 없는 상태에서 그녀는 정말, 제대로 사랑을 할 수

---

3) 프랑스 낭만파 시인이자 극작가인 알프레드 드 뮈세(Alfred de Musset, 1810~1857)의 시구.

없었다. 게다가 아무 희망이 없는 그는 도대체 사랑이란 것을 전혀 할 수가 없는 사람이었다.

그런 식으로 두 사람은 편지를 주고받기도 하고 가끔씩 런던에서 만나기도 하면서 꽤 오랫동안 관계를 지속했다. 그녀는 늘, 그의 보잘것없는 오르가즘이 끝나고 나면, 자기 혼자 움직이면서 그로부터 육체적인 성적 쾌감의 전율을 얻고자 했다. 그리고 그 역시 늘 그녀에게 절정을 안겨 주고 싶어 했다. 그것은 두 사람을 계속 연결시켜 주기에 충분했다.

그리고 그것은 그녀에게 일종의 묘한 자신감을, 아무것도 개의치 않는 듯하고 약간 오만해 보이기도 하는 그런 태도를 띠게 하기에 충분했다. 그것은 스스로의 용감함에 대한 거의 기계적이라고 할 만한 자신감이었으며 엄청난 명랑함을 동반했다.

라그비에서 그녀는 굉장히 명랑했다. 그리고 그녀는 북돋워진 명랑함과 만족감을 모두 클리퍼드를 자극하는 데 사용했고, 그 결과 그는 자신의 최고작을 이 시기에 써냈으며 묘하고 맹목적인 행복감에 거의 취해 있었다. 사실 그는 코니가 자신의 몸 안에 발기된 채 수동적으로 가만히 있는 마이클리스의 남성성으로부터 얻어낸 육체적 만족의 열매를 거둔 것이었다. 그러나 그는 물론 이 사실을 결코 알지 못했으며, 만일 알았다면 절대 고맙다고 하지 않았으리라!

하지만 그녀의 그 즐거움이 넘쳐나는 듯 명랑하고 자극적인 나날들이 끝나 완전히 사라져버렸을 때, 그리하여 그녀가 침울해지고 짜증스러워졌을 때, 클리퍼드는 얼마나 그런 날들이 다시 오기를 갈망했던가! 그가 사실을 알았더라면 아마 그녀와 마이클리스를 다시 어울리게 해주고 싶기까지 했을지도 모른다.

# 제4장

코니는 '믹'——사람들은 그를 보통 그렇게 부르는데——
과의 관계에 희망이 없다는 것을 늘 예감하고 있었다. 하
지만 다른 남자들이 그녀에게 주는 의미는 아무것도 없는
듯했다. 그녀는 클리퍼드에게 애정이 있었다. 그는 그녀의
삶으로부터 아주 많은 것을 원했고 그녀는 그것을 주었다.
그러나 그녀 역시 남자의 삶으로부터 많은 것을 원했는데,
클리퍼드는 이것을 주지 못했다. 아니, 줄 수가 없었다.
이따금 마이클리스와 만나 경련하는 듯한 관계를 갖곤 했
다. 그러나 그녀가 예감으로 알고 있었던바, 그것은 언제
라도 끝장날 것이었다. 믹은 어떤 것도 계속 해나갈 수 없
는 사람이었다. 어떤 관계든지 끊어버리고, 따로 떨어져서
고독하게 완전히 혼자 떠도는 외톨박이로 돌아가야 하는
것이 바로 그의 타고난 존재의 일부분이었다. 그것은 그에

게 가장 중요한 필수 조건이었다. 비록 그는 항상 "그녀가 날 버렸어!"라고 말하곤 했지만.

세상은 여러 가지 가능성으로 가득 차 있다고들 하지만, 대부분의 개인적 경험에 있어서는 그 범위가 극히 좁아서 가능성은 아주 조금밖에 되지 않는다. 바다에는 훌륭한 고기가 아주 많다——아마 그럴 것이다! 그러나 그 무리의 대부분은 고등어 아니면 청어인 것으로 보이며, 따라서 당신 자신이 고등어나 청어가 아니라면 바다에서 훌륭한 고기를 발견하기가 극히 어려울 것이다.

클리퍼드는 빠른 속도로 유명해져 갔으며 돈도 많이 벌어들였다. 많은 사람들이 그를 만나러 왔다. 라그비에는 코니가 접대해야 할 사람들이 거의 끊이지 않았다. 그러나 그 사람들은, 이따금 메기나 붕장어가 섞이긴 했지만, 대부분 고등어 아니면 청어였다.

그러나 고정적으로 늘 찾아오는 남자들이 몇몇 있었다. 클리퍼드와 케임브리지에 다니며 어울렸던 남자들이었다. 그중에는 군에 계속 남아 여단장이 된 토미 듀크스가 있었다. "군대는 나에게 생각할 시간을 주고, 인생이라는 전투에 맞서야 하는 것으로부터 나를 구해 준다네."라고 그는 말했다. 또 아일랜드인인 찰스 메이가 있었는데, 별에 관한 과학적인 글을 쓰는 사람이었다. 그리고 역시 작가인 해먼드가 있었다. 모두 클리퍼드와 비슷한 연배로, 당대의 젊은 지식인들이었다. 그들은 모두 정신적 삶이라는 것을 믿었다. 그것과 관계없는 행동은 사사로운 개인사일 뿐 별로 중요한 일이 아니었다. 다른 사람에게 몇 시에 화장실에 가는지 물어볼 생각을 하는 사람은 아무도 없다. 그것은 당사자 외에는 아무도 관심 없는 일인 것이다.

그런데 일상생활의 문제들 대부분이, 가령 돈을 어떻게 버는지, 아내를 사랑하는지, 또는 '바람'을 피우는지 등이 바로 그렇다. 이 모든 문제들은 당사자에게만 관계있는 일로서, 화장실에 가는 것과 마찬가지로 다른 어떤 사람에게도 아무 관심거리가 못 되는 것이다.

"성(性) 문제에 있어서 핵심은……." 아내와 두 아이가 있지만 어떤 여자 타이피스트와 훨씬 가까운 관계를 맺고 있는, 키가 크고 홀쭉한 친구인 해먼드가 말했다. "바로 그것이 아무 요점도 없는 문제라는 사실에 있다네. 엄격하게 말해 문제될 게 아무것도 없는 거야. 우리는 어떤 사람을 화장실까지 따라가고 싶어 하지는 않지. 마찬가지로, 그 사람이 여자와 함께 침대로 기어 들어간 곳까지 우리가 따라갈 이유 역시 없지 않느냐, 이거야. 바로 여기에 문제의 핵심이 있지. 화장실 가는 것과 똑같이 남녀 관계의 문제에도 우리가 상관하지 않는다면, 아무 문제도 없을 거라는 말이야. 그런 건 모두 그야말로 무의미하고 분별없는 공론이며, 그릇된 호기심의 문제에 불과할 뿐이야."

"맞아, 해먼드, 맞아! 그렇지만 누가 줄리아와 성관계를 갖기 시작하면 자네는 속이 끓어오르기 시작할 거야. 그리고 그게 계속되면 자넨 곧 비등점에 올라 폭발 직전에 이르겠지." 줄리아는 해먼드의 아내였다.

"물론, 바로 그렇지! 그건 그 작자가 내 거실 한쪽 구석에 오줌을 싸기 시작하는 경우에도 마찬가지야. 이 모든 일들에는 장소가 따로 있는 거니까."

"그러니까 그가 어디 적당한 구석방에서 줄리아와 관계를 가지면 자넨 개의치 않는다는 말인가?"

찰리 메이는 약간 빈정대듯 말했다. 그가 예전에 줄리아와 아주 조금 시시덕거리는 수작을 벌인 적이 있는데, 그때 해먼드가 아주 난폭하게 굴었기 때문이다.

"물론 개의하지. 섹스는 나와 줄리아만의 사적인 문제이고, 따라서 다른 사람이 끼어드는 것을 내가 용납하지 않는 것은 당연한 일이지."

"사실은 말이야." 야위고 주근깨가 있는 토미 듀크스가 말했다. 그는 창백하고 다소 뚱뚱한 편인 메이보다 훨씬 더 아일랜드 사람같이 보였다. "사실은 말이야, 해먼드, 자넨 소유 본능이 강하고 자기를 주장하려는 의지가 강하며 성공하고 싶어 하지. 나는 군대에 확실하게 몸담고 살아온 사람이라 세상의 방식에서는 벗어나 있는 셈인데, 그런 내 눈에는 성공과 자기주장을 향한 열망이 사람들 마음에 얼마나 지나칠 정도로 강하게 자리 잡고 있는지 보인다네. 그것은 지나칠 정도로 과도하게 발달되어 있네. 우리의 모든 개성이 그쪽으로 흘러간 거지. 그리고 물론 자네 같은 사람들은 여자가 뒷받침해 주면 더 잘 헤쳐나갈 수 있다고 생각하지. 그게 바로 자네가 그렇게 질투를 하는 이유야. 그건 또 바로 섹스가 자네에게 갖는 의미이기도 한데, 섹스는 자네와 줄리아 사이에 없어서는 안 될 작은 발전기로서 성공을 가져다주는 도구이지. 자네가 성공에서 멀어지기 시작하면, 성공에서 멀어진 찰리 이 친구와 마찬가지로 자네는 다른 여자에게 수작을 걸기 시작할 걸세. 자네와 줄리아처럼 결혼한 사람들은 여행자들의 가방처럼 겉에 꼬리표가 붙어 있다네. 줄리아에겐 아널드 B. 해먼드 부인이라고 꼬리표가 붙어 있지. 기차에 실려 가는 누군가의 여행 가방과 똑같이 말일세. 그리고 자네에겐 아널드 B. 해먼드 부인 댁내(宅內) 아널드 B. 해먼드라고 꼬리표가 붙어 있지. 아, 그래, 자네 말이 딱 맞네, 딱 맞아! 정신생활에는 안락한 집과 괜찮은 요리가 필요하지. 자네 말이 맞네. 자손까지도 필요하지. 그러나 그 모든 것은 다 성공을 향한 본능에 의존하고 있다네. 모든 것이 바로 그 본능을 중심축으로 돌아가고 있지."

해먼드는 좀 감정이 상한 듯이 보였다. 그는 자신의 정신이 성실하다는 것과 자기가 기회주의자가 아니라는 점을 다소 자랑스럽게 여기는 사람이었다. 그렇지만 그는 성공을 원하긴 했다.

"그래, 정말 사실이야, 돈 없이는 살아갈 수 없다는 것은." 메이가 말했다. "제대로 살아나가려면 어느 정도 돈이 있어야 해. 자유롭게 생각하는 것만을 위해서도 어느 정도는 돈이 있어야 해. 그렇잖으면 굶주린 배 때문에 아무것도 할 수 없게 되지. 그렇지만 내가 보기에 성(性)에 대해서는 꼬리표를 붙이지 않아도 될 것 같아. 우리는 누구하고도 이야기를 나눌 자유가 있잖아? 마찬가지로 우리한테 하고 싶은 마음을 불러일으키는 여자라면 그게 누구든 성관계를 가질 자유가 우리에게 있는 것 아니냐, 이거야."

"색을 밝히는 켈트 사람[1]이 여기 계시는군." 클리퍼드가 말했다.

"색을 밝힌다고! 글쎄, 그러지 못할 게 뭐 있어? 여자와 잠자리를 같이한다는 것은, 여자하고 춤을 추는 거나 마찬가지로, 심지어 여자하고 날씨에 대해 이야기하는 것과도 마찬가지로 여자에게 해가 될 것이 없다고 난 생각해. 그건 그저 생각 대신에 감각을 서로 교환하는 것일 뿐이야. 그러니 안 될 게 뭐가 있다는 거야?"

"토끼들처럼 마구잡이로 흘레붙을지로다!" 해먼드가 말했다.

"못할 게 뭐 있어? 토끼들한테 잘못된 게 뭐가 있는데? 신경과민에다 혁명을 일삼고 신경질적인 증오로 가득 찬 인간들보다 토끼들이 나쁜 게 뭐가 있느냐 말이야."

"하지만 그렇다 하더라도 우린 토끼가 아니잖아." 해먼드가 말했다.

"그럼, 아니고말고! 나에게는 정신이 있으니까 말이야. 다시 말해 거의 죽고 사는 것 이상으로 나의 관심을 끄는 어떤 천문학 문제들을 놓고 나는 계산을 해야 하거든. 하지만 때로는 소화 불량으로 방해를 받는다네. 배고픔으로 인한 방해는 정말 끔찍할 정도고. 마찬가지로 굶주린 성욕도 나를 방해하지. 그럼 어떻게 되는 거지?"

"지나친 탐닉으로 인한 성적 소화불량이 자네를 방해하는 더 심각한 문제일 거라고 난 생각했는걸." 해먼드가 비꼬는 듯이 말했다.

---

1) 아일랜드인은 켈트족이다.

"무슨 말씀! 난 과식도 하지 않거니와 과도하게 그 짓을 해대지도 않는다네. 욕구를 너무 많이 채우는 것에 대해서 우리는 선택할 수가 있지. 하지만 자네 같은 식이라면, 나는 완전히 굶주릴 수밖에 없을 것 같군."

"천만에! 자네가 결혼을 하면 되지."

"내가 결혼할 수 있을지를 자네가 어떻게 안다는 거야? 결혼은 내 정신 작용에 적합하지 않을 수 있어. 결혼은 내 정신 작용을 망쳐버릴지도 몰라. 아니, 망쳐버릴 거야. 그런 쪽으로는 난 소유 본성이 작용하질 않아──그렇다고 해서 나보고 수도승처럼 개집에 묶여 있으란 말인가? 완전히 웃기는 잡소리지. 여보게, 난 살아야 하고 내 계산을 해야 해. 그러기 위해서 난 가끔씩 여자가 필요해. 그런 걸로 야단을 떠는 일은 질색이네. 그리고 그 누구의 도덕적 비난이나 금지 따위도 난 거부하네. 여행용 옷가방처럼, 주소며 정거장 이름 등과 함께 내 이름이 적힌 꼬리표를 달고 다니는 여자를 보면 난 부끄러워하고 말 거야."

이 두 남자는 줄리아와 수작을 벌였던 일을 두고 아직 서로를 용서하지 않았던 것이다.

"재미있는 생각일세, 찰리." 듀크스가 말했다. "섹스가 이야기 나누기의 또 다른 형태에 불과한 것으로, 입으로 말하는 대신에 행동으로 말하는 것이라는 주장은 말이네. 그건 아주 맞는 말이라고 생각하네. 날씨나 그 밖의 것에 대한 의견을 주고받는 것과 똑같이 감각과 감정도 여자들과 주고받을 수 있다고 난 생각하네. 섹스란 남자와 여자 사이의 일종의 정상적인 육체의 대화라고 할 수 있지. 공통으로 생각하고 있는 게 없다면 우리는 여자하고 이야기를 나누지 않아. 즉 흥미롭게 이야기를 나눌 수 없는 거지. 바로 이와 마찬가지로, 어떤 여자와 뭔가 공통된 감정이나 공감이 없다면 우리는 그 여자와 잠자리를 같이하지 않을 것이란 말이야. 하지만 만약 우리가……."

"일단 우리가 어떤 여자와 제대로 들어맞는 감정이나 공감을 갖게 되는 경우, 당연히 그 여자하고 잠자리까지 가야지." 메이가 말했다. "그런 경우, 그녀와 잠자리까지 가는 것만이 유일하게 합당한 행동이야. 마치 누군가와 나누는 이야기가 흥미롭게 여겨질 때, 마음껏 이야기하면서 끝장을 보는 것만이 유일하게 합당한 행동인 것처럼 말이야. 혀를 가만히 이빨 사이에 넣고 깨물면서 점잔을 빼서는 안돼. 할 말이 있으면 다 내뱉어야지. 여자관계도 이와 똑같아."

"아냐." 해먼드가 말했다. "그건 틀린 말이야. 가령, 자네는 말이야, 메이, 자네는 자네 능력의 절반을 여자들한테 탕진하고 있네. 그 때문에 자네는, 그처럼 훌륭한 정신을 가지고 있으면서도 해야 할 일을 결코 진정으로 해내지 못할 걸세. 자네 능력은 다른 데로 너무 많이 낭비되고 있단 말이네."

"그럴지도 모르지. 그렇지만 해먼드, 이 친구야, 결혼생활이든 아니든 자네는 바로 그 다른 방면으로 쓰는 게 너무 없어서 탈이네. 자네는 정신의 순수성과 성실성을 지킬 수는 있겠지. 하지만 그 정신은 지독하게 말라비틀어져 가고 있네. 자네의 순수한 정신은, 내가 본 바로는, 작대기처럼 비쩍 말라빠져 가고 있단 말일세. 자넨 그저 말로 그걸 깔아뭉개고 있을 뿐이야."

토미 듀크스가 갑자기 웃음을 터뜨렸다.

"잘들 해보게, 이 두 정신의 대가(大家)들아!" 그가 말했다. "날 좀 보게. 난 높고 순수한 정신적인 일은 아무것도 하지 않고, 오직 몇 가지 생각을 적어두곤 할 뿐이라네. 하지만 난 또한 결혼을 하거나 여자 꽁무니를 쫓아다니거나 하지도 않지. 난 찰리 말이 상당히 맞다고 생각하네. 이 친구가 여자들 꽁무니를 쫓아다니고 싶어 할지라도, 뭐 꼭 너무 바짝 또는 자주 쫓아다닐 필요는 없겠지. 하지만 난 그가 쫓아다니는 걸 막지는 않을 거야. 해먼드에 대해 말하자면, 저 친구는 소유 본능을 지니고 있어서, 똑바른 길과 좁은 문[2]이 그에겐 딱 어울리지. 두고 보게, 그는 죽기 전에 머리끝에서 발끝까지 모범적인 영국의 문학가가 될 테니까. 다음으로 나에 대해 말하자면, 난 아무것도 아니야. 그저 폭죽 같은 존재일 뿐이지. 그런데 자넨 어떤 가, 클리퍼드? 자네도 섹스가 세상에서 성공하도록 남자를 도와주는 하나의 발전기라고 생각하는가?"

클리퍼드는 이런 때 대개 말을 많이 하지 않았다. 그는 결코 주장을 펴는 법이 없었다. 자신의 생각이 충분히 힘 있게 여겨지지 않았기 때문인데, 그는 사실 생각이 너무 정리가 안 되어 있고 감정에 쉽게 좌우되었다. 지금 그는 붉어진 얼굴에 불편한 듯한 표정을 지었다.

---

2) 마태복음 7장 14절 참조.

"글쎄!" 그는 말했다. "나 자신은 행위 능력이 없는(hors de combat) 상태인지라, 그 문제에 대해선 할 말이 아무것도 없는 것 같네."

"천만에!" 듀크스가 말했다. "자네 상체는 결코 행위 능력이 없는 상태가 아니야. 자네는 건강하고 완전한 정신적 생명력을 그대로 지니고 있네. 그러니 자네 생각을 한번 들어보세."

"글쎄!" 클리퍼드는 더듬거리며 말했다. "그렇다 해도 나에겐 별 생각이랄 게 없는 것 같은데. 아마 '결혼을 해서 그걸 해결하라.'는 말이 내 생각을 대체로 잘 나타내고 있다고 할 수 있을 것 같군. 물론 서로 사랑하는 남자와 여자 사이에서 그것은 아주 중요한 것이겠지만."

"어떤 종류의 중요한 것이란 말인가?" 토미가 물었다.

"아, 그건 서로 간의 친밀함을 완전하게 만드는 것이지." 클리퍼드는 이런 이야기를 할 때 여자가 그렇듯 불편해하면서 말했다.

"글쎄, 찰리와 나는 섹스란 대화처럼 일종의 의사소통 행위라고 믿는다네. 어떤 여자든지 나와 섹스에 대한 대화를 시작한다면, 당연히 나는 적당한 때가 되었을 때 그녀와 잠자리까지 가서 그 매듭을 지을 거야. 그런데 불행하게도 나와 그런 이야기를 특별히 시작해 보려는 여자가 아무도 없고, 그래서 난 혼자 잠자리에 들 뿐이지. 물론 그렇다고 나빠진 건 없어. 그러니까, 어쨌든 그러길 바란다는 거지. 나야 판단할 수 없는 일이니까 말이야. 어찌됐건 나에겐 별을 관측하다 방해받을 일도 없고 불멸의 작품을 쓸 일도 없어. 난 단지 군대에서 편히 노닥거리는 작자일 뿐이거든……."

침묵이 흘렀다. 네 사람은 담배를 피웠다. 그리고 코니는 앉아서 바느질을 계속했다. 그랬다, 그녀는 그 자리에 있었다! 그녀는 잠자코 앉아 있어야 했다. 그녀는 찍소리 없이 조용히 앉아서, 이 지극히 정신적인 신사들의 굉장히 중요한 사색을 방해하지 않아야 했다. 그러나 그녀는 그 자리에 있어야 했다. 그들은 그녀 없이는 그렇게 이야기를 잘 이어나가지 못했다. 그들의 생각은 그렇게 거침없이 흘러나오지 못했다. 클리퍼드는 코니가 없으면 훨씬 더 벽을 높이 쌓고 소심해졌으며, 훨씬 빨리 겁을 먹었다. 그래서 이야기가 진행되질 않았다. 토미 듀크스가 제일 이야기를 잘했는데, 그는 코니의 존재로 인해 약간 기분이 들뜨곤 했다. 해먼드는 코니의 마음에 들지 않았다. 그는 정신적인 면에 있어 너무 이기적인 듯했다. 그리고 찰스 메이는, 비록 코니가 좋아하는 점이 좀 있긴 했지만, 별을 연구하는 사람치고는 다소 불쾌하고 혼란스러워 보였다.

코니는 얼마나 자주 저녁마다 이 네 사내의 이야기에 귀를 기울이며 앉아 있었던가! 다른 사람이 한두 명 더 끼기도 하는 이들의 대화에 말이다! 그들이 어떤 결론에도 결코 이르지 못하는 것 같다는 사실에 대해 그녀는 별로 신경 쓰지 않았다. 그녀는 그저 그들이 지껄이고 싶어 하는 이야기를 듣는 것이 좋았는데, 토미가 그 자리에 있을 때면 특히 그랬다. 그건 재미있는 일이었다. 보통 사내들처럼 키스를 하고 몸을 비벼대는 것 대신에, 그들은 자신들의 정신을 그녀에게 드러내 보이고 있었다. 그것은 정말이지 굉장히 재미있었다. 그러나 그 얼마나 차디찬 정신들이었던가!

게다가 한편으로는 약간 짜증스러운 일이기도 했다. 그녀는 오히려 마이클리스가 그들보다 낫다고 생각했다. 비록 그들 모두가 마이클리스에 대해, 잡종 강아지 같은 출세주의자(arriviste)라느니 저질스럽기 짝이 없는 무식하고 방자한 상놈이라느니 하면서 아주 지독한 경멸을 퍼부어대었지만 말이다. 잡종 개에다 방자한 상놈이든 아니든, 그는 자기 나름대로 결론에 도달해 있었다. 정신생활을 과시하면서 갖가지 말로 그저 결론 주위를 맴돌기만 하지는 않던 것이다.

코니도 정신생활을 상당히 좋아했고 거기에서 굉장히 강한 쾌감을 얻기도 했다. 그러나 그녀는 그것이 좀 지나치다는 생각이 들었다. 이들 단짝 친구들의 굉장한 저녁 모임—그녀는 혼자 마음속으로 이렇게 불렀는데—에 담배 연기 자욱한 가운데 자리를 함께하는 것을 코니는 좋아했다. 자기가 말없이 함께 있지 않으면 그들은 이야기를 나눌 수조차 없다는 것이 그녀는 한없이 즐거웠으며 또 자랑스럽기도 했다. 그녀는 사유에 대해 커다란 존경심을 가졌다. 이들은 적어도 정직하게 사고하려고 애쓰긴 했다. 그러나 뭔가 있는 듯하면서도 잡히는 게 없었다. 그들은 모두 한결같이 뭔가를 목표로 이야기를 했지만, 아무리 해도 그녀는 그게 뭔지 알 수가 없었다. 그것은 믹 역시 분명히 밝혀 보여주지 못하는 어떤 것이었다.

그러나 믹의 경우 그가 하고자 애쓰는 일은 그저 삶을 헤쳐나가면서 다른 사람들이 그를 속이려고 하는 만큼 자신도 그들을 속이고자 하는 것밖에 없었다. 그는 정말로 반사회적인 인간이었으며, 이것이 바로 클리퍼드와 그의 단짝 친구들이 그에 대해 반감을 느끼는 부분이었다. 클리퍼드와 그의 단짝 친구들은 반사회적이지 않았다. 인류를 구원하는 일이나 아니면 최소한 인류를 가르치는 일에 그들은 어느 정도 열정을 보이고 있었다.

일요일 저녁에 이야기가 현란하게 전개되었는데 대화가 다시 사랑 문제로 흘러갔다.

"'서로 마음 맞는 무엇인가로 우리의 가슴을/묶어 연결해 주는 끈은 복되도다.'[3]" 토미 듀크스가 흥얼거리며 말했다. "이 연결해 주는 끈이란 게 무엇인지 궁금해! 바로 지금 여기 있는 우리를 묶어 연결해 주고 있는 끈은 서로 간의 정신적 마찰이라 할 수 있지. 이것을 빼면 우리들 사이엔 연결 끈이 정말 빌어먹게도 거의 없는 셈이야. 우리는 각자 찢어져 나가서는 서로에 대해 악의에 찬 말을 내뱉지. 세상의 다른 모든 빌어먹을 지식인들과 마찬가지로 말이야. 사실 그 점에 관한 한 누구나 똑같아. 빌어먹을 놈의 세상 사람들 모두가 다 그러니까 말이야. 그러잖으면 우리는 또, 각자 찢어져 나가서는 서로에 대해 느끼는 악

---

3) 영국 목사 존 포셋(John Fawcett, 1740~1817)이 작사한 찬송가 첫 두 구절 "그리스도의 사랑으로 우리의 가슴을/묶어 연결해 주는 끈은 복되도다."의 불완전한 인용. 이 찬송가는 우리나라 개신교 찬송가 525장 「주 믿는 형제들」에 의역되어 실려 있다.

의에 찬 감정을 달콤한 거짓말로 덮어 감추곤 하지. 이상하게도 정신생활이란 것은 바로 악의에다, 즉 말로 다 할 수 없고 깊이도 알 수 없는 악의에다 뿌리를 박고서 무성하게 뻗는 듯하단 말이야. 하기야 옛날부터 항상 그래 왔지! 플라톤이 묘사해 놓은 소크라테스와 그 주변의 무리를 한번 보라고! 그 모든 것에 나타난 완전한 악의(惡意)하며, 다른 이를 혹평하여 찢어발기며 그야말로 완전하게 즐겨대는 그 기쁨이란 정말! 프로타고라스든 그 누구든 말이야! 그리고 알키비아데스[4]를 비롯하여 그 싸움에 가담한 다른 모든 좀생이 제자 놈들을 보라고! 그걸 보면 보리수 아래 조용히 앉아 있는 석가모니나, 아무런 정신적 불꽃도 터뜨리지 않고 평화로이 제자들에게 간단한 주일 말씀을 들려주는 예수를 더 좋아하게 된다고 말하지 않을 수 없네. 그래, 정신생활에는 분명 뭔가 잘못된 게 있어, 근본적으로 말이야. 악의와 시기, 시기와 악의에 그것은 뿌리를 두고 있거든. '그 열매로 나무를 알지어다.'[5]가 되고 말 거야."

"우리가 그렇게 완전히 악의에 가득 찼다고는 생각하지 않네." 클리퍼드가 항변했다.

"여보게 클리퍼드, 우리가 서로에 대해 지껄이는 방식을 한번 생각해 보게──우리 모두를 말이야. 사실 나 자신이 다른 누구보다도 더 악질적이지. 하지만 그건 섞어서 꾸며 낸 달콤한 말보다 자연스럽게 생겨나는 악의를 내가 정말

---

4) 기원전 450~404년경에 살았던 아테네의 정치가.
5) 마태복음 12장 33절 참조.

무한히 더 좋아하기 때문이야. 그 입에 발린 말들은 오늘날 바로 독약이나 다름없다네. 가령, 내가 클리퍼드 자네에 대해 그는 얼마나 훌륭한 친구냐 등의 말을 하기 시작한다면, 클리퍼드 자네는 그저 불쌍하게 동정이나 받아야 할 녀석이 되고 마는 거야. 제발 부탁인데 말이야, 자네들 모두 나에 대해 악의에 찬 말을 해주게나. 그럼 난 내가 자네들에게 뭔가 의미 있는 녀석이라는 걸 알 수 있을 테니까. 입에 발린 말일랑 하지 말아주게. 그럼 난 끝장이네."

"아, 그렇지만 난 정말 우리가 진심으로는 서로를 좋아하고 있다고 생각하네." 해먼드가 항의하듯 말했다.

"똑바로 말한다면, 좋아하지 않으면 안 된다고 해야겠지! 우리는 서로에게 그리고 서로에 대하여, 등 뒤에서 그토록 악의에 찬 말을 해대고 있으니 말이야! 그리고 난 그 중에서도 가장 악질이지."

"그런데 난 자네가 정신생활을 비판 행위와 혼동하고 있다고 생각하네. 소크라테스가 비판 행위를 촉발시키면서 그것을 굉장한 것으로 지나치게 부풀렸다는 점에 대해서는 자네와 동감이네. 하지만 그가 한 일은 그 이상이었네." 찰리 메이가 판정관처럼 다소 위엄 있게 말했다. 이들 단짝들은 겸손의 외양 아래 아주 묘한 거만함을 지니고 있었다. 그 모든 것이 아주 권위 있는 태도로(ex cathedra) 이루어졌는데, 그러면서 또한 아주 겸손한 척했다.

듀크스는 소크라테스에 관한 논의로 끌려 들어가기를 거부했다.

"그 말은 맞아, 비판과 지식은 동일한 것이 아니지." 해먼드가 말했다.

"물론, 그렇지요." 베리가 끼어들었다. 그는 얼굴이 볕에 탄 소심한 젊은이로, 듀크스를 만나보러 왔다가 그날 밤 머무르고 있던 차였다.

바보가 한마디 하기라도 한 것처럼 모두들 그를 바라보았다.

"난 지식에 대해 말한 게 아니었네. 정신생활에 대해 말한 거였지." 듀크스가 웃으며 말했다. "진정한 지식이란 의식의 몸 전체에서 나오는 것이지. 우리의 두뇌와 정신으로부터 나오는 것만큼 우리의 배때기와 자지로부터도 나오는 거야. 정신은 오직 분석하고 합리적으로 설명할 뿐이지. 정신과 이성이 다른 것들을 누르고 판세를 잡게 해보라고. 그럼 그것들이 할 수 있는 거라곤 그저 비판하고 죽여버리는 것뿐일 테니까. 정말 그것밖에 할 수 있는 게 없다고. 이건 굉장히 중요한 점이야. 아, 하지만 오늘날 세상은 비판이 필요하지. 죽도록 가해지는 비판이 말이야. 정신생활을 하면서 우리의 악의를 자랑하고, 썩어빠진 낡은 허울을 벌거벗기자고 주장하는 것은 바로 그 때문이지. 하지만 명심해야 할 게 있는데, 그건 바로 이런 것이네. 즉 삶을 살아가는 동안 어느 정도 우리는 각각 온전한 생명을 지닌 하나의 유기적 총체라는 것이네. 그런데 우리가 정신생활이란 것을 시작하는 순간 그 생명의 사과 열매를 따버리는 것이 되는 거야. 사과와 나무 사이의 연결, 즉 유기적 연결을 끊어버리는 셈이지. 따라서 우리의 삶에 정신생활 말고 아무것도 없다면, 우리는 바로 따버린 사과와

같은 존재가 되는 거야. 나무에서 떨어져 나왔다는 말이
지. 그리고 나아가, 마치 따버린 사과가 썩는 것이 자연적
필연인 것처럼, 우리가 악의에 가득 차게 되는 것은 논리
적인 필연인 거야."

클리퍼드는 눈을 크게 떴다. 그에겐 모두 부질없는 소리
였던 것이다. 코니는 몰래 혼자 웃었다.

"그러니까 뭐, 우린 모두 따버린 사과 신세로구먼." 해
먼드가 좀 심사가 꼬인 듯 퉁명스럽게 말했다.

"그럼 어서 우리 자신들로 사과주(酒)를 만들어야겠네."
찰리가 말했다.

"하지만 볼셰비키주의에 대해서는 어떻게들 생각하세
요?" 모든 것이 그 문제로 귀착되기라도 하는 듯, 그을린
얼굴의 베리가 말을 던졌다.

"옳거니!" 찰리 메이가 크게 외쳤다. "자, 볼셰비키주의
에 대해서 어떻게들 생각하나?"

"자, 그래, 볼셰비키주의를 한번 작살내 보자고!" 듀크
스가 말했다.

"볼셰비키주의는 좀 문제가 큰 것 같은데." 해먼드가 머
리를 심각하게 흔들어대면서 말했다.

"내가 보기에 볼셰비키주의란," 찰리가 말했다. "그저
소위 부르주아라는 것에 대한 지극한 증오에 불과한 것 같
아. 그런데 부르주아가 무엇이냐 하는 것은 완전히 정의(定
義)되어 있지 않은 상태야. 여러 가지가 있겠지만 그것은
자본주의 자체를 뜻하기까지 해. 또 사람의 뭇 감정과 정
서란 것들 역시 아주 확고하게 부르주아적 성격을 지니고

있기 때문에, 부르주아적이지 않은 감정이나 정서를 가진 사람은 새로 발명하지 않고는 찾아볼 수가 없을 거야. 그렇다면 각 개인들, 특히 개별 인격체로서의 각 사람은 부르주아가 되고 마는 셈이지. 따라서 개개인은 억압해야만 하는 존재인 거야. 보다 커다란 것, 즉 소비에트 사회와 같은 것에 개인은 함몰되어야 하는 거지. 하나의 유기체라는 것조차 부르주아야. 따라서 이상(理想)적인 것은 기계적인 것일 수밖에 없지. 하나의 단위로서 유기체가 아닌 것, 그리고 서로 다른 많은 부분들로 구성되어 있지만 각 부분들이 똑같이 필수적인 것은 바로 기계밖에 없으니까 말이야. 각각의 사람은 기계의 한 부품을 이루고 증오, 즉 부르주아에 대한 증오가 그 기계의 동력을 이루고 있는 것! 바로 그게, 내가 보기엔 볼셰비키주의야."

"그래, 정말 맞아!" 토미가 말했다. "하지만 내가 보기에 그것은 또한 산업의 이상(理想) 전체에 대한 완벽한 설명이기도 해. 한마디로 그것은 바로 공장 소유자의 이상이야. 증오가 그 동력이라는 점을 그가 부인할 거라는 사실만 빼고 말이야. 하지만 역시 증오인 것은 마찬가지지. 생명 그 자체에 대한 증오를 동력으로 하고 있으니까. 이곳 중부 지방만 한번 보라고, 그게 똑똑히 쓰여 있지 않느냐 이 말이야. 하지만 이런 것 모두 다 정신생활의 일부분이지. 논리적인 전개일 뿐이고 말야."

"난 볼셰비키주의가 논리적이라는 말에 동의할 수 없어. 그것은 대부분의 논리적 전제를 거부하거든." 해먼드가 말했다.

"여보게, 그것은 물질적 전제를 허용하고 있다네. 순수한 정신 역시 그렇지. 서로 배타적으로 말이야."

"적어도 볼셰비키주의는 이제 더 이상 밀고 나갈 수 없는 맨 밑바닥까지 도달해 있어." 찰리가 말했다.

"맨 밑바닥이라고! 그건 바닥이 없는 바닥이라네! 볼셰비키주의자들은 아주 짧은 시일 내에 세계에서 가장 훌륭한 기계 장비를 갖춘 가장 훌륭한 군대를 갖게 될 걸세."

"하지만 이렇게 계속될 수는 없을 거야. 이 증오의 행위는 말이야. 반드시 반발이 일어나고 말 거야……." 해먼드가 말했다.

"글쎄, 십 년 동안 기다려왔는데 더 기다려봐야지. 증오란 다른 것과 마찬가지로 점점 자라나는 것이라네. 생각을 삶에 강요하는 것, 가장 깊은 본능을 강요하는 것의 필연적인 결과는 바로 증오야. 우리의 가장 깊은 감정들을 우리는 어떤 생각들에 따라 강요하지. 기계처럼 어떤 하나의 공식으로 우리 자신을 몰고 가는 거야. 논리적 정신이 발판을 지배하는 체하고 있는데, 그 발판은 곧 순전한 증오로 변해 버리고 만다네. 우린 모두 볼셰비키주의자들이야. 우리가 위선자라는 것만 빼면 말야. 반면 러시아인들은 위선이 없는 볼셰비키주의자들인 것이지."

"하지만 소비에트 방식 말고 다른 방식이 많잖아." 해먼드가 말했다. "볼셰비키주의자들은 정말로 지적인 사람들은 아니야."

"물론 그래. 하지만 때때로 좀 모자란 것이 지적인 것일 수 있어. 목적을 달성하고자 할 경우에는 말이야. 개인적으로, 난 볼셰비키주의를 좀 모자란 것으로 여긴다네. 하지만 서구 사회에서의 우리의 삶 역시 나는 좀 모자란 것으로 여기네. 난 심지어 널리 알려진 우리의 정신생활이란 것조차 좀 모자란 것이라고 여긴다네. 우리는 모두 크레틴병[6] 환자처럼 싸늘하게 식어 있고 백치처럼 아무런 열정도 없는 존재야. 우리는 모두 볼셰비키주의인 거야. 다만 다른 이름으로 부르고 있을 따름이지. 우리 자신이 신(神)이라고, 신과도 같은 인간이라고 우리는 생각하지! 그런데 그건 바로 볼셰비키주의와 똑같은 것이야. 신이나 볼셰비키주의자가 되는 것을 모면하려면, 우리는 바로 인간이 되어야 해. 심장이 있어야 하고 자지가 있어야만 하는 거야. 신과 볼셰비키주의자는 똑같아. 둘 다 너무나 훌륭해서 진짜일 수가 없는 것들이야."

동의하지 않는다는 뜻의 침묵이 흐르는 사이로 베리가 불안스럽게 질문을 던졌다.

"그렇다면, 토미, 당신은 사랑이란 것을 믿으시는 거지요?"

"이 친구 정말 귀엽기도 하네!" 토미가 말했다. "아닐세, 요 귀염둥이 친구야. 십중팔구는 아니라네! 오늘날 사랑이란 그 좀 모자란 연기(演技) 행위 중의 또 다른 하나일 뿐이야. 허리를 흔들어대는 녀석들이, 쪼끄만 사내아이 엉덩이 크기 정도밖에 안 돼서 꼭 두 개의 목깃 단추만 하게 보이는 엉덩이를 달고 재즈를 춰대는 조그만 소녀들과 섹

---

6) 선천적인 갑상선 결함으로 기형과 정신박약이 되는 병.

스를 해대는 짓을 내가 믿느냐고? 자네가 말하는 것은 바로 그런 종류의 사랑 아냐? 아니면 재산을 공유하고 성공 제일주의로 매진하며, 내 남편이고 내 아내니 건드리지 말라는 식의 사랑을 말하는 것 아냐? 아닐세, 이 멋진 친구야, 난 그런 것 따윈 전혀 믿지 않는다네!"

"하지만 당신은 분명 뭔가 믿는 게 있겠지요?"

"나 말인가! 아 그래, 지적인 차원에서 나는, 가슴이 따뜻하고 자지가 팔팔하고 지성이 발랄하며 숙녀 앞에서도 '이런 젠장!'이라고 말할 만한 용기가 있는 것의 가치를 믿는다네."

"그럼, 전부 다 당신이 갖추고 있는 것이군요." 베리가 말했다.

토미 듀크스는 크게 웃음을 터뜨렸다. "자넨 천사 같은 친구야! 내가 그렇기만 하다면! 정말 내가 그렇기만 하다면! 하지만 전혀 그렇지가 않아. 내 가슴은 감자처럼 무감각하고, 내 자지는 축 늘어져서 머리를 빳빳이 쳐드는 법이 결코 없다네. 그리고 난 자지를 싹둑 잘라 내버렸으면 내버렸지 어머니나 숙모—잘 들어두게, 그들은 진짜 숙녀들이야—앞에서 '이런 젠장!'이라고는 차마 말하지 못하는 사람이야. 게다가 난 정말로 지적인 사람이 못 돼. 고작 '정신생활자'에 불과하지. 지적인 사람이 된다는 건 정말 근사한 일일 거야. 그런 사람은, 입에 담아 말할 수 있는 부분이건 없는 부분이건 몸의 모든 부분이 다 살아서 생기가 넘칠 거야. 자지가 머리를 치켜들고는 '안녕하십니까!' 하고 말할 거야. 진정으로 지적인 사람이면 누구에게든지 말이야. 르누아르는 자지로 그림을 그렸다고 말한 적이 있지. 그는 정말 그렇게 그렸던 거야. 아름다운 그림들을 말이야! 나도 내 자지로 뭔가를 할 수 있다면 좋겠어. 하지만 맙소사, 그저 말로만 나불거릴 수 있을 따름이니! 이런 고통은 분명 지옥에 하나 추가되었을 거야! 바로 소크라테스가 시작한 것이지."

"세상에는 좋은 여자들이 많아요." 코니가 고개를 들고, 마침내 입을 열어 말했다.

남자들은 불쾌하게 여겼다. 그녀는 아무것도 못 들은 척하고 있어야 했던 것이다. 이런 이야기에 그렇게 열심히 주의를 기울이고 있었다는 것을 그녀가 나타내 말하는 것이 그들은 싫었다.

"아이고! '나한테 친절히 잘 대해 주지 않는다면 / 아무리 좋은 여잔들 나와 무슨 상관이겠어요!'[7] 그래요. 아무런 가망도 없어요! 난 그저 어떤 한 여자와 하나가 되어 교감의 떨림을 느낄 수가 없는 겁니다. 얼굴을 마주 대할 때 정말로 원하는 마음이 드는 여자가 하나도 없는 거예요. 그리고 억지로 그런 마음을 갖고 싶은 생각도 없지요. 아이고, 정말 그렇게는 안 할 겁니다! 난 지금 이대로 살아갈 것이고, 정신생활을 계속 해나갈 것입니다. 그게 내가 할 수 있는 유일하게 정직한 일이니까요. 여자들과 이야기를 하면서 내가 아주 행복해할 수는 있지요. 하지만 그건

---

7) 조지 위더(George Wither, 1588~1667)의 시 「연인의 결심 A Lover's Resolution」에 나오는 구절.

완전히 순수한 것, 정말 아무 가망 없이 순수한 것일 뿐입니다. 정말 아무 가망 없이 순수한 것이지요! 여보게, 내 애송이 친구, 힐데브란트, 자넨 어떻게 생각하나?"

"순수함을 유지한다면 복잡한 것은 훨씬 덜하겠지요." 베리가 말했다.

"맞아! 삶이란 정말 너무도 단순한 것이지!"

# 제5장

　햇볕이 약하게 내리쬐는 2월의 어느 서리 내린 아침, 클리퍼드와 코니는 저택 영지의 임원을 지나 숲까지 산책을 나갔다. 다시 말해, 클리퍼드는 모터 달린 의자를 타고 털털거리며 나아갔고 코니는 그의 곁에서 걸어갔다.

　쌀쌀한 대기에는 여전히 유황 냄새가 배어 있었지만, 두 사람은 그 냄새에 익숙해져 있었다. 가까이 보이는 지평선 근방에는 서리와 연기가 뒤섞여 희뿌연 색을 띤 안개가 끼어 있었다. 그리고 그 위로 푸른 하늘이 조금 펼쳐져 보였다. 그 때문에 마치 무슨 울타리 안에 있는 것 같은, 언제나 안에만 있는 것 같은 느낌이 들었다. 인생이란 울타리 안에서의 한 자락 꿈이거나 착란과 같은 것.

　양들이 임원의 거칠고 마른 풀밭 위에서 기침하듯 울었고, 풀덤불의 밑동마다 서리가 푸르스름하게 끼어 있었다.

임원을 가로질러 숲의 출입문에 이르기까지 길은 가느다란 분홍색 띠처럼 이어졌다. 클리퍼드가 얼마 전 그 길에 탄광 갱구에서 가져온 자갈을 골라 새로 깔게 했던 것이다. 땅속에서 나온 바위와 잡석들은 불에 타 유황 성분이 다 없어지고 나면 밝은 분홍빛이 되었는데, 건조한 날에는 새우 색깔을 띠고 비가 오는 날에는 좀 짙어져 꽃게 색깔을 띠었다. 그런 자갈들이 깔려 있는 길은 지금 파르스름하니 하얀 서리가 덮인 채 연한 새우 빛을 띠고 있었다. 코니는 늘, 잘 골라서 깔아놓은 발밑의 이 밝은 분홍빛 자갈길이 마음에 들었다. 한 사람에게는 쓸모없는 것이 다른 사람에 겐 유익한 것일 수 있는 법이다.

클리퍼드는 저택에서부터 언덕의 비탈을 따라 조심스럽 게 운전해 내려갔으며, 코니는 그 모터 의자를 손으로 계속 잡고 있었다. 앞쪽으로 숲이 펼쳐져 있었는데, 가까이 는 개암나무 숲이었고 그 너머로는 빽빽이 우거진 자줏빛 참나무 숲이었다. 숲 가장자리에서 토끼들이 쫑긋거리며 나와 풀을 뜯어먹고 있었다. 떼까마귀들이 갑자기 열을 지 어 검게 날아오르더니 좁다란 하늘 너머로 길게 뻗어나가 며 사라졌다.

코니가 숲의 출입문을 열었고, 클리퍼드는 천천히 털털 거리며 이를 지나 널따란 승마용 길로 나아갔는데, 이 길 은 깨끗하게 가지치기가 된 개암나무 숲 사이로 비탈져 올 라가는 길이었다. 이 숲은 그 옛날 로빈 후드가 사냥했던 드넓은 삼림 중에 아직 남아 있는 부분으로, 이 길도 옛날 에 고장을 가로질러 지나가는 중심 도로였던 아주 오래된 길이었다. 그러나 물론 지금은 개인 소유의 숲을 통과하는 승마용 길에 불과했다. 길은 맨스필드 쪽으로부터 이어져 와서는 북쪽으로 휘어져 돌아갔다.

숲 속에서는 모든 것이 쥐 죽은 듯 조용했다. 땅 위 오래된 낙엽들 아래에는 서리가 그대로 덮여 있었다. 어치한 마리가 거슬리는 목소리로 울어대자, 많은 작은 새들이 파닥거리며 날아올랐다. 그러나 사냥감 새는 하나도 없었다——꿩도 없었다. 전쟁 동안에 다 죽어 없어진 데다가 숲도 클리퍼드가 사냥터지기를 다시 둘 때까지 아무렇게나 방치되어 있었기 때문이다.

클리퍼드는 이 숲을 좋아했다. 그는 오래된 참나무들을 좋아했다. 그에게 이 나무들은 대를 이어 자신의 것으로 전해 내려온 것처럼 느껴졌다. 그는 이 나무들을 보호하고 싶었다. 그는 이곳을 세상으로부터 격리시켜 침범당하지 않게 하고 싶었다.

모터 의자는 얼어붙은 흙덩이 위로 흔들거리고 덜컹대면서, 비탈을 천천히 털털거리며 올라갔다. 그러자 갑자기 왼편에 빈 터가 하나 나타났는데, 그곳엔 그저 죽은 고사리 덤불이 뒤엉켜 있고 비실비실하고 가냘픈 어린 나무들이 여기저기 쓰러지듯 서 있었으며, 톱으로 잘린 커다란 그루터기들이 잘린 둥치와 갈퀴 같은 뿌리를 드러낸 채 죽어 널려 있을 뿐이었다. 그리고 나무꾼들이 잔 나뭇가지나 잡목 부스러기를 태운 자국이 시커멓게 몇 군데 보일 뿐이었다.

이곳은 바로 제프리 경이 전쟁 동안에 참호용 목재를 베어냈던 곳 중 하나였다. 승마용 길 오른쪽으로 완만히 올라간 언덕 전체는 벌거숭이가 된 채 기이하게 황폐한 모습이었다. 전에 참나무들이 서 있던 언덕 꼭대기에는 이제 헐벗은 자리만 남았다. 그리고 그곳에서부터 저쪽 편 나무들 너머로는 탄광의 철로와 스택스 게이트의 새 공장들이 바라다보였다. 코니는 전에 이곳에 서서 그쪽을 바라본 적이 있었는데, 그곳은 완전히 격리된 숲 속에 나 있는 하나의 틈이었다. 그것은 바깥세상이 들어오는 틈새였다. 그러나 그녀는 이것을 클리퍼드에게 말하지는 않았다.

이 벌거벗은 장소는 언제나 묘하게도 클리퍼드의 화를 돋웠다. 그는 전쟁을 겪었고, 전쟁이 무얼 의미하는지 분명히 알고 있었다. 그러나 그가 정말로 화가 난 것은 바로 이 헐벗은 언덕을 보고 난 다음이었다. 그는 그곳에 다시 나무를 심도록 하는 중이었다. 하지만 그 때문에 제프리 경을 미워하게 되었다.

클리퍼드는 모터 의자가 느릿느릿 올라가고 있는 동안 굳어진 얼굴로 앉아 있었다. 오르막 꼭대기에 이르렀을 때 그는 의자를 멈춰 세웠다. 몹시 덜컹거리는 긴 내리막 비탈길까지 가볼 마음은 나지 않았다. 그는 휘어져 내려간 승마로의 초록빛 감도는 내리막길을 바라보면서 앉아 있었다. 고사리 덤불과 참나무들 사이로 뚜렷하게 난 길이었다. 길은 언덕 기슭에서 휘어져서는 사라져 보이지 않았는데, 아주 근사하고 완만한 곡선을 그리고 있어, 승마용 말을 타고 달려가는 기사와 귀부인에게 딱 어울릴 만한 것이었다.

"바로 여기가 진짜 영국의 심장이라고 난 생각해." 희미한 2월의 햇살을 받으며 앉아 있던 클리퍼드가 코니에게 말했다.

"그래요?" 뜨개질로 짠 파란 옷을 입은 채로 그녀는 길가 그루터기 위에 앉으면서 말했다.

"그래! 여기가 바로 옛날 그대로의 영국이고, 그 심장이야. 그리고 난 이곳을 이대로 훼손되지 않도록 지켜낼 작정이야."

"아, 그렇게 해요!" 코니가 말했다. 그러나 그렇게 말했을 때 그녀는 11시에 터지는 스택스 게이트 탄광의 가스 배출 폭발음을 들었다. 클리퍼드는 그 소리에 너무 익숙해져 있어서 알아차리지 못했다.

"나는 이 숲을 완전하게, 이대로 아무도 손대지 못하게 보존하고 싶어. 어느 누구도 이 숲에 침입하지 못하게 하고 싶어." 클리퍼드가 말했다.

그 말에는 어떤 비감 같은 것이 서려 있었다. 이 숲에는 옛 영국의 원시적인 신비가 아직 일부 남아 있었다. 그러나 전쟁 기간 동안 제프리 경이 나무를 베어버린 탓에 훼손된 곳이 있었다. 나무들은 얼마나 고요하게 서 있는가! 구부러지고 얽힌 수많은 잔가지를 하늘로 뻗은 채, 오랜 풍상을 견뎌낸 회색의 완고한 줄기는 갈색의 고사리 덤불 사이로 우뚝 솟아 있었다. 그 나무들 사이로 새들은 또 얼마나 안전하게 날아다니고 있는가! 게다가 한때는 사슴과 활 쏘는 사냥꾼이 있었고 수도승들이 나귀를 타고 지나다니기도 했던 곳이다. 숲은 이를 기억하고 있었다. 아직도 기억하고 있었다.

클리퍼드는 창백한 햇살을 받으며 앉아 있었는데, 햇빛이 금발에 가까운 그의 부드러운 머리칼을 비추었고 발그레한 그의 둥근 얼굴은 알 수 없는 표정을 띠고 있었다.

"여기 오면 다른 어느 때보다도 더욱 아들이 없다는 것이 마음에 걸리곤 해." 그가 말했다.

"하지만 이 숲은 당신 가문보다 더 오래되었잖아요." 코니가 상냥하게 말했다.

사실 그랬다. 채털리 집안은 라그비에서 겨우 이백 년밖에 살지 않았던 것이다.

"맞아!" 클리퍼드가 말했다. "하지만 우리는 이 숲을 보존해 왔어. 우리가 없으면 이 숲은 없어지고 말 거야. 숲의 나머지 다른 부분과 마찬가지로 벌써 사라져버리고 말았을 거야. 옛 영국의 일부를 우리는 보존하지 않으면 안돼!"

"보존하지 않으면 안 된다고요!" 코니가 말했다. "그것이 보존되어야만 하는, 그것도 새로운 영국에 맞서서 보존되어야만 하는 상황이라 이 말이죠? 슬픈 일이군요."

"옛 영국의 일부가 보존되지 않는다면 진정한 영국은 완전히 사라지고 말 거야." 클리퍼드가 말했다. "그러니 옛 영국에 대한 애정이 있고 또 이런 숲을 소유하고 있는, 바로 우리 같은 사람들이 그것을 보존해야만 하는 것이야."

슬픈 침묵이 잠시 흘렀다.

"그래요, 얼마 동안만이라도요." 코니가 말했다.

"그래, 얼마 동안만이라도 말이야! 우리가 할 수 있는 것은 그게 전부지. 우리는 자신이 맡은 역할만을 다할 수 있을 뿐이야. 우리가 이곳을 소유하게 된 이래로 우리 집안의 남자는 각자의 맡은 바 본분을 모두 완수해 왔다고 난 생각해. 관습은 거역할 수 있겠지만 전통만은 지켜서 전해야 하는 법이지."

다시 침묵이 흘렀다.

"어떤 전통 말인데요?" 코니가 물었다.

"그야 영국의 전통이지! 이곳의 전통 말이야!"

"아, 네!" 그녀는 느린 목소리로 말했다.

"아들이라도 하나 있는 게 도움이 되는 이유는 바로 그거야. 우리 각각은 연쇄 사슬의 고리 하나에 불과할 뿐이니까." 그는 말했다.

코니는 연쇄 사슬 같은 것에 별로 가치를 두지 않았지만 아무 말도 하지 않았다. 그녀는 아들을 원하는 그의 욕구가 묘하게 비개인적인 성격을 띠고 있는 것에 대해 생각하고 있었다.

"우리가 아들을 가질 수 없어 마음이 아파요." 그녀는 말했다.

그는 담청색의 커다란 눈으로 그녀를 빤히 쳐다보았다.

"당신이 다른 남자에게서 자식을 낳는 것도 뭐 괜찮은 일일 거야." 그는 말했다. "우리가 그 애를 라그비에서 기른다면, 그 앤 우리 자식이 될 거고 이곳 우리 집안의 아이가 될 거야. 친부(親父)의 혈통이란 것을 난 별로 믿지 않아. 우리가 기른 자식이라면, 그 앤 우리 자식이 될 것이고, 우리 집안을 이어가게 될 거야. 한번 고려해 볼 만

하다고 생각하지 않아?"

코니는 마침내 그를 쳐다보았다. 자식이, 그녀가 낳을 자식이 그에겐 그저 물건 같은 '그 애'에 불과했다. 그 애 ─그 애─그 애라니!

"하지만 상대가 될 그 다른 남자는 어떻게 되는 거죠?" 그녀가 물었다.

"그게 무슨 큰 문제가 될까? 그런 것들이 정말로 우리 둘에게 아주 깊은 영향을 끼치는 문제일까? 당신한텐 독일의 그 애인이 있었지. 그런데 그게 지금은 뭐지? 아무것도 아닌 거나 마찬가지잖아! 내가 보기에는 우리가 살아가면서 행하는 사소한 행위들이나 맺게 되는 사소한 관계들은 그렇게 중요하지가 않아. 그런 것들은 지나가서 사라지고 마는 것이니, 과연 그것들이 지금 다 어디에 있느냐 말이야! 작년에 내린 눈은 다 어디에 있냐고! 일생 동안에 걸쳐 지속되는 것만이 정말 중요한 거야. 가령, 내 자신의 인생은 그것이 길게 계속되고 발전해 나간다는 점에서 나에게 중요한 것이 되지. 하지만 이따금 어쩌다 맺는 관계 같은 것이야 무슨 중요성이 있겠어? 어쩌다 맺는 성적 관계 따위는 특히나 더 그렇지! 사람들이 그런 것을 어리석게 과장하지만 않는다면, 그런 것은 새들의 짝짓기나 똑같이 그저 지나쳐가고 마는 것일 뿐이야. 또 그래야 마땅한 것이고. 그런 따위가 도대체 무슨 문제가 되느냐 말이야! 정말 중요한 것은 바로 일생 동안의 반려자라는 관계가 아니겠어? 한두 번 동침한 것이 아니라, 바로 날마다 함께 살아간다는 사실 말이야. 우리에게 무슨 일이 일어나든 당신과 난 결혼한 부부야. 우린 서로에게 익숙해져 있지. 그런데 익숙해진다는 것은, 내 생각엔 말이야, 이따금 흥분을 맛보게 해주는 그 어느 것보다도 더 중요한 생활의 원천이야. 오랜 시일 동안 서서히 지속되어 가는 것, 바로 그런 것이야말로 우리가 의지해 살아가는 것이지. 이따금 맛보는 경련 같은 흥분 따위가 아니라 말이야. 함께 살아가면서, 조금씩 조금씩, 두 사람은 일종의 일체를 이루어가고, 마침내는 떨어질 수 없게 서로 맞물려 함께 떨며 교감하게 되는 거지. 결혼의 진정한 비밀은 섹스가 아니라, 바로 거기에 있는 거야. 적어도 단순한 섹스의 기능에 있는 것만은 절대 아니지. 당신과 나는 결혼으로 함께 짜여져 있어. 이것을 받아들이고 따른다면, 우리는 이 섹스 문제를 해결 처리할 수 있어야 해. 마치 치과 의사한테 가는 일을 처리하듯이 말이야. 우리는 이 문제에 있어 육체적으로 달리 어쩔 도리가 없는 운명에 처해 있으니까.”

코니는 일종의 놀라움과 두려움에 사로잡힌 채 가만히 앉아 듣고 있었다. 그의 말이 옳은지 그른지 그녀는 판단할 수 없었다. 마이클리스가 있고 나는 그를 사랑해. 그렇게 그녀는 마음속으로 혼자 말했다. 그러나 그녀의 사랑은 아무래도 클리퍼드와의 결혼 생활, 즉 오 년간의 고통과 인내의 긴 세월을 통해 서서히 익숙해지며 형성된 친밀함으로부터 한번 탈선한 외도에 불과했다. 어쩌면 인간의 영혼은 외도를 필요로 하며, 그것을 거절해서는 안 되는 것인지도 모른다. 그러나 외도의 의미는 바로 가정으로 다시 돌아온다는 점에 있다.

"그러니까 당신은 내가 어떤 남자의 아이를 가졌는지도 상관하지 않을 건가요?" 그녀가 물었다.

"물론 뭐, 코니, 격에 맞게 선택하는 당신의 자연스러운 본능을 믿어야겠지. 당신은 당연히 아무 남자나 자기 몸에 손대도록 하지는 않을 테니까 말이야."

그녀가 생각하고 있는 남자는 바로 마이클리스인데! 그는 클리퍼드가 생각하는 그 아무 남자에 꼭 해당하는 사람이었던 것이다.

"하지만 남자와 여자는 그 아무 남자란 것을 판단하는 생각이나 느낌이 서로 다를 수도 있는 거예요." 그녀가 말했다.

"아냐." 그는 대답했다. "당신은 날 맘에 들어하잖아. 그러니 나와 완전히 취향이 다른 남자를 당신이 좋아하리라고는 전혀 생각할 수 없어. 당신 생리에 맞지 않을 거야."

그녀는 잠자코 있었다. 논리란 너무나 완벽히 잘못되어 있을 때 오히려 반박할 수 없는 법이기도 하다.

"그러니까 당신은 또 내가 그런 관계에 대해 당신한테 모두 말해 주기를 기대하겠지요?" 은밀함에 가까운 시선으로 그를 흘끗 쳐다보면서 그녀는 물었다.

"천만에, 난 모르고 있는 게 나아. 하지만 우연한 섹스 관계란 함께 지내며 사는 오랜 생활에 비하면 아무것도 아니라는 것에 당신도 나와 생각이 같겠지? 당신은 섹스 문제를 그저 긴 인생의 여러 불가피한 조건들 밑에 속해 있는 것쯤으로 여길 수 있다고 생각하지 않아? 우리는 본능에 의해 그렇게 하도록 되어 있으니까, 이를 만족시키기 위해 그저 섹스를 이용하는 것뿐이라는 식으로 말이야. 따지고 보면, 그런 일시적인 흥분 따위가 과연 중요한 것이기나 할까? 인생의 문제는 오랜 세월에 걸쳐 하나의 온전한 인격을 서서히 쌓아 올리는 것이 전부가 아닐까? 온전하게 이룩된 삶을 사는 것 말이야. 온전치 못한 삶은 아무 의미가 없어. 섹스의 결핍으로 인해 삶이 온전치 못하게 된다면, 밖으로 나가서 정사를 나누면 되는 거야. 자식이 없어 삶이 온전치 못하게 된다면, 자기 능력껏 자식을 하나 가지면 되는 거야. 하지만 그런 일은 오직 온전한 삶을 이루기 위해서만, 즉 오래 지속되는 조화로운 존재를 이루기 위해서만 행하는 것이어야 해. 그런데 당신과 나는 바로 그런 삶을 함께 이룰 수 있다고 믿어. 그렇게 생각하지 않아? 우리가 삶의 불가피한 조건들에 맞춰 살아가는 한편 그 맞춰가는 행위를 견실하게 살아나가는 우리의 삶과 함께 엮어 하나의 전체로 짜나가기만 한다면 말이야. 안 그래?"

코니는 그의 말에 약간 압도되었다. 이론적으로는 그의 말이 맞다는 것을 그녀는 알고 있었다. 그러나 그와 함께 견실하게 살아가는 삶을 실제적인 문제로 생각해 봤을 때, 그녀는…… 망설였다. 남은 인생 내내 자신을 그의 삶 속에 계속 엮어 짜나가는 것이 정말 그녀의 운명일까? 그 밖엔 다른 수가 없는 것일까?

그저 그것뿐이란 말인가? 그와 함께 완전히 하나의 직물로, 그렇지만 간간이 모험의 비단 꽃무늬를 짜 넣기도 하면서, 견실한 삶을 엮어 짜나가는 것에 그녀는 만족할 수도 있었다. 그러나 자신의 마음이 내년엔 어떻게 달라질지 지금 어찌 알 수 있단 말인가? 도대체 어떻게 알 수가 있단 말인가? 어떻게 "예!" 하고 절대적인 대답을 할 수가 있단 말인가, 그 길고 긴 세월 동안의 일을? 숨결에 실려 사라지는 "예!"라는 짧은 한마디의 대답으로 말이다! 왜 그 나비같이 가벼운 말에 묶여 꼼짝 못하게 되어야 한단 말인가! 물론 그것은 훨훨 날아 사라져야 하고 다른 무수한 "예!"나 "아뇨!"가 그 뒤로 이어질 것이다. 흩어져 사라지는 나비 떼처럼.

"당신 말은 맞다고 생각돼요, 클리퍼드. 내 생각이 미치는 한에서는 당신 말에 동의해요. 하지만 인생이란 완전히 딴판으로 바뀔 수가 있는 거지요."

"그러니까 인생이 완전히 딴판으로 바뀌기 전까지는 내 말에 동의한다는 말이지?"

"아 그럼요! 그럴 수 있다고 생각해요. 정말로!"

그녀는 갈색 스패니얼 개 한 마리가 곁길에서 달려 나와서는 콧등을 쳐든 채 가볍고 약하게 짖으면서 그들 쪽을 바라보고 있는 것을 지켜보고 있었다. 엽총을 든 사내 하나가 그 개 뒤를 따라 유연하면서도 빠른 걸음걸이로 나타났는데, 마치 이쪽으로 공격을 하려는 듯 그들을 향하고 있었다. 그러나 그는 곧 걸음을 멈췄고, 경례를 올리고 나서는 돌아서서 언덕 아래쪽으로 내려가기 시작했다. 그는 바로 새로 온 사냥터지기일 뿐이었다. 하지만 그로 인해 코니는 흠칫 놀랐는데, 그가 아주 빠르게 위협하듯 갑자기

출현했기 때문이다. 바로 그렇게, 즉 문득 어디에선가 불쑥 위협하며 달려드는 존재처럼 그는 그녀에게 나타났다.

그는 암녹색 사냥터지기용 우단(羽緞) 바지에 각반을 찬 구식 차림새였는데, 붉은 얼굴에 콧수염도 붉은색이고 눈은 먼 곳을 응시하는 듯했다. 그는 재빨리 아래쪽으로 내려가고 있었다.

"멜러즈!" 클리퍼드가 불렀다.

그 사내는 민첩하게 뒤돌아서더니, 재빠른 동작으로 경례를 살짝 올려붙였다. 영락없는 군인이었다!

"이 의자를 돌려놓고 좀 밀어 움직여주겠나? 그러면 훨씬 수월해질 테니까 말일세." 클리퍼드가 말했다.

사내는 즉시 엽총을 어깨에 둘러메더니 앞으로 다가왔는데, 그 묘하게 재빠르면서도 유연한 동작은 마치 몸을 계속 숨긴 채 움직이기라도 하는 것 같았다. 그는 적당히 키가 크고 날씬한 편이었으며 말이 없는 사람이었다. 그는 코니 쪽에는 전혀 눈길을 주지 않은 채 오직 모터 의자만 바라보았다.

"여보, 코니, 이 사람은 새로 온 사냥터지기 멜러즈야. 자넨 아직 마님께 인사 올리지 않았지, 멜러즈?"

"예, 나리!" 덤덤하고 감정 없는 목소리의 대답이 곧장 나왔다.

사내는 선 채로 모자를 들어올리며 인사를 했는데, 숱이 많고 금발에 가까운 머리칼이 드러나 보였다. 모자를 벗은 그의 얼굴은 잘생긴 편이었다. 그는 코니의 눈을 똑바로 들여다보았는데, 두려워하는 기색이 전혀 없고 개인적 감정은 조금도 담기지 않은 채 완전하게 응시하는 표정은 마치 그녀가 어떤 사람인지 알아보고 싶어 하는 듯했다. 그녀는 그로 인해 수줍음을 느꼈다. 그녀는 수줍어하며 그에게 고개를 숙여 보였고, 그러자 그는 모자를 왼손에 바꿔 들고는 신사처럼 가볍게 몸을 굽혀 인사를 했다. 하지만 아무 말도 하지 않았다. 모자를 손에 든 채 그는 잠시 가만히 서 있었다.

"하지만 당신이 이곳에 온 지는 제법 됐지요?" 코니가 그에게 물었다.

"여덟 달째 됩니다, 부인…… 아니, 마님!" 그는 침착하게 고쳐 말했다.

"일이 마음에 드나요?"

그녀는 그의 눈을 바라보며 말했다. 그의 눈길이 약간 가늘어졌는데, 빈정거리는 태도로 보이기도 하고 또 건방지게도 보였다.

"아, 덕분에요. 감사합니다, 마님! 전 이곳에서 자랐답니다."

그는 다시 한번 가볍게 몸을 굽혀 인사를 하더니, 돌아서서 모자를 쓰고는 성큼성큼 걸어가 모터 의자를 잡았다. 마지막 몇 마디를 말할 때 그의 목소리는 묵직하고 길게 끌리는 그 지방의 순 사투리 조로 바뀌었는데, 조롱기를 담고 있는 것처럼 들리기도 했다. 바로 직전까지는 사투리 느낌이 전혀 없었기 때문이다. 그의 언행은 거의 신사라고 할 수 있을 만했다. 어쨌든 그는 묘하고 재빠르며 남과 어울리지 않는 사람으로, 늘 혼자서 행동하지만 자신감이 강한 사내였다.

클리퍼드가 그 조그만 엔진의 시동을 걸자, 그 사내는 조심스럽게 모터 의자의 방향을 돌려서는, 우거진 개암나무 수풀 쪽으로 부드럽게 휘어져 내려간 비탈길을 향해 앞부분을 똑바로 돌려놓았다.

"자, 이제 되셨는지요, 클리퍼드 경?" 사내가 물었다.

"아닐세, 이게 가다가 혹 멈춰버릴지도 모르니 자네가 함께 따라오는 것이 좋겠네. 저쪽 오르막길을 가기엔 엔진 힘이 아무래도 충분하지가 못한 것 같아."

사내는 시선을 돌려 개가 있는 쪽을 흘끗 바라보았다. 재빠르면서도 사려 깊은 시선이었다. 스패니얼 개는 그를 쳐다보고는 살짝 꼬리를 흔들어 보였다. 그녀를 조롱하는 듯도 하고 놀리는 듯도 한, 그러면서도 부드러운 미소가 그의 눈가에 한순간 살짝 어리는가 싶더니 이내 사라졌고, 곧 그의 얼굴은 무표정해졌다. 세 사람은 상당히 빠른 속도로 비탈길을 내려갔는데, 사내는 모터 의자가 흔들리지 않도록 줄곧 가로 버팀대를 손으로 잡고 있었다. 그는 고용인이라기보다는 자유로운 군인처럼 보였다. 그리고 그에 겐 코니로 하여금 토미 듀크스를 떠올리게 하는 뭔가가 있었다.

개암나무 숲에 이르렀을 때, 코니는 갑자기 앞으로 달려 나가서 임원으로 통하는 출입문을 열었다. 그녀가 문을 잡고 서 있는 동안, 두 남자는 그녀를 쳐다보면서 지나갔다. 클리퍼드는 비난하는 시선이었고, 다른 남자는 묘하고 차분한 놀라움을 담은 시선이었다. 아무런 개인적 감정도 담지 않은 채 그저 그녀가 어떤 사람인지 알고 싶어 하는 듯한 시선이었다. 그런데 그녀는 개인적 감정이 없는 그의 파란 눈 속에서 고통과 고립의 표정을, 그러나 어떤 따스함을 읽었다. 하지만 그는 왜 그토록 사람들과 거리를 둔채 따로 떨어져 지내는 것일까?

클리퍼드는 출입문을 다 지나자 모터 의자를 멈춰 세웠다. 그러자 사내는 공손하게 재빨리 돌아가서는 문을 닫았다.

"뭣 하러 당신이 달려가서 문을 열었어?" 조용하고 차분한 목소리로 언짢은 기분을 드러내며 클리퍼드가 물었다. "멜러즈가 했을 텐데 말이야."

"당신이 계속 곧장 갈 줄 알았어요." 코니가 대답했다.

"당신이 뒤에서 쫓아 달려오게끔 내버려 두고 말이야?" 클리퍼드가 말했다.

"글쎄요, 뭐, 이따금 달려보고 싶을 때도 있으니까요!"

멜러즈가 돌아와 모터 의자를 다시 붙잡았는데, 전혀 아무것에도 신경 쓰지 않는 얼굴이었다. 하지만 코니는 그가 모든 것을 다 알아채고 있다고 느꼈다. 임원의 가파른 오르막 언덕을 따라 모터 의자를 밀어 올리면서, 그는 입을 벌리고 다소 가쁘게 숨을 쉬었다. 그는 사실 좀 허약한 편이었다. 생명력이 묘하게 가득 차 있으면서도, 약간 허약하고 기가 짓눌려 있는 것이다. 코니는 여자의 본능으로 그것을 감지했다.

코니는 뒤에 처져서, 모터 의자를 먼저 가게 했다. 날은 흐려져 온통 잿빛이었다. 안개에 둘러싸인 틈으로 나직하고 둥그렇게 드리워져 있던 파란 하늘은 뚜껑에 덮인 듯 구름에 가려 다시금 보이지 않았고, 쌀쌀한 냉기가 감돌았다. 눈이 내릴 것 같았다. 천지가 온통, 온통 잿빛이었다! 세상은 낡아빠지고 지겨워 보였다.

모터 의자는 분홍빛 자갈길 끝에서 기다리고 있었다. 클리퍼드는 코니를 돌아다보았다.

"피곤한 건 아니겠지?" 그가 물었다.

"아이, 아니에요!" 그녀는 말했다.

그러나 사실은 피곤했다. 이상하고 지치게 하는 갈망이, 어떤 불만족이 그녀의 마음에 쌓이기 시작했던 것이다. 클리퍼드는 눈치 채지 못했다. 그런 것들은 그가 의식할 수 있는 것들이 아니었다. 그러나 그 낯선 사내는 알고 있었다. 코니에게, 자신의 세상과 삶은 모두 낡아빠지고 지겨운 것으로 여겨졌고 그녀의 불만족은 저 언덕들보다도 더 오래된 것처럼 느껴졌다.

그들은 저택에 도착했고, 건물을 빙 돌아서 계단이 없는 뒤쪽으로 갔다. 클리퍼드는 혼자 힘으로 낮은 실내용 휠체어에다 윗몸을 쑥 옮겨놓았다. 그는 힘이 무척 셌고 팔을 잘 써서 민첩하게 움직일 수 있었다. 그러자 코니가 그를 따라 무거운 짐짝 같은 그의 죽은 두 다리를 들어 옮겨주었다.

사냥터지기는 가도 좋다는 말이 떨어지기를 기다리면서 부동자세로 서서 하나도 빠뜨리지 않고 모든 것을 주의 깊게 바라보고 있었다. 코니가 남자의 마비된 두 다리를 품에 안아 들어올려 다른 쪽 의자로 옮겨놓고 그와 동시에 클리퍼드가 그녀에 맞춰 몸을 돌리는 것을 보았을 때, 그는 일종의 두려움 같은 것으로 얼굴이 창백해졌다. 그는 깜짝 놀랐던 것이다.

"자, 그럼, 멜러즈, 도와줘서 고맙네." 무심하게 말하면서, 클리퍼드는 하인들의 숙소 쪽으로 통로를 따라 휠체어를 굴리기 시작했다.

"이제 다 됐습니까, 나리?" 꿈속에 있는 사람처럼 무덤덤한 목소리였다.

"다 됐네. 잘 가게."

"안녕히 계십시오, 나리."

"안녕히 가세요! 언덕 위로 의자를 밀어줘서 고마워요. 힘들지 않았는지 모르겠어요." 문밖의 사냥터지기를 돌아다보면서 코니가 말했다.

그의 눈이 한순간 그녀의 눈과 마주쳤는데, 마치 꿈에서 문득 깨어난 듯했다. 그는 그녀까지 무심하게 대하진 않았다.

"천만에요, 힘들지 않았습니다!" 그는 재빨리 말했다. 그러더니 그의 말투는 다시 그 지방의 토속 사투리 어투로 바뀌었다. "안녕히 계십쇼, 마님!"

"당신이 고용한 그 사냥터지기는 어떤 사람이에요?" 점심 식사 때 코니가 물었다.

"멜러즈 말이군! 아까 봤잖아." 클리퍼드는 대답했다.

"그래요! 하지만 어디서 온 사람이죠?"

"아무데서도 오지 않았어! 그는 이곳 테버셜 사람이야. 아버지가 광부였지, 아마."

"그럼 그 사람도 광부였나요?"

"탄광 갱구에서 대장장이 노릇을 했지, 아마. 그러니까 잡일하는 대장장이였을 거야. 하지만 전쟁이 나기 전 이 년 동안은 이곳에서 사냥터지기로 일했지. 군에 입대하기 전에 말이야. 아버진 항상 그를 칭찬하곤 했어. 그래서 그가 이곳에 돌아와 탄광에 가서 대장장이 일을 하려고 했을 때, 그냥 곧바로 다시 불러다 사냥터지기로 삼았지. 그 친구를 채용하게 돼서 정말이지 아주 기뻤어. 이 근방에서 괜찮은 사냥터지기를 구하기란 거의 불가능하거든. 게다가 일을 제대로 하려면 이 고장 사람들을 잘 아는 사람이어야 하고 말이야."

"결혼은 안 했나요?"

"결혼했었지! 하지만 마누라가 집을 나가더니 ─ 여러 사내들하고 놀아났어 ─ 결국에는 스택스 게이트의 광부 하나하고 눈이 맞았지. 아마 그 여자 아직도 거기에 살고 있을걸."

"그러니까 그 남자는 혼자로군요?"

"그런 셈이지! 마을 쪽에 어머니가 살고 있긴 한데, 애도 하나 있을걸."

클리퍼드는 창백하고 약간 튀어나온 파란 눈으로 코니를 쳐다보았는데, 어떤 흐리멍덩한 표정이 그의 눈 속에 스며 나오고 있었다. 표면상으로 그는 빠릿빠릿하게 보였지만, 그 이면에는 이곳 중부 지방의 대기처럼 뿌연 안개가 자욱하게 끼어 있었다. 그리고 그 뿌연 안개는 점점 표면으로 퍼져 나오는 듯했다. 그래서 그가 그 특유의 방식으로 코니를 응시하면서 그 특유의 정확한 정보를 그녀에게 전해 주고 있을 때, 그녀는 그의 정신의 뒷면이 온통 안개로, 텅 빈 무(無)의 상태로 가득 뒤덮여 채워지는 것을 느꼈다. 그러자 그녀는 흠칫 놀라 두려움에 휩싸였다. 이제 그는 인간적 개성을 상실한 채 거의 백치 상태에 이른 것처럼 보일 정도였다.

그리고 코니는 어렴풋이 인간 영혼의 커다란 법칙 가운데 하나를 깨달았다. 즉 감정적 성향을 지닌 영혼이 심한 충격을 받아 상처를 입을 때, 그 충격으로 육체가 완전히 죽지 않는 경우, 육체가 회복되면 그에 따라 영혼도 함께 회복되는 듯이 보인다. 하지만 이는 단지 겉모습일 뿐이다. 사실은 습관이 다시 되살아나 움직이는 것에 불과하다. 서서히, 서서히, 영혼에 박힌 상처는, 느리지만 그 끔찍한 고통이 점점 깊어가는 타박상처럼, 그 존재가 느껴지기 시작하고 마침내는 영혼 전체에 퍼져 가득 차게 된다. 그리하여 상처에서 완전히 회복되어 그것을 다 잊었다고 우리가 생각하는 바로 그때, 그 끔찍한 후유증은 최악의 상태가 되어 우리 앞에 피할 수 없는 것으로 나타나는 것이다.

그것이 바로 클리퍼드의 경우였다. 일단 '몸이 좋아'지고, 라그비에 돌아와 소설을 쓰면서 그 모든 것에도 불구하고 삶에 대한 확신을 갖게 되었을 때, 그는 다 잊고 완전히 평정을 되찾은 것처럼 보였다. 그러나 지금, 몇 년이 지나간 이때, 서서히, 서서히, 두려움과 공포의 멍든 상처가 솟아 올라와 그의 내면에 퍼져가는 것을 코니는 느꼈다. 그 상처는 한동안 너무 깊이 잠겨 있어서 마치 존재하지 않는 것처럼 전혀 느껴지지 않았다. 그런데 이제 서서히 모습을 들이밀고 나타나 두려움과 거의 마비에 가까운 것을 퍼뜨리기 시작했다. 정신적으로 그는 여전히 빠릿빠릿했다. 그러나 마비가, 너무나 엄청난 충격의 멍든 상처가 차츰차츰 그의 감성적인 자아 안에서 퍼져나가고 있었다.

그리고 그것이 그의 내면에 퍼져감과 동시에 자신 속에도 퍼져가는 것을 코니는 느꼈다. 어떤 내면적인 두려움이, 공허감이, 모든 것에 대한 무관심이 조금씩 조금씩 그녀의 영혼 속에도 퍼져나갔던 것이다. 발동이 걸리면 클리퍼드는 여전히 아주 멋지게 이야기를 할 수 있었으며, 요컨대 앞날을 내다보고 구상할 수도 있었다. 가령, 그녀가 아이를 가져서 라그비의 상속자를 낳는 것에 대해 숲에서 이야기할 때처럼 말이다. 그러나 다음 날이면 그 근사한 말들은 모두 죽은 나뭇잎들처럼 구겨지고 바스러져 가루가 된 채, 정말 의미하는 것은 하나도 없이, 한 줄기 아무 바람에나 날려 없어져버릴 것으로 보였다. 그것들은 쓸모 있는 삶에서 잎사귀처럼 피어나 힘찬 젊음의 기운을 내뿜으며 나무에 매달려 있는 그런 말들이 아니었다. 그것들은 아무 능력 없는 삶의 나무로부터 떨어진 낙엽의 무리일 뿐이었다.

그녀에게는 어디나 다 그렇게 보였다. 테버셜의 광부들은 다시 파업을 이야기하고 있었는데, 코니에게는 그곳의 경우 역시 힘의 표현이 아니라 그동안 잠자고 있던 전쟁의 멍든 상처가 서서히 표면으로 떠올라 심각한 불안의 고통을, 그리고 불만으로 인한 마비 상태를 일으키고 있는 것으로 보였다. 그 멍든 상처는 아주 깊디깊었으니, 바로 부당하고 비인간적인 전쟁의 멍든 상처였다. 영혼과 육체의 안쪽 깊숙이 아주 넓게 응어리져 있는 그 시커멓게 멍든 핏덩어리를 다 풀어지게 하기까지는 수많은 세월에 걸쳐 여러 세대의 살아 있는 피가 필요할 것이다. 그리고 또 새로운 희망도 필요할 것이다.

불쌍한 코니! 세월이 흘러감에 따라 바로 그녀의 삶 속에 있는 공허에 대한 두려움은 그녀에게 강한 영향을 끼쳐갔다. 클리퍼드와 그녀의 정신적 삶은 차츰 공허하게 느껴지기 시작했다. 그들의 결혼 생활이라든가, 그가 이야기했던 그 습관적인 친밀함에 기초해 이루어진 그들의 온전한 삶이란 것, 그 모두가 완전히 텅 비고 공허한 것으로 여겨지는 나날들이 많았다. 그것은 말, 그저 무수한 말에 불과했다. 공허만이 유일한 현실로 존재하고 있으며, 그 위를 위선적인 말이 덮고 있을 따름이었다.

클리퍼드의 성공, 즉 세속적 성공의 암캐 여신이 있긴 했다! 사실 클리퍼드는 이제 유명 인사가 다 되어 있었고, 그의 책들로부터는 천 파운드의 수입이 들어왔다. 그의 사진은 도처에 실리고 나붙었다. 어느 미술관에서는 그의 흉상을 전시했고, 그의 초상화도 두 군데의 미술관에 걸려 있었다. 그는 현대에서도 가장 현대적인 목소리를 내는 작가로 여겨졌다. 비범하고 기괴한 인기 본능으로, 그는 사오 년 만에 젊은 '지성인 계층' 가운데 가장 이름을 날리는 사람들 중의 하나가 되었다. 그 지성이란 것이 어디에 쓸모가 있는지는, 코니로서 도무지 알 수 없는 일이었다. 클리퍼드는 사람들과 그들의 행동 동기를 약간 해학적으로 분석해 내는 데 정말 뛰어난 솜씨를 보였는데, 결말에 가서 모든 것을 산산조각 난 상태로 끝내는 식이었다. 그러나 그것은 강아지가 소파의 쿠션을 갈가리 물어 찢는 행동과 다소 비슷한 점이 있었다. 다만, 그의 경우 어리고 장난기 넘치는 것이 아니라 묘하게도 나이 먹은 티가 나고 거의 외설스러울 정도로 기발하다는 점이 달랐다. 그것은 기괴했으며 또한 아무것도 아니기도 했다. 코니의 영혼 밑바닥에서 메아리치며 계속 울리는 느낌은 바로 그것이었다. 그 모든 게 다 공허한 것, 즉 훌륭하게 꾸며 전시한 공허였다. 그러면서 동시에 하나의 전시 행위였다. 전시 행위! 전시 행위! 전시 행위!

마이클리스는 클리퍼드를 희곡 한 편의 중심인물감으로 찍어두고 있었다. 이미 그는 줄거리 윤곽을 잡아놓고 제1막까지 써놓은 상태였다. 마이클리스는 공허한 것을 꾸며 전시하는 데 있어 클리퍼드보다 훨씬 솜씨가 나았던 것이다. 그것은 이런 부류의 사람들에게 마지막 한 조각 남은 정열로서, 곧 전시해 보이고자 하는 정열이었다. 성적으로 그들은 정열이 없었고, 죽은 거나 마찬가지라고까지 할 수 있었다. 그리고 지금 마이클리스가 추구하는 것은 돈이 아니었다. 클리퍼드 역시, 비록 돈이 성공의 증표이자 도장이기 때문에 할 수 있는 한 돈을 벌긴 했지만, 결코 돈벌이를 우선적인 목표로 삼고 애쓰지는 않았다. 그들이 바라는 것은 바로 성공이었다. 그들은 둘 다 진짜 전시 행위를 한번 연출해 보고 싶어 했는데, 바로 자신들의 전시, 즉 스스로 자기 자신을 전시해 드러내 보임으로써 엄청나게 많은 대중을 한동안 사로잡아 보는 것을 해보고 싶어 했다.

이 성공이란 암캐 여신에게 왜 그렇게 몸을 팔아대는지, 아무래도 이상했다. 성공과는 완전히 동떨어져 있는 데다 그것의 짜릿한 쾌감에 무감각해진 지도 오래였으므로, 코니에게는 성공이란 것 역시 공허할 뿐이었다. 심지어 성공의 암캐 여신에게 몸을 팔아대는 행위조차 공허했다. 비록 남자들이 수없이 몸을 팔아대었을지라도 말이다. 그런 것조차 공허했다.

마이클리스는 편지로 클리퍼드에게 그 희곡 작품에 대해 알렸다. 물론 코니는 이미 오래전부터 그것을 알고 있었다. 클리퍼드는 다시금 짜릿한 흥분을 느꼈다. 다시 한번 자신이 전시되어 보일 텐데, 이번엔 바로 대단한 거물에 의해, 그것도 자신에게 유리하게 전시되어 보일 참이었던 것이다. 그는 작품의 1막을 가지고 라그비에 오라고 마이클리스를 초청했다.

마이클리스가 왔다. 여름이었는데, 엷은 색 양복 차림에 부드러운 하얀 양가죽 장갑을 끼고서, 코니를 위해 가져온 매우 아름다운 연자줏빛 난초꽃을 들고 있었다. 그리고 1막도 가지고 왔다. 1막의 낭독은 굉장한 성공이었다. 코니조차 짜릿한 흥분을 느꼈다. 그녀에게 아직 남아 있는 얼마 안 되는 골수 속까지 짜릿한 느낌이었다. 그리고 마이클리스 역시 짜릿한 흥분을 자아내는 자신의 능력에 짜릿한 흥분을 느꼈는데, 그런 그의 존재는 코니의 눈에 정말 훌륭하게, 그리고 아주 아름답게 보였다. 환멸의 마지막 경지를 넘어선 종족의 그 오래된 불변부동의 모습을, 그리고 순수할 정도로 완전한 불순의 극치라고 할 만한 것을 그녀는 그에게서 보았다. 성공의 암캐 여신에게 바치는 그 최상의 매춘 행위 저 멀리 끝 간 데에서 그는 오히려 순수해 보였는데, 상아로 된 얼굴의 곡선과 평면 속에서 순수의 경지에 이르기까지 불순을 꿈꾸는 아프리카 가면과도 같은 순수함이었다.

채털리 부부와 함께 순전한 전율의 흥분을 느끼던 순간, 즉 코니와 클리퍼드를 그야말로 황홀하게 했을 때의 순간은 마이클리스의 생애에서 최고 절정의 순간 중 하나였다. 그는 성공을 거두었다. 즉 두 사람을 넋이 빠지게 한 것이다. 클리퍼드조차도 일시적으로—이런 식으로 표현할 수 있다면 말이지만—그를 사랑하게 되었을 정도였다.

그리하여 다음 날 아침 믹은 그 어느 때보다도 더 불안한 모습이었다. 들뜨고 정신 나간 사람 같았고, 바지 주머니에 넣은 두 손도 안절부절못하고 있었다. 코니가 전날 밤 그에게 오질 않았던 것이다. 게다가 그는 그녀가 자는 방이 어딘지도 몰랐다. 요사스러운 것! 그가 승리를 거둔 순간에 이렇게 나오다니.

아침이 지나기 전에 그는 그녀의 거실로 올라갔다. 그녀는 그가 오리라는 것을 알고 있었다. 안절부절못하는 모습이 분명히 드러났다. 그는 자기 희곡에 대해 그녀에게 물었다. 좋은 작품이라고 여기는지? 그는 자신의 작품에 대한 칭찬을 꼭 들어야만 했다. 칭찬을 들으면 그는 그 어떤 성적 오르가즘도 넘어서는, 정열의 애틋하고 짜릿한 마지막 쾌감을 느꼈던 것이다. 그녀는 열렬하게 칭찬해 주었다. 그러나 영혼 밑바닥에서는 내내, 그 작품이 아무것도 아니라는 것을 알고 있었다.

"이것 좀 봐요!" 마침내 그는 불쑥 말했다. "당신하고 나 사이를 분명히 하는 게 좋지 않겠소? 우리 결혼하는 게 어떻소?"

"하지만 난 이미 결혼한 몸이잖아요." 그녀는 놀라면서, 하지만 아무 감흥도 느끼지 않고 말했다.

"아, 그거야 뭐! 당신 남편은 문제없이 이혼해 줄 거요. 그러니 우리 결혼하는 게 어떻소? 난 결혼하고 싶소. 그게 나에게 제일 좋은 일이라는 것을 난 알고 있소. 결혼해서 정상적인 삶을 살아가는 것 말이오. 난 지금 지랄 같은 삶을 살면서, 스스로를 갈기갈기 찢어버리고 있을 뿐이오. 이것 봐요. 당신과 나, 우리 두 사람은 서로 궁합이 딱 맞아요. 손하고 장갑처럼 말이오. 그러니 결혼하는 게 좋지 않겠소? 우리가 결혼 못할 이유가 대체 뭐가 있겠소?"

코니는 놀란 얼굴로 그를 바라보았다. 하지만 그녀는 아무런 감흥도 느껴지지 않았다. 남자들이란 모두 똑같은 존재로, 언제나 모든 걸 무시해 버린다. 그들은 마치 폭죽처럼 그저 머리 꼭대기에서 폭발해 날아 올라가 버리는데, 그러고는 작대기 같은 그들의 가느다란 두 다리와 함께 여자도 하늘로 실려 운반되리라고 기대하는 것이다.

"하지만 난 이미 결혼한 몸이에요." 그녀는 말했다. "당신도 알다시피, 난 클리퍼드를 떠날 수 없어요."

"못 떠날 게 뭐 있소? 정말, 못 떠날 게 뭐가 있다는 거요?" 그는 소리쳤다. "여섯 달만 지나면 그는 당신이 떠난 걸 잊고 말 거요. 그는 자신 말고 다른 누군가가 존재한다는 것을 모르는 사람이오. 정말, 내가 아는 한, 당신은 그에게 아무 쓸모가 없는 존재요. 그는 완전히 자기 자신에게 사로잡혀 있는 사람이란 말이오."

이 말이 어느 정도 진실이라는 것을 코니는 느꼈다. 그러나 믹의 이 과시 행위가 사심 없음과는 거리가 멀다는 것 또한 그녀는 느꼈다.

"남자들이란 다 자기 자신에게 사로잡혀 있지 않나요?" 그녀는 물었다.

"아, 뭐 어느 정도는 그렇다고 인정하오. 세상을 헤쳐나가기 위해서는, 남자란 그럴 수밖에 없는 거요. 하지만 그건 중요하지 않소. 중요한 것은 바로 남자가 여자에게 어떤 종류의 시간을 경험하게 해줄 수 있느냐 하는 거요. 여자에게 끝내주는 즐거움을 경험하게 해줄 수 있느냐 없느냐 하는 거 말이오. 만약 없다면 그 남자는 그 여자에 대해 아무 권리도 갖지 못하는 거요." 그는 잠깐 말을 멈추고서는 담갈색의 큼지막한 눈으로 거의 최면이라도 걸듯이 그녀를 응시했다. "그런데," 그는 덧붙였다. "난 여자가 원하는 끝내주는 즐거움을 충분히 누리게 해줄 수 있다고 생각하오. 나 스스로 보장할 수 있다고 난 생각하오."

"어떤 종류의 즐거움을 말하는 거죠?" 코니는 여전히 일종의 놀랍다는 표정으로 그를 빤히 쳐다보면서 물었는데, 흥분하여 떠는 것 같았지만, 속으로는 아무 느낌도 없었다.

"온갖 종류의 즐거움을 말하는 거요. 젠장, 온갖 종류로 말이오! 옷, 가능한 한도까지의 보석, 어디든 당신 맘에 드는 나이트클럽, 만나서 알고 싶은 사람은 누구든지 만나고, 마음껏 하고 싶은 걸 하며 살고, 여행을 다니고, 어딜 가든 대접받는 사람이 되고. 젠장, 온갖 종류의 즐거움을 몽땅 다 누리게 해주겠소!"

그는 거의 찬란한 승리감에 도취되어 말했다. 그리고 코니는 눈이 부셔 멍해진 듯 그를 바라보았는데, 사실은 아무런 감흥도 느껴지지 않았다. 그가 그녀에게 제시한 그 빛나는 앞날의 전망은 그녀 마음의 표면조차도 거의 간질이지 못했다. 다른 때라면 짜릿하게 흥분하며 떨었을 그녀의 자아 가장 바깥 부분조차도 반응이 거의 없었다. 그녀는 그저 그의 말에서 아무런 감흥도 받지 못할 뿐이었다. 그녀는 '폭발해 날아오를' 수가 없는 것이다. 그녀는 그저 앉아서 빤히 쳐다보며 어리벙벙한 표정을 짓고 있을 뿐, 어떤 감정도 느끼지 못했다. 그저 어디선가 풍겨 나오는 암캐 여신의 지독하게 불쾌한 냄새를 역겨워하며 맡고 있을 뿐이었다.

믹은 애가 타는 듯 몸을 앞으로 기울인 채 의자에 앉아서는, 거의 병적인 흥분 상태로 그녀를 노려보고 있었다. 그런데 그가 그녀가 "예!"라고 대답하기를 허영심에서 간절히 바라고 있는 것인지, 아니면 그녀가 "예!"라고 대답할까 봐 두려워서 공포에 사로잡혀 있는 것인지 누가 알 수 있으랴?

"좀 생각해 봐야겠어요." 코니가 말했다. "지금 당장은 대답할 수가 없어요. 당신한테는 클리퍼드가 별로 문제가 안 되는 듯 보일지 모르지만, 그렇지가 않아요. 그이가 얼마나 몸이 불편한지 생각해 본다면…….”

“젠장! 어떤 작자가 자신이 불구자라는 것을 들먹이며 내세운다면, 나도 내가 지금 얼마나 외롭고 또 늘 얼마나 외로웠는가부터 시작해서 질질 짜는 헛소리 같은 넋두리를 한없이 늘어놓을 수 있을 거요! 젠장, 자기를 내세울 구실이 불구라는 것밖에 없는 작자라면…….”

그는 얼굴을 돌리고는, 바지 주머니에 두 손을 넣고 격렬하게 움직였다.

그날 저녁에 그는 코니에게 물었다.

“오늘 밤엔 내 방에 올 거지요? 당신 방이 도대체 어딘지 난 모르니까 말이오.”

“좋아요!” 그녀는 말했다.

그날 밤 그는 다른 때보다 더 흥분한 연인의 모습을 보였는데, 조그만 소년같이 여린 나체를 한 채 조그만 소년 같은 이상한 흥분에 사로잡혀 있었다. 코니는 그의 절정이 완전히 끝나기 전에는 자신이 절정에 이르기가 불가능하다는 것을 알았다, 절정이 끝나고 나서야 그는 작은 소년 같은 나체와 부드러움으로 그녀에게 애타는 어떤 열정을 불러일으켰다. 그래서 그가 끝난 뒤 그녀는 거친 격정에 사로잡혀 허리를 들어올리며 행위를 계속해야 했으며, 그동안 그는 자신의 의지력과 헌신의 마음을 다해 영웅적으로 버티면서 그녀 안에 남아서는 그녀가 야릇한 비명을 나직하게 지르며 격렬한 절정에 이르는 순간까지 기다려주었다.

마침내 그녀에게서 몸을 떼어놓았을 때, 그는 신랄하고 거의 비웃어대는 듯한 작은 목소리로 말했다.

"당신은 남자와 똑같은 순간엔 절정을 맛볼 수가 없는 모양이군그래? 그러니까 당신 스스로 절정에 이르러야만 하겠다 이거로군! 주도권을 잡아야겠다는 것이고 말이야!"

그 순간 이 짧은 말은 그녀의 일생에서 가장 큰 충격 중의 하나였다. 왜냐하면 그렇게 수동적으로 자기 몸을 맡기는 것이 그에게는 유일한 성교 방식임이 너무도 분명했기 때문이다.

"무슨 말이지요?" 그녀는 물었다.

"무슨 말인지 알잖소. 당신은 내가 절정에 이른 뒤에도 한참이나 행위를 계속하고, 난 당신이 혼자 흔들며 힘을 써서 절정에 오를 때까지 이를 악물고 버티고 있어야 하잖소."

말로 표현할 수 없는 일종의 만족감에다가 그에 대해 사랑 비슷한 감정까지 느끼며 뜨겁게 타오르고 있던 그 순간, 이 뜻밖의 잔인한 말을 듣고 그녀는 놀라움으로 정신이 아득해졌다. 왜냐하면 그는, 사실 따지고 보면, 수많은 현대의 남자들처럼 거의 시작도 하기 전에 끝내버리고 말았기 때문이다. 그리고 바로 그런 까닭에 여자가 그녀처럼 적극적으로 행동할 수밖에 없었던 것이다.

"하지만 내가 계속 행위를 해서 만족을 얻는 것은 당신도 바라는 바잖아요?" 그녀가 말했다.

그는 피식 공허한 웃음을 터뜨렸다.

"내가 바라는 바라고!" 그가 말했다. "참 좋겠군! 당신이 날 가지고 뭉개는 동안 이를 악물고 버티며 매달리는 걸 내가 바란다니!"

"하지만 정말 그렇지 않아요?" 그녀는 고집했다.

그는 질문에 대한 대답을 회피했다.

"빌어먹을, 여자들이란 다 이렇다니까." 그는 말했다. "그 부분이 목석인 것처럼 아예 절정에 오르질 않거나, 아니면 남자가 완전히 끝날 때까지 기다렸다가는 발동을 걸어 혼자 절정에 오르면서 남자로 하여금 버티게 만들거나. 나하고 똑같은 순간에 절정에 오르는 여자를 여태껏 한번도 본 적이 없단 말이야."

코니는 남자 쪽 관점의 이 희한한 이야기를 듣는 둥 마는 둥 했다. 그녀에 대한 그의 반발감, 그리고 이해할 수 없는 그의 잔인한 태도에 그녀는 그저 놀라 어안이 벙벙할 뿐이었다. 자신에게 무슨 잘못이 있다는 느낌은 정말이지 조금도 들지 않았다.

"하지만 나도 당신처럼 만족을 얻는 걸 당신이 바라는 거 맞지요?" 그녀는 반복해서 물었다.

"아, 그렇소, 그래! 아주 기꺼이 그렇소. 하지만 여자가 절정에 오르길 기다리면서 버티는 것이 남자에게 재미난 일은 맹세코 절대 아니오."

이 말은 코니의 일생에서 가장 결정적인 타격 중의 하나였다. 그것은 그녀의 마음속에 있던 뭔가를 죽여버렸다. 그녀는 마이클리스에게 그다지 깊이 빠져 있진 않았다. 그가 행위를 시작할 때까지도 그녀에게는 그를 원하는 마음이 별로 없었다. 마치 그녀가 정말로 확실하게 그를 원한

적은 결코 없는 것 같았다. 그러나 그가 일단 시작하여 그녀를 자극하면, 그와 함께 자기도 절정에 이르는 것이 그녀에게는 그저 당연한 일인 것처럼 여겨졌다. 그것 때문에 거의 그를 사랑하는 마음이 들 정도였다. 그날 밤 그녀는 거의 그를 사랑하는 마음이었고, 결혼하고 싶은 마음까지도 들었었다.

아마도 그는 본능적으로 이것을 알아챘는지도 모르고, 바로 그래서 그 모든 연극을, 그 모든 사상누각과 같은 것을 일격에 박살내 버려야 했는지도 모른다. 그에 대한, 그리고 모든 남자에 대한 코니의 성적 감정은 그날 밤 완전히 허물어지고 말았다. 그녀의 삶은 그의 삶으로부터 완전히 멀리 떨어져나가 마치 그가 결코 존재하지 않았던 것 같았다.

그리고 그녀는 쓸쓸하고 지겨운 나날을 보냈다. 이제 클리퍼드의 이른바 그 온전한 삶이라는 것이 쳇바퀴처럼 공허하게 돌아가는 일만이, 한 지붕 아래서 함께 습관적으로 살아가는 두 사람의 기나긴 생활만이 있을 뿐이었다.

공허함뿐이다! 이 엄청난 삶의 공허함을 받아들이는 것이 살아가는 하나의 목적인 것처럼 보였다. 공허함의 장엄한 총체를 이루는 그 무수하게 바쁘고 중요한 온갖 사소한 것들!

# 제6장

"왜 요즘엔 남자와 여자가 서로를 진정으로 좋아하지 않는 거지요?" 코니는 토미 듀크스에게 물었다. 코니는 그의 말을 일종의 절대적 권위를 지닌 것으로 받아들이는 터였다.

"아, 그렇지 않아요. 서로들 좋아한답니다! 인류가 생겨난 이래 남자와 여자가 오늘날만큼 서로 좋아하는 시대는 일찍이 없었다고 난 생각합니다. 진짜로 좋아한답니다! 가령 날 좀 보세요. 난 정말 남자보다 여자를 더 좋아하지요. 여자들은 더 용감하고, 남자보다 더 솔직하게 대할 수가 있거든요."

코니는 잠깐 이에 대해 생각에 잠기는 듯했다.

"아, 그래요. 하지만 당신은 여자들과 뭘 한다거나 하는 게 전혀 없잖아요!" 그녀는 말했다.

"내가요? 아니, 그럼 지금 하고 있는 건 한 여성과 더할 나위 없이 진지하게 이야기를 나누는 게 아니고 뭐죠?"

"그렇지만, 이야기를 나누는 건……."

"게다가 당신이 남자라고 해도, 완전히 진지하게 이야기를 나누는 것 이상으로 내가 뭘 더 할 수 있겠어요?"

"아무것도 없겠지요, 아마. 하지만 여자는……."

"여자는 상대가 자기를 좋아하고 자기와 이야기를 나눠 주기를 원하지요. 그리고 동시에 상대가 자기를 사랑하고 자기를 갖고자 욕망하기를 원하지요. 그런데 내가 보기에 이 두 가지는 서로 용납되지 않는 것이랍니다."

"하지만 그래서는 안 돼요!"

"물론, 가령 물이란 게 꼭 그처럼 축축해야 할 필요는 없지요. 물은 괜히 지나치게 축축하단 말이에요. 하지만 물은 그렇게 축축한 것으로만 존재하거든요! 난 여자들을 좋아하고 또 여자들과 이야기를 나눕니다. 그런데 바로 그 때문에 나에겐 여자들에 대한 사랑이나 욕망이 생기질 않지요. 나에겐 그 두 가지가 동시에 일어나질 않는답니다."

"난 동시에 생겨야 한다고 생각해요."

"뭐, 좋으실 대로. 세상일이 현재 있는 그대로가 아닌 다른 어떤 것이 되어야 한다는 건 내 소관이 아니니까요."

코니는 잠시 이에 대해 생각에 잠겼다.

"당신 말은 맞지 않아요." 그녀가 다시 말했다. "남자는 여자를 사랑하면서 동시에 이야기도 나눌 수 있어요. 남자가 여자와 이야기를 나누며 친밀하고 다정한 사이가 되지 않고서 어떻게 여자를 사랑할 수 있는지 난 이해가 안 가요. 어떻게 그럴 수가 있지요?"

"글쎄요!" 그가 말했다. "난 모르겠습니다. 내가 일반론을 펼쳐봤자 쓸데없는 일이겠지요. 난 그저 나 자신의 경우만을 알고 있을 뿐입니다. 난 여자들을 좋아합니다. 하지만 여자들에 대한 욕망은 없습니다. 여자들하고 이야기하기를 좋아하긴 합니다만 여자들과 이야기하는 것은, 비록 그것이 한편으로 여자에 대해 친밀한 느낌을 갖게 할지라도, 입을 맞추거나 하는 일에 있어서는 나를 여자들에게서 세상 끝만큼 멀리 떨어지게 한답니다. 그러니 자, 어떻게 하겠어요! 그렇다고 날 일반적인 예로 여기진 마세요. 아마 난 그저 특수한 경우일 겁니다. 즉, 여자를 좋아하지만 여자를 사랑하지는 않는 남자, 그리고 사랑하는 체하도록 강요받거나 꼼짝없이 사로잡힌 모습을 하도록 강요받으면 여자들을 미워하기까지 하는 그런 남자 중의 하나인 거지요."

"하지만 그것 때문에 슬프지 않으세요?"

"어째서요? 조금도 그럴 까닭이 없지요. 찰리 메이라든가, 그 밖의 바람을 피우는 다른 남자들을 봅니다만, 나는 그들이 조금도 부럽지 않답니다. 혹 운명이 도와 내가 원하는 여자가 나한테 나타난다면, 그건 바람직하고 좋은 일이겠지요. 하지만 내가 원하는 여자는 한 명도 본 적이 없고 또 만난 적도 전혀 없으니…… 글쎄요, 난 좀 차가운 사람인가 봅니다. 그렇지만 내가 정말로 아주 좋아하는 여자들도 몇 명 있긴 하답니다."

"나도 당신이 좋아하는 여자인가요?"

"아주 좋아하지요! 그런데 당신도 알다시피, 우리 둘 사이엔 입을 맞추거나 하는 문제는 전혀 없잖아요?"

"전혀 없지요!" 코니는 대답했다. "하지만 사실 있어야 하는 거 아니에요?"

"도대체, 왜 그렇죠? 난 클리퍼드를 좋아합니다. 그런데 내가 그에게 가서 입을 맞춘다면 당신은 뭐라고 말하겠어요?"

"하지만 그건 다르지 않아요?"

"우리들에 관한 한 과연 차이가 어디에 있다는 건가요? 우리는 모두 지적인 인간이고, 우리 사이엔 남녀 간의 문제 같은 것은 정지된 상태이지요. 그야말로 정지되어 있는 겁니다. 이 순간 내가 유럽의 사내처럼 수작을 걸면서 성적인 능력을 뽐내기 시작한다면 당신은 날 어떻게 생각하겠습니까?"

"그런 건 싫어하겠죠."

"그럼 자, 들어보세요! 내가 혹 조금이나마 정말 사내구실을 하는 존재라고 할지라도, 난 나와 딱 어울리는 종류의 여자를 아직 만나질 못했습니다. 그리고 난 그런 여자를 그리워하거나 하지도 않습니다. 그저 여자들을 좋아하기만 할 뿐입니다. 그러니 성적 유희를 자극해서 나로 하여금 자기들을 사랑하도록 강요하거나 아니면 사랑하는 체하도록 강요하려고 할 여자가 그 누구냐, 이 말입니다."

"물론 난 아니에요. 하지만 뭔가 잘못된 거 아닌가요?"

"당신은 그렇게 느낄지 모르지만, 난 안 그렇습니다."

"그래요, 난 남자와 여자 사이가 뭔가 잘못되었다고 느껴요. 여자에겐 남자의 마음을 끄는 매력이 더 이상 없어요."

"남자에겐 여자를 끄는 매력이 있나요?"

그녀는 문제의 이런 반대쪽 측면을 잠시 생각해 보았다.

"별로 없지요." 그녀는 솔직하게 말했다.

"그럼 이런 것 따위는 모두 다 내버려 두고, 그저 점잖고 단순하게, 서로 적절히 격에 맞는 인간들처럼 살아갑시다. 인위적인 섹스 강박 욕구 따윈 엿이나 먹으라고 하지요. 난 그런 건 딱 질색입니다."

코니는 그의 말이 상당히 옳다는 것을 알았다. 하지만 그의 말을 듣고 난 뒤 그녀에게는 아주 쓸쓸한 느낌만이, 길을 잃고 아주 쓸쓸하게 헤매는 듯한 느낌만이 남았다. 그녀는 황량한 연못 위에 떠 있는 나무토막이 된 것처럼 느꼈다. 무슨 의미가 있을까, 그녀에게든 다른 그 어떤 것에게든 말이다.

반발하고 있는 것은 바로 그녀의 젊음이었다. 이 남자들은 너무나 나이 들고 차디차게 보였다. 모든 것이 나이 들고 차디차게 보였다. 그리고 마이클리스는 너무도 큰 실망을 안겨주었다. 그는 아무 쓸모가 없었다. 남자들은 여자를 원하지 않았다. 정말 그들은 한 여자를 진정으로 원하질 않았다. 심지어 마이클리스조차도 그랬다. 그리고 여자를 진정으로 원하는 체하면서 성적 유희를 자극하려고 시도하는 작자들은 더더욱 형편없었다.

그저 암담한 상황이었으며 참아내는 수밖에 없었다. 남자에게 여자를 끄는 진정한 매력이 하나도 없다는 것은 정말 사실이었다. 그녀가 마이클리스에 대해 그랬듯이, 남자들에게 그런 것이 있다고 스스로를 속이는 것이 기껏 우리가 할 수 있는 최상의 일이다. 그런 상황에서 그저 계속 살아가는 수밖에 없는 것인데 거기엔 아무런 의미도 없었다. 왜 사람들이 칵테일파티를 열고 재즈나 찰스턴 춤[1]을 쓰러질 때까지 추어대는지를 그녀는 완전히 이해하게 되었다. 젊음이란 어떤 식으로든 발산해야 하는 것이다. 그렇지 않으면 젊음에 뜯어 먹히고 만다. 그러나 얼마나 끔찍한가, 이 젊음이란 것은! 므두셀라[2]처럼 늙은 듯한 느낌인데도, 이 젊음은 어찌된 일인지 여전히 씩씩거리고 불끈거리면서, 우리를 편안하게 내버려 두질 않는다. 지랄 같은 인생이다! 그리고 아무런 가망도 없었다! 그녀는 차라리 믹과 함께 떠나 자신의 인생을 하나의 긴 칵테일파티와 재즈의 밤으로 만드는 게 좋았을걸 하고 생각할 정도였다. 그저 멍하니 살며 자신을 썩히다가 무덤에 기어 들어가는 것보다는 어쨌든 그게 더 나은 일일 성싶었다.

그런 불행한 나날 중의 어느 날 그녀는 혼자 밖으로 나가 숲 속에서, 답답한 생각에 사로잡혀 아무것에도 주의를 기울이지 않고 자신이 어디에 있는지조차 모른 채 마냥 걷고 있었다. 그때 그리 멀지 않은 곳에서 총소리가 나자 그녀는 깜짝 놀랐고 화가 나기까지 했다.

그녀는 계속 걸어갔는데, 그러다가 곧 말소리를 듣고는

---

1) 1920년대에 유행한 4분의 4박자의 빠른 춤.
2) 창세기 5장 21~27절에 등장하는 인물로 969세까지 살았다고 한다.

멈칫했다. 사람들이 있었다! 그녀는 사람들을 만나고 싶지 않았다. 그러나 그녀의 예민한 귀에 또 다른 소리가 포착되었고, 그러자 그녀는 호기심이 일었다. 그것은 아이가 흐느끼는 소리였다. 즉시 그녀는 주의를 기울였다. 누군가가 어린아이를 학대하고 있는 것이다.

뒤틀린 심사에 분노가 치밀어, 그녀는 큰 걸음으로 몸을 휘휘 내저으며 축축하게 젖은 찻길을 따라 내려갔다. 기분 같아서는 그야말로 한바탕 소동이라도 벌일 태세였다.

그녀가 모퉁이를 돌았을 때, 저쪽 찻길에 서 있는 두 사람이 보였다. 사냥터지기하고 조그만 계집아이였는데, 자줏빛 겉옷에다 두더지 가죽 모자를 쓰고 있는 그 아이는 울고 있었다.

"뚝 그치지 못해, 이 엄살쟁이 계집년아!" 하는 사내의 성난 목소리가 들렸고, 그러자 계집아이는 더 크게 흐느끼며 울었다.

콘스턴스는 분노에 이글거리는 눈으로 빠르게 다가갔다. 사내는 뒤를 돌아보더니 그녀를 보고는 냉랭하게 인사를 올렸다. 그러나 그의 얼굴은 화가 치밀어 파랗게 질려 있었다.

"무슨 일인가요? 아이가 왜 울고 있는 거죠?" 콘스턴스는 약간 숨찬 목소리로, 하지만 명령조로 따지듯 물었다.

냉소와도 같은 희미한 미소가 사내의 얼굴에 감돌았다.

"내가 아니라 이 애한테 직접 무러보시죠." 그는 순 사투리로 냉담하게 대답했다.

코니는 그가 자신의 얼굴을 한 대 치기라도 한 듯한 느낌이 들었다. 그녀의 안색이 변했다. 그러다가 그녀는 도전적인 태도를 돋우어서는 그를 바라보았는데, 그녀의 짙푸른 눈은 여전히 분노로 타오르고 있었지만 다소 막연했다.

"당신한테 물었잖아요!" 그녀는 헐떡이듯 말했다.

그는 모자를 들어올리며 머리를 묘하게 약간 숙여 보였다.

"물론 그러셨죠, 마님." 그가 말했다. 그러더니 다시금 사투리 조로 돌아가, "허지만 전 이 애가 우는 까다글 모름니다." 하고 말했다.

그러고 나서 그는 군인 같은 태도로 서 있었는데, 화가 나서 얼굴이 창백해진 것 말고는 도무지 속을 짐작할 수 없는 표정이었다.

코니는 아이에게로 몸을 돌렸다. 혈색이 좋고 머리칼이 검은, 아홉 살이나 열 살 정도 된 아이였다.

"왜 그러니, 아가야? 왜 우는지 나한테 말해 보렴!" 그녀는 그런 때에 적절한 상투적인 상냥한 말씨로 말했다.

아이의 흐느낌이 더욱 격렬해졌다. 다른 사람이 있다는 것을 의식한 것이다!

코니는 더욱 상냥하게 달래며 말했다.

"자, 자, 울지 말거라, 애야! 사람들이 너한테 어떻게 했길래 그러니, 자, 말해 보렴!" 아주 다정한 말씨였다. 그렇게 말하면서 그녀는 털실로 짠 윗도리 호주머니를 뒤졌고, 다행히 6펜스짜리 농전을 하나 찾아냈다.

"자, 울지 말거라, 애야!" 그녀는 말하면서 아이 앞으로 몸을 굽혔다. "자, 보렴! 너한테 주려고 하는데, 이게 뭘까?"

흐느끼고, 코를 훌쩍이다가, 눈물범벅이 된 퉁퉁 부은 얼굴에서 주먹이 치워지더니, 검고 약삭빠른 눈이 6펜스 동전을 흘끗 훑어보았다. 그러고는 조금 더 흐느껴댔지만, 차츰 가라앉았다.

"자! 무슨 일인데 그러니, 말해 보렴!" 코니는 이렇게 말하면서 아이의 토실토실한 손바닥에 동전을 쥐여주었다. 아이의 손은 곧바로 동전을 꼭 움켜쥐었다.

"저기, 저기, 고양이 땜에요!"

흐느낌이 가라앉느라 아이는 몸서리를 쳤다.

"어떤 고양인데, 아가야?"

잠시 가만있더니 아이의 주먹은, 6펜스 동전을 꼭 움켜쥔 채, 머뭇거리듯 가시나무 덤불 쪽을 가리켰다.

"저기요!"

코니는 그쪽을 바라보았다. 과연 거기엔 분명, 커다란 검정고양이 한 마리가 징그럽게 쭉 뻗은 채 쓰러져 있었고 몸에서는 피도 약간 흘러나오고 있었다.

"어머나!" 코니는 혐오감에 사로잡혀 말했다.

"도둑고양입니다, 마님." 사내가 빈정거리듯 말했다.

그녀는 성난 얼굴로 그를 쳐다보았다.

"아이가 우는 게 당연하지요." 그녀는 말했다. "애가 있는 자리에서 당신이 저 고양일 쏴 죽였다면, 아이가 우는 건 당연하잖아요!"

그는 코니의 눈을 빤히 들여다보았다. 의미심장하고 깔보는 듯하면서, 자신의 감정을 숨기지 않는 시선이었다. 코니의 얼굴은 다시금 붉어졌다. 공연히 소란을 떤 느낌이었다. 이 사내는 그녀를 같잖게 보고 있었다.

"네 이름이 뭐지?" 그녀는 아이에게 장난스럽게 물었다. "네 이름이 뭔지 말해 주지 않을래?"

훌쩍훌쩍! 그러더니 몹시 꾸며낸 태도에 피리처럼 날카로운 목소리로 아이는 대답했다.

"코니 멜러즈요!"

"코니 멜러즈라고! 그래, 참 귀여운 이름이구나! 그런데 아빠랑 같이 나왔다가 아빠가 고양이 쏘는 걸 보았구나? 하지만 저건 못된 고양이란다!"

아이는 당돌하고 검은 눈으로 코니를 자세히 살피듯이 바라보면서, 그녀의 됨됨이와 위로의 말을 가늠해 보고 있었다.

"할머니하고 같이 남아 있고 싶었는데." 조그만 소녀는 말했다.

"그랬구나! 한데 할머니는 지금 어디 계시지?"

아이는 팔을 들어 찻길 아래쪽을 가리켰다.

"저기 집에요."

"집에 계셔! 그럼 할머니한테 돌아가고 싶니?"

갑자기 다시 생각난 듯 아이는 한차례 몸서리를 치면서 흐느꼈다.

"네!"

"그럼, 자, 내가 데려다 줄까? 할머니한테 데려다 줄까? 아빠 그럼 아빠 일을 잘할 수 있을 거야." 그녀는 사내에게로 몸을 돌렸다. "당신 딸 맞지요?"

그는 절을 하며 그렇다는 표시로 고개를 약간 까닥여 보였다.

"이 애를 내가 집에 데려다 줄 수 있을 것 같은데." 코니는 사내에게 물었다.

"마님께서 원하신다면요."

그는 다시금 그 차분하고 탐색하는 듯한 초연한 시선으로 그녀의 눈을 들여다보았다. 참으로 고독한 존재이면서 자신의 힘으로 사는 사내였다.

"나하고 함께 집으로 돌아갈까, 아가야? 할머니한테 말이야."

아이는 다시 흘끗 훔쳐보는 눈길로 쳐다보았다.

"네!" 그러고는 선웃음을 지어 보였다.

코니는 이 소녀가 맘에 들지 않았다. 버릇없고 거짓이 많은 여자아이였다. 그렇지만 코니는 소녀의 얼굴을 닦아주고 손을 잡아끌었다. 사냥터지기는 말없이 인사를 올렸다.

"그럼, 안녕히!" 코니는 말했다.

그 집까지는 거의 1마일이나 되었으며, 어른 코니가 꼬마 코니에 대해 지겨워진 지 한참 되었을 무렵에야 사냥터지기의 그림처럼 아담한 집이 시야에 들어왔다. 이 꼬마는 이미 원숭이 새끼만큼이나 잔꾀가 머리끝까지 가득 차 있는 데다가, 아주 자신만만하기까지 한 아이였다.

집은 문이 열려 있었고 안에서는 덜그럭거리는 소리가 들렸다. 코니는 머뭇거렸는데, 아이는 잡았던 손을 놓고 안으로 달려 들어갔다.

"할머니! 할머니!"

"아니, 니가 벌써 도라왔구나!"

소녀의 할머니는 난로에 흑연 칠을 하던 중이었다. 마침 토요일 오전이었던 것이다. 그녀는 거친 마대 천으로 지은 앞치마를 두르고, 손에는 흑연 바르는 솔을 들고, 코에는 검정 얼룩을 묻힌 채 문간으로 나왔다. 그녀는 작은 체구에 다소 정이 없게 생긴 여자였다.

"아이구, 이런 일이!" 코니가 밖에 서 있는 것을 보고 급히 팔로 얼굴을 훔치면서 노파는 말했다.

"안녕하세요!" 코니가 말했다. "애가 울고 있어서 집에 데려다 주러 온 것뿐이에요."

노파는 재빨리 아이 쪽을 돌아다보았다.

"아니, 네 아빤 어데 갔길래?"

소녀는 할머니 치맛자락에 달라붙어서는 선웃음을 지어 보였다.

"아이 아빠도 같이 있었어요!" 코니가 말했다. "하지만 그가 도둑고양이를 총으로 쏴 죽이는 바람에 애가 좀 놀랐어요."

"아이고, 이리 귀찮케 해드리다니, 도무지 안 될 이린데 참말로 이를 어쩌나요, 채틀리 마님! 참말로 고마우시구만요. 하지만 이리 귀찮케 해드리다니 안 될 이린데. 아이고, 이런 일은 생각도 못하셔쓸 텐데!" 그러곤 노파는 아이를 향해 말했다. "얘야, 채틀리 마님께서 너 때문에 이러케까지 수고를 다 해주셨다는 걸 생각해 보렴! 아이고, 마님을 이리 귀찮케 해드리다니 어디 되겠냐!"

"전혀 귀찮은 일이 아니었어요. 그저 좀 걸은 것뿐인데요, 뭐." 코니는 미소를 지으며 말했다.

"아이고, 참말로 친절하시고 고맙구만요, 정말이구만요! 그러니깐, 애가 울고 있었다는 거지요! 둘이 멀리 못 가 무슨 일이 트러질 줄 내 알았지요. 저 앤 지 애빌 무서워 한답니다. 그런데 바로 그거시 문제지요. 보셔께찌만, 저 아이 애빈 재한테 거의 낯선 사람이나 다름업시, 아니 완전히 낯선 사람처럼 대한답니다. 사이 조은 부녀간이 되리라고는 아무래도 생각이 들질 안치요. 쟤 애비는 묘한 구석이 이꺼든요."

코니는 뭐라고 대답을 해야 할지 몰랐다.

"할머니, 이것 좀 봐!" 아이가 선웃음을 지으며 말했다.

노파는 소녀의 손안에 놓인 6펜스 동전을 내려다보았다.

"거기에다 6펜스씩이나 주시다니! 아이고, 채틀리 마님, 그러심 안 되는데, 그러심 안 되는데! 아이고, 얘야, 채틀리 마님께서 너한테 참 고맙게 해주셨구나! 정말, 넌 오늘 아침 운이 조쿠나!"

노파 역시 마을 사람들이 그러하듯 채털리란 이름을 채틀리라고 발음했다! "채틀리 마님께서 너한테 참 고맙게 해주셨구나!" 하는 식이었다. 코니는 노파의 코에 묻은 얼룩을 쳐다보지 않을 수 없었다. 그러자 노파는 다시금 손목으로 얼굴을 쓱 건성으로 문질러 닦았지만 얼룩은 지워지지 않았다.

코니는 이제 가보려고 했다.

"그럼, 다시 한번 너무나도 감사드림니다, 채틀리 마님, 참말로 말예요. 채틀리 마님께 고맙슴니다 하고 말해야지!" 마지막 말은 아이에게 한 말이었다.

"고맙습니다!" 아이가 피리처럼 새된 소리로 말했다.

"응, 그래 착하구나!" 코니는 웃으며 말해 주었다. 그러고는 "그럼, 안녕." 하고 말하면서 떠나갔는데, 마음속으로는 그들과의 이 접촉에서 벗어나 헤어진 것이 무척 홀가분한 기분이었다. '묘하기도 하지!' 그녀는 생각했다. 그 마르고 거만한 사내의 어머니가 저렇게 자그맣고 약삭빠른 여자라니!

한편 그 노파는, 코니가 가자마자 부엌에 걸린 조그만 거울 쪼가리 앞으로 달려가서는 얼굴을 비추어보았다. 거울에 비친 얼굴을 본 그녀는 참을 수 없다는 듯이 발을 쿵쿵 굴러댔다. "하필 내가 이렇게 형편없는 앞치마를 두르고 이렇게 더러운 얼굴을 하고 있을 때 꼭 찾아오다니! 그래, 꼴 보기 좋았겠군!"

코니는 천천히 라그비의 집으로 돌아갔다. "집이라!" 그 커다랗고 황량하며, 토끼장처럼 빼곡히 들어선 건물에다 대고 부르기에는 너무 따뜻한 명칭이었다. 그러나 이 말 자체도 이미 진정한 의미를 잃어버렸다. 언제부턴가 이 말의 의미는 상실되고 말았다. 코니가 보기에, 그녀 세대에게 있어 고귀한 말들은 전부 의미를 상실해 버렸다. 사랑, 기쁨, 행복, 집, 어머니, 아버지, 남편과 같은 고귀하고 활력 있는 단어들은 모두 이제 거지반 죽어버렸고, 또 나날이 죽어가고 있었다. 집은 그저 몸 붙여 사는 곳이고, 사랑이란 바보같이 속아 빠져들면 안 되는 것이며, 기쁨이란 한바탕 신나게 추는 찰스턴 춤에나 쓰는 말이고, 행복이란 다른 사람에게 허세를 부리는 위선을 칭하는 용어이며, 아버지란 자신의 삶을 즐기는 한 개인에 불과하고, 남편이란 함께 살며 기가 죽지 않도록 지켜줘야 할 사람이었다. 고 귀한 말 중의 마지막 단어인 섹스에 대해 말하자면, 그저 자극적인 칵테일 한 잔의 흥분을 지칭하는 용어에 불과한 것으로서, 그런 흥분은 잠깐 기분을 반짝 돋우었다가는 이내 이전보다 더 비참한 기분으로 떨어지게 하는 것일 뿐이다. 온통 닳아 떨어진 상태였다! 마치 우리의 존재를 형성하고 있는 재료 자체가 값싼 물건으로 되어 있어, 아무것도 남지 않을 정도로 닳아 떨어져나가고 있는 것과도 같았다.

정말로 남아 있는 것이라면 그것은 오직 완고한 극기(克己)적 태도뿐이었다. 그리고 거기에는 일종의 쾌감 같은 것이 있었다. 삶의 공허함을 단계마다, 그 과정(étape)마다 거치면서 경험해 나가는 바로 그 행위에는 일종의 섬뜩한 만족감이 있었다. "자, 이상 끝!" 마지막 말은 항상 이것이었다. 집, 사랑, 결혼, 마이클리스 등등 모든 경우가 그랬다. "자, 이상 끝!" 그리고 누가 죽을 때 역시 그의 인생에 대한 마지막 말은 그것일 것이다. "자, 이상 끝!"

돈은 어떤가? 아마 이것에 대해서는 그런 식으로 말할 수 없으리라. 돈은 우리가 항상 원하는 것이다. 돈, 성공 ─토미 듀크스가 헨리 제임스[3]식으로 고집스럽게 부르는 바인, 그 성공의 암캐 여신─ 바로 그것들은 영원히 필수적이었다. 마지막 남은 동전을 쓰면서 마침내 "자, 이상

---

3) Henry James (1843~1916) : 영국으로 귀화한 미국의 소설가.

끝!" 하고 말할 수 있는 사람은 없으리라. 그렇다. 십 분이라도 더 살게 된다면, 뭔가 이러저러한 것을 위해 몇 닢의 돈이 좀 더 있었으면 하고 바라는 것이다. 그저 일이 기계적으로 진행되어 가도록 하는 데만도 돈이 필요했다. 돈은 꼭 있어야만 했다. 돈만은 정말 꼭 가지고 있어야만 한다. 그 밖의 것들은 사실 그다지 필요한 것들이 아니다. 자, 이상 끝!

물론, 우리 자신이 잘못해서 우리가 이렇게 살아 있는 것은 아니다. 그런데 우리가 살아 있는 한, 돈이란 것은 꼭 필요한, 그것도 유일하게 절대적으로 필요한 물건이다. 나머지 것들은 모두, 궁한 처지가 되면 없이도 살아나갈 수가 있다. 그러나 돈만은 그럴 수가 없다. 결단코 이상 끝!

그녀는 마이클리스가, 그리고 그와 함께 떠났더라면 가질 수 있었을 돈이 생각났다. 그런데 많은 돈이긴 해도 그걸 원하는 마음은 생기지 않았다. 그것보다 적긴 하지만 자기가 클리퍼드를 도와 글을 써서 벌어들이게 한 돈이 그녀는 더 좋았다. 그 돈은 그녀가 실제로 도와서 벌어들이게 한 돈이었다. "클리퍼드하고 난 함께, 글 쓰는 걸로 일 년에 1,200파운드를 벌지." 그렇게 그녀는 혼잣소리로 말해 보았다. 돈을 벌자! 벌어! 아무것도 없는 곳으로부터! 허공으로부터 돈을 짜내라! 인간이 자랑스럽게 여길 마지막 묘기일지니! 그 나머지는 모조리 넋 빠진 헛소리일 뿐이다.

그렇게 코니는 터벅터벅 걸어 클리퍼드가 있는 집으로 돌아갔고, 그와 다시 힘을 합쳐서 텅 빈 무(無)로부터 또 하나의 이야기를 지어내도록 도왔다. 한 편의 이야기는 바로 돈을 의미했다. 클리퍼드는 자기가 쓴 이야기들이 일류 문학 작품으로 인정받는지 그 여부에 대해 매우 관심을 보이는 듯했다. 하지만 엄밀히 말해, 코니는 관심이 없었다. 속에 아무것도 든 게 없단다! 그녀의 아버지가 한 말이다. 작년에 1,200파운드나 들어왔다고요! 하고 간단히 대꾸하면 더 이상 아무 말도 못할 것이다.

젊은 사람이라면, 그저 이를 악물고 계속 물고 늘어지면서 버티기만 하면 마침내 어디선가 보이지 않는 곳에서부터 돈이 흘러 들어오기 시작했다. 그건 힘의 문제였다. 또 의지의 문제였다. 그 사람 자신으로부터 아주 미묘하고 강력하게 발산되는 의지가, 돈이라는 그 신비롭고 공허한 존재, 즉 단어 하나 적혀 있는 종이 조각에 불과한 것을 데리고 그에게 다시 돌아오는 것이다. 그것은 일종의 마술이었다. 분명히 그것은 승리의 성취였다. 성공의 암캐 여신! 그래, 몸을 팔아야 한다면, 이왕이면 성공의 암캐 여신에게 파는 게 좋겠지! 몸을 팔고 있는 동안이라 할지라도 항상 그녀를 경멸할 수가 있으니, 그 점은 마음에 들었다!

물론, 클리퍼드에겐 아직 어린애처럼 금기시하여 꺼리거나 미신적인 맹목으로 집착하는 것들이 많이 있었다. 그는 '진정으로 훌륭하다'고 생각되기를 바랐다. 하지만 그것은 완전히 주제넘고 터무니없는 생각에 불과했다. 진정으로 훌륭한 것이란 바로 실제로 인기를 거머쥔 것이어야 했다. 진정으로 훌륭한데도 내팽개쳐진 꼴로 있는 것은 아무 소용 없었다. 이른바 '진정으로 훌륭한' 작가들을 보면, 대부분 버스를 놓쳐버린 듯했다. 결국 한세상 사는 것일 뿐인데, 만일 버스를 놓치고 만다면, 그저 길가에 내버려진 채 나머지 실패자들과 함께 뒹구는 수밖에 없는 것이다.

코니는 이번 겨울을 클리퍼드와 런던에 가서 보낼까 생각하고 있었다. 그녀와 그는 제대로 버스를 잡아탄 셈이니 한번쯤 꿋발을 날리며 뻐겨보아도 좋을 것이다.

그런데 고약한 문제는, 클리퍼드가 점점 흐리멍덩해지고 얼빠진 듯하거나, 멍하니 침울한 상태로 돌연 떨어지곤 하는 경향이 있다는 점이었다. 그의 영혼에 난 상처가 밖으로 비어져 나오고 있는 것이다. 하지만 그것 때문에 코니는 비명이라도 지르고 싶었다. 하나님 맙소사, 의식 자체의 작용 과정이 망가져 못쓰게 되고 만다면, 대체 뭘 어떻게 해야 한단 말인가! 제기랄, 할 만큼 다 하지 않았는가! 그런데도 완전히 꺾이고 절망해야만 한단 말인가.

때때로 그녀는 쓰라린 눈물을 흘리며 울곤 했다. 하지만 울고 있을 때조차 그녀는 자신에게 이렇게 말하고 있었다. 어리석은 바보 같으니라고, 손수건이나 적시기는! 그런다고 해결되는 게 뭐가 있길래!

마이클리스와의 일이 있은 뒤, 그녀는 아무것도 바라지 않기로 마음을 먹었다. 그것만이 달리 해결할 수 없는 이 문제에 대한 가장 간단한 해결책인 듯 보였다. 그녀는 지금 주어진 것 이상으로는 아무것도 바라지 않았다. 그저 지금 주어진 것만을 가지고 앞으로 나아가고자 하는 마음 뿐이었다. 클리퍼드, 그의 작품들, 라그비, 채털리 부인으로서의 역할, 돈 그리고 명성——대단한 건 아니지만, 이런

것들을 모두 가지고 그녀는 앞으로 나아가고자 했다. 사랑
이니 섹스니 하는 것들은 모두, 그저 얼음과자 같은 것일
뿐이었다. 혀로 핥아먹고는 그저 잊어버리는 것들이다. 마
음속에 담아두고 계속 매달리지 않는다면 아무것도 아니
다. 특히나 섹스는 아무것도 아니다. 결심만 하면 문제는
해결되어 버리는 것이다. 섹스. 한 잔의 칵테일. 이 둘은
지속되는 시간이 거의 같고, 똑같은 영향을 끼치며, 거의
똑같은 결과를 낳고 끝난다.

그러나 자식을, 아기를 갖는 문제가 남아 있었다! 그건
아직 가슴 뛰는 느낌을 주는 일 중의 하나였다. 코니는 아
주 조심스럽게 한번 시험 삼아 그 일을 해보고도 싶었다.
상대로 삼을 남자를 생각해 봐야 했다. 그런데 이상하게
도, 그 사람의 아이를 낳고 싶다는 생각이 드는 남자는 세
상에 하나도 없었다. 믹의 아이를 낳는다! 생각만 해도 끔
찍했다! 그러느니 차라리 토끼 새끼를 배는 게 나으리라.
토미 듀크스는 어떤가. 매우 좋은 남자지만, 어쩐지 아기
나 자손을 낳는 일하고는 어울리지 않는 사람으로 여겨졌
다. 그는 그 자신으로 끝날 사람이었다. 이 밖에도 클리퍼
드가 아는 남자들이 꽤 많았지만, 그 사람의 아기를 낳는
다고 생각해 볼 때 코니에게 경멸감을 일으키지 않는 남자
는 하나도 없었다. 애인으로 삼기에는 상당히 괜찮을 듯한
남자는 몇 명 있었다. 믹 같은 사람조차도 그랬다. 그러나
내 몸에 그들의 씨를 받아 자식을 갖는다는 것은! 웩! 그
야말로 굴욕과 혐오감뿐이었다.

자, 그러니 이상 끝!

그렇지만, 코니는 여전히 마음속 깊은 곳에서는 아이 생각을 버리지 않고 있었다. 기다려보자! 기다려봐! 그녀는 여러 세대의 남자들을 체로 쳐서 골라가며, 쓸 만한 남자를 하나 찾아낼 수 없는지 알아볼 것이다. '너희는 예루살렘의 거리와 골목마다 다니며, 한 사람이라도 찾아낼 수 있는지 알아보라.'[4] 예언자의 예루살렘에서는 한 사람을 찾아내는 것이 불가능했다. 비록 수천수만의 남성들이 있었을지라도 말이다. 하지만 사내 하나쯤이라면! 그렇다면 얘기가 달라진다!(C'est une autre chose!)

코니는 외국인을 상대로 삼아야겠다는 생각이 들었다. 영국인은 물론 스코틀랜드인도 아니며, 아일랜드 사람은 더더욱 아닐 것이다. 진짜 외국인이어야 할 것이다.

그러나 기다려보자! 기다려봐! 이번 겨울에 그녀는 클리퍼드를 설득해 런던에 갈 것이며, 내년 겨울에는 외국으로 나가 프랑스 남부, 이탈리아 등지로 가자고 할 것이다. 기다려보자! 아기를 갖는 문제에 대해 그녀는 급하게 서두르지 않았다. 이것은 그녀 자신의 신상에 관련된 문제였으며, 그녀 나름의 독특한 여성적 방식으로 유일하게 영혼의 밑바닥까지 진지하게 생각하고 있는 사항이었다. 어쩌다 우연히 만난 사람하고 상대하지는 않을 것이다. 그렇게 하지는 않을 것이다. 애인이라면 혹 아무 때나 구해 잡아도 거의 무방하리라. 하지만 나한테 아이를 갖게 해줄 남자의 경우는! 그래, 기다려보자! 기다려봐! 그건 문제가 전혀

---

4) 예레미야 5장 1절의 변형.

다른 것이니. '너희는 예루살렘의 거리와 골목마다 다니며…….' 그것은 사랑에 관한 문제가 아니었다. 그것은 한 사람의 사내에 관한 문제였다. 글쎄, 개인적으로는 심지어 싫어하는 사람일 수도 있었다. 하지만 그 사람이 바로 적합한 남자이기만 하다면, 개인적인 좋고 싫음 따위가 무슨 중요성이 있겠는가! 이 문제는 우리 자신의 다른 부분에 관계되는 일인 것이다.

여느 때처럼 비가 여러 날 계속 내렸고, 길은 너무 진창이 되어 클리퍼드의 모터 의자가 다닐 수 없었다. 하지만 코니는 밖으로 나가곤 했다. 이즈음 그녀는 매일같이 혼자 나갔는데, 대개 숲으로 들어가서는 정말로 혼자만의 시간을 가졌다. 그곳에서는 마주치는 사람이 없었다.

하지만 이날 클리퍼드는 사냥터지기에게 전하고 싶은 말이 있었다. 그런데 심부름하는 꼬마가 마침 독감으로 몸져누워 있어서——라그비에는 누구든 독감에 걸린 사람이 항상 있는 듯했다——코니는 자신이 사냥터지기의 오두막집에 다녀오겠노라고 말했다.

공기는 눅눅하고 죽은 듯 고요해서, 마치 온 세상 만물이 서서히 죽어가고 있는 듯했다. 주위는 잿빛에 싸여 끈적끈적하고 조용했는데, 탄갱으로부터 덜거덕거리는 소리조차도 들리지 않았다. 요즘 작업 시간을 단축해 오던 탄광이 오늘은 아예 작업을 멈춰버렸기 때문이다. 만물이 끝장난 듯했다!

숲 속은 모든 것이 완전히 생기를 잃은 채 꼼짝 않고 있었다. 커다란 물방울만이 이따금 앙상한 나뭇가지로부터 떨어져서는 작은 소리를 내며 힘없이 부서지곤 할 뿐이었다. 그 밖에는 오래된 고목들 사이로 잿빛의 절망적인 무기력과 적막, 텅 빈 공허만이 겹겹으로 깊이 둘러싸여 있었다.

코니는 별 생각 없이 계속 걸어갔다. 오래된 숲으로부터 오래 묵은 우수가 배어나왔다. 어느 정도 마음을 달래주는 듯한 그것은 사물 세계의 바깥이 지닌 싸늘한 무감각보다는 훨씬 나았다. 그녀는 아직 우거져 남아 있는 이 산림의 내면성이, 즉 말없이 묵묵히 서 있는 고목들의 자태가 좋았다. 나무들은 침묵의 힘 그 자체이면서, 또한 생명력을 가득 지닌 존재였다. 나무들 역시 기다리고 있었다. 고집스럽게, 극기적인 자세로 기다리면서, 침묵의 숨은 힘을 발산하고 있었다. 아마 그들이 기다리고 있는 것은 오직 종말인지도 몰랐다. 베어 넘어지고 치워 없애져서 산림의 종말을 맞이하는 것, 즉 그들에게 세상 만물의 종말이 될 순간을 기다리고 있는지도 몰랐다. 그러나 아마도 그들의 우람하고 귀족적인 침묵은, 우람한 나무들의 침묵은 뭔가 다른 것을 의미하고 있는 것인지도 몰랐다.

그녀가 북쪽 편으로 해서 숲을 빠져나왔을 때, 사냥터지기의 오두막이 보였다. 갈색 돌로 지은 약간 거무스름한 오두막으로 박공과 아담한 굴뚝이 있는 집이었는데, 마치 사람이 살고 있지 않은 듯했다. 너무도 조용하고 외따로 있었기 때문이다. 그러나 한 줄기 연기가 굴뚝에서 피어오르고 있었고, 집 앞의 울을 둘러친 조그마한 뜰은 갈아 일구어 아주 깔끔하게 가꾸어져 있었다. 문은 닫혀 있었다.

이제 이 집까지 오고 나자, 그녀는 빤히 바라보는 그 묘한 시선을 가진 사내를 만나는 일이 좀 꺼림칙해졌다. 그에게 명령을 전한다는 것이 맘에 내키지 않았다. 그녀는 다시 돌아가 버리고 싶은 느낌이었다. 그녀는 가만히 문을 두드려보았다. 아무도 나오지 않았다. 그녀는 다시 한번, 하지만 여전히 큰 소리 나지 않게 문을 두드려보았다. 역시 아무 대답이 없었다. 그녀는 창문으로 안을 들여다보았다. 그러자 다소 어두컴컴한 조그만 방이 눈에 들어왔는데, 거의 사악하다 할 정도의 내밀한 사생활의 분위기를 드리운 채, 침범당하고 싶지 않다는 듯한 모습을 하고 있었다.

그녀는 가만히 선 채로 귀를 기울여보았다. 오두막 뒤쪽에서 뭔가 소리가 들려오는 듯했다. 문을 두드렸는데도 아무 반응이 없는 것에 그녀는 좀 성질이 났다. 이대로 물러서지는 않을 작정이었다.

그래서 그녀는 집의 측면으로 돌아서 갔다. 오두막 뒤쪽으로는 땅이 가파른 비탈을 이루며 올라가 있어서, 뒷마당은 움푹 패어 있는 형세였고 나지막한 돌담이 둘러쳐져 있었다. 그녀는 집 모퉁이를 돌다가 그만 걸음을 멈췄다. 그녀에게서 두어 걸음 정도 앞에 있는 조그만 마당에서, 아무것도 모른 채 그 사내가 몸을 씻고 있었다. 그는 엉덩이께까지 벗은 상태였는데, 우단 바지가 호리호리한 허리 아래로 흘러내려 있었다. 그리고 날씬하니 하얀 등은 커다란 대야 위로 구부리고 있었는데, 비누 거품이 일어난 대야의 물속에다 머리를 쑥 담그더니, 묘하고 재빠른 동작으로 가볍게 머리를 흔들어대면서, 날씬한 하얀 두 팔을 들어올려 귓가로부터 비눗물을 씻어 내리고 있었다. 물장난 치는 족제비처럼 재빠르고 섬세하면서, 또 완전히 혼자인 듯한 모습이었다.

코니는 뒷걸음질쳐 집 모퉁이를 다시 돌아가서는 숲으로 급히 달아났다. 자신도 모르게, 그녀는 충격을 받은 것이다. 결국, 그저 사내 하나가 몸을 씻고 있던 것뿐인데! 정말 충분히 흔히 있을 수 있는 일이건만.

하지만 뭔가 묘하게도 그것은 하나의 환상 같은 경험이었다. 그녀는 몸 한가운데를 한 대 얻어맞은 듯했다. 그녀는 그 깨끗하고 섬세한 하얀 허리 아래로 바지가 어설프게 흘러내려서 엉치뼈가 살짝 드러난 모습을 보았고, 고독한 존재에 대한, 그야말로 순전히 혼자인 한 사람의 존재에 대한 의식이 그녀를 압도했다. 홀로, 내면까지 홀로 존재하며 사는 한 인간의 완전하고 고독한 하얀 나체. 그리고 그 너머, 순수한 한 존재의 어떤 아름다움. 그저 아름다운 것이 아니고 또 아름다운 육체라고도 할 수 없는 그것은 부드럽게 빛나는 어떤 하나의 불꽃이었다. 홀로 사는 한 존재의 따뜻하고 하얀 불꽃이 손으로 만질 수 있을 만큼 그 형체를 드러내면서 너울거리며 빛나고 있는 것, 즉 하나의 육체였다!

코니는 이 환상의 충격을 바로 자궁 속으로 받아들였으며, 그녀도 이를 깨달았다. 그것은 그녀의 몸 안에 들어와 있었다. 그러나 의식적으로는 이것을 우습게 여기려 했다. 사내 하나가 뒷마당에서 몸을 씻고 있는 것일 뿐인데! 틀림없이 냄새 고약한 누런 비누로 말이야! 그녀는 좀 화가 났다. 왜 천한 사람의 이런 사사로운 장면 따위와 맞닥뜨려야 한단 말인가!

그렇게 그녀는 자신의 진정한 내면을 외면하고 걸어갔다. 그러나 잠시 후 나무 그루터기 한곳에 걸터앉았다. 그녀는 너무 혼란스러워 제대로 생각할 수가 없었다. 그러나 혼란에 휩싸인 가운데에도, 그녀는 그 작자에게 남편의 전갈을 전해 주기로 마음먹었다. 이따위 일로 인해 할 일을 못해서는 안 될 일이다. 그가 옷을 입을 동안만큼은 기다려주어야 하겠지만, 너무 오래 머뭇거려서 나가버리면 안 되었다. 아마 그는 어딘가 외출하려고 준비하던 차였는지도 몰랐다.

그래서 그녀는 천천히 산책하듯 걸어 귀를 기울이면서 되돌아갔다. 그녀가 가까이 다가갔을 때, 오두막은 아까 그 모습 그대로였다. 개 한 마리가 짖었다. 그녀는 문을 두드렸는데, 자신도 모르게 가슴이 두근거리고 있었다.

사내가 가벼운 걸음걸이로 2층에서 내려오는 소리가 들렸다. 그는 문을 홱 열어젖혔고, 그 바람에 그녀는 깜짝 놀라고 말았다. 사내 자신도 뭔가 불쾌한 기색이었다. 하지만 곧바로 그는 얼굴에 웃음을 지어 보였다.

"채털리 부인이시군요!" 그가 말했다. "들어오시겠습니까?"

그의 태도는 아주 완벽할 정도로 자연스러웠고 훌륭했다. 그녀는 문지방을 넘어 좀 쓸쓸해 보이는 자그마한 방으로 들어섰다.

"그저 클리퍼드 경의 말을 전할 게 있어서 온 거랍니다." 부드럽고 약간 숨이 막히는 듯한 목소리로 그녀는 말했다.

사내는 모든 걸 들여다보는 듯한 그 파란 눈으로 그녀를 바라보고 있었는데, 그 시선 때문에 그녀는 얼굴을 약간 돌려 외면했다. 그는 수줍어하는 모습의 그녀가 매력적이며 거의 아름답다고 할 정도라고 생각했다. 그러고는 즉시 직접 상황을 주도했다.

"좀 앉으시지요?" 하고 그는 물었다. 하지만 그녀가 앉지 않을 것이라고 속으로 추측했다. 문은 그대로 열려 있었다.

"아니, 괜찮아요! 클리퍼드 경께서 좀 알아보라고 하시길 당신이⋯⋯." 하고 그녀는 말을 전하기 시작했는데, 자신도 모르게 다시 사내의 눈을 들여다보았다. 그의 시선은 이제 따뜻하고 친절한 표정을 띠고 있었다. 특히 여자에게는 놀라울 만큼 따뜻하고 친절하며 편안한 시선이었다.

"잘 알았습니다, 마님. 곧바로 그렇게 처리하겠습니다."

지시 사항을 듣는 동안, 그의 모든 태도와 표정은 완전히 달라져, 일종의 딱딱함과 거리감의 막으로 둘러쳐진 듯한 모습이 되었다.

코니는 망설였다. 이제 가야 할 순간이었다. 그러나 그녀는 깨끗하고 잘 정돈되어 있으며, 약간 쓸쓸해 보이는 그 자그마한 거실을 약간 당황해하는 듯하면서 둘러보았다.

"여기서 이렇게 혼자 사나요?" 그녀가 물었다.

"예, 혼자 삽니다, 마님."

"하지만 당신 어머니가……?"

"제 어머닌 마을에 있는 집에서 따로 사십니다."

"당신의 그 아이하고 말이죠?"

"예, 아이하고 말입죠!"

그러면서 그의 평범하고 약간 초췌해 보이는 얼굴엔 뭐라 말하기 어려운 조소의 표정이 떠올랐다. 표정이 계속 달라지면서 사람을 당혹스럽게 하는 얼굴이었다.

"사실은……." 그는 코니가 어쩔 줄 모르고 서 있는 모습을 보면서 말했다. "제 어머니가 토요일마다 와서 청소를 해준답니다. 그러면 제가 나머지 일을 혼자 해결하지요."

다시금 코니는 그를 쳐다보았다. 그의 눈은 다시 미소를 띠고 있었는데, 약간 조롱기가 담긴 듯했지만, 따뜻한 파란빛이었고 어딘지 친절한 느낌을 주는 시선이었다. 그런 그의 존재는 그녀에게 경탄의 느낌을 불러일으켰다. 그는 바지와 플란넬 셔츠 차림에 회색 넥타이를 매고 있었으며, 머리칼은 부드럽고 촉촉이 젖어 있었고, 얼굴은 약간 창백하니 초췌해 보였다. 웃음기가 사라지고 나자 그의 시선은 마치 굉장한 고통을 겪어온 듯한 표정으로 바뀌었는데, 따뜻함만은 여전히 잃지 않고 있었다. 그러나 곧 창백한 고독감이 그의 얼굴을 뒤덮었다. 그에게 그녀는 사실 그 자리에 없는 거나 다름없었다. 그녀는 그에게서 어떤 묘하게 남다른 점을, 즉 생기와도 같은 것을 느꼈다. 하지만 그것은 바로 죽음과도 거리가 멀지 않았다.

그녀는 뭔가 아주 많은 이야기를 하고 싶었다. 그런데

아무 이야기도 하지 못했다. 그저 그를 다시금 쳐다보면서 이렇게 말했다.

"방해가 되지나 않았는지 모르겠군요!"

조롱기 머금은 희미한 미소를 지으며 그는 눈을 가늘게 떴다.

"뭐, 말씀드리자면, 머리를 빗고 있던 참일 뿐입니다. 웃옷을 걸치지 않은 채라 죄송합니다. 하지만 문을 두드리는 게 마님이신 줄 전혀 몰랐습니다. 누가 와서 문을 두드리는 일이 여긴 전혀 없거든요. 그래서 뜻밖의 소리라도 나면 불길한 느낌이 들지요."

그는 앞장서서 뜰에 난 길을 내려가 문을 열어주었다. 볼품없는 우단 겉옷을 입지 않고 셔츠 차림인 그의 모습을 보면서 그녀는 약간 구부정하고 야윈 그가 얼마나 호리호리한지를 다시금 알아챘다. 하지만 그의 옆을 지나쳐 갈 때, 그의 금발 머리칼과 민첩한 시선에는 젊고 빛나는 뭔가가 감돌고 있었다. 그는 서른일곱이나 여덟 정도 됐음직한 사내였다.

뒤에서 그가 바라보고 있는 것을 느끼면서, 그녀는 터벅터벅 계속 걸어 숲 있는 데로 나아갔다. 자신도 모르게, 그녀는 그 사내로 인해 굉장히 당황하며 갈피를 못 잡고 있었다.

한편 사내는 집 안으로 들어가면서, 이렇게 생각하고 있었다. '훌륭한 여자야, 진짜 여자야! 그녀 자신이 아는 이상으로 훌륭한 여자야.'

그녀는 그 사내에 대해 매우 궁금해졌다. 그는 너무나 사냥터지기답지 않았고, 노동자와도 너무나 거리가 멀었다.
물론 그 고장 사람들과 공통되는 점이 약간 있긴 했다. 그
러나 뭔가 아주 범상치 않은 면이 있었다.

"그 사냥터지기, 멜러즈 말이에요. 그는 좀 묘한 종류의
사람 같아요." 그녀는 클리퍼드에게 말했다. "행동거지가
거의 신사라고 할 만하더군요."

"그래?" 클리퍼드가 말했다. "내 눈엔 그렇게 보이질 않
던데."

"그래도 그 사람한테 뭔가 특이한 구석이 있는 것 같지
않아요?" 코니는 수긍하지 않으며 말했다.

"그가 상당히 괜찮은 친구라고 생각하긴 하지만, 사실
그에 대해서는 나도 별로 아는 게 없어. 그가 군대에서 제
대한 게 겨우 작년이니까, 일 년도 안 된 거지. 인도에서
근무하다 온 걸로 난 아는데. 그곳에서 점잔 부리는 요령
을 좀 주워들었는지도 모르지. 아마 장교의 하인 노릇을
하면서 처신하는 법을 좀 닦았는지도 몰라. 그런 친구들이
더러 있거든. 하지만 그래 봤자 그들에게 득 되는 건 하나
도 없지. 제대해서 돌아오면 곧 옛 신분으로 다시 떨어질
수밖에 없거든."

코니는 클리퍼드를 응시하면서 생각에 잠겼다. 그녀는
그에게서 하층 계급 중 누구라도 정말 계급을 기어 올라올
것 같은 자가 있으면 이를 완강히 거부하는 특유의 옹졸한
반감을 발견했으며, 그녀가 알고 있는바, 그것은 바로 그
와 같은 부류의 사람들에게 특징적인 태도였다.

"하지만 그 사람한테는 뭔가 특이한 구석이 있다고 생각

하지 않아요?" 그녀는 재차 물었다.

"솔직히 말해서, 아니야! 전혀 그런 점을 보지 못했어."

그는 묘한 시선으로 그녀를 쳐다보았다. 불안스럽고 뭔가 약간 의심스러워하는 듯한 태도였다. 그녀는 그가 진실을 말하고 있지 않다고 느꼈다. 그는 자기 자신에게도 진실을 말하고 있지 않았다. 바로 그거였다. 정말 예외적으로 특별한 인간이 존재한다는 의견은 그게 어떤 것이든 그는 마음에 들어하지 않았다. 사람들은 어느 정도 자신과 같은 수준이거나 아니면 자신보다 못한 수준이어야만 했던 것이다.

코니는 다시금 그녀 세대의 남자들이 지닌 완강하고 쩨쩨한 옹졸함을 느꼈다. 그들은 너무나 옹졸했고, 삶이란 것을 너무나 두려워하고 있었다!

# 제7장


　침실로 올라갔을 때 코니는 오랫동안 해보지 않았던 행동을 했다. 즉, 입었던 옷을 모두 벗어버리고, 커다란 거울에 자신의 알몸을 비춰본 것이다. 자신이 정확하게 무엇을 기대하고 있는지 또는 무엇을 보려고 하는지 그녀는 알지 못했다. 하지만 그녀는 등불을 옮겨다 놓고 온몸이 완전히 비춰지게 했다.

　그리고 전에도 그렇게나 자주 생각했듯이, 그녀는 인간의 육체란 벌거벗고 보면 얼마나 연약하고 다치기 쉬우며 애처롭기까지 한 것인가 하고 생각했다. 그것은 어딘지 좀 끝마무리가 안 되고, 완성이 덜 된 것이었다!

　훌륭한 몸매를 가졌다고 여겨지던 그녀였지만 이제는 한물간 모습이었다. 좀 너무 여성적이라 사춘기의 소년 같은 면이 아무래도 부족했다. 그녀는 그다지 키가 큰 편이 아니었다. 약간 스코틀랜드 여자다운 작달막한 체구였다. 그러나 그녀에게는 어떤 우아함이 부드럽게 흘러내리고 있어 아름답다고 할 만했다. 그녀의 피부는 황갈색을 살짝 띠고, 손발의 움직임에는 어떤 차분함이 감돌았다. 그녀의 육체에는 한껏 피어난 풍만함이 흘러내리고 있어야 할 터이지만, 뭔가 빠지고 없었다.

팽팽하게 흘러내리는 성숙한 곡선미 대신에, 그녀의 육체는 밋밋해져 가고 있는 데다가 약간 꺼칠해지고 있기까지 했다. 마치 햇빛과 온기를 충분히 받지 못한 것처럼 보였다. 좀 우중충해 보이고 시들어 생기가 없었다. 진정한 여자다움의 경지로 성숙할 가능성이 꺾였기 때문에 그녀의 육체는 소년처럼 탄력 있고 유연하며 투명한 모습이 되질 못했다. 그 대신 칙칙하고 어정쩡한 모습이 되어 있었다.

그녀의 두 젖가슴은 약간 자그마한 편이었고, 배〔梨〕 모양으로 처져 있었다. 하지만 그것들은 채 익지도 않아 맛이 씁쓸했으며, 거기 매달려 있으려는 마음도 없는 듯이 보였다. 그리고 그녀의 배는 젊은 시절의, 즉 육체적으로 그녀를 진정 사랑해 주었던 독일 젊은이와 사귀었을 때의 그 둥그스름하고 싱싱한 빛을 잃어버리고 말았다. 그 시절엔 팔팔하고 희망이 피어나는, 진짜 제 모습을 하고 있던 배였다. 그런데 이제 그것은 늘어지고 약간 퍼진 데다가 살가죽도 얇아진, 그것도 살가죽이 늘어진 채 얇아진 꼴이었다. 두 허벅다리 역시, 전엔 여자답게 야릇하고 둥실하면서도 민첩하고 윤기가 흘렀는데, 역시 이제는 어딘지 평퍼짐하니 늘어진 데다 맥없이 흐느적대는 모습이 되어가고 있었다.

그녀의 육체는 맥없이 늘어지고, 활기 없이 칙칙해져, 참으로 보잘것없는 물건이 되어가고 있었다. 이로 인해 그녀는 한없이 우울해지고 절망적인 심정이 되었다. 이런 꼴에 무슨 희망이 있으랴? 겨우 스물일곱 살의 나이에 그녀는 늙디늙어버려 육체적 매력의 광채나 불꽃을 모두 잃어버린 것이다. 방치와 외면으로 인해 그렇게 늙어버린 것이다. 그렇다, 외면했기 때문이다. 상류 사교계의 여자들은 외모에 주의를 기울여, 그들의 육체를 섬세한 자기 그릇처럼 광채가 나도록 유지했다. 물론 그 자기 그릇 안쪽 면에는 아무것도 없었다. 하지만 코니는 그 안쪽 면만큼도 빛이 나지 않았다. 바로 정신적 삶 때문이다! 갑자기 그녀는 격분이 치밀어 오르며 그에 대한 증오심에 사로잡혔다. 그건 사기였다!

그녀는 다른 쪽 거울에다 등, 허리, 엉덩이께 등을 비추어 살펴보았다. 그녀는 야위어 날씬해져 가고 있었다. 하지만 그녀에겐 그것이 별로 어울리지 않았다. 살펴보려고 몸을 뒤로 구부렸을 때, 뒤쪽 허리에 생긴 주름살은 좀 진저리 나는 모습이었다. 예전에는 아주 근사해 보였던 부분이었다. 그리고 길쭉하고 굴곡진 둔부와 궁둥이에는 이전의 광채와 풍만한 느낌이 사라지고 없었다. 사라져버린 것이다! 독일 청년만이 그걸 사랑해 보았을 뿐인데, 그가 죽은 지도 거의 십 년이 다 되어간다. 세월은 참으로 빠르기도 하지! 그런데 그녀는 겨우 스물일곱이었다. 죽은 지 십 년이나 되다니, 풋풋하면서 어설픈 관능을 지닌 그 건강한 청년이 말이다! 그때 그녀는 그의 그런 모습을 몹시도 경멸해 댔지. 그런데 이제 어디서 그런 걸 찾을 수 있으랴? 남자들에게서 그런 것은 이제 사라지고 없었다. 그들이 지닌 거라곤 마이클리스처럼 그저 가련하게 이 초 동안 경련하듯 떨어대는 것뿐이었다. 피를 뜨겁게 하고 존재 전체를 새롭게 만드는 건강한 인간의 관능은 전혀 없었다.

그래도 그녀는 아직 생각하기를, 자신의 몸에서 가장 아름다운 부분은 등의 하단부로부터 길게 굴곡을 그리며 내려간 둔부와 둥싯하니 나른한 듯 다소곳하게 자리 잡은 궁둥이라고 여겼다. 아랍인들이 말하는바, 길게 경사를 이루면서 부드럽게 아래로 미끄러져 흐르는 두 개의 모래 언덕과도 같았다. 이 부분에서는 생명이 아직 뭔가 희망을 안고 머물러 있었다. 그러나 이 부분에서도 역시 그녀는 야위어가고 있었으며, 채 익지도 않은 채 쪼그라들어 가고 있었다.

그러나 그녀를 정말 비참한 심정으로 만든 것은 그녀의 앞모습이었다. 이곳은 이미 살가죽이 쳐지고 얇아지면서 축 늘어지기 시작했는데, 거의 시들어버린 것이나 다름없어, 제대로 생기를 발산해 보기도 전에 미리 늙어버린 꼴이었다. 앞으로 혹 낳게 될지도 모를 아이 생각이 떠올랐다. 과연 이 몸으로 아기를 낳을 수나 있을까?

그녀는 잠옷을 걸치고 침대에 들어가서는, 사무치듯 쓰라리게 흐느끼며 울었다. 그런데 쓰라림이 사무치는 사이로 클리퍼드와 그의 작품들과 그의 말에 대해 차디찬 분노가 그녀의 마음속에 치솟아 타올랐다. 그것은 곧 여자의 육체조차 기만하고 박탈해 버린, 클리퍼드와 같은 종류의 남자들 모두를 향한 분노이기도 했다. 부당해! 부당해! 육체적으로 부당한 일을 당했다는 깊은 의식이 바로 그녀 영혼의 중심까지 타올랐다.

그러나 아침이 되자, 언제나처럼 똑같이 그녀는 7시에 일어났고, 아래층으로 내려가 클리퍼드에게 갔다. 그의 사사로운 신변의 일은 모두 그녀가 도와줘야 했다. 그는 남자 하인을 두지 않았고 또 여자 하인의 시중은 거절했기 때문이다. 어렸을 때부터 그를 잘 알아온 가정부의 남편이 있어서, 무거운 걸 들어올리는 일을 도맡아 하는 등 그를 도와주기도 했다. 그러나 사사로운 일들은 코니가 다 했고, 또 기꺼이 도맡았다. 제법 힘이 드는 일이었지만, 그녀는 자기가 할 수 있는 바를 직접 하고 싶어 했다.

따라서 그녀는 라그비를 떠나는 경우가 거의 없었으며, 떠나 있더라도 하루나 이틀 이상 비우는 적이 결코 없었다. 그리고 그런 때는 가정부인 베츠 부인이 클리퍼드의 시중을 들어주었다. 클리퍼드는 시간이 지나면서 이 모든 시중을 당연한 것으로 여겼는데, 사실 그럴 수밖에 없었다. 그가 그렇게 여기는 것은 당연했다.

하지만 코니의 마음속 깊은 곳에서는 부당하다는 의식이, 기만당했다는 의식이 타오르기 시작했다. 육체적으로 부당한 일을 당했다는 의식은, 일단 그것에 눈뜨게 되면 매우 위험한 느낌이 된다. 그것은 어디론가 배출되어야 한다. 그렇지 않으면 그 의식을 품고 있는 사람의 마음을 파먹어 들어간다.

불쌍한 클리퍼드, 그를 탓할 수는 없었다. 그는 더 큰 불행을 당한 사람인 것이다. 이 모든 게 전체적인 재난의 일부분이었다.

하지만 어느 면에선 그의 탓이 아니었을까? 이 온기의 결핍, 이 단순하고 따뜻하며 육체적인 접촉의 결핍——이것에 대한 책임은 그에게 있는 것이 아닐까? 그는 진정으로 따뜻하게 대해 준 적이 결코 없었다. 결코 없었다. 그저 좋은 집안에서 자란 냉정한 방식의 태도로, 친절히 대하거나 마음을 써주고 배려하는 정도일 뿐이었다! 한 남자가 한 여자한테 해줄 수 있는 만큼의 따뜻함이 결코 없었으며, 코니의 아버지가 코니에게 할 수 있는 만큼의 따뜻함조차 없었다. 코니의 아버지는 혼자 호화롭게 잘살고, 또 그렇게 살려고 작정했으면서도 자신의 남성적인 열기를 조금 나누어 여자를 위로해 줄 줄 아는 남자로서 약간의 따뜻함이나마 지니고 있건만.

그러나 클리퍼드는 그렇지가 않았다. 그와 같은 부류의 사내들은 그렇지 않았다. 내면적으로 그들은 모두 냉혹하고 서로 동떨어져 있었다. 따뜻함이란 그들에게 있어 그저 천한 취향일 뿐이었다. 그런 것 따윈 없이 살아가면서 스스로의 품위를 지켜나가야 하는 것이다. 뭐 그런 것도 꽤 괜찮은 태도일 수 있었다. 계급과 부류가 같은 사람들 속에서 어울리는 경우라면 말이다. 그런 경우 냉정함을 유지하면서 상당히 존경을 받을 수 있고, 자신의 품위를 지키는 한편으로 또 품위를 유지하는 만족감을 누릴 수도 있을 테니까. 그러나 서로 계급이 다르고 속한 부류도 다른 경우라면, 그건 별로 쓸모가 없는 행태였다. 그저 자신의 품위를 지키면서 자기가 지배 계급에 속한다고 느끼는 것만으로는 조금도 재미있는 일이 아닐 테니까 말이다. 게다가 귀족들 중 가장 명석한 자들조차, 스스로 지킬 만한 확실한 품위가 사실 아무것도 없는 데다가, 그들의 지배란 것도 전혀 지배가 아니라 사실 하나의 소극(笑劇)에 불과하다고 한다면, 대체 무슨 의미가 있단 말인가! 과연 무슨 의미가 있단 말인가? 그건 모두 썰렁한 헛소리일 뿐이었다.

코니의 마음속에서 반항심이 끓어올랐다. 다 무슨 소용이란 말인가? 그녀의 희생, 클리퍼드에 대한 그녀의 헌신이 무슨 소용이란 말인가? 그녀는 결국 무얼 위해 그렇게 애써 봉사하고 있는 것인가? 고작 허영에 찬 한 사람의 차가운 영혼, 즉 따뜻한 인간적 접촉이란 하나도 없고, 성공의 암캐 여신에게 간절히 몸을 팔고 싶어 하는 면에 있어서는 비천한 유대인 못지않게 타락한, 그런 영혼을 위한 것일 뿐 아닌가. 자기가 귀족 계급에 속해 있다는 클리퍼드의 점잖고 초연한 확신조차도, 혀를 입 밖으로 축 늘어뜨린 채 암캐 여신의 뒤꽁무니를 헐떡이며 쫓아다니는 꼴을 스스로 못하게 할 수가 없었다. 따지고 보면, 그런 점에서는 사실 마이클리스가 오히려 품위 있게 행동했고, 게다가 훨씬 더 크게 성공을 거두었다. 사실 클리퍼드를 자세히 살펴보면, 그는 바로 어릿광대에 불과했는데, 어릿광대란 바로 무도한 상놈보다 훨씬 더 치욕스러운 것이다.

남자들을 놓고 선택한다면, 사실 클리퍼드보다 마이클리스 쪽이 훨씬 그녀를 필요로 하는 바가 많았다. 마이클리스에게 훨씬 더 그녀가 필요했다. 불구가 된 다리를 돌봐 주는 것이야 유능한 간호사라면 누구나 가능한 셈이니까 말이다! 그리고 영웅적인 노력의 측면에서 보면, 마이클리스는 한 마리의 영웅적인 쥐새끼라고 할 수 있는 데 반해, 클리퍼드는 털이 북슬거리는 푸들 한 마리가 제 모습을 자랑하고 있는 꼴이었다.

라그비에 머물고 있는 사람들이 몇 명 있었는데, 그 가운데는 베널리 부인인, 클리퍼드의 숙모 에바도 있었다. 그녀는 예순 살의 깡마른 여자로 코가 빨간 과부인데, 지체 높은 귀부인(grande dame)다운 데가 아직 조금 남아 있었다. 그녀는 최고 명문가에 속하는 집안 출신으로, 그에 맞게 처신할 줄 아는 품성을 갖추고 있었다. 코니는 그녀를 좋아했다. 그녀는 정말 완전할 정도로 단순했으며, 솔직하기로 마음먹은 한에서는 참으로 솔직한 데다가, 겉모습에 친절이 배어 있었다. 내면적으로는, 자신의 품위를 유지하면서 다른 사람들을 약간 내려다보는 것에 도가 터 있었다. 속물은 전혀 아니었다. 그러기엔 자신감이 너무 많았다. 자신의 품위를 차분하게 유지하면서 다른 사람들로 하여금 자기를 존경하게 만드는 사교적 운동의 기술과 재미를 그녀는 완벽하게 터득하고 있었다.

그녀는 코니에게 친절하게 대해 주었으며, 점잖은 여자의 송곳처럼 날카로운 관찰력으로 코니가 지닌 여자로서의 영혼 속을 깊이 파고 들어오려 했다.

"넌 참 대단한 아이로구나." 그녀가 코니에게 말했다. "클리퍼드에게 놀라운 일을 해주었으니 말이다. 막 꽃을 피우며 세상에 등장하는 천재를 난 본 적이 전혀 없는데, 클리퍼드가 바로 저렇게 성공해서 세상의 열광을 온통 받고 있구나." 에바 숙모는 클리퍼드의 성공을 아주 만족스럽게 자랑스러워했다. 집안의 또 다른 자랑거리였던 것이다! 그의 작품 자체에 대해서는 그녀는 조금도 관심이 없었다. 하기야 그럴 필요가 있는 것도 아니었다.

"뭘요, 제가 한 일도 아닌데요." 코니는 말했다.

"아니야, 분명 네가 한 일이야! 너 말곤 그 누구도 아냐. 그런데 그 대가로 너한테 돌아오는 것은 별로 없는 것처럼 보이는구나."

"어째서요?"

"네가 여기 갇혀 있는 꼴을 좀 보렴. 클리퍼드한테 내 말했지. '그 애가 어느 날 뛰쳐나가면 바로 너밖엔 탓할 사람이 없는 줄 알거라.' 하고 말이야."

"하지만 클리퍼드는 제가 하고 싶은 대로 다 하게 하는 걸요."

"내 말 좀 들어보거라, 애야." 그러면서 베널리 부인은 야윈 손으로 코니의 팔을 잡았다. "여자란 자기 인생을 살든지, 아니면 그렇게 살지 못한 것을 후회하게 되든지, 둘 중 하나란다. 정말이야!" 그러면서 그녀는 브랜디를 한 모금 마셨는데, 그녀에게는 아마도 그것이 후회하는 형식인 듯했다.

"하지만 저는 제 인생을 살고 있는걸요. 안 그래요?"

"내 생각으로는 아니야! 클리퍼드는 널 런던으로 데려가서, 여기저기 다녀보게끔 해야 돼. 그 애가 친구랍시고 어울리는 사람들은 그 애한테야 괜찮겠지. 하지만 너한테는 좋을 게 뭐가 있겠니? 만일 내가 너라면 불만이 적지 않을 거야. 이런 식으로 넌 젊은 시절을 덧없이 허비해 버리고 말 거고, 그러고 나면 넌 노년기는 물론 네 중년기까지도 그저 후회나 하면서 보내게 되고 말 거야."

베널리 부인은 브랜디로 위로를 받은 듯 말없이 사색에 잠겨들었다.

그러나 코니는 런던에 가거나, 베널리 부인에게 이끌려 사교계에 드나드는 일 등에 대해 그다지 간절한 마음이 없었다. 그녀는 사교적 취향과는 별로 맞지 않는 느낌이었다. 사교계는 그녀의 흥미를 끌지 못했다. 게다가 그녀가 느끼기에 그 모든 것 아래에는 묘하게 생기를 얼어붙게 하는 차가움이 있는 듯했다. 그것은 마치, 표면에는 화사한 작은 꽃들이 피어 있지만 바로 몇십 센티미터 아래에는 꽁꽁 얼어붙어 있는 래브라도[1]의 땅과도 같았다.

토미 듀크스도 라그비에 와 있었다. 그리고 해리 윈터슬로우라는 남자가 한 명 있었고, 잭 스트레인지웨이즈가 그의 아내 올리브와 함께 머무르고 있었다. 친한 친구들만 있을 때보다 대화가 훨씬 산만하게 이어졌다. 그리고 모두들 약간 지루해했는데, 날씨가 나빠서 당구를 치거나 자동 피아노에 맞춰 춤을 추는 것밖엔 할 일이 없었기 때문이다.

올리브는 미래에 관한 책을 읽고 있었다. 아기들이 병 속에서 생육되고 여자들은 아이 낳는 일에서 '면제' 될 것

---

1) 북아메리카 북동부의 허드슨 만과 대서양 사이의 반도.

이라는 내용이었다.

"이것도 참 좋은 일 아닌가요!" 그녀가 말했다. "그러면 여자는 자신의 인생을 살 수 있을 거예요."

남편 스트레인지웨이즈는 아이를 갖고 싶어 했는데, 그녀는 그렇지 않았다.

"아이 낳는 일에서 면제된다면 좋겠어요?" 윈터슬로우가 추하게 미소를 지으며 그녀에게 물었다.

"그렇게 되었으면 해요. 당연히 말이에요." 그녀는 말했다. "어쨌든 미래는 좀 더 분별력 있는 사회가 될 거고, 여자들이 생식 기능 같은 것에 얽매여 꼼짝 못하는 일은 없을 거예요."

"그러면 아마 여자들은 하늘로 펄펄 날아오르겠지요." 듀크스가 말했다.

"문명이 충분히 발달하면 육체적인 장애 가운데 많은 것들이 틀림없이 사라지리라고 난 정말 생각해요." 클리퍼드가 말했다. "가령, 육체적 사랑 행위 같은 것들은 모두 다 없어지는 게 좋을 겁니다. 내 생각엔, 우리가 아기를 병 속에서 낳고 기를 수 있게 된다면 정말 그렇게 될 겁니다."

"아녜요!" 올리브가 외쳤다. "그렇게 된다면 오히려 사랑으로 재미를 볼 여유가 그만큼 더 많아질 거예요."

"내 생각에는 말예요." 베널리 부인이 생각에 잠긴 태도로 말했다. "만약 육체적 사랑 행위가 없어진다면, 뭔가 다른 것이 그걸 대체하게 될 거예요. 그건 아마 모르핀 같은 것이 될 수도 있겠죠. 사방 공기 중에 약간의 모르핀이 뿌려져 있다고 생각 좀 해봐요. 모든 사람한테 정말 기분

상쾌한 일일 거예요."

"정부가 토요일마다 공기 중에 에테르를 방출하여 즐거운 주말을 보내도록 해준다!" 잭이 말했다. "근사하게 들리는군요. 하지만 수요일쯤 되었을 때 우린 어떤 상태가 되어 있을까요?"

"육체에 대해 잊어버릴 수 있는 한 우리는 행복하지요." 베널리 부인이 말했다. "육체에 대해 의식하기 시작하는 순간 비참해지는 거예요. 그러므로 문명이 우리에게 뭔가 유익한 것이라고 한다면, 그것은 우리가 육체를 잊어버리도록 도와주는 것이어야 해요. 그러면 우리도 모르는 사이에 시간은 행복하게 지나가게 될 거예요."

"우리의 육체를 아예 없애버리도록 도와주는 것이어야 할 겁니다." 윈터슬로우가 말했다. "인간이 자신의 본성을, 특히 그 육체적 측면을 개량할 때가 이미 충분히 되었다고 봅니다."

"우리가 담배 연기처럼 공중에 떠다닌다고 한번 상상해 보세요!" 코니가 말했다.

"그런 일은 일어나지 않을 겁니다." 듀크스가 말했다. "우리 인간의 오래된 연극은 결국 와장창 무너지고 말 겁니다. 인간의 문명은 붕괴해 버리고 말 거예요. 바닥 없는 구렁으로, 지옥의 나락으로 굴러 떨어지고 말 겁니다. 그런데 그 파멸의 구렁을 건너게 해줄 유일한 다리가 있다면 그것은 정말이지 바로 남근일 것입니다!"

"아이고, 그렇군요! 어디 말도 안 되는 소리 계속 해보시지요, 장군 나리!" 올리브가 외쳤다.

"나도 우리 인간의 문명이 붕괴해 버릴 거라고 믿어요." 에바 숙모가 말했다.

"그럼 그 다음엔 어떻게 되는 거지요?" 클리퍼드가 물었다.

"글쎄, 나로선 도무지 알 수가 없는데. 하지만 뭔가 일어나겠지." 나이 든 부인은 말했다.

"코니는 사람들이 연기처럼 피어오르는 얘기를 하고, 올리브는 여자가 아이 낳는 일에서 면제되어 아기들이 병 속에서 생육되는 얘기를 하고, 듀크스는 남근이야말로 다음에 올 세상을 이어주는 다리라고 얘기하고 있는데, 다음에 일어날 것이 정말 무엇인지 난 궁금하군요." 클리퍼드는 말했다.

"아니, 그런 건 신경 쓰지 마세요! 현재 상태나 더 낫게 끔 만들어나가자고요." 올리브가 말했다.

"그저 아기를 낳아 기르는 병이나 서둘러 개발해서, 우리 불쌍한 여자들이나 해방시키자 이겁니다."

"다음 단계의 세상에는 진정한 인간이 나타날지도 몰라요." 토미가 말했다. "지적으로 정말 우수하고 온전한 진정한 남자와 훌륭하고 온전한 여자가 말입니다! 그러면 그게 바로 하나의 변화가 아니겠어요? 지금의 우리와는 다른 엄청난 변화가 말입니다! 지금의 우리 남자들은 진정한 사내가 아니고, 여자들도 진정한 여자가 아니지요. 우린 그저 두뇌가 있는 임시변통의 존재, 기계적이고 이지적인 실험용 존재에 불과할 뿐이라 이겁니다. 모두 사실상 지능 연령 일곱 살 수준의 보잘것없는 헛똑똑이 무리인 지금의 우리들 대신에, 진짜 남자와 여자들의 문명이 앞으로 도래할지도 몰라요. 이것은 연기 같은 인간이나 병 속에서 생육되는 아기들보다 훨씬 놀라운 일일 겁니다."

"아이고, 진정한 여자 운운하기 시작한다면 난 그만두겠어요." 올리브가 말했다.

"분명, 우리에게 있는 것 가운데 영혼밖엔 가질 만한 게 없지요." 윈터슬로우가 말했다.

"그래, 독한 술²⁾ 뿐이야!" 잭이 소다수를 탄 위스키를 마시면서 말했다.

"자넨 그렇게 생각하나? 난 오히려 육체의 부활을 원한다네!" 듀크스가 말했다. "하지만 시간이 지나면 그런 날이 올 거야. 우리가 대가리의 지배와 돈이나 그 밖의 것들을 좀 밀어젖혀 버리는 때가 되면 말야. 그러면 우린 돈주머니의 민주주의 대신에 접촉의 민주주의를 맞게 될 거야."

코니의 내면에서 뭔가 공명하는 게 있었다. '육체의 부활을 원하노라! 접촉의 민주주의를 바라노라!' 그게 무엇을 뜻하는지는 전혀 몰랐지만, 의미 없는 것들이 그럴 수 있듯이, 그것은 그녀에게 뭔가 위로가 되었다.

어쨌든 모든 것이 다 끔찍하도록 어리석게 여겨졌고, 그 모든 것이 그녀는 짜증날 정도로 지겨웠다. 클리퍼드, 에바 숙모, 올리브와 잭과 윈터슬로우, 그리고 듀크스조차도 그녀는 지겨웠다. 그저 이야기를 하고, 또 하고, 또 해대

---

2) 영혼을 의미하는 단어 'spirit'이 복수형(spirits)이 될 때 독한 술을 의미하기도 한다는 것을 이용해 잭이 농담으로 받은 것이다.

는 것이었다! 대관절 그게 뭐길래, 그렇게 한없이 지껄여 댄단 말인가!

그렇다고 사람들이 다 돌아갔을 때가 더 나은 것도 없었다. 그녀는 계속 꾸역꾸역 살아나갔지만, 짜증과 울화가 그녀의 하체를 사로잡았고, 그녀는 거기서 벗어날 수가 없었다. 하루하루가 맷돌에 갈리듯 묘한 고통 속에서 힘겹게 이어졌지만, 아무 일도 일어나지 않았다. 오직 그녀만 점점 여위어갈 뿐이었다. 가정부조차 이를 알아채고는 그녀에게 몸이 불편하냐고 물어볼 정도였다. 토미 듀크스조차도 그녀의 건강이 분명 좋지 않다고 단언했다. 하지만 그녀는 괜찮다고 말했다. 다만 그녀는 테버셜 교회 아래쪽 언덕 중턱에 삐죽삐죽 솟아 있는 섬뜩하니 하얀 묘비석들이, 그 묘하게 끔찍한 데다가 의치처럼 혐오스러운 하얀 카라라[3] 산(産) 대리석 묘비들이 무서워지기 시작했는데, 그것들은 영지의 임원에서 아주 오싹할 만큼 뚜렷하게 바라다보였다. 하얀 의치처럼 흉측한 묘비들이 언덕 위로 솟아나 있는 모습은 그녀로 하여금 소름 끼치는 공포감에 휩싸이게 했다. 자기가 그곳에 묻혀, 이 더러운 중부 지방의 묘비나 비석 아래 묻힌 끔찍한 망자의 무리에 끼게 될 날도 그리 멀지 않은 것 같은 느낌이 들었다.

그녀에겐 도움이 필요했고, 그녀도 그 사실을 알고 있었다. 그래서 그녀는 언니 힐더한테 짤막하게 마음의 부르짖는 소리(cri de cœur)를 써서 보냈다. "요즘 몸이 좋지 않아,

---

3) 이탈리아 서북부의 도시로 대리석 산출로 유명하다.

언니. 게다가 왜 그런지도 모르겠어.”

스코틀랜드에서 살고 있던 힐더는 급히 서둘러 내려왔다. 3월이었는데, 그녀는 혼자 날렵한 2인승 자동차를 몰고 왔다. 찻길을 따라 달려 경적 소리를 내면서 비탈길을 올라온 다음, 커다란 야생 너도밤나무 두 그루가 서 있는 집 앞 평지의 타원형 풀밭을 휩쓸듯 빙 돌아왔다.

코니는 집 앞 층계로 달려나가 있었다. 힐더는 차를 멈추고는 내려서 동생에게 입을 맞췄다.

“아니, 코니야!” 그녀는 외쳤다. “대체 어떻게 된 거니?”

“아무것도 아냐!” 코니는 좀 부끄러운 듯이 말했다.

그러나 그녀는 언니 힐더에 비해 자신의 심신이 얼마나 병든 상태인가를 의식하고 있었다. 자매는 둘 다 약간 황금색이 감돌면서 빛나는 살결에, 부드러운 갈색의 머리칼과 튼튼하면서 열정적인 몸을 타고났다. 그러나 지금 코니는 바짝 야윈 데다 얼굴은 흙빛이었고, 목은 비쩍 말라서 누르스름해진 채 헐렁한 윗도리 밖으로 쑥 빠져나온 모습을 하고 있었다.

“아냐, 얘, 넌 지금 아픈 게 틀림없어!” 힐더는 말했다. 두 자매가 똑같이 지니고 있는 그 부드럽고 약간 숨이 가쁜 듯한 목소리였다. 정확히는 아니지만 힐더는 코니보다 거의 두 살쯤 위였다.

“아냐, 아프진 않아. 아마 좀 지겨워서 그런 걸 거야.” 코니는 약간 애처롭게 말했다.

전투태세의 빛이 힐더의 얼굴에 타올랐다. 그녀는 부드럽고 조용해 보였지만, 사실은 고대의 아마존 여장부족[4]과 같은 여자로, 남자들에게 고분고분 순응하는 성격이 아니었다.

"참 고약하기도 한 곳이로군!" 그녀는 나직한 목소리로 말하면서, 오래되고 볼품없이 흉한 라그비 저택을 지독한 증오감으로 바라보았다. 그녀는 잘 익은 배처럼 부드럽고 정감 있어 보였으며, 동시에 옛 아마존의 진짜 혈통을 이어받은 여장부였다.

그녀는 조용히 들어가 클리퍼드에게로 갔다. 그는 그녀가 참 기품 있고 잘생겨 보인다고 생각했지만, 동시에 그녀가 두려워서 움츠러들었다. 처갓집 사람들에겐 그가 지닌 범절이나 예의 따위가 없었다. 그는 그들을 좀 이방인 같은 존재로 여기고 대했지만, 그들은 일단 안으로 들어오기만 하면 그를 손안에 쥐고 뭐든지 마음대로 주물러댔다.

그는 의자에 똑바른 자세로 단정하게 앉아 있었다. 그의 머리칼은 금발에 윤기가 흘렀고, 얼굴엔 생기가 있었으며, 파란 눈은 창백한 빛을 띤 채 약간 튀어나와 있었는데, 점잖지만 종잡을 수 없는 표정을 짓고 있었다. 힐더는 그것을 부루퉁하면서도 얼빠진 표정이라고 생각했다. 그는 가만히 기다리고 있었다. 그는 태연자약한 태도를 취하고 있었지만, 힐더는 그가 어떤 태도를 보이건 아랑곳하지 않았다. 그녀는 무장을 하고 들고일어난 셈이었으며, 상대가 교황이나 황제였다 해도 그녀에겐 마찬가지였을 것이다.

"코니의 꼴이 정말 끔찍하게도 말이 아니군요." 부드러

---

4) 그리스 신화에 나오는 용맹한 여자 전사들의 부족.

운 목소리였지만, 그녀는 아름다우면서도 무섭게 노려보는 회색 눈으로 그를 응시하면서 말했다. 코니도 그랬지만, 그녀도 겉보기엔 처녀처럼 아주 얌전했다. 그러나 클리퍼드는 그 밑에 도사린 스코틀랜드 사람 특유의 완고한 어조를 잘 알고 있었다.

"아내가 좀 야위긴 했지요." 그는 말했다.

"무슨 치료라도 좀 받게 해줬어요?"

"그렇게까지 할 필요가 있을까요?" 그는 아주 상냥하면서도 영국인 특유의 딱딱한 태도로 물었는데, 이 두 가지 요소는 흔히 서로 결합되어 나타나곤 한다.

힐더는 대답하지 않은 채 그저 무서운 얼굴로 그를 노려보았다. 코니도 마찬가지였지만, 재치 있는 대꾸를 펼치는 것은 그녀의 특기가 아니었다. 그래서 그녀는 무서운 표정으로 계속 노려보았으며, 그로 인해 클리퍼드는 그녀가 뭐라고 말로 대꾸한 것보다 오히려 더 마음이 불편해졌다.

"코니를 의사한테 데려다 보여야겠어요." 힐더는 마침내 말했다. "이 근방에 누구 괜찮은 의사가 있나요?"

"글쎄, 생각나는 사람이 없군요."

"그럼 코니를 런던으로 데려가겠어요. 거기엔 믿을 만한 의사가 한 사람 있으니까요."

클리퍼드는 분노로 속이 끓어올랐지만 아무 말도 하지 않았다.

"오늘 밤은 여기서 묵는 게 나을 것 같아요." 힐더는 장갑을 벗으면서 말했다. "그리고 내일 코니를 내 차에 태워 런던으로 데려가겠어요."

클리퍼드는 화가 치밀어 귀밑이 노래졌는데, 저녁때쯤
되자 눈의 흰자위까지 약간 노래져 있었다. 그는 간장까지
분노로 타들어 갔다. 그러나 힐더는 예의 바르고 처녀처럼
얌전한 태도를 흐트러짐 없이 유지했다.

"간호사든지 누구든지, 당신 시중만 들어줄 사람을 하나
따로 두도록 하세요. 정말 남자 하인이라도 하나 두도록
하세요." 저녁 식사 후 모두들 앉아서 외관상 평온한 듯하
게 커피를 마시고 있을 때, 힐더가 말했다. 그녀는 부드럽
고 겉보기에 상냥한 태도로 말했지만, 클리퍼드는 그녀가
곤봉으로 자신의 머리를 후려친 듯한 느낌이었다.

"그렇게 생각해요?" 그는 냉랭하게 말했다.

"정말 꼭 그래야 한다고 믿어요. 그렇게 하든지, 아니면
우리 아버지하고 내가 코니를 몇 달 동안 데려다가 함께
지내도록 하든지 해야겠어요. 지금 이대로 계속 놔둘 수는
없어요."

"뭘 이대로 놔둘 수 없다는 말이지요?"

"아니 저 애 꼴이 보이지 않나요?" 힐더는 그를 빤히 노
려보면서 물었다. 그는 그 순간 마치 한 마리의 커다란,
삶은 민물가재같이 보였다. 힐더에겐 적어도 그렇게 생각
되었다.

"코니하고 한번 의논해 보지요." 그는 말했다.

"코니하고는 내가 벌써 의논 다 했어요." 힐더가 말했다.

클리퍼드는 간호사라면 지겹도록 오랫동안 신세를 져봤
다. 그는 간호사들이 싫었다. 그들은 진정한 사생활의 영
역을 그에게 조금도 허용하지 않기 때문이다. 그리고 남자

하인을 두는 것으로 말하자면! 남자가 옆에 착 달라붙어 주변을 얼씬거리는 것을 그는 도무지 용납할 수가 없었다. 그러느니, 누가 되었든 여자가 차라리 나을 것이다. 하지만 그게 코니가 되어서는 안 될 이유가 어딨단 말인가?

두 자매는 아침에 차를 타고 떠났는데, 코니는 운전대를 잡은 힐더 옆에 부활절의 순한 어린양과도 같은 모습으로 다소곳하게 앉아 있었다. 멀리 출타 중이라 맬컴 경이 기거하고 있진 않았지만, 켄싱턴 집은 그대로 쓰이고 있었다.

의사는 코니를 주의 깊게 진찰했다. 그러고는 그녀에게 생활 전반에 대해 물어보았다. "당신 사진하고 클리퍼드 경의 사진을 이따금씩 화보(畵報) 신문에서 보곤 합니다. 거의 악명을 날린다고까지 할 정도지요, 안 그래요? 그런 식으로 얌전한 어린 아가씨들이 크게 성장하곤 하지요. 물론 그 화보 신문에도 불구하고, 당신은 지금도 여전히 얌전한 어린 아가씨에 불과해 보이지만 말입니다. 네, 맞아요, 신체 기관상으로는 잘못된 데가 없습니다. 하지만 이건 안 돼요. 이래선 안 됩니다! 당신을 런던으로 데리고 오든지 외국으로 데리고 가든지 해서 즐겁게 기분 전환을 시켜줘야만 한다고 클리퍼드 경에게 전하세요. 당신에겐 즐거운 기분 전환이 꼭 필요합니다. 꼭 말이에요! 당신은 원기가 너무나 많이 저하되어 있어요. 여분의 기력이 전혀 없습니다. 전혀요. 심장의 신경이 이미 약간 이상해져 있어요. 아, 물론! 신경만 그래요. 칸[5]이나 비아리츠[6] 같은 곳

5) 지중해 연안에 있는 프랑스 남동부 끝의 휴양 도시.

이라면 한 달 정도면 나을 수 있을 겁니다. 하지만 이대로 계속 놔둬선 안 돼요. 분명히 말씀드리는데, 정말로 안 됩니다. 이대로라면 난 결과를 책임질 수 없습니다. 당신은 생명력을 소모하기만 하지 새롭게 충전하질 않고 있어요. 당신은 제대로 된 기분 전환이, 다시 말해 건전한 기분 전환이 반드시 필요합니다. 당신은 원기를 소모하고만 있지, 새로 보충해 주는 게 전혀 없어요. 당신도 알겠지만, 이대로 계속되어서는 안 됩니다. 이 우울증! 바로 이 우울증을 떨쳐내야만 합니다!"

힐더는 어금니를 꽉 깨물었다. 이것은 의미심장한 표시였다.

그들이 런던에 와 있다는 소식을 마이클리스가 어디선가 듣고서, 장미 꽃다발을 들고 찾아왔다. "아니, 대체 어떻게 된 일이오?" 그는 외쳤다. "당신의 옛 모습을 찾을 수가 없을 정도군. 이렇게 변하다니, 이런 경우는 처음 보았소! 도대체 왜 나한테 알리질 않았소?──나하고 니스[7]로 갑시다! 시칠리아 섬까지 내려갑시다! 자, 함께 시칠리아로 가는 거요. 그곳은 지금 딱 좋을 때요. 당신에게 필요한 것은 바로 햇빛이오! 삶다운 삶이 필요한 거요! 좀 봐요, 당신은 그야말로 야위어서 쇠약해지고만 있잖소! 나하고 같이 떠납시다! 아프리카로 가는 거요! 염병할 놈의 클리퍼드 경 같으니라고! 그따위 작자는 걷어차 버리고 나하고

---

6) 대서양 연안에 있는 프랑스 남서부 끝의 휴양 도시.
7) 지중해 연안에 있는 프랑스 남부의 항구 도시.

함께 가는 거요. 그 작자가 이혼에 응하는 즉시 내 당신과 결혼하겠소. 자, 나하고 함께 가서 새 삶을 시작해 보는 거요! 진정, 그따위 라그비 같은 곳에서는 누구라도 살 수가 없을 거요. 그야말로 더럽고, 끔찍하기 짝이 없고, 아무도 살 수 없는 곳이지! 자, 나하고 함께 떠나서 햇빛의 고장으로 갑시다! 햇빛이야말로 바로 당신에게 필요한 것이오. 삶을 좀 제대로 누려보는 것과 더불어 말이오."

그러나 지금 이 시점에 라그비에다 클리퍼드를 버리고 떠난다는 생각을 하니 코니의 심장은 그저 멎어버릴 것만 같았다. 그렇게 할 수는 없었다. 안 돼. 그래, 안 돼! 한마디로 그럴 수가 없는 일이었다. 그녀는 라그비로 돌아가야만 했다.

마이클리스는 분개하며 역겨워했다. 힐더는 마이클리스가 마음에 들진 않았지만, 클리퍼드보다는 그나마 낫다고 여기는 편이었다. 두 자매는 중부 지방으로 다시 돌아갔다.

힐더는 클리퍼드에게 가서 이야기를 했다. 두 자매가 돌아왔을 때 그는 아직도 노래진 눈동자를 하고 있었다. 그 역시 나름대로 잔뜩 긴장한 채 벼르고 있었다. 하지만 의사가 한 말이며, 힐더가 하는 말 등 모든 이야기에 귀를 기울이지 않으면 안 되었다. 물론 마이클리스가 한 말은 듣지 못했다. 최후통첩의 말까지 끝나도록 클리퍼드는 계속 잠자코 앉아 있었다.

"여기 유능한 남자 간호사 한 사람의 주소가 있어요. 내가 말한 그 의사의 환자 한 사람이 지난달 사망했는데, 그때까지 돌봐주었다고 하더군요. 정말 유능한 사람으로, 부르면 분명히 올 거예요."

"하지만 난 환자가 아닙니다. 그리고 남자 하인을 두지도 않을 겁니다." 클리퍼드는 말했다. 불쌍한 녀석 같으니라고.

"그리고 여기 여자 간호사 두 명의 주소가 있어요. 그중 한 사람을 만나봤는데, 아주 유능할 것 같더군요. 한 쉰 살 정도인데, 조용하고 건강하며 친절한 데다가, 나름대로 교양도 갖춘 여자예요."

클리퍼드는 그저 뚱한 표정으로 있을 뿐, 대꾸를 하려 하지 않았다.

"좋아요, 클리퍼드. 내일까지 어떻게든 결말짓지 못한다면, 난 아버지께 전보를 칠 거고, 그런 다음 함께 코니를 데리고 갈 거예요."

"코니도 가겠다던가요?"

"가고 싶어 하진 않지만, 가야 된다는 걸 그 애도 알고 있어요. 우리 어머니도 초조와 울화 때문에 암에 걸려 돌아가셨어요. 그러니 조금이라도 위험한 것은 조심해야 해요."

그렇게 해서 다음 날 클리퍼드는 테버셜의 교구 간호사인 볼턴 부인을 쓰겠다는 방안을 내놓았다. 분명 가정부 베츠 부인이 생각해 낸 것이었다. 볼턴 부인은 마침 교구 간호사직을 그만두고 사설 간호업을 시작하려던 참이었다. 클리퍼드는 모르는 사람의 손에 자신을 내맡기는 것을 이상하게도 두려워했다. 하지만 이 볼턴 부인은 그가 성홍열을 앓았을 때 간호해 준 적이 있어서 어느 정도 안면이 있었다.

두 자매는 즉시 볼턴 부인의 집을 찾아 방문했는데, 테버셜에서는 꽤 상류층에 속하는 주택가로, 지은 지 오래되지 않은 집들이 한 줄로 늘어서 있었다. 그녀는 마흔이 넘어 보이는, 용모가 제법 잘생긴 여자로, 하얀 목깃과 앞치마가 달린 간호사복을 입고 있었는데, 이런저런 물건들로 가득 찬 자그마한 거실에서 마침 혼자 차를 마실 준비를 하고 있던 참이었다.

볼턴 부인은 아주 주의 깊고 공손했으며, 매우 상냥해 보였는데, 말을 할 때 발음을 이어서 하는 사투리가 약간 섞였지만, 중후하고 정확한 영어를 사용했으며, 상당히 오랜 세월 동안 병든 광부들을 다스리며 살아왔던지라 스스로에 대한 긍지가 아주 대단했고 자신감도 넘쳤다. 요컨대, 대단하지는 않으나 나름대로 마을의 지배층의 일원으로서 매우 존경받는 인물이었다.

"그렇군요, 채털리 부인께서는 안색이 아주 좋지 못하군요! 정말, 그리도 생기 있고 발랄해 보이셨는데, 안 그래요? 한데 겨울 내내 몸이 약해지신 거로군요! 아, 그래요, 힘드시겠지요! 불쌍하신 클리퍼드 경! 그놈의 전쟁이 뭔지, 원. 이런 게 다 그놈의 전쟁 탓 아니겠어요."

그러곤 볼턴 부인은 의사 샤들로 선생이 봐주기만 하면 즉시 라그비에 가겠노라고 했다. 그녀는 아직 두 주일간 더 교구의 간호사 일을 해야 했다. "하지만 아시다시피, 대신할 사람을 쉽게 찾을 수 있을 겁니다." 하고 그녀는 말했다.

힐더는 곧바로 샤들로 의사에게 달려갔다. 그래서 다음 일요일이 되자 볼턴 부인은 두 개의 짐가방을 싣고 리버의 마차를 타고 라그비에 왔다. 힐더는 그녀와 이야기를 나누었다. 볼턴 부인은 언제라도 이야기를 나눌 준비가 되어 있는 여자였다. 게다가 그녀는 아주 젊어 보이기까지 했다! 약간 창백한 뺨이 감정으로 달아오르며 홍조를 띨 때면 그랬다. 그녀는 마흔일곱 살이었다.

그녀의 남편 테드 볼턴은 스물두 해 전에 탄광에서 사망했는데, 지난 크리스마스로 꼭 이십이 년이 되었다. 바로 크리스마스 때 그는 그녀에게 두 아이를, 그것도 한 아이는 아직 품에 안긴 갓난아기인 채 남겨놓고 세상을 떴다. 그때 그 갓난아기였던 이디스가 지금은 셰필드의 부츠[8] 잡화점에 근무하는 청년과 결혼해 살고 있었다. 다른 딸 하나는 체스터필드에서 학교 선생이 되어 있었는데, 데이트가 없는 주말에만 집에 돌아와 머무르곤 했다. 요즘 젊은이들은 인생을 즐기고자 했다. 아이비 볼턴 그녀 자신이 젊었을 때와는 달랐다.

남편 테드 볼턴이 탄갱 저 아래에서 폭발 사고로 사망했을 때, 그의 나이 스물여덟이었다. 당시 현장에는 십장과 네 명의 광부가 있었는데, 앞에 있던 십장이 모두 재빨리 엎드리라고 소리쳤다. 그러자 모두들 제때에 엎드렸지만, 테드만이 그러질 못해 그만 사망하고 말았다. 그 후 사고

---

8) 영국의 대부분 도시에 퍼져 있는 일종의 편의점 운영 회사로 약품을 비롯하여 식품과 일용품 등을 판매한다.

를 조사하고 나서, 고용주 측은 테드가 겁에 질려서 지시에 따르지 않고 달아나려고 했던 것이며, 따라서 사실상 그의 과실로 인해 사망한 것으로 보인다고 말했다. 그래서 보상금은 겨우 300파운드에 불과했으며, 그것도 법적인 보상금이라기보다는 마치 선처해서 베풀어주는 것인 양 고용주 측은 내주었는데, 그의 사망이 사실상 그 자신의 과실로 인한 것이라고 판정했기 때문이다. 그리고 그것마저 그들은 일시불로 지급해 주지 않았다. 그녀는 자그마한 가게라도 차리고 싶었다. 그러나 그들은 그녀가 분명 그 돈을 탕진해 버릴 것이라고 주장했다. 술이나 마셔댈 거라나 뭐라나 하고 우기면서 말이다! 그래서 그녀는 매주 30실링씩 인출해 타다 써야만 했다. 그랬다. 그녀는 매주 월요일 아침에 회사 사무실까지 걸어가서, 거기서 두어 시간씩 차례를 기다리며 서 있어야 했다. 그랬다. 거의 사 년 동안 그녀는 월요일마다 꼬박꼬박 돈을 타러 가야 했다. 게다가 어린애 둘을 데리고 주체할 수 없는 몸으로 그녀가 할 수 있는 일이라곤 그것밖에 없었다! 그러나 테드의 어머니가 그녀에게 아주 잘해 주었다. 아기가 아장아장 걸어 다닐 수 있을 무렵이 되자 시어머니가 두 아이를 낮 동안 돌봐주었고, 그사이 아이비 볼턴은 셰필드에 가서 구급 조치 강좌를 들었으며, 나중에 사 년째 되던 해엔 간호사 과정까지 수강하여 간호사 자격증을 따냈다. 그녀는 홀로 자립해서 아이들을 길러낼 결심을 했다. 그래서 그녀는 자그마한 곳이지만 어스웨이트 병원에 취직해 조수로 일했다. 그러나 얼마 안 되어 회사가—그러니까 사실상 제프리 경 자신이나 다름없는 테버셜 탄광 회사가——그녀가 혼자 잘 살아나갈 수 있다는 것을 보고는 그녀에게 아주 잘해 주기 시작했으며, 교구 간호사직을 마련해 그녀를 후원해 주었다. 그 점에 대해서는 회사에 은혜를 입었다고 그녀도 기꺼이 말할 수 있었다. 어쨌든 그 후부터 지금까지 그녀는 교구 간호사직을 쭉 수행해 왔는데, 그 일이 이젠 좀 벅차게 느껴지기 시작했다. 그래서 그녀는 약간 좀 쉬운 일을 하고 싶었다. 교구 간호사로서 일하자면 이리저리 돌아다니는 일이 정말 너무 많았다.

"그래요. 회사는 저에게 아주 잘해 주었지요. 저도 언제나 그렇게 말한답니다. 하지만 그들이 테드에 대해서 말한 것만은 결코 잊지 못할 거예요. 왜냐하면 일찍이 탄갱으로 내려가는 승강기에 발을 디딘 어떤 일꾼 못지않게 제 남편은 침착하고 두려움을 모르는 사람이었기 때문이지요. 그런데 회사가 그렇게 몰아갔으니, 그건 그를 겁쟁이라고 낙인찍는 것이나 다름없었어요. 하지만 남편은 그 자리에서 쓰러져 죽은 몸이니, 그들 누구에게도 항변 한마디 할 수가 없었지요!"

이야기를 하면서 그 여자는 묘하게 뒤섞인 감정을 드러내 보였다. 그렇게 오랫동안 간호해 온 광부들을 그녀는 좋아했다. 그러나 그들에 대해 아주 우월한 감정을 가지고 있었다. 그녀는 자신이 거의 상류 계급인 듯이 느꼈다. 그런데 그와 동시에 지배 계급에 대한 분개가 마음속에서 부글거리고 있었다. 고용주들이란! 고용주 측과 광부들 사이에 분쟁이 있으면 그녀는 언제나 광부들 편이었다. 그러나 다투는 문제가 없을 때면, 그녀는 광부들보다 우월한 존재가 되기를, 즉 상류 계급의 일원이 되기를 갈망하였다. 상류 계급은 그녀의 마음을 매혹하고 사로잡아, 우월함을 향한 그녀의 특이한 영국적 정열을 자극하고 충동질했다. 그녀는 라그비에 오게 된 것에 대해 짜릿한 기쁨을 느꼈다. 그리고 채털리 부인과 대화를 나누게 된 것에 대해 짜릿한 기쁨을 느꼈다. 정말이지 평범한 광부 아낙네들과는 달라도 한참 다른 채털리 부인이시거늘! 그녀는 아주 수다스럽게 이야기했다.

하지만 채털리 집안에 대한 원한이 그녀의 내면에 도사리고 있다가 순간순간 엿보이기도 했다. 그것은 바로 고용주들에 대한 원한이었다.

"아, 그럼요. 당연히, 이대로 가면 채털리 부인은 기력을 다 잃어버리시게 될 거예요! 언니가 계셔서 이렇게 찾아와 도와주실 수 있으니 참 다행입니다. 남자들이란 세심한 데까지 생각이 미치지 못한답니다. 지체가 높건 낮건 똑같이, 여자가 자기를 위해 해주는 걸 그저 당연하게 여길 뿐이지요. 정말, 광부들에게 그 점에 대해 제가 여러 차례 야단을 쳐보기도 했답니다. 하지만 클리퍼드 경의 경우는, 그러니까 저렇게 다리가 불구가 되셨으니 참으로 견디기 힘든 처지이실 거예요. 클리퍼드 경의 집안 사람들은 대대로 지체가 높은 가문에, 일면 범접하기 어려운 분들이셨죠. 물론 그럴 만한 자격이 충분히 있는 분들이시죠. 그런데 그런 끝에 저렇게 망가진 상태가 되셨으니! 그리고 채털리 부인께서도 아주 견디기 힘든, 아니 아마 클리퍼드 경보다 더 견디기 힘든 형편이실 거예요. 부인께서 누리지 못하시는 게 얼마나 많겠어요! 제가 남편 테드하고 산 건 삼 년밖에 안 되지만, 같이 사는 동안만은 정말이지 결코 잊지 못할 남편이었지요. 그는 더없이 쾌활한 사내로 천에 하나 있을까 말까 한 남자였답니다. 그가 그렇게 죽어버리리라고는 정말 생각지도 못했지요! 오늘 이 시간까지도 어쩐지 저는 믿어지지가 않는답니다. 전 아직도 그 사실을 결코 믿을 수가 없는 거예요. 그이의 죽은 몸을 제 손으로 직접 씻겨주었지만 말입니다. 저에겐 그이가 절대 죽은 사람이 아니랍니다. 절대로 아닙니다. 저에겐 그의 죽음이 결코 받아들여지지 않았으니까요."

이것은 라그비에서 이제껏 들어보지 못한 이야기였다. 코니로서는 아주 새롭게 들어보는 말이었다. 그녀의 내면에 새로운 귀가 열리는 듯했다.

그러나 라그비에 온 처음 일주일가량은 볼턴 부인도 아주 조용히 지냈다. 자신만만하고 위세 부리던 태도는 사라지고 좀 겁먹은 듯한 모습이었다. 클리퍼드를 대할 때 그녀는 조심스러워했고 거의 겁에 질린 듯한 얼굴에다 말도 제대로 못했다. 클리퍼드는 오히려 그게 마음에 들었다. 그래서 그는 곧 평정을 되찾았고, 볼턴 부인에게 자기를 위한 이런저런 일들을 하도록 시키면서 그녀를 알아보는 표시조차 하지 않았다.

"그 여자는 보잘것없지만 쓸모는 있군!" 그가 말했다.

코니는 놀라서 눈을 크게 떴지만, 그의 말을 반박하지는 않았다. 각기 다른 두 사람이 받은 인상은 그토록 서로 다른 것이다!

그는 곧 다소 거드름을 피우면서 그 간호부에게 어딘지 군림하는 듯한 태도로 대하기 시작했다. 그것은 그녀가 이미 어느 정도 예상하고 있던 일인데, 그는 그 사실을 모른채 계속 거만하게 굴었다. 우리 인간들이란 그토록 쉽게 우리한테서 기대되는 것에 맞춰 따르게 마련이다. 광부들은 꼭 어린애들처럼, 붕대를 감아주거나 간호를 해주는 동안 그녀에게 이야기를 걸기도 하고 어디가 아프다고 하소연하기도 하고 그랬다. 그들의 그런 모습 앞에서 그녀는 항상 자신이 굉장한 존재이며 거의 초인적이기까지 하다고 느끼면서 업무를 수행하곤 했다. 그런데 지금 클리퍼드 앞에서는 자신이 왜소하고 하인 같은 존재라는 느낌만이 들었으며, 그녀는 이것을 말 한마디 없이 받아들이면서 자신을 상류 계급에 적응시키고자 했다.

그녀는 방에 들어와서는 거의 입을 열지 않고, 기름하니 잘생긴 얼굴에 눈을 아래로 내리뜬 채 그의 시중을 들어주었다. 그러고는 아주 겸손하게 입을 여는 것이었다. "지금 이걸 해드릴까요, 클리퍼드 경? 저걸 해드릴까요?"

"아니, 그냥 놔둬요. 나중에 해달라고 하겠소."

"잘 알았습니다, 클리퍼드 경."

"삼십 분쯤 있다가 다시 와주시오."

"잘 알았습니다, 클리퍼드 경."

"그런데 저기 헌 신문들이나 좀 치워주겠소?"

"잘 알았습니다, 클리퍼드 경."

그녀는 조용히 나갔고, 삼십 분쯤 있다가 다시 조용히

돌아왔다. 그녀는 위압감을 느꼈지만 개의치 않았다. 그녀는 상류 계급을 경험하고 있는 것이다. 그녀는 클리퍼드에 대해 분노하는 마음도 싫어하는 마음도 품지 않았다. 그는 하나의 현상, 즉 이제껏 그녀가 알지 못했지만 앞으로 알게 될 상류 계급 사람들이라는 현상의 일부일 뿐이었다. 그녀는 채털리 부인에 대해서는 좀 더 편안한 느낌을 가졌다. 결국 제일 중요한 사람은 바로 그 집의 안주인이었던 것이다.

볼턴 부인은 밤에 클리퍼드가 잠자리에 눕는 것을 도와주었고, 통로 건너편 방에서 잠을 자면서, 그가 밤중에 혹 그녀를 찾는 종을 울리면 바로 달려와 대령했다. 그녀는 또한 아침에도 그의 시중을 들었으며, 그리하여 곧 완전히 그의 몸종 같은 존재가 되어 면도까지 해주기에 이르러서, 여자답게 부드럽고 조심스러운 방식으로 면도를 해주었다. 그녀는 일솜씨가 빼어나고 아주 유능했다. 그녀는 클리퍼드를 손안에 쥐고 다스리는 법을 곧 터득했다. 그의 턱에다 비누 거품을 칠한 뒤 뻣뻣한 수염을 부드럽게 문질러줄 때면, 그는 결국 광부들과 특별하게 다를 바가 없었다. 친밀하거나 솔직한 태도로 대해 주지 않는 것에 대해 그녀는 아랑곳하지 않았다. 그녀는 하나의 새로운 경험을 하고 있는 것이었다.

그러나 클리퍼드는 내심, 코니가 그에 대한 개인적 시중을 그만두고 이를 고용된 낯선 여자에게 내맡겨 버린 것에 대해 결코 용서하지 못하고 있었다. 이로 인해 자신과 그녀 사이의 친밀한 관계의 진정한 꽃은 죽어버렸다고 그는 혼잣말로 뇌까렸다. 그러나 코니는 이에 개의치 않았다. 그들의 친밀한 관계의 그 우아한 꽃이란 것은 그녀에게 있어 난초꽃이나 같은 것으로, 그녀의 생명나무에 구근을 박아놓고 기생하면서 그녀가 보기에 초라한 꽃 한 송이를 겨우 피워내고 있을 뿐이었다.

혼자만의 시간이 더 많아졌으므로 코니는 위층의 자기 방에서 조용히 피아노를 치기도 하고 노래를 부르기도 할 수 있었다. "쐐기풀을 건드리지 마세요——사랑의 결박은 풀기 고달픈 것이니."[9] 그녀는 최근에야 비로소 이 사랑의 결박이란 것이 얼마나 풀기 어려운 것인지 깨달았다. 그러나 하나님께 감사하게도, 그녀는 그것을 풀어내고 말았다. 그녀는 혼자 있을 수 있어서, 즉 클리퍼드와 늘 이야기 상대를 하지 않아도 되어서 기뻤다. 클리퍼드는 혼자 있을 때는 그저 타자기만 한없이 탁탁 쳐댈 뿐이었다. 그러나 '작업'을 하지 않고 코니가 곁에 있을 때면 그는 줄곧 이야기를 해댔다. 사람들과 그들이 하는 행동의 동기, 그리고 결과니 성격이니 개성이니 하는 것들에 대해 시시콜콜 한없이 분석하면서 코니가 싫증 나 질릴 때까지 이야기를 지껄여대는 것이었다. 그녀는 몇 해 동안은 그런 이야기가 듣기 좋았다. 하지만 결국 싫증이 났고, 그러다가 어느 순간부터 갑자기 참을 수 없을 정도가 되었다. 그런지라 이제 혼자 있게 된 것에 그녀는 감사했다.

---

9) 1840년에 지어진 노래로 가사는 19세기 초 영국의 유명한 시인이자 소설가인 월터 스콧 경(Sir Walter Scott)이 쓴 것으로 알려져 있다.

그것은 마치 그와 그녀 두 사람의 의식이 수천수만의 잔뿌리와 실뿌리를 함께 뻗으면서 서로 뒤엉켜 한 덩어리가 되어버린 채, 마침내 더 이상 뻗고 엉킬 수가 없어 죽어가는 식물이 되고 만 듯한 상황이었다. 그런데 그녀는 이제 가만히, 섬세하게, 자신과 그의 뒤엉킨 의식의 타래를 풀어가고 있었다. 엉킨 실뿌리들을 부드러이 하나씩 하나씩 참을성 있게 풀면서, 그리고 동시에 어서 풀려나고 싶은 마음으로 끊어내면서. 그러나 그런 사랑의 결박은 대부분의 결박보다 훨씬 풀어내기가 어려운 법이다. 물론 볼턴 부인이 와서 큰 도움이 되었지만 말이다.

그러나 클리퍼드는 여전히 저녁이면 코니와 이전처럼 친밀하게 이야기 나누는 시간을, 즉 이야기를 하거나 소리 내어 책을 읽거나 하는 시간을 갖고 싶어 했다. 하지만 이제 코니는 볼턴 부인으로 하여금 10시에 들어와서 이야기를 중단시키도록 조치를 취해 놓았다. 따라서 10시가 되면 코니는 위층으로 올라가 혼자 있을 수 있었다. 클리퍼드는 볼턴 부인의 손에 잘 맡겨졌다.

볼턴 부인은 가정부 베츠 부인과 죽이 아주 잘 맞아서 가정부 방에서 둘이 함께 식사를 했다. 그런데 하인들의 거처가 얼마나 가까이 다가온 것처럼 여겨지던지, 정말 이상한 느낌이었다. 전에는 아주 멀리 떨어져 있는 것 같았는데, 이제 클리퍼드의 서재 문 바로 앞까지 와 있는 것이었다. 왜냐하면 베츠 부인이 이따금 볼턴 부인의 방에 와 있으면 그들의 나지막한 목소리가 들려오곤 했는데, 그러면 그녀는 자신과 클리퍼드 둘만이 있는 거실로 노동자 계급 사람들의 강하고 색다르게 진동하는 움직임이 침입해 오는 듯한 느낌이 들었기 때문이다. 겨우 볼턴 부인 한 사람이 온 것으로 라그비는 그토록 큰 변화를 맞은 것이다.

그리고 코니는 해방되어 어떤 다른 세상에 놓인 것 같은 느낌이 들었다. 숨쉬는 것이 다르게 느껴졌다. 그러나 여전히 그녀는 두려운 마음이었다. 자신의 뿌리가, 어쩌면 생명줄일지도 모르는 뿌리들이, 아직 얼마나 많이 클리퍼드의 뿌리와 뒤엉켜 있는지 몰랐다. 하지만 어쨌든 그녀는 한층 자유롭게 숨을 쉴 수 있었다. 그녀의 인생에 있어서 하나의 새로운 국면이 시작되려 하고 있었다.

# 제8장

볼턴 부인은 한편 코니에게도 주의를 게을리 하지 않고 사려 깊은 눈으로 바라보았는데, 자신의 여성적이고 전문적인 보살핌의 손길을 그녀에게도 뻗쳐야 한다고 느꼈다. 마님께서는 산책이라도 나가셔야 한다느니, 어스웨이트로 드라이브라도 하시라느니, 바람을 쐬시라느니 하면서 그녀는 늘 뭔가를 적극적으로 권했다. 그것은 코니가 난롯가에서 책을 읽는 체하거나 맥없이 바느질하는 체하면서 가만히 앉아만 있는 게 버릇이 되어 외출하는 일이 거의 없기 때문이었다.

힐더가 떠난 직후의 바람 부는 날이었다. 볼턴 부인이 말했다. "자, 부인, 숲 속에 산책이라도 나가셔서 사냥터지기의 오두막 뒤에 핀 수선이나 한번 보고 오시지 그러세요? 하루 종일 돌아다녀도 그렇게 아름다운 광경은 못 보

실 만큼 예쁘답니다. 몇 송이 꺾어다 방에다 꽂아두실 수
도 있고요. 야생 수선은 언제 봐도 기분 좋잖아요!"

코니는 이 말을 좋게 받아들였다. 수선화를 수선이라고
말한 것까지도. 야생 수선화라! 그래, 결국 스스로 고생굴
을 파고 들어앉아 썩을 수만은 없는 것이다. 봄이 돌아와
있었다. '계절은 이어져 돌아오건만, 나에겐 돌아오지 않
는다네, 봄이…….' [1]

그런데 그 사냥터지기──보이지 않는 꽃의 외로운 암술
과도 같은 그의 마르고 하얀 육체! 이루 말할 수 없는 우
울증 속에서 그녀는 그를 잊고 있었다. 그러나 이제 뭔가
꿈틀거리며 깨어났다. '입구와 대문 저 너머에 창백한 모
습으로.' [2] 이제 할 일은 바로 그 입구와 대문들을 지나가
는 것이었다.

그녀는 건강이 좋아졌다. 전보다 잘 걸어 다닐 수 있었
다. 일단 숲 속에 들어서면 바람이, 임원을 가로질러 갈
때처럼 몸에 맞부딪혀 걷기 힘들 정도는 아닐 것이다. 그
녀는 잊고 싶었다. 온 세상을, 썩은 고깃덩이 같은 육체를
한 그 끔찍한 사람들을 모두 잊고 싶었다. '그대들은 거듭
나야 하느니!' [3]──몸이 다시 사는 것을 믿노라!' [4]──한 알

---

1) 17세기 영국의 시인 존 밀턴(John Milton)의 『잃어버린 낙원 *Paradise
   Lost*』 제3권 41~42행.
2) 19세기 후반에 활동한 영국의 시인 앨저넌 스윈번(Algernon
   Swinburne)의 「프로서파인의 정원 The Garden of Proserpine」 49행.
3) 요한복음 3장 7절.
4) 사도신경 뒷부분의 구절.

의 밀이 땅에 떨어져 죽지 아니하면 결코 싹을 틔울 수 없느니라[5]——크로커스가 피어날 때 나도 나와 태양을 맞이하리라![6]" 3월의 바람결 속에서 여러 가지 구절들이 끝없이 이어지며 그녀의 의식을 스쳐 지나갔다.

햇살이, 간간이 바람처럼 확 쏟아지듯 묘하게 환한 빛을 뿌려대면서, 숲 가장자리의 개암나무 가지 아래에 핀 애기똥풀을 밝게 비추었다. 애기똥풀은 노랗게 환히 빛나면서 반짝거렸다. 고요한 숲은 더욱 고요했고, 바람이 휙 불기도 했지만 햇살이 숲을 가르며 쏟아지고 있었다. 올해의 첫 아네모네가 피어 있었는데, 바닥에 뿌려진 듯 하늘거리며 끝없이 피어 있는 조그만 아네모네 꽃들의 창백한 색깔로 온 숲이 창백하게 빛나고 있는 듯했다. '세상은 그대의 숨결로 창백해졌노라.'[7] 그러나 이 경우에 그 숨결은 퍼세퍼니[8]의 숨결이었다. 퍼세퍼니가 차가운 날 아침 지옥에서 나왔던 것이다. 바람의 차가운 숨결이 불어왔고, 머리 위로 잔 나뭇가지들 사이에 붙잡히고 엉켜 화가 난 바람 소리가 들렸다. 바람 역시 압살롬[9]처럼, 가지에 붙들린 채 벗어나려고 애쓰고 있었다. 치마처럼 불룩하게 초록색을 두른 위로 하얗게 드러난 어깨를 까닥거리며 움직이고 있

---

5) 요한복음 12장 24절.

6) 출처가 불분명하다.

7) 스윈번의 또 다른 시 「프로서파인 찬가 Hymn to Proserpine」 35행. 작품 안에서 '그대'는 예수 그리스도를 가리킨다.

8) 그리스 신화에서 지옥의 왕 플루토에게 잡혀 그의 아내가 된 프로서파인의 다른 명칭. 페르세포네라고도 하며 그녀는 매년 봄에 하계에서 지상으로 올라와 여름까지 지내다가 돌아간다.

는 아네모네 꽃들이 얼마나 추워 보였던지. 그러나 꽃들은 견뎌내고 있었다. 하얗게 물이 오른 조그만 첫 앵초 몇 송이도 길가에 노란 꽃봉오리를 막 벌리기 시작하며 피어 있었다.

요동치며 뒤흔들리는 것은 머리 위쪽뿐이었고, 아래쪽으로는 차가운 기류만이 내리깔리고 있었다. 코니는 숲 속에서 이상하게 마음이 흥분되어, 뺨에는 홍조가 흘렀고 두 눈엔 파란 불꽃이 타올랐다. 그녀는 터벅터벅 걸어가면서 앵초꽃 몇 송이와 올해의 첫 제비꽃을 따 모았는데, 싸늘하고 감미로운 향기가 풍겼다. 싸늘하고 감미로운 향기였다. 그녀는 자기가 어디에 있는지도 모른 채 계속 정처 없이 거닐며 나아갔다.

그러다가 숲의 가장자리에 있는 공터에 이르러 초록빛 얼룩이 있는 그 돌로 지은 오두막이 보이는 데까지 왔는데, 쏟아지는 햇살 속에서 따뜻하게 돌이 달아오른 오두막은 거의 장밋빛으로 보이는 것이, 버섯의 살진 몸통과도 같았다. 그리고 문 옆에는 노란 재스민 꽃이 반짝이며 하늘거리고 있었다. 문은 닫혀 있었다. 그러나 아무 소리도 들리지 않았고 굴뚝에서 피어오르는 연기도 없었다. 개도 짖지 않았다.

코니는 조용히 돌아서 둔덕진 뒤쪽으로 갔다. 그녀에겐 수선화를 보러 온 것이라는 구실이 있었다.

---

9) 다윗의 아들로 아버지에 대항하여 반란을 일으켰는데, 상수리나무 아래를 지나다가 가지에 머리털이 걸려 버둥거리던 중 살해당했다. 사무엘 하 18장 9절.

과연 수선화는 거기 피어 있었다. 줄기가 짧은 꽃들이 흔들거리고 나부끼고 떨어대면서 아주 환하고 싱싱하게 피어 있었는데, 바람결에 어디 얼굴을 숨길 곳이 없어 그저 이리저리 돌려대고 있었다.

수선화는 환한 햇살을 받으며 바람이 일 때마다 눈부신 작은 꽃송이들을 괴로운 듯 요란스레 흔들어대고 있었다. 그러나 꽃들은 사실 그게 좋은지도 몰랐다. 사실은 그렇게 까닥거리며 흔들리는 게 좋은지도 몰랐다.

콘스턴스는 어린 소나무에 등을 기대고 앉았다. 소나무는 그녀의 기댄 몸을 받치면서, 묘한 생명력으로 탄력 있고 힘차게 솟구치는 듯이 흔들거렸다. 꼭대기를 햇살 속에 드러낸 채, 꼿꼿하게 살아 서 있는 존재였다! 그녀는 쏟아지는 햇살 속에서 수선화가 황금색으로 변하는 것을 바라보았다. 햇살은 그녀의 손과 무릎에도 따뜻하게 쏟아져 내렸다. 타르 냄새 비슷한 희미한 꽃향기까지 풍겨왔다. 그러자 정말로 고요히 혼자만 있는 이 순간 그녀는 자신이 본래 지닌 운명의 물결 속으로 흘러 들어온 것처럼 느꼈다. 그동안 그녀는 밧줄에 묶여 정박된 배처럼 줄에 매인 채 이리저리 부대끼며 버둥거리는 삶을 살아왔다. 그러나 이제 그녀는 줄에서 풀려나 자유롭게 떠다니고 있었다.

햇살이 사그라지고 냉기가 밀려왔다. 수선화는 그늘에 가려 말없이 까닥거리고 있었다. 그렇게 수선화는 낮 동안 그리고 춥고 긴 밤 동안 내내 까닥거리며 견뎌낼 것이다. 연약한 그 모습에 그토록 강인한 면모가 숨어 있다니!

그녀는 약간 몸이 뻣뻣해진 채 일어섰다. 수선화 몇 송이를 꺾어 들고는 그곳에서 내려왔다. 그녀는 꽃 꺾는 것을 싫어했지만, 한두 송이 정도는 가져가고 싶었다. 그녀는 그 벽으로 꽉 막힌 라그비로 돌아가야만 할 것이다. 그런데 이제 그곳이 몹시 싫어졌다. 특히 그 두껍게 사방으로 꽉 막힌 건물의 벽이 싫었다. 사방의 벽! 언제나 사방을 막고 있는 벽! 하지만 이렇게 추운 바람이 불 때는 사방을 막아주는 그런 벽이 필요하기도 했다.

그녀가 집에 돌아왔을 때, 클리퍼드가 물었다.

"어디 갔었어?"

"숲 바로 저편까지 갔었지요! 보세요, 이 귀여운 수선화들. 참 사랑스럽지요? 이것들이 어떻게 땅속에서 피어 나오는 것인지, 참 신기하기도 해요!"

"그건 공기와 햇볕 때문이지." 그가 말했다.

"하지만 땅속에서 형체가 만들어진 거잖아요." 그녀는 즉시 반박하며 대꾸했는데, 스스로도 약간 놀랐다.

다음 날 오후 그녀는 다시 숲으로 갔다. 넓은 승마로를 따라 걸어갔는데, 길은 낙엽송이 늘어선 사이로 구부러지며 올라가 '존의 우물'이라고 불리는 샘터가 있는 곳까지 이어졌다. 이쪽의 언덕 비탈은 추웠고, 그래서인지 낙엽송이 우거진 그늘에는 꽃 한 송이도 아직 피어 있지 않았다. 그러나 빨간빛이 섞인 하얗고 깨끗한 조약돌이 깔린 자그마한 우물터 바닥에서 얼음처럼 차가운 옹달샘이 조용히 솟아 나오고 있었다. 참으로 얼음처럼 차갑고 맑은 샘물이었다! 정말 선명하게 반짝이는 샘물이었다! 새로 온 사냥터지기가 그 깨끗한 새 조약돌들을 넣어둔 것이 분명했다.

그녀는 차오른 물이 조금씩 넘쳐 비탈을 따라 흘러내리면서 가느다랗게 졸졸거리는 소리를 들었다. 잎이 없는 가지를 거칠게 뻗고서 비탈진 언덕에 음침한 그늘을 드리우고 있는 낙엽송 숲 사이로 바람 소리가 윙윙거리며 스치는 가운데서도 코니는 자그마한 물방울 종소리처럼 졸졸거리며 흐르는 물소리를 들을 수 있었다.

이곳은 약간 스산하고 춥고 눅눅했다. 물론 이 우물은 수백 년 동안 물을 마시는 장소로 사용되었던 것이 틀림없다. 하지만 지금은 더 이상 그렇지 않았다. 우물가의 자그만 공터는 풀이 무성하게 나 있었고 춥고 을씨년스러웠다.

그녀는 일어나 천천히 집을 향해 걸음을 옮겼다. 그녀가 걷고 있을 때, 오른쪽으로 좀 떨어진 곳에서 뭔가 두드리는 소리가 희미하게 들려왔다. 그녀는 조용히 멈춰 서서 귀를 기울여보았다. 망치질하는 소리일까, 아니 딱따구리 소리일까? 망치질하는 소리가 분명했다.

그녀는 걸음을 다시 옮기면서 계속 귀를 기울였다. 그러다가 어린 전나무들 사이로 나 있는 좁은 오솔길이 눈에 띄었다. 어디로도 통하는 데가 없는 것처럼 보이는 길이었다. 그러나 그녀의 느낌에 누군가 다니는 길 같았다. 그녀는 모험 삼아 그 길로 꺾어져 들어갔는데, 어린 전나무들이 우거진 사이를 지나자 곧 오래된 참나무 숲이 나타났다. 그녀는 길을 계속 따라갔고, 망치질 소리는 점점 가까워지면서 바람이 스치는 숲의 적막을 뚫고 들려왔다. 바람결에 스쳐 소리를 내면서도 나무들은 적막을 자아내는 법이다.

깊숙한 곳에 있어 눈에 잘 띄지 않는 자그마한 공터와 통나무로 지은 자그만 오두막 한 채가 그녀 앞에 나타났다. 전에 한번도 와본 적이 없는 곳이었다! 그녀는 곧 이곳이 막 자라나는 어린 꿩들을 기르기 위한 조용한 장소라는 것을 깨달았다. 사냥터지기가 셔츠 바람으로 무릎을 꿇고서 뭔가 망치질을 하고 있었다. 그의 개가 앞으로 달려나오면서 짧고 날카로운 소리로 한번 짖어댔다. 사냥터지기는 고개를 휙 쳐들어 그녀를 바라보았다. 그의 시선에는 놀란 표정이 담겨 있었다.

그는 곧 몸을 일으켜 세우고는 인사를 올렸다. 그러면서 잠자코 그녀를 쳐다보았다. 그녀는 앞으로 다가갔는데, 팔다리에서 힘이 빠지는 느낌이 들었다. 그는 이렇게 침입당한 것을 분개하고 있었다. 그는 자신의 고독을 인생의 유일하고 마지막 남은 자유로서 소중히 여기고 있었다.

"망치질 소리가 나길래 뭔가 했지요." 그녀는 말했다. 왠지 힘이 빠지고 숨이 가빠지는 느낌이었고, 너무나 빤히 자기를 쳐다보고 있는 그가 약간 무서워지기도 했다.

"새끼 꿩들을 너어둘 둥우릴 만들고 있던 차밉니다." 그가 순 사투리로 말했다.

그녀는 무슨 말을 해야 할지 몰랐다. 힘이 빠지는 느낌이었다.

"좀 앉고 싶군요." 그녀는 말했다.

"이리 오두마그로 드러오셔서 안즈십시오." 그는 이렇게 말하면서 앞장서 오두막으로 들어가서는 목재 따위를 옆으로 치우고 개암나무 가지로 만든 투박한 나무 의자를 하나

끌어다 내놓았다.

"부를 좀 피워드릴까요?" 묘하게 순박함이 깃든 사투리 말씨로 그는 물었다.

"아녜요. 괜찮아요." 그녀가 대답했다.

그러나 그는 그녀의 두 손을 바라보았다. 두 손은 약간 파리해 보였다. 그는 재빨리 낙엽송 잔가지 얼마를 안고 벽돌로 된 구석의 자그마한 벽난로 앞으로 갔다. 금세 노란 불꽃이 굴뚝을 타고 피어올랐다. 그는 그 벽돌 난로 옆에 자리를 만들어주었다.

"자, 이리 좀 앉자서 모믈 녹이시지요." 그는 말했다.

그녀는 그의 말대로 했다. 그에게는 보호해 주는 듯한 묘한 종류의 권위가 있어 그녀로 하여금 곧바로 따르게 만들었다. 그래서 그녀는 앉아서 장작으로 불을 지펴가며 불길에 두 손을 녹였다. 그동안 사냥터지기는 밖에서 다시 망치질을 하고 있었다. 그녀는 사실 구석에 처박혀 불가에만 앉아 있고 싶지는 않았다. 오히려 문간에 나가 좀 내다보고 싶은 마음이었다. 그러나 그녀는 지금 보살핌을 받고 있는 입장이니 그의 말에 따라 가만히 있는 수밖에 없었다.

오두막은 아주 아늑했다. 칠을 하지 않은 전나무 널빤지로 벽을 둘러쳤고, 자그마한 통나무 식탁과 등받이 없는 의자가 하나씩 그녀가 앉은 의자 옆으로 놓여 있었으며, 목수용 작업대, 커다란 상자 하나, 여러 가지 연장들, 몇 장의 새 판자, 못 따위가 널려 있었고, 벽에는 도끼, 손도끼, 덫, 자루에 싼 물건들, 사냥터지기의 외투 등 여러 가지 것들이 못에 걸려 있었다. 벽에 창문이 나 있지 않아서

빛은 열린 문을 통해 비쳐 들어왔다. 뒤죽박죽인 듯 보였지만, 동시에 일종의 조그마한 성역(聖域) 같기도 했다.

그녀는 사내의 망치 두드리는 소리에 귀를 기울였다. 그다지 행복하게 들리는 소리는 아니었다. 그는 억압감에 눌려 있었다. 자신의 사생활의 영역을 침범한 존재가, 그것도 위험한 존재가 지금 곁에 와 있는 것이다! 바로 여자가 말이다! 그는 오직 홀로 있는 것밖에는 세상에서 바라는 것이 없는, 그런 상태에 이르러 있는 사람이었다. 하지만 자신의 사생활 영역을 지킬 힘이 그에게는 없었다. 그는 고용된 일꾼이었고, 이 사람들은 그의 주인이었던 것이다.

그는 특히 여자와 다시 접촉하게 되는 것을 원하지 않았다. 그것을 두려워했다. 왜냐하면 과거에 여자와의 접촉으로 깊은 상처를 입었기 때문이다. 혼자 있을 수 없다면 그리고 다른 사람이 자기를 혼자 내버려 두도록 할 수 없다면, 자기는 죽게 되리라고 그는 느끼고 있었다. 바깥세상에 대한 그의 혐오는 절대적인 것이었다. 그에게 마지막 남은 피신처는 바로 이 숲이었다. 여기 이 숲에 숨어버리는 것뿐이었다!

불가에 앉은 코니는 몸이 따뜻해져 갔는데, 불을 너무 세게 지피는 바람에 이제 더울 정도가 되었다. 그녀는 몸을 옮겨 문간으로 가, 등받이 없는 의자에 앉아서는 사내가 일하고 있는 모습을 바라보았다. 그는 그녀를 의식하지 못한 체했지만, 그녀가 바라보는 것을 알고 있었다. 하지만 그는 일에 몰두한 듯한 태도로 계속 일을 해나갔는데, 그의 갈색 개가 곁에 꼬리를 깔고 앉아서는 믿을 수 없는 바깥세상을 살피며 주시하고 있었다.

호리호리하고 조용하면서도 동작이 민첩한 사내는 만들고 있던 꿩 우리를 완성하더니, 그걸 뒤집어 놓고 미닫이로 만든 문이 잘 열리는지 시험해 보고 나서는 한쪽에다 세워놓았다. 그런 다음 그는 몸을 일으켜 낡은 꿩 우리가 있는 데로 가서는, 그것을 집어다가 조금 전에 작업을 하던 장작 패는 통나무 도마로 가져갔다. 몸을 구부린 그는 가로막대살을 잡아당겨 보았다. 몇 개가 손에 잡힌 채 부러졌다. 그는 못을 잡아 뽑기 시작했다. 그러고 나서 그것을 뒤집어 놓고 자세히 살펴보았다. 그는 여자의 존재를 의식하는 어떠한 표시도 전혀 드러내지 않았다.

그렇게 코니는 꼼짝 않고 그를 주시하였다. 전에 벗은 모습에서 보였던 그 외로운 고독이 지금 옷을 입고 있는 모습에서도 똑같이 보였다. 외롭고, 혼자서 뭔가 하고 있는 동물처럼 열중해 있으면서도 뭔가 깊은 생각에 잠긴 듯한 모습이 모든 인간적 접촉을 피해 달아나는 영혼과도 같았다. 지금 이 순간에도 그는 아무 말 없이 참을성 있게 그녀로부터 달아나 피하고 있었다. 그런데 코니의 자궁까지 와 닿아 그녀의 마음을 사로잡은 것은 바로 참을성 없고 정열적인 남자의 그 조용함, 그리고 그 한없이 인내하는 듯한 태도였다. 수그린 그의 머리, 재빠르면서도 조용하게 움직이는 그의 두 손, 가늘고 섬세한 허리를 구부린 그의 모습에서 그녀는 그것을 볼 수 있었다. 꿋꿋이 참아내면서 안으로 웅크려 숨은 그 어떤 것이었다. 그녀는 그가 자기보다 더 깊고 넓은 경험을 한 사람이라는 느낌이

들었다. 훨씬 더 깊고 넓으며, 아마 훨씬 견디기 힘든 경험이었으리라. 그러자 이 느낌은 그녀에게서 자의식의 긴장감을 풀어버렸다. 그녀는 거의 무책임할 정도로 풀어져 아무런 거리감이나 경계심도 느끼지 않을 정도였다.

그렇게 그녀는 오두막의 문간에 앉아서 꿈에 빠져든 채, 자신이 지금 놓여 있는 특이한 상황도 시간도 완전히 다 잊고 있었다. 그녀가 너무나 아득히 생각에 빠져 있어서 그는 흘끗 그녀 쪽으로 시선을 돌렸는데, 완전히 고요하고 뭔가 기다리는 듯한 표정이 그녀의 얼굴에 떠올라 있는 것을 보았다. 그에게 그것은 기다림의 표정으로 보였다. 그러자 갑자기 그의 허리께, 등뼈의 저 밑뿌리께에서 엷은 불꽃이 살짝 피어오르면서 혓바닥을 날름거렸다. 그의 영혼은 신음 소리를 내었다. 다시금 인간과 가깝게 접촉하는 것은 그에게 있어 거의 죽음이나 마찬가지로 끔찍하게 두렵고 싫은 일이었다. 그는 무엇보다도 어서 그녀가 자리를 떠나주었으면, 그래서 자기를 혼자 내버려 두었으면 하고 바랐다. 그녀가 지닌 의지, 여성적 의지, 그리고 현대 여성으로서의 고집스러움이 두려웠다. 그리고 무엇보다도 그는 자기 뜻대로 하는 그녀의 거리낌 없는 상류 계급적 무례함이 두려웠다. 왜냐하면 자신은 결국 일개 고용인에 불과했기 때문이다. 그는 그녀가 거기 있는 것을 증오했다.

코니는 갑작스럽게 불안감을 느끼면서 정신을 차렸다. 그녀는 몸을 일으켰다. 오후도 한참 지나 저녁으로 기울고 있었다. 하지만 그녀는 그곳을 떠날 수가 없었다. 그녀는 사내가 있는 쪽으로 걸어갔는데, 그는 피로한 기색에 표정

없이 딱딱하게 굳은 얼굴로 가만히 주의를 기울인 채 그녀를 유심히 바라보며 서 있었다.

"이곳은 참 평온하고 근사한 곳이군요." 그녀가 말했다. "여긴 오늘 처음 와본답니다."

"그렇습니까?"

"가끔 한번씩 와서 앉아 있고 싶은 생각이 드는군요."

"그러신가요?"

"여기를 비울 때 오두막을 잠가놓는가요?"

"예, 마님."

"나도 열쇠 하나 가질 수 있을까요? 가끔 한번씩 와서 앉아 있을 수 있게 말예요! 열쇠가 하나 더 없나요?"

"제가 아는 한은 업습니다."

그의 말은 사투리로 바뀌어 있었다. 코니는 좀 망설여졌다. 그는 거부의 의사를 표시하고 있는 것이다. 하지만 따지고 보면, 이 오두막이 어디 그의 것인가?

"열쇠를 하나 더 구할 수 없을까요?" 그녀는 특유의 부드러운 목소리로 물었지만, 그 밑에는 자기 뜻을 이루고 말겠다고 작정한 여자의 어조가 깔려 있었다.

"하나 더라고요!" 그는 그녀를 흘끗 바라보면서 말했는데, 분노의 빛에 비웃는 기미가 섞인 시선이었다.

"그래요, 똑같은 열쇠 말이에요." 그녀는 좀 상기된 얼굴로 말했다.

"클리퍼드 경께서 혹여 아실런지 모르겠는데요." 그녀의 요구를 외면하면서 그가 말했다.

"그래요!" 그녀가 말했다. "그이가 하나 갖고 있을지도 몰라요. 혹 그렇지 않더라도 당신이 가지고 있는 열쇠로 하나 더 만들 수 있겠지요. 하루나 이틀이면 될 거고, 그 정도쯤은 열쇠 없이 지낼 수 있지 않겠어요?"

"잘 모르겠는데요, 마님. 이 근방엔 열쇠 만드는 사람이 없어서."

코니는 갑자기 화가 치밀면서 얼굴이 벌게졌다.

"좋아요!" 그녀는 말했다. "내가 알아서 하겠어요."

"알겠습니다, 마님."

두 사람의 시선이 마주쳤다. 그의 눈에는 혐오와 경멸, 그리고 어떻게 되든 상관없다는 투의 차갑고 불쾌한 표정이 드러나 있었다. 그녀의 눈은 반발감이 뜨겁게 이글거리고 있었다.

그러나 마음속으로 그녀는 기가 꺾이고 말았다. 그에게 맞섰을 때 그가 얼마나 지독하게 자신을 혐오하는지 알았던 것이다. 그리고 그에게 일종의 자포자기적인 태도가 있는 것도 그녀는 보았다.

"그럼, 이만."

"안녕히 가십쇼, 마님!" 그는 인사를 올리고는 퉁명스럽게 돌아섰다. 그녀로 인해 그의 내면에 잠자고 있던 오래된 분노가, 여자의 완고한 의지에 대한 그 격렬한 야성적 분노가 되살아 깨어난 것이다. 그런데 그는 아무런 힘도, 정말 아무런 힘도 없었다! 그는 그것을 알고 있었다!

코니 역시 남자의 완고한 의지에 분노했다. 그것도 겨우 고용된 일꾼인 주제에! 그녀는 언짢은 기분이 되어 집으로 걸어갔다.

그녀는 언덕 위의 커다란 너도밤나무 아래에서 볼턴 부인을 만났는데, 그녀를 찾으러 나온 눈치였다.

"부인께서 돌아오실 때가 된 것 같아 한번 나와봤답니다." 그 여자는 밝은 얼굴로 말했다.

"내가 좀 늦은 건가요?" 코니는 물었다.

"아닙니다! 그저 차 마실 때가 되어 클리퍼드 경께서 기다리고 계셔서요."

"그럼 당신이 좀 직접 타드리지 그랬어요?"

"아, 예. 하지만 그건 제가 할 일이 아니라고 생각되는군요, 부인. 클리퍼드 경께서 좋아하시리라는 생각도 전혀 안 들고 말입니다."

"어째서 그런지 모르겠군요."

코니는 집으로 들어가 클리퍼드의 서재로 갔다. 낡은 놋쇠 주전자가 부글부글 끓는 소리를 내면서 쟁반 위에 놓여 있었다.

"내가 좀 늦었나요, 클리퍼드?" 그녀는 모자와 스카프를 벗지 않은 채 쟁반 앞으로 가서, 가져온 꽃을 내려놓고 차통을 집어 들면서 말했다. "미안해요! 볼턴 부인한테 차를 타도록 시키지 그랬어요?"

"그런 생각은 미처 하지 못했는걸." 그는 다소 비꼬는 투로 말했다. "그 여자가 차 마시는 자리까지 맡아 주관한다는 건 전혀 생각지 못했어."

"아니, 은 찻주전자에 남이 손대면 안 될 무슨 신성한 거라도 있나요?"

그는 이상하다는 듯 그녀를 흘끗 올려다보았다.

"오후 내내 뭘 했지?" 그가 물었다.

"산책하며 걷다가, 쉼터 같은 곳에 좀 앉아 있었지요. 큰 호랑가시나무에 아직도 열매가 달려 있는 거 알아요?"

그녀는 스카프를 벗었다. 하지만 모자는 계속 쓴 채 의자에 앉아 차를 타기 시작했다. 빵 구운 것은 분명 굳어서 가죽처럼 딱딱할 것이었다. 그녀는 보온 덮개를 찻주전자에 씌워놓은 뒤 일어나 꺾어온 제비꽃을 꽂아둘 자그마한 유리병을 찾았다. 가엾게도 꽃들은 시들해져 줄기 끝에 축 늘어져 있었다.

"다시 살아날 거예요!" 꽃을 유리병에 담아 그가 향기를 맡을 수 있도록 앞에다 가져다 놓으면서 그녀는 말했다.

"주노의 눈꺼풀보다 더 향기롭도다."[10] 그가 시구를 인용하여 말했다.

"그게 진짜 제비꽃하고 무슨 연관이 있는지 모르겠어요." 그녀는 말했다. "엘리자베스 시대 사람들은 수식이 좀 지나쳐요."

그녀는 그에게 차를 따라주었다.

"존의 우물에서 얼마 안 되는 곳에 있는 자그마한 오두막집 말이에요. 꿩을 기르고 있던데, 그 오두막집 열쇠가 하나 더 있지 않나요?"

"아마 있을걸. 왜?"

"오늘 우연히 거길 가게 되었어요. 전에 가본 적이 없었는데, 마음에 들더군요. 가끔씩 거기 가서 앉아 쉴 수 있

---

10) 셰익스피어의 「겨울 이야기 The Winter's Tale」 4막 4장 121행.

으면 좋겠어요. 괜찮지요?"

"멜러즈가 거기 있지 않았어?"

"네, 있었어요! 그래서 그곳을 발견하게 된 거지요. 그 사람이 망치질하는 소리가 들려와서 가보게 되었으니까요. 그 사람은 내가 침입이라도 한 양 아주 싫어하는 눈치더군요. 사실 내가 열쇠가 하나 더 없냐고 물어보았을 때, 그는 거의 무례하다 싶을 정도로 굴었어요."

"그가 뭐라고 했는데?"

"아, 뭐라고 말로 그런 건 아니었어요. 그저 그 사람 태도가 그랬어요. 그리고 열쇠에 대해서는 아무것도 모른다고만 하더군요."

"아버님 서재에 아마 열쇠가 하나 있을지 몰라. 베츠[11]가 알고 있을 거야. 그런 건 다 거기에 있으니까 말이야. 내 베츠한테 찾아보라고 이르지."

"예, 그래 줘요, 꼭!" 그녀는 말했다.

"그래, 멜러즈가 거의 무례하다 싶을 정도였다고?"

"아, 뭐, 아무것도 아니었어요, 정말! 다만 내가 자기 성(城)이라도 마음대로 쓰는 것처럼 싫어하는 것 같았어요."

"하긴 좋진 않았을 거야."

"하지만 그 사람이 꺼리고 자시고 할 이유가 어디 있는지 모르겠어요. 따지고 보면, 그 사람 집도 아니잖아요. 그 사람의 개인적인 거처가 아니잖아요. 가고 싶을 때 내

---

11) 가정부 베츠 부인의 남편.

가 거기 가서 앉아 있지 못할 이유는 하나도 없다고 생각해요."

"그래, 맞아!" 클리퍼드는 말했다. "아무래도 자신을 너무 과대평가하고 있단 말이야, 그 친구는."

"그래요?"

"정말 그래! 그 친구는 자기가 무슨 특별한 존재나 되는 듯이 생각한단 말이야. 당신도 알고 있듯이 그에겐 아내가 있었는데 사이가 좋지 않았지. 그래서 1915년에 군대에 들어가 버렸는데, 처음엔 아마 인도로 배치됐을 거야, 틀림없이. 어쨌든 그는 얼마 동안 이집트에서 기병대 마제공(馬蹄工) 노릇을 하기도 했지. 항상 말(馬)하고 관계있는 일을 했는데, 그 방면으로는 재주가 뛰어난 친구거든. 그러다가 어떤 인도 출신 영국인 대령인가 하는 사람의 총애를 받게 되어가지고 그 대령의 부관이 되었다더군. 맞아, 그래서 장교가 되었다고 했어. 그 후 그 친구는 대령과 함께 인도로 다시 가서 북서쪽 국경 지대에서 근무했다고 난 알고 있지. 그러다가 병이 들었고, 그래서 지금은 연금을 받는다더군. 내가 알기로는, 그가 군대에서 제대하고 돌아온 게 바로 작년이었는데, 그랬던 사람이 자기의 본래 자리로 다시 돌아가기란 당연히 쉽지 않은 일이지. 어떻게 좀 버텨보려고 버둥거리는 게 당연해. 하지만 나하고 관계되는 한에서는, 그는 직무를 잘 수행하고 있어. 물론 나한테 멜러즈 중위였다는 티를 조금이라도 낸다든가 한다면 그건 용납할 수 없는 일이지."

"더비셔 사투리를 심하게 쓰는 사람인데 어떻게 장교로

임명될 수 있었는지 모르겠네요?"

"그 친구 사투릴 잘 안 써. 어쩌다 불쑥 내뱉는 경우를 빼면 말이야. 그는, 마음만 먹으면 정확한 말을 완벽하게 구사할 줄 알아. 다만 내가 보기에, 자기가 다시 졸병 계급으로 내려온 이상 졸병들과 똑같은 말을 구사하는 게 좋다는 생각을 하고 있는 것 같기도 해."

"전에는 왜 그 사람 이야기를 하지 않았어요?"

"아, 그건…… 그런 허황된 출세 미담 따위는 난 딱 질색이거든. 그런 것들은 세상의 질서를 모두 파괴하는 것들이야. 그런 일들이 실제 일어난다는 것 자체가 정말 유감천만이야."

코니도 이 말에 수긍하는 쪽이었다. 아무 데도 적응해 어울리지 못하고서 불만만 품고 있는 사람들이 과연 무슨 쓸모가 있겠는가!

화창한 날씨가 한동안 이어지자, 클리퍼드도 숲으로 한 번 나가볼 결심을 했다. 바람은 아직 차가웠지만 견딜 만했고, 햇빛은 생명의 기운 그 자체처럼 따뜻하고 가득히 내리비쳤다.

"정말 싱그럽고 화창한 날에는 사람의 기분이 얼마나 달라지는지 참 놀라워요." 코니가 말했다. "평소에 우리는 바로 이 공기를 죽은 거나 다름없다고 느끼는데 말이에요. 하지만 사람들은 오늘날 이 살아 있는 공기를 정말로 죽이고 있어요."

"사람들이 이 공기를 죽이고 있다고 생각해?" 그가 물었다.

"그래요! 모든 사람들에게서 가득가득 뿜어져 나오는 권태와 불만과 분노의 기운이 바로 공기 중의 생명력을 다 죽여버리고 있는 거예요. 틀림없어요."

"오히려 대기 중의 어떤 조건이 사람들의 생명력을 떨어뜨리는 것은 아닐까?" 그가 말했다.

"아녜요! 인간이 바로 자연 만물을 독살하고 있는 거예요." 코니는 주장했다.

"자신의 보금자리를 스스로 더럽힌다, 이 말이군!" 클리퍼드가 논평하듯 말했다.

모터 의자는 털털거리며 나아갔다. 개암나무 수풀에는 길쭉한 꽃들이 엷은 황금색을 띤 채 늘어져 있었고, 양지바른 곳에는 아네모네가 여기저기 활짝 피어 있었는데, 인간이 그들과 함께 환호할 수 있었던 그 옛날에 그랬던 것과 거의 똑같이 그 순간 생명의 환희로 탄성을 지르고 있는 듯했다. 희미한 사과꽃 냄새 같은 향기가 살짝 풍겨 나오고 있었다. 코니는 클리퍼드를 위해 꽃을 몇 송이 꺾어 주었다.

그는 꽃을 받아들더니 신기한 듯이 바라보았다.

"'그대 아직 능욕당하지 않은 고요의 신부여.'[12]" 그가 시구를 인용하며 말했다. "이 구절은 그리스의 항아리보다는 꽃에 훨씬 더 잘 어울리는 것 같군."

"능욕당하다니, 너무 끔찍한 말이군요!" 그녀가 말했다.

---

12) 19세기 초 영국의 낭만주의 시인 존 키츠(John Keats)의 시 「희랍의 옛 항아리에 부치는 노래 Ode on a Grecian Urn」 첫 구절.

"세상 만물을 능욕하는 것은 바로 인간뿐이에요."

"글쎄, 모르겠는데……. 달팽이나 그런 것들도 그렇지 뭐." 그가 말했다.

"달팽이조차 그저 갉아먹을 뿐이고, 벌도 꽃을 능욕하진 않지요."

그녀는 모든 것을 비유나 말로 바꿔버리는 그에게 화가 났다. 제비꽃은 주노의 눈꺼풀이니, 아네모네는 능욕당하지 않은 신부니 하는 식이었다. 항상 그녀와 살아 있는 삶 사이에 끼어드는 그런 말과 표현을 그녀는 얼마나 혐오하는지! 능욕을 범하는 것이 있다면, 그건 바로 말과 표현이었다. 즉 살아 있는 세상 만물로부터 생명의 수액을 모두 빨아 없애는 그 판에 박힌 말과 표현 구절들이었다.

클리퍼드와의 산책은 별로 즐겁지가 못했다. 그와 코니 사이에는 일종의 긴장 상태가 형성되어 있었다. 서로 모르는 체했지만 긴장감은 분명 흐르고 있었다. 여성적 본능의 온 힘을 다해 코니는 갑자기 그를 밀쳐내고 있었다. 그녀는 그에게서 벗어나고 싶었다. 특히 그의 의식과 그의 말로부터, 그 자신에 대한 강박적 집착, 즉 그 자신과 자신이 지껄이는 말들에 대한 그의 쳇바퀴처럼 끝없는 강박적 집착으로부터 그녀는 벗어나고 싶었다.

다시 비를 뿌리는 날씨가 되었다. 그러나 하루 이틀 정도 지나자 그녀는 비가 오는 중에도 밖에 나갔다. 그리고 숲으로 갔다. 숲에 들어서자 그녀는 곧 오두막이 있는 쪽으로 향했다. 비가 오고 있었지만 그다지 춥지는 않았다. 숲은 아주 고요하니 한적한 외딴 곳처럼 느껴졌고, 어슴푸레한 빗줄기에 싸여 아무도 들어올 수 없는 곳 같았다.

그녀는 숲 가장자리의 그 공터에 이르렀다. 거기엔 아무도 없었다! 오두막은 잠겨 있었다. 그러나 그녀는 통나무로 만든 현관 아래의 통나무 문간 층계에 앉아서는, 몸을 웅크려 체온으로 따뜻하게 감쌌다. 그렇게 그녀는 앉아서 비가 오는 것을 바라보며, 소리 없는 여러 빗소리에 귀를 기울이기도 하고, 바람이 하나도 불지 않는 듯한데도 나무들의 윗가지에서 쏴아 하며 나는 이상한 바람 소리에 귀를 기울이기도 했다. 오래된 참나무들이 주위를 빙 둘러싸고 있었는데, 잿빛의 힘찬 줄기는 비에 젖어 거무스레해진 채 둥근 몸통에 생명력을 가득 머금고 사방에 가지를 거칠게 뻗으며 서 있었다. 마당 주변에는 잡풀이 별로 나 있지 않았고 아네모네만이 여기저기 흩어져 피어 있었다. 한두 군데 덤불숲을 이루고 있는 곳도 있었는데, 딱총나무나 불두화나무 등속의 덤불이 아니면 자줏빛으로 뒤엉킨 가시나무 덤불이었다. 황갈색의 빛바랜 고사리 무리는 아네모네의 초록빛 물결 아래 묻혀 거의 사라지고 없었다. 이곳이 바로 능욕당하지 않은 곳 중의 하나일지 몰랐다. 능욕당하지 않은 곳이라! 사실 온 세상이 이미 다 능욕당한 상태였다.

능욕조차 할 수 없는 것도 있다. 가령, 정어리 통조림 같은 건 아예 능욕이 불가능하다. 그런데 여자들 가운데도 바로 그와 같은 존재들이 아주 많으며, 남자들의 경우도 그렇다. 그러나 땅과 자연은……!

비가 그치고 있었다. 빗줄기로 인해 어둡게 보이던 참나무들 사이는 이제 거의 환해져 가고 있었다. 그만 자리에서 일어서고 싶었지만, 코니는 그냥 계속 앉아 있었다. 그러나 차츰 추워졌다. 하지만 마음속의 분노로 인한 무력감에 짓눌려 그녀는 마치 마비라도 된 양 그 자리에서 꼼짝할 수가 없었다.

능욕당한 존재라! 육체적 접촉 없이도 인간은 얼마나 더럽게 능욕당할 수 있는가! 죽은 말과 표현들에 의해 능욕당하는 것이 바로 외설적인 것이며, 죽은 생각은 결국 강박 관념이 되고 만다.

비에 젖은 갈색 개 한 마리가 달려왔는데, 짖어대지는 않고 젖은 꼬리털만 위로 치켜들고 있었다. 사내가 뒤따라 나타났다. 운전사 같은 검정 방수포 웃옷은 젖어 있었고, 얼굴이 약간 상기되어 있었다. 그녀는 그가 자신을 보자 멈칫하면서 빠른 걸음을 늦추는 것을 느꼈다. 그녀는 일어나 통나무 현관 아래 손바닥 넓이 정도의 비에 젖지 않은 자리에 그대로 서 있었다. 그는 아무 말 없이 인사를 올리고는 천천히 다가왔다. 그녀는 자리를 뜨려는 움직임을 보였다.

"난 막 가려던 참이었어요." 그녀는 말했다.

"아네 드러가려고 기다리신 건 아닌가요?" 그녀는 안 보고 오두막만을 바라보면서 그가 물었다.

"아녜요! 여기 비를 피할 만한 자리에서 몇 분 앉아 쉬었을 뿐이에요." 그녀는 나직하고 위엄 있는 목소리로 말했다.

그는 그녀를 바라보았다. 그녀는 추워 보였다.

"클리퍼드 경께도 여분의 열쇠가 따로 업스신 거로구

뇨?" 그가 물었다.

"그래요! 하지만 상관없어요. 여기 현관 아래 이 자리에서도 조금도 안 젖고 잘 앉아 쉴 수 있으니까요. 그럼 잘 있어요!"

그녀는 그의 말에 섞인 신한 사투리가 몹시 싫었다.

그는 떠나가는 그녀의 모습을 유심히 바라보았다. 그러더니 그의 웃옷 자락을 휙 걷어 올리고는 바지 주머니에 손을 집어넣어 오두막 열쇠를 꺼냈다.

"이 열쇨 부인께서 가지시는 게 조을 것 같꾼요. 끵한텐 어디 다른 길께다가 자릴 차자주면 되니까요."

그녀는 그를 바라보았다.

"무슨 뜻이죠?" 그녀는 물었다.

"제 말쓰믄 어디 다른 데다 끵 기를 만한 자리를 마련할 수 이쓸 거라는 겁니다. 부인께서 여기 와 계시고 시플 때, 제가 주벼네 얼쩡거리는 걸 원하지 아느실 테니까요."

그녀는 짙은 사투리의 장막 사이로 그의 말뜻을 알아들으면서 그를 쳐다보았다.

"왜 당신은 우리가 보통 쓰는 말을 쓰지 않는 거죠?" 그녀는 쌀쌀한 태도로 물었다.

"제가요? 전 이게 보통 쓰는 마리라고 생가캤는데요."

그녀는 잠깐 동안 말없이 화가 난 채 있었다.

"그러니까 부인께서 열쇨 갖고 시프시면 이걸 가지셔도 괜찬탄 말쓰밉니다. 아니면 제가 내일까지 갖고 이쓰면서 먼저 물건 따윌 모두 치운 다으메 열쇨 부인께 드려도 조을 것 같고요. 그래도 되게씀니까?"

그녀는 점점 더 화가 치밀었다.

"당신 열쇠를 뺏으려는 게 아니었어요." 그녀는 말했다. "고맙긴 하지만, 당신이 오두막을 비우려고 물건을 치우거나 하는 건 전혀 바라는 바가 아니에요. 당신을 오두막에서 쫓아내려는 마음은 조금도 없어요! 난 그저 가끔씩 와서 앉았다 갈 수 있기만을 바랐을 뿐이에요. 오늘처럼 말예요. 하지만 현관 아래에서도 나무랄 데 없이 잘 앉아 쉴 수 있으니까, 이 이야기는 더 이상 꺼내지 말아주세요."

그는 그녀를 다시 쳐다보았다. 그의 파란 눈에는 짓궂은 표정이 담겨 있었다.

"아무튼요." 그는 심한 사투리로 천천히 말했다. "오두막이든 열쇠든 뭐든지 마님께서 쓰시게따면 언제든지 다 내어드리게씀니다. 다만 일 년 중 이맘때는 꿩드리 아를 까는 때인지라, 그것드를 이것저것 돌봐주느라 제가 좀 오며가며 얼씬거리고 이써야 하는 것뿐님니다. 겨울 동아네는 제가 이 근처에 올 피료가 거의 업담니다. 하지만 지그믄 봄이고, 클리퍼드 경께서 사냥감으로 꿩을 날려보고 시퍼 하시기도 하고 해서……. 그런데 마님께서 여기 와 계실 때 제가 늘상 어슬렁거리며 주벼늘 도라다니고 이쓰면 시러하실 거라는 생각도 듬니다……."

그녀는 좀 놀라는 듯한 태도로 들었다.

"당신이 여기 있는 것을 내가 거슬려 할 이유가 뭐가 있다고 그러죠?" 그녀는 물었다.

그는 이상한 태도로 그녀를 바라보았다.

"저한텐 신경이 쓰이거든요!" 그는 짤막하지만 의미심장한 어조로 말했다. 그녀는 얼굴을 붉혔다.

"잘 알았어요!" 그녀는 마침내 말했다. "당신이 귀찮지 않도록 그만두지요. 하지만 내가 여기 와서 앉아 있을 때, 당신이 꿩을 돌보는 모습이 눈에 띈다고 해서 거슬리진 않았을 거예요. 난 오히려 그런 걸 좋아했을 거예요. 하지만 그게 일에 지장이 된다고 하니, 당신한테 방해가 되지 않도록 그만두겠어요. 걱정 말아요. 당신은 클리퍼드 경의 사냥터지기이지 내 사냥터지기가 아니니까."

왜 그런지 몰랐지만, 마지막 말의 표현은 좀 묘하게 들렸다. 그러나 그녀는 그냥 말해 버렸다.

"아닙니다, 마님. 이건 바로 마님의 오두마기지요. 마님께서는 뭐든 언제나 하고 시픈 대로 다 하실 수 이씀니다. 마님께서는 저를 일주일의 여유만 주고 바로 해고하실 수도 이씀니다. 다만⋯⋯."

"다만 뭐지요?" 그녀는 당혹해하며 물었다.

그는 묘하게 우스꽝스런 방식으로 모자를 뒤로 밀어젖혔다.

"다만 마님께서 여기 오셔쓸 때 제가 주벼네 얼쩡거리는 이리 업시 혼자서 이곳에 계시고 시퍼 하실 거라는 말씀임니다."

"하지만 왜 그래야 하느냔 말이에요." 그녀는 화가 나서 말했다. "당신이 야만인이라도 되나요? 내가 당신을 무서워해야 한다고 생각하는 건가요? 왜 내가 당신에 대해, 그리고 당신이 여기 있냐 없냐를 의식하며 신경 써야 하느냔 말예요? 어째서 그게 중요한 문제인 거죠?"

그는 그녀를 바라보았는데, 얼굴에는 어렴풋하지만 장난기 어린 웃음이 온통 퍼져 있었다.

"그건 아닙니다. 마님. 전혀 그렇지 않습니다." 그는 말했다.

"글쎄, 그럼 뭣 때문이죠?" 그녀가 물었다.

"그럼 제가 마님께 열쇠를 하나 만들어다 드리도록 할까요?"

"고맙지만, 관둬요! 필요 없으니까."

"아무튼 하나 만드러놓게씀니다. 열쇠가 두 개 인는 게 어째뜬 나을 테니까요."

"그런데 내 생각에 당신은 좀 무례한 것 같군요." 코니는 얼굴이 상기되고 약간 숨이 가쁜 어조로 말했다.

"아닙니다. 아니에요!" 그는 황급히 말했다. "그건 틀리신 말씀이심니다! 정말 아닙니다! 그런 뜨슨 전혀 업어씀니다. 그저 마님께서 여기 오시는 경우 전 이고슬 비워드려야 할 거시고, 그럼 어디 다른 고세 꿩 기를 자릴 마련하느라 일거리가 마니 생기게꾸나 하고 생가기 드러쓸 따름임니다. 하지만 제가 인는 것이 마님께 아무러치도 않을 거라고 하시니, 그러타면 뭐⋯⋯. 이건 클리퍼드 경의 오두마기고 뭐든 마님 뜻대로 하실 수 인는 거니까, 마님 원하시고 바라시는 대로 다 하셔야지요. 제가 근처에서 할 이를 몇 가지 하느라 얼씬거리는 게 마님께서 아무러치도 안타면 말쓰밈니다."

코니는 완전히 당황스러운 기분으로 그곳을 떠났다. 자신이 모욕을 당해서 아주 심하게 감정이 상한 것인지 아닌

210

지 확실히 알 수가 없었다. 그 남자는 정말 다른 뜻 없이 진정으로 한 말인지도 몰랐다. 자신이 얼씬거리지 않기를 그녀가 원할 거라고 생각했다는 것은 정말인지도 몰랐다. 마치 그녀가 그런 생각을 하기라도 할 것처럼! 어리석은 존재밖에 안 되는 그가 혹이나 그렇게 중요한 존재가 될 수 있기라도 한 것처럼 말이다.

그녀는 혼란에 싸여, 자신이 무얼 생각하고 무얼 느끼는지도 모른 채 집으로 돌아갔다.

# 제9장

　코니는 클리퍼드를 혐오하며 피하는 자신의 감정에 놀랐
다. 게다가 자신이 항상 그를 정말 싫어해 왔다는 생각까
지 들었다. 증오라고 할 것은 못 되었는데, 강렬한 감정
같은 것이 전혀 없었기 때문이다. 그러나 그녀는 육체적으
로 아주 깊은 혐오감을 느꼈다. 그와 결혼한 것도 바로 육
체적인 면에서 자신이 어떤 은밀한 방식으로 그를 싫어했
기 때문인 것처럼 여겨질 정도였다. 그러나 물론, 정신적
인 면에서 그에게 매력과 흥분을 느꼈기 때문에 그와 결혼
한 것도 사실이었다. 그때 그는 어떤 의미에서 그녀 위에
존재하는 스승과 같은 존재였다.
　그런데 이제 그런 정신적 흥분은 소진되고 무너져버려,
그녀는 오직 육체적 혐오감만 느낄 뿐이었다. 그 혐오감은
저 깊숙한 곳에서 솟아 올라왔다. 그리고 그녀는 그것이

얼마나 자신의 삶을 갉아먹고 있는가를 깨달았다.

그녀는 무기력하고 완전히 버림받은 느낌이었다. 그녀는 외부로부터 어떤 도움의 손길이라도 받고 싶은 심정이었다. 그러나 넓은 세상 천지에 도움의 손길은 찾을 수 없었다. 사회는 미쳐 제정신이 아니었으므로 끔찍할 뿐이었다.

문명사회는 제정신이 아니었다. 돈과 소위 사랑이란 것에 사회는 아주 광적으로 집착하고 있었다. 그중에서도 돈이 단연 우세한 광증이었다. 개인들은 각기 따로따로 미친 가운데 이 두 가지 방식, 즉 돈과 사랑으로 스스로를 주장하며 내세우고 있었다. 가령 마이클리스를 보라! 그의 삶과 행위는 그저 미친 짓일 뿐이다. 그의 사랑도 일종의 미친 짓이었다. 그의 희곡 작품이란 것들 역시 일종의 미친 짓이었다.

그리고 클리퍼드 또한 마찬가지였다. 지껄이는 모든 말들! 써내는 모든 글들! 자기를 내세우려고 맹렬히 애쓰는 모든 짓거리들! 모두 그저 미친 짓에 불과했다. 게다가 그것은 점점 악화되어, 정말로 광증 같은 것이 되어가고 있었다.

코니는 두려움에 지쳐 기진맥진한 느낌이었다. 그러나 적어도, 자신을 움켜쥐던 클리퍼드의 손아귀는 볼턴 부인에게로 옮겨가고 있었다. 클리퍼드 자신은 그걸 모르고 있었다. 미친 사람들이 대개 그러하듯, 그의 광증은 그가 의식하지 못하고 있는 여러 가지 것들에 의해, 즉 그의 의식 곳곳에 퍼져 있는 광대한 사막 지대의 넓이에 의해 측정될 수 있을 것이다.

볼턴 부인은 여러 가지 점에서 훌륭할 정도로 일을 잘했다. 그러나 그녀에게는 일종의 대장 행세를 하려는 묘한 태도, 즉 자신의 의지를 끝없이 주장하려는 태도가 있었는데, 그것은 바로 현대 여성들에게 나타나는 광증의 하나였다. 그녀는 자신이 완전히 남을 도우며 남을 위해 살고 있다고 생각했다. 클리퍼드는 그녀의 마음을 사로잡았는데, 그것은 항상 또는 아주 자주 그의 본능이 그녀보다 더 섬세해서 그런 것처럼 조용히 그녀의 의지를 좌절시켰기 때문이었다. 그녀 자신보다 더 섬세하고 미묘하게 자기를 주장하는 의지가 그에게는 있었다. 이것이 바로 그녀를 사로잡은 그의 매력이었다.

아마 그것은 코니를 사로잡았던 매력이기도 할 것이다.

"참 근사한 날이군요, 오늘은!" 볼턴 부인은 그 어루만지듯 달래는 듯한 목소리로 말할 것이다. "오늘은 모터 의자를 타고 한번 달려보면 즐거우실 거라는 생각이 드는군요. 햇살이 아름답기 그지없답니다."

"그래요? 저 책 좀 갖다주겠소……. 저기, 저 노란 책 말이오. 그리고 저 히아신스 좀 밖으로 내갔으면 좋겠소."

"어머나, 이렇게 아름다운데요!" 그녀는 '아름다운'이란 말을 길게 늘여서, 즉 아—름다운데요! 하고 발음했다. "게다가 향기도 정말 훌륭하기 그지없고요."

"바로 그 향기가 싫어서 그러는 거요." 그가 말했다. "어딘지 장례식장 같은 냄새를 풍긴단 말이오."

"그런가요!" 그녀는 놀란 표정으로 외쳤는데, 약간 감정이 상하기도 했지만 감탄하고 있었다. 그리고 그의 한층 고상하고 까다로운 감각에 감탄하면서, 히아신스를 방 밖으로 가지고 나갔다.

"오늘 아침 면도는 제가 해드릴까요, 아니면 손수 하고 싶으신지요?" 언제나 어루만지는 듯 부드럽고 순종적이지만 동시에 간섭하고 조종하는 목소리였다.

"글쎄, 모르겠소. 좀 기다려줄 수 있소? 내 준비되면 종을 울릴 테니까."

"예, 잘 알겠습니다, 클리퍼드 경!" 그녀는 아주 부드럽고 고분고분하게 대답을 하고는 조용히 물러갔다. 그러나 이렇게 거절당할 때마다 그녀의 마음속에는 새로운 의지력이 쌓여갔다.

잠시 후 그가 종을 울릴 때, 그녀는 즉시 나타날 것이다. 그러면 그는 이렇게 말할 것이다.

"오늘 아침엔 당신이 면도를 해주는 게 좋겠소."

가슴에 살짝 짜릿한 전율이 일면서, 그녀는 더더욱 부드러운 목소리로 대답했다.

"예, 잘 알겠습니다, 클리퍼드 경!"

그녀는 좀 더딘 듯하면서도 부드러운 손길로 천천히 그리고 아주 솜씨 있게 면도를 했다. 처음에 클리퍼드는 자신의 얼굴에 그저 한없이 부드럽게 와 닿는 그녀의 손가락 감촉이 불쾌했다. 그러나 지금은 그것이 좋아져서, 점점 육감적으로 즐기게 되었다. 그는 거의 매일같이 그녀에게 면도를 시켰다. 그녀는 그의 얼굴 가까이 자기 얼굴을 갖다 대고서는, 두 눈을 아주 집중해서 면도가 제대로 되는지 주의 깊게 바라보았다. 그러고는 손가락 끝으로 점차 그의 두 빰과 입술, 위아래 턱과 목을 샅샅이 만지며 더듬어갔다. 그는 영양 상태가 좋았고 보기 좋게 건강한 모습이었으며, 얼굴과 목 등도 아주 잘생겼고, 게다가 훌륭한 신사였다.

그녀 역시 잘생긴 여자로서, 창백해 보이는 얼굴은 약간 기름하니 아주 조용한 느낌을 주었고, 두 눈은 밝게 빛났지만 아무런 감정도 드러내 보이지 않았다. 점차 한없는 부드러움으로, 거의 사랑에 가까운 손길로 그녀는 그의 목을 어루만져 갔고, 그런 그녀에게 클리퍼드는 자신을 내맡기게 되었다.

그녀는 이제 그를 위한 일을 거의 도맡아 했으며, 그는 코니보다 그녀를 더 편한 마음으로 대하게 되었고, 지저분한 일까지도 그녀에게 시중 받는 것을 코니가 도와줄 때보다 오히려 덜 부끄러워하게 되었다. 그녀는 그를 돌보는 일이 좋았다. 그의 몸을 완전히 책임지고, 마지막 지저분한 시중까지 다 들어주는 일이 좋았다. 그녀는 어느 날 코니에게 이렇게 말했다. "남자들이란 자기 밑바닥 속까지 다 내보이게 되면, 결국 다 아기처럼 된답니다. 제가 다뤄본 환자 중에는 테버셜 탄광에서 일찍이 일했던 광부들 중 제일 거칠다는 사람도 몇 명 있었지요. 하지만 어디 아픈 데라도 생겨서 저한테 보살핌을 받게 되기만 하면, 그런 사람들 모두 다 아기가, 그러니까 그저 몸집만 커다란 아기가 되고 마는 거예요. 정말, 남자들이란 별 차이 없이 다 마찬가지랍니다!"

처음에 볼턴 부인은 신사 계급, 즉 클리퍼드 경처럼 진짜 신사 계급의 남자에게는 뭔가 다른 점이 정말 있다고 생각했다. 그래서 클리퍼드는 처음엔 그녀를 상당히 압도할 수 있었다. 그러나 점차, 그녀 자신의 표현을 사용하건대 그녀가 그를 밑바닥 속까지 다 알게 됨에 따라, 그녀는 그가 다른 사람들과 마찬가지로, 몸집만 어른 크기로 자란 아기에 불과하다는 것을 알게 되었다. 다만 이 아기는 묘한 기질과 세련된 태도와 권력을 지니고 있었고, 그녀가 결코 꿈도 꾸지 못한 온갖 종류의 이상한 지식을 지니고 있어 그걸로 여전히 그녀를 위압할 수 있었다.

코니는 때때로 그에게 이렇게 말하고 싶은 유혹을 받기도 했다. "제발, 그렇게 끔찍하게 저 여자의 손아귀에 빠져들지 말아요!" 그러나 자신에게는 그렇게 말할 만큼 그를 생각하는 마음이 사라지고 없다는 것을 그녀는 깨달았다.

그들은 아직 습관적으로 저녁 10시까지는 함께 시간을 보냈다. 이때 그들은 이야기를 나누거나 함께 책을 읽거나 아니면 그의 원고를 검토하곤 했다. 그러나 그런 일들은 이제 아무런 흥미도 일으키지 않았다. 그녀에게 그의 원고들은 따분할 뿐이었다. 그러나 아직 의무적으로 그녀는 그를 위해 원고를 타자로 쳐주었다. 그러나 시간이 지나면 그것조차 볼턴 부인이 대신 하게 될 것이다.

왜냐하면 코니는 이미 볼턴 부인에게 타자기 사용법을 배우라고 권해 놓았기 때문이다. 그리고 볼턴 부인은 언제나 뭐든 할 준비가 되어 있는 사람인지라, 당장 배우기 시작했고, 아주 열심히 연습해 나갔다. 그래서 이즈음 클리퍼드는 이따금씩 그녀에게 편지를 받아 치도록 불러주기도 했으며, 그녀는 좀 느리기는 하지만 정확하게 받아 치곤 했다. 그리고 그는 아주 참을성 있게 기다리면서, 어려운 단어나 가끔 나오는 프랑스어 표현의 철자를 그녀에게 일일이 불러주곤 했다. 그녀는 아주 감격하며 전율하는 모습을 보였는데, 그런 그녀를 가르치는 일은 거의 즐거움이나 다름없었다.

이제 코니는 이따금 두통이 난다는 구실을 대고, 저녁 식사 후 그녀의 방으로 올라가 버리곤 했다.

"아마 볼턴 부인이 당신의 피케[1] 상대를 해줄 거예요." 그녀는 클리퍼드에게 말했다.

"아냐, 난 조금도 염려할 것 없어. 그러니 당신은 어서 방으로 가서 좀 쉬도록 해, 여보."

그러나 그녀가 나가자마자 그는 즉시 종을 울려 볼턴 부인을 불러서는, 그녀에게 피케나 베지크[2]의 상대 또는 심지어 체스의 상대까지 되어달라고 청하곤 했다. 그는 그녀에게 이런 놀이들을 모두 가르쳐놓은 상태였다. 그런데 코니는 볼턴 부인이 어린 소녀처럼 상기된 얼굴로 떨면서, 체스 판의 여왕이나 기사를 망설이듯 손가락으로 만지작거리다가는 다시 손을 떼어내곤 하는 모습을 보는 것이 이상하게도 불쾌했다. 그리고 클리퍼드가 조롱기 섞인 우월감의 표정으로 살며시 미소를 지으면서, 그녀에게 "그럴 땐 '자두브(j'adoube)[3]!' 하고 말해야 하는 것이오."라고 말하

---

1) 32장의 패를 가지고 두 사람이 하는 카드놀이.
2) 64장의 패를 가지고 두 사람이 하는 카드놀이.

는 모습 역시 불쾌하게 느껴졌다.

볼턴 부인은 놀란 눈을 반짝이며 그를 올려다보고는, 수줍은 태도로 순종하여 중얼거리는 것이었다.

"자두브!"

그렇다. 그는 볼턴 부인을 교육시키고 있었다. 그리고 그는 그 일을 즐겼다. 그것을 통해 자신의 힘을 느낄 수 있었던 것이다. 그리고 그녀는 감격의 전율을 느꼈다. 그녀는 조금씩 조금씩 신사 계급이 알고 있는 것들을, 즉 돈 이외에 그들을 상류 계급으로 만드는 것들을 배워 모두 터득해 나가고 있는 것이다. 거기서 그녀는 짜릿한 흥분을 느꼈다. 그리고 동시에, 그녀의 그런 모습은 그로 하여금 그녀를 자기 곁에 두고 싶다는 생각을 갖게 했다. 그녀가 진정으로 감격하며 전율을 느끼는 모습은 그에게 미묘한 우쭐감을 안겨주었던 것이다.

코니가 보기에, 클리퍼드는 그의 본색을 드러내고 있는 것 같았다. 즉 좀 저속하고 평범한 데다, 영감(靈感)은 찾아볼 수 없고, 다소 뚱뚱해지고만 있었다. 아이비 볼턴의 여러 가지 술수와, 겸손한 체하며 주도권을 행하는 수작 역시 너무 빤히 드러나 보였다. 그러나 그 여자가 클리퍼드에게 진정으로 감격하며 전율을 느끼는 것에는 코니도 놀라 마지않았다. 볼턴 부인이 클리퍼드를 사랑하고 있다고 말한다면 그것은 틀린 말일 것이다. 상류 계급의 남자이자 작위를 지닌 신사이고, 게다가 책과 시를 쓸 수 있는

---

3) 체스에서 말을 만지기만 하고 움직이고 싶지 않을 때 하는 구호.

작가로 화보 신문에 사진이 실리는 이 사람과 자신이 접촉한다는 것에 볼턴 부인은 짜릿한 감격의 흥분을 느꼈다. 그것은 일종의 기묘한 정열로까지 이어지는 짜릿한 흥분이었다. 게다가 그가 자신을 '교육시킨다'는 사실은 그녀의 마음속에 어떤 열정적인 흥분과 반향을 일어나게 했으며, 이것은 그 어떤 연애 관계가 일으킬 수 있는 열정보다도 훨씬 깊은 감정이었다. 사실을 말하자면, 그와의 어떠한 연애 관계도 있을 수 없다는 사실 그 자체로 인해 그녀는 오히려 자유롭게 그러한 열정을 뼛속까지 짜릿하게 느끼며 감격하고 흥분할 수 있었던 것인데, 그 색다른 정열은 곧 그가 아는 것과 똑같이 자기도 알아간다는, 즉 알아감에 대한 특이한 정열이었다.

어떤 점에서 볼턴 부인이 그를 사랑하고 있다는 것은 틀림없었다. 사랑이란 말에 우리가 어떤 능력을 부여하든지 그렇다고 할 수 있었다. 그녀는 아주 잘생기고 젊어 보였으며, 그녀의 회색 눈은 이따금 굉장히 매력적일 때가 있었다. 그와 동시에 그녀에게는 일종의 만족감이, 승리감이라고까지 할 만한 그런 만족감이 보이지 않게 감돌고 있었는데, 코니는 그것이 혐오스러웠다. 은밀한 승리감과 혼자만의 은근한 만족감! 웩, 그 은근한 혼자만의 만족감! 코니에게는 그것이 얼마나 혐오스러웠는지 모른다!

그러나 클리퍼드가 그 여자한테 사로잡힌 것은 당연했다! 그 여자는 나름의 방식으로 한결같이 그에게 절대적인 숭배를 바쳤으며, 절대적인 헌신으로 그를 섬겨 그가 원하는 대로 자신을 쓰도록 했다. 그러니 그가 우쭐해서 흡족

해하는 것은 당연했다!

코니는 두 사람 사이에 오가는 긴 대화를 종종 듣게 되었다. 아니, 좀 더 정확히 말하면 대부분 볼턴 부인이 하는 이야기였다. 그녀는 테버셜 마을의 소문의 물줄기를 그에게 대어주고 있었다. 그녀의 이야기는 단순한 소문 이야기 이상이었다. 그것은 개스켈 부인[4]과 조지 엘리엇[5]과 미트퍼드 양[6] 등을 하나로 모아둔 데다, 이 여류 작가들이 빠뜨린 것까지 굉장히 많이 덧붙여 놓은 것과 같았다. 일단 말문을 열면, 볼턴 부인은 마을 사람들의 삶에 대해 그 어떤 작품보다도 더 훌륭하게 이야기했다. 그녀는 마을 사람 모두를 아주 가깝게 잘 알고 있었으며, 사사건건 그들의 모든 일에 대해 아주 특이하고 열렬한 흥미를 가지고 있었다. 그래서 그녀의 이야기를 듣는 것은, 비록 조금 수치스러운 느낌을 주긴 하였지만, 아주 놀라운 경험이었다. 처음에 그녀는 자신이 소위 '테버셜 이야기'라고 일컫는 것을 클리퍼드에게 이야기할 생각을 감히 하지 못했다. 그러나 일단 말문이 열리자, 그녀의 이야기는 술술 이어졌다. 클리퍼드는 작품의 '소재'를 얻기 위해 귀 기울여 듣고 있었는데, 실제로 풍성한 소재를 발견하는 듯했다. 코

---

4) Elizabeth Cleghorn Gaskell(1810~1865) : 주로 지방 산업 도시에서의 삶을 잘 묘사한 빅토리아 시대 영국의 여성 작가.

5) George Eliot(1819~1880) : 주로 지방 소읍 사람들의 삶을 훌륭하게 묘사한 빅토리아 시대 영국의 여성 작가.

6) Mary Russell Mitford(1787~1855) : 활기찬 시골 사람들의 삶을 주로 묘사한 영국의 여성 수필가.

니는 그의 이른바 '천재적 재능'이라는 것이 바로 이런 것이구나 하고 깨달았다. 그것은 독특하고 사사로운 소문을 포착하는 특별한 솜씨로서, 영리하고 겉보기에 초연한 듯이 보이는 재능이었다. 물론, 볼턴 부인은 '테버셜 이야기'를 할 때면 열중하여 달아오르곤 했다. 거의 정신없이 빠진다고 할 정도였다. 그리고 그 이야기는, 즉 실제 일어난 여러 가지 일들과 그에 대해 그녀가 알고 있는 것들은 정말 경탄할 만했다. 그녀는 수십 권의 책이라도 엮어낼 수 있을 정도였다.

코니도 그녀의 이야기에 사로잡혀 귀를 기울였다. 그러나 나중에는 언제나 좀 수치감을 느끼게 되었다. 그처럼 이상하게 열광적인 호기심에 사로잡혀 이야기를 들어서는 안 되는 것이었다. 요컨대, 우리가 다른 사람들의 가장 사사로운 일에 대해 이야기를 들을 수야 있겠지만, 그럴 경우 오로지 고통에 부대끼면서 노력하고 싸워나가는 각 인간의 영혼을 존경하는 마음으로만, 그리고 섬세하고 분별력 있는 공감의 마음으로만 그 이야기를 들어야 한다. 왜냐하면 풍자조차도 공감의 한 형식이기 때문이다. 우리의 공감이 흘러나오거나 움츠러드는 방식이야말로 바로 우리의 인생을 진정으로 결정하는 요인이다. 그리고 바로 여기에 소설, 즉 제대로 창조된 소설이 갖는 엄청난 중요성이 존재한다. 그런 소설은 우리의 공감 의식을 자극하여 흐르도록 해주고 그 흐름을 새로운 곳으로 이끌 수 있으며, 또 우리의 공감을 죽은 것들을 피해 멀리 떨어지도록 이끌 수 있다. 그러므로 소설은 제대로 창조되었을 때 삶의 가장 내밀한 부분들을 드러내 보여줄 수 있다. 왜냐하면 예민한 각성의 물결이 밀물과 썰물로 가득 찼다가 빠져나가면서 깨끗이 씻어내고 새롭게 해줄 필요가 있는 곳은 무엇보다도 바로, 삶의 내밀한 열정적 부분이기 때문이다.

그러나 소설 역시 소문과 마찬가지로, 기계적이고 인간 영혼에 무감각한 가짜 공감과 혐오를 자극해 조장할 수 있다. 소설은 사실상 가장 타락한 감정들조차 미화할 수 있는데, 그런 감정이 관습적인 측면에서 '깨끗한' 것일 때 그렇다. 그럴 경우 소설은 소문과 마찬가지로 결국 사악한 영향을 끼치게 되며, 또 소문 이야기와 마찬가지로 그것이 표면상으로는 항상 천사들 편에 서 있기 때문에 오히려 더욱 사악한 영향을 끼친다. 볼턴 부인이 이야기하는 소문은 항상 천사들 편에 서 있었다. "그리고 그는 정말 나쁜 사람이었고, 그녀는 정말 **훌륭한 여자였답니다**……"라는 식이었다. 그런데 볼턴 부인의 이야기로도 코니가 알 수 있었던 바이지만, 그 훌륭하다는 여자는 실은 그저 말만 얌전스레 하는 여우이고 반면 남자는 솔직하게 화를 내는 사람일 뿐이었다. 그러나 볼턴 부인이 전하는 그 관습적이고 사악한 영향을 끼치는 공감의 통로를 통해, 그 남자는 솔직하게 화를 내는 것으로 인해 '나쁜 남자'가 되어버렸고, 그 여자는 말만 얌전하게 하는 것으로 '훌륭한 여자'가 되어버린 것이다.

바로 이러한 이유로 소문은 듣는 사람을 수치스럽게 만드는 것이다. 그리고 똑같은 이유 때문에 대부분의 소설은, 특히 대중 소설은, 역시 읽는 사람을 수치스럽게 한다. 오늘날 대중은 자신의 악덕에 호소하는 것에만 반응을 보이고 있다.

그럼에도 불구하고, 볼턴 부인의 이야기는 테버셜 마을에 대해 새로이 인식하게 해주었다. 그곳은 추한 삶이 끔찍하게 엉망진창으로 뒤엉키며 들끓고 있는 곳으로 보였다. 밖에서 보는 것처럼 따분하고 단조로운 곳이 전혀 아니었다. 물론 클리퍼드는 이야기에 거론되는 사람들의 얼굴을 대부분 알았지만, 코니는 단지 한두 사람만 알고 있었다. 그러나 그곳 이야기는 영국의 한 마을보다는 오히려 중앙아프리카의 어느 밀림 속 이야기인 것처럼 들렸다.

"이야기를 들으셨겠지만 올솝 양이 지난주에 결혼했답니다! 아직 못 들으셨다고요! 올솝 양이라고, 그 올솝 구둣방 제임스 영감의 딸이지요. 두 분께서도 아실 텐데, 영감네는 파이 크로프트에 집을 하나 짓기도 했지요. 그 영감은 지난해 낙상을 당해 죽었답니다. 여든셋이었는데, 젊은 사람처럼 아주 팔팔했지요. 그런데 그 영감이 지난겨울 베스트우드 언덕에 젊은애들이 만들어놓은 미끄럼길 위에서 미끄러져 넘어졌는데, 넓적다리가 부러졌다더니 글쎄 불쌍하게도 그걸로 그만 죽어버리고 만 겁니다. 정말 참 안된 일이었지요. 헌데 그 영감이 재산을 모두 딸 태티에게 물려주고, 아들들에게는 한 푼도 남겨주질 않았답니다. 태티는, 제가 알기로 저보다 다섯 살인가 위니까, 그래요, 지난 가을로 쉰세 살이 되었지요. 그런데 그녀 집안은 아주 독실하다는 비국교도 신자들이었답니다. 정말 우습게도 말입니다! 태티만 해도 그녀의 아버지가 죽을 때까지 삼십 년 동안이나 주일 학교 선생을 했지요. 그런데 그러더니 글쎄 그녀가 킨브룩 출신의 한 사내와 놀아나기 시작한 거예요. 아시는지 모르겠지만, 코가 빨갛고 약간 멋을 부리는 나이 지긋한 사내로 이름은 윌콕이라고 하는데, 핸슨 목재소에서 일한다나요. 그는 글쎄 예순다섯 살이나 된 사람이랍니다. 하지만 두 사람이 팔짱 낀 모양이나 대문 앞에서 입을 맞추는 모습 등을 보신다면, 꼭 무슨 잉꼬처럼 다정한 한 쌍의 젊은 연인 같다고 생각하실 거예요. 정말 그렇답니다. 바로 파이 크로프트 길 쪽으로 쑥 내민 창가에서, 사람들더러 보라는 듯이, 그녀는 그 남자 무릎에 떡하니 앉아 있기까지 했지요. 그런데 그 남자는 마흔이 넘은 아들들이 있는 데다가, 아내와 사별한 지도 이 년밖에 안 된다는 겁니다. 죽은 사람이 무덤에서 되살아나는 게 불가능하기에 망정이지, 그러잖았다면 제임스 올솝 영감은 무덤을 박차고 달려 나왔을 겁니다. 딸을 그리도 엄하게 다스리던 영감이었으니까요! 이제 두 사람은 결혼해서 킨브룩으로 가서 살고 있는데, 사람들 말로는 그녀가 아침부터 저녁까지 실내복 차림으로 돌아다니는데, 정말 가관이라는 거예요. 정말이지 끔찍한 일이지요. 두 늙은이가 그렇게 살고 있다니 말예요! 글쎄, 그들은 젊은이들보다 훨씬 더 꼴불견이고 혐오스럽지요. 저는 그게 다 영화 탓이라고 본답니다. 하지만 영화가 못 들어오게 할 수는 없지요. 그래서 전 늘 이렇게 말한답니다. 그러니까, 교훈적이고 좋은 영화야 보러 가도 되지만, 제발 그런 멜로드라마나 연애 영화 따윈 멀리해라. 그리고 어쨌든 아이들만은 그런 것을 가까이하지 못하게 해라! 하고 말이죠. 하지만 보세요, 오히려 어른들이 아이들보다 더 꼴불견이고, 게다가 늙은이들은 한술 더 뜨는 겁니다. 도덕에 대해 뭐라고 한마디 떠들어보세요! 거들떠보는 사람 하나 없을 겁니다. 사람들은 저마다 하고 싶은 대로 하며 살고 있지요. 물론 그것 때문에 사는 꼴이 훨씬 나아졌다고도 할 수 있겠지요. 하지만 탄광 사정이 아주 나쁘게 돌아가면서 생기는 돈이 없는지라, 사람들은 요즈음 씀씀이를 줄여야 하는 형편이랍니다. 그래서 모두들 불평을 해대는데, 끔찍할 정도죠. 특히 여자들 불평이 심하답니다. 남정네들이야 정말 훌륭하게 잘 참고 있지요! 불쌍한 그네들이 뭘 어쩔 수 있겠어요! 하지만 여편네들은 말입니다, 정말이지, 그들은 분별없는 짓을 계속 해대고 있는 거예요! 그들은 메리 공주님[7] 결혼 선물 마련을 위해 자랑하듯 돈을 기부하면서 설치고 다니는데, 그러다가 공주가 받은 그 호화로운 선물들을 모두 보고 나서는 이제 그만 격분해서 마구 악다구니를 쓰는 겁니다. '공주가 뭐 그리 대단한 사람이야. 다른 사람보다 도대체 얼마나 잘났길래 말이야! 스완 앤 에드거 백화점[8]은 나한테는 단 한 벌만 주면 되는 모피 코트를 왜 공주한테만 여섯 벌씩이나 주느냔 말이야. 괜히 내 돈 10실링만 아깝게 바친 거 아니냐고! 공주가 어디 나한테 뭐 하나라도 주겠어? 지금 난 이렇게 봄 외투 한 벌 새로 살 돈

---

7) 영국의 왕 조지 5세의 딸로 1922년에 결혼했는데, 그녀가 받은 결혼 선물이 일반인에게 공개되었다.
8) 런던의 유명한 백화점.

이 없고, 우리 아빠 저렇게 벌이도 없이 고생만 하고 있는데, 공주는 화차로 여러 대 실을 만큼 잔뜩 선물을 받아놓고 있잖아. 가난한 사람들도 이제 돈 좀 갖고 써볼 때가 되지 않았냐고. 부자들은 그동안 실컷 돈을 만져봤으니까 말이야. 난 봄 외투 한 벌을 새로 갖고 싶다고. 정말로 말이야. 한데 대체 어디서 그걸 구할 수 있겠냐 말이야?' 하는 식으로 말입니다. 그럼 저는 그 여자들에게 이렇게 말해 주지요. 갖고 싶어 하는 그런 화려한 새 옷가지 하나 없어도, 잘 먹고 잘 입으며 살고들 있으니 감사하게 여기라고 말입니다! 그러면 그들은 저한테 이렇게 말하며 덤벼든답니다. '그렇담 왜 메리 공주는 헌 옷을 그대로 입고 다니는 걸 감사해하지 않고 다른 걸 잔뜩 받는 거지요! 공주 같은 사람들은 화차로 여러 대 실을 만큼 잔뜩 받아도 좋고, 난 봄 외투 하나도 새로 가지면 안 된다는 건가요. 정말 치사해요. 뭐, 공주라고요! 공주 같은 헛소리 좀 작작하세요! 문제는 돈이라고요, 돈! 공주는 돈이 많으니까 사람들이 더 많이 갖다 바치는 거다, 이 말이에요! 하지만 나한테는 땡전 한 푼 주는 사람이 없지요. 나도 어느 누구 못지않게 마땅한 권리가 있는데도 말이에요. 교육이 어쩌니 하고 나한테 떠들어대지 마세요. 문제는 바로 돈이니까 말예요. 봄 외투를 새로 하나 갖고 싶은데, 정말로 그런데, 난 바로 그놈의 돈이 한 푼도 없어서 그걸 가질 수가 없다, 이 말이라고요.' 하고 말입니다. 바로 그런 것들, 즉 옷 따위에만 그 여자들은 관심이 있을 뿐이지요. 겨울 외투 한 벌에 7, 8기니를 쓰고 어린애 여름 모자에 2기니를 쓰는 걸 그들은 아무렇지도 않게 생각한답니다. 광부의 딸밖에 안 되는 주제에 말입니다. 그러고는 그 2기니짜리 모자를 쓰고 그들의 초기 감리교파[9] 예배당에 가는 거지요. 제가 젊었을 때라면 3실링 6펜스짜리 모자를 쓰고도 자랑스럽게 여겼을 여자애들이 말이에요. 제가 듣기로, 올해의 초기 감리교파 기념일에 주일 학교 아이들을 위해 특별관람석같이 거의 천장에 닿을 만큼 높이 올라가는 계단식 층층대를 만들어놓았다는데요, 주일 학교 1학년 여자 반을 맡고 있는 톰슨 양 말로는, 그 층층대 위에 앉아 있는 아이들의 새 주일 학교 옷을 값으로 치면 천 파운드도 넘을거라는 겁니다. 글쎄! 요즘 세상이 바로 이렇답니다! 하지만 막을 도리가 없지요. 여자들은 옷에 미쳐 있고, 사내애들 역시 마찬가지랍니다. 젊은 사내애들은 돈만 있으면 그저 제 한 몸에다 모조리 다 쏟아 부어버리는데, 옷을 사 입거나 담배를 사 피우지 않으면 광부 복지관 매점에서 술을 사 마시거나 일주일에 두세 번씩 셰필드로 놀러가는 거예요. 정말 세상 많이 바뀌었지요. 거기에다 젊은애들은 말이죠, 아무것도 두려워할 줄 모르고, 아무것도 존경할 줄 모른답니다. 나이 든 남정네들은 그토록 잘도 참아주고 정말이지 마음이 좋은지라, 여편네들이 뭐든지 다 맘대로 하도록 내버려 두지요. 그런데 꼴이 이렇게 된 것은 바로 그 때문이지요. 여편네들은 정말 마귀나 다름없어요. 하지

***

9) 감리교의 초기 정신으로 돌아가고자 1811년에 웨슬리파 감리교에서 갈라져 나온 감리교의 한 분파.

만 젊은 사내애들은 자기들 아버지하곤 다르답니다. 전혀 희생할 줄을 모르거든요. 정말입니다. 그저 오로지 자기만 위할 뿐이지요. 가정을 가질 때를 대비해 조금 저축을 해야 하지 않겠느냐고 말하면, 그들은 이렇게 대답하지요. '그건 나중에 해도 돼요. 나중에요. 이렇게 즐길 수 있을 동안은 즐기며 살 겁니다. 다른 건 나중에 해도 된다고요!' 참말이지, 그들은 거칠고 이기적이라고 할 수밖에 없지요. 모든 걸 나이 든 남정네들이 떠맡고 있으니, 아무리 둘러보아도 잘되어 가는 기미가 조금도 없는 거예요."

클리퍼드는 자기 마을에 대해 새롭게 생각하기 시작했다. 이제까지는 항상 뭔가 두려움을 느끼곤 했지만, 그래도 그는 그곳을 어느 정도 안정된 곳으로 여겨왔었다. 그러나 이제는……?

"사람들 사이에 사회주의나 볼셰비키주의 같은 게 많이 퍼져 있소?" 그가 물었다.

"아, 그거요!" 볼턴 부인은 말했다. "큰 소리로 떠들어 대는 사람이 몇 있긴 하지요. 하지만 대부분 빚더미에 빠진 여자들이에요. 남자들은 그런 데 전혀 아랑곳하지 않는답니다. 이곳 테버셜의 남자들이 공산주의자가 된다는 것은 있을 수 없는 일일 겁니다. 그들은 결코 그럴 만큼 형편없는 사람들이 아니니까요. 하지만 젊은애들 가운데는 간혹 허튼소리를 지껄이는 녀석들이 있지요. 물론 정말로 그걸 믿고 따르는 건 아니에요. 젊은애들은 그저 주머니에 돈푼이나 생겨서, 복지관 매점에서 술을 사 마시거나 셰필드에 가서 노닥거릴 수 있기만 바랄 뿐이랍니다. 오직 그런 것에만 관심이 있거든요. 돈이 떨어졌을 때나 공산주의자들이 떠들어대는 말에 귀를 기울여보기도 하는 거지요. 하지만 아무도 그런 걸 정말로 믿지는 않는답니다."

"그러니까 부인 생각은 아무런 위험도 없다는 것이군요?"

"아, 그럼요! 경기가 좋은 한 아무 위험이 없을 거예요. 하지만 상황이 나빠져 오랫동안 계속된다면, 젊은이들은 엉뚱해질지도 모르지요. 다시 말씀드리건대, 그들은 이기적이고 분별없이 멋대로 구는 무리니까요. 하지만 그들이 정말로 무슨 일을 저지를 수 있으리라고는 생각되지 않습니다. 오토바이를 타고 뽐내며 다니거나 셰필드의 댄스홀에서 춤을 추는 것 빼고는, 그들이 진지하게 여기는 건 아무것도 없으니까 말이죠. 그들을 진지하게 만드는 것은 불가능하답니다. 진지한 애들이란 게 고작 야회복이나 차려입고 무도장으로 달려가서는, 많은 계집애들 앞에서 우쭐대며 요즘 새로 유행한다는 찰스턴 춤인지 뭔지 따위를 춰댈 뿐이지요. 정말이지 야회복을 입고 무도장으로 가는, 광부의 자식들인 청년들로 버스가 만원이 될 때가 가끔씩 있답니다. 물론 계집애를 끼고 자동차나 오토바이를 몰고 가는 녀석들도 많지요. 그들은 어떤 것도 진지하게 생각하지 않는답니다. 동커스터 경마나 더비 경마 따위만 빼고 말입니다. 경마가 있을 때마다 그들은 하나도 빠짐없이 돈을 걸거든요. 아, 그리고 축구가 있지요! 하지만 축구조차 옛날과 다르답니다. 정말 힘한 노릇이요. 요즘 젊은애들 말로는, 너무 힘들어 중노동하는 것 같다나요. 그래서 그

230

들은 토요일 오후가 되면 차라리 오토바이를 타고 셰필드나 노팅엄 등지로 나가고 싶어 한답니다."

"거기 가서 뭘 하는데 그런단 말이오?"

"아, 뭐 그저 노닥거리며 돌아다니는 거죠. 미카도 같은 멋진 찻집에서 차를 마시기도 하고, 계집애들하고 무도장이나 영화관 또는 엠파이어 음악당 같은 데를 가거나 하지요. 계집애들 역시 사내애들 못지않게 멋대로 행동한답니다. 그저 자기들 마음 내키는 대로 다 하니까요."

"그럼 그런 짓들을 할 돈이 없을 때는 뭘 하지?"

"그들은 어디선가 그럭저럭 돈을 마련해 내는 것 같아요. 물론 돈이 없으면 못된 말을 지껄여대기 시작하지요. 하지만 젊은 사내나 계집애나 원하는 건 똑같이 오직 멋진 옷가지하고 유흥비일 뿐 다른 것은 안중에 없는데, 도대체 어떻게 볼셰비키주의 같은 게 퍼질 수 있겠어요? 그들에겐 사회주의자가 될 만한 머리도 없답니다. 뭐 하나라도 정말 심각하게 대하고 생각해 볼 만큼의 진지함이 그들에겐 없고, 또 앞으로도 결코 없을 겁니다."

코니는 생각했다. 하층 계급의 사람들 역시 다른 계급 사람들과 정말이지 얼마나 똑같은가. 테버셜이건 메이페어건 켄싱턴이건, 그저 똑같은 것이 되풀이되어 일어나고 있을 따름이었다. 오늘날 세상에는 오직 하나의 계급만 존재하는 것이니, 그것은 바로 '돈에 사로잡힌 돈돌이 계급'이었다. 돈돌이 사내와 돈돌이 계집. 차이가 있다면 오직, 돈이 얼마나 많이 있느냐와 돈을 얼마나 많이 바라느냐일 뿐이다.

볼턴 부인의 영향으로, 클리퍼드는 탄광에 새로이 관심을 갖기 시작했다. 그는 자기도 거기에 속한 사람이라고 느끼기 시작했다. 새로운 종류의 자기주장이 그에게 생겨났다. 결국 그는 테버셜의 진정한 주인이며, 사실상 그 자신이 곧 탄광이나 다름없었다. 그것은 힘을 소유한 것에 대한 새로운 의식으로서, 이제까지 두려워하면서 움츠린 채 멀리했던 것이었다.

테버셜 탄광 지구는 쇠락해 가고 있었다. 탄갱은 테버셜 그 자체와 뉴런던, 두 곳만이 남아 있었다. 테버셜은 한때 유명한 탄광으로서 엄청난 돈을 벌어들이는 것으로 유명했다. 그러나 이제 그 전성기는 끝났다. 뉴런던은 결코 흥청거린 적이 없었지만, 보통은 그런대로 운영을 유지해 왔었다. 그러나 이제 상황이 어려워지면서, 뉴런던 같은 탄광은 폐쇄되어 버리는 지경에 이르렀다.

"테버셜 마을 사람들 중 테버셜을 떠나 스택스 게이트나 화이트오버로 옮겨간 사람들이 상당히 많답니다." 볼턴 부인은 말했다. "클리퍼드 경께서는 전쟁 뒤에 문을 연, 스택스 게이트의 새 공장을 보신 적이 없으시지요? 정말 언제 꼭 가보세요. 최신식 설비가 아주 대단하답니다. 탄갱 입구 앞에 아주 커다란 화학 공장이 세워져 있는데, 조금도 탄갱같이 보이질 않는답니다. 들리는 말로는 석탄보다도 오히려 그 공장에서 나오는 화학적 부산물로 더 많은 돈을 벌어들인다더군요. 그게 뭔지는 기억이 나질 않지만요. 게다가 또 일꾼들을 위한 근사한 새 주택들이, 훌륭한 저택들이 지어져 있기도 하지요! 물론 전국 각지에서 어중이떠중이들이 그리로 잔뜩 몰려들었지요. 하지만 테버셜 사람들도 그리로 많이 옮겨가서 잘들 지내고 있는데, 이곳 일꾼들보다 훨씬 더 잘살고 있답니다. 사람들 말로는 이제 테버셜은 끝장났고 볼장 다 봤다고 하더군요. 그저 몇 년 이나 더 버틸지 하는 문제일 뿐, 결국 폐쇄될 수밖에 없다 는 겁니다. 뉴런던이 먼저 문을 닫을 거라면서 말예요. 아니, 테버셜 탄광이 돌아가지 않는 때가 온다니, 참말로 끔찍한 일이 아니겠어요? 파업 동안만으로도 여간 고약한 게 아니었는데, 아니, 영원히 문을 닫게 된다니, 그건 정말 세상의 종말과 같을 거예요. 제가 어린 소녀였을 때조차 테버셜은 이미 이 지방에서 제일가는 탄광으로 이름을 날렸고, 여기서 일하게 된 사람들은 자신을 행운아로 여기곤 했지요. 정말이지, 테버셜에서 사람들은 그동안 대단히 많은 돈을 벌었지요. 그런데 이제 그 사람들이 테버셜은 침몰하는 배라면서 모두 빠져나갈 때라고들 하고 있는 거예요. 참말로 끔찍한 소리가 아니겠어요! 하지만 물론 많은 사람들은 마지막 어쩔 수 없을 때까지는 결코 떠나지 않을 겁니다. 온갖 기계로 움직이고 또 아주 깊이 들어가는 요즘의 신식 탄광을 그들은 좋아하지 않지요. 그들 가운데 는, 그들이 철(鐵) 인간이라고 부르는, 그 석탄 캐는 기계가 그저 두렵기만 한 사람들도 있답니다. 이전엔 언제나 사람들이 하던 일인데 그 기계들이 대신 자리를 차지하고 일을 해치워 버린다는 거예요. 그들은 기계로 채굴하면 낭비되는 게 많다고 말하기도 하지요. 하지만 낭비되는 만큼 임금 면에서 절약되고, 더구나 그 절약되는 돈이 훨씬 더 많지요. 곧 이 지구상에서 사람이 쓸모없어지고 모든 일이 기계로만 이루어지게 될 날이 올 것도 같습니다. 하지만 과거에 예로부터 써오던 양말 짜는 방직기를 내버려야 했을 때도 사람들은 이와 똑같은 말을 했다고 하더군요. 저도 그런 옛 방직기를 한두 대 본 기억이 난답니다. 하지만 말이죠, 기계가 많아질수록 필요한 사람도 많아지는 것, 바로 그것이 실제로 나타나는 현상이랍니다! 사람들 말로는 또, 테버셜에서 나는 석탄으로는 스택스 게이트의 석탄에서 추출해 낼 수 있는 화학제품을 생산해 낼 수 없답니다. 그런데 그건 우스운 소리 아닌가요? 두 탄광은 서로 3마일도 떨어져 있지 않으니까요. 하지만 사람들은 그렇게들 말한답니다. 하지만 모두들 또, 뭔가 대책을 강구해서 광부들 형편을 좀 더 낫게 해주고 젊은 처녀들을 고용하기 시작해야지 이건 부끄러운 일이 아니냐고 말하기도 한답니다. 글쎄, 처녀란 처녀들은 모두 매일같이 셰필드로 놀러 나가기만 하거든요! 정말이지, 테버셜 탄광이 만약 다시 소생하여 일어서게 된다면 그거야말로 정말 세상의 큰 화젯거리가 될 거예요. 모두들 테버셜은 이제 끝장났다느니, 침몰하는 배라느니, 쥐들이 침몰하는 배를 떠나듯이 일꾼들도 이곳을 떠야 된다느니 하면서 야단을 한참 떤 뒤니 말씀이에요. 사람들은 참 많이도 지껄여댄답니다. 물론 전쟁 동안에 큰 호황을 누리기도 했죠. 바로 그때가 제프리 경께서 자신의 전 재산을 신탁(信託)으로 맡겨 돈이 어떤 상황이든 계속 안전하게 들어오도록 하셨던 때지요. 그렇게 사람들이 말하더군요! 하지만 이제는 고용주나 소유주

조차도 탄광에서 벌어들이는 돈이 별로 많지 않다고 사람들은 말한답니다. 믿기 어려운 소리 아닌가요! 글쎄 저는 항상, 탄광이란 언제까지라도 계속되는 것으로 생각해 왔지요. 제가 소녀였을 때 그 누가 이렇게 될 줄 생각이라도 했겠어요! 하지만 뉴잉글랜드 탄광이 폐쇄되어 버렸고, 콜윅 우드 역시 그렇게 되었지요. 정말이지, 그쪽의 수풀 사이를 지나가면서 콜윅 우드 탄광의 폐허가 나무들 사이에 황량하게 버려진 채 서 있고, 덤불이 자라 탄갱 입구 위를 온통 덮고 있는 가운데 선로가 빨갛게 녹슬어 있는 광경을 보는 것은 아주 섬뜩한 경험이랍니다. 아이고, 꼭 귀신이라도 나타날 것 같은 느낌이지요! 버려져 죽은 탄광은 죽음 그 자체나 다름없답니다. 참으로, 만약 테버셜이 폐쇄된다면 우린 도대체 어떻게 되는 걸까요! 생각만 해도 끔찍하답니다. 파업 때만 빼고 테버셜은 항상 그토록 떠들썩하니 북적거렸고, 또 파업 때조차도 사람들이 조랑말만 데려가지 않으면 송풍기는 멈추지 않고 돌아갔지요. 정말이지 우스운 세상이 되고 말았어요. 매년 세상이 달라져 어떻게 돌아가고 있는지, 도대체 영문을 모를 지경이라니까요."

클리퍼드에게 진정으로 새로운 투지를 불어넣은 것은 바로 볼턴 부인의 이야기였다. 그의 수입은, 그녀가 지적한 대로, 아버지의 신탁 재산을 통해 비록 많지는 않지만 확실하게 보장되어 있었다. 탄광이 정말로 그의 관심을 끈 것은 아니었다. 그가 붙잡고자 하는 것은 다른 세계, 즉 문학과 명성의 세계였다. 그것은 대중적 인기의 세계였지

노동하는 사람들의 세계가 아니었다.

이제 그는 대중적 성공과 노동의 성공 사이의 차이, 즉 쾌락을 추구하는 대중과 노동하는 대중 사이의 차이를 깨달았다. 그는 이제까지 한 개인으로서, 소설을 써서 쾌락을 추구하는 대중의 요구를 만족시켜 왔다. 그리고 그는 인기를 획득했다. 그러나 쾌락을 추구하는 대중 밑에는 험하고 지저분하며 좀 무섭기도 한 노동 대중이 존재하고 있었다. 그들에게도 역시 그들의 요구를 채워줄 사람이 있어야 했다. 그런데 그것은, 즉 노동 대중의 요구를 채워주는 일은 쾌락을 추구하는 대중을 위하는 것보다 훨씬 험난한 일이었다. 그가 소설을 쓰면서 세상에서 '잘나가고 있는' 동안, 테버셜은 궁지에 빠져들고 있었던 것이다.

그는 이제 성공의 암캐 여신에게는 주된 식욕이 두 가지가 있다는 것을 깨달았다. 그 하나는 바로 작가나 예술가들이 바치는 아첨, 아양, 어루만지고 살살 긁어주기를 향한 식욕이었다. 하지만 다른 하나는 고기와 뼈다귀를 요구하는 한층 험한 식욕이었다. 그런데 암캐 여신에게 바칠 이 고기와 뼈다귀는 바로 산업계에서 돈을 버는 사람들에 의해 조달되었다.

그렇다. 암캐 여신을 차지하려고 으르렁거리며 싸우는 개들에게는 크게 두 무리가 있었다. 아첨꾼의 무리로서, 암캐 여신에게 오락과 소설과 영화와 연극을 갖다 바치는 집단이 그 하나이고, 다른 하나는 훨씬 화려함이 덜하고 훨씬 사나운 족속으로서, 암캐 여신에게 고기, 즉 돈이라는 진짜 물질을 갖다주는 자들이었다. 차림새가 말끔하고 번지르르한 오락계의 개들은 서로 다투고 으르렁거리면서 암캐 여신의 총애를 차지하려고 애썼다. 그러나 그것은, 없어서는 안 되는 무리인 뼈 공급자들 사이에 벌어지는 사생결단의 그 말없는 혈투에 비하면 아무것도 아니었다.

그러나 볼턴 부인의 영향으로, 클리퍼드는 이 피 튀기는 다른 쪽의 싸움에 뛰어들고 싶은, 즉 산업 생산의 잔혹한 수단을 이용해 암캐 여신을 사로잡고 싶은 마음이 생겼다. 어떻게 해서인지, 그는 흥분하여 발기된 듯했다. 볼턴 부인은 어느 면에서 그를 남자로 만들었던 것이다. 코니가 결코 하지 못했던 일이었다. 코니는 그와 거리를 두어서 그가 자신과 자신의 상태에 대해 예민하게 의식하게끔 만들었다. 반면 볼턴 부인은 그로 하여금 오직 바깥세상의 것들만을 의식하게 했다. 내면적으로 그는 과일의 연한 속살처럼 물컹해지기 시작했다. 그러나 외면적으로는 유능한 힘을 발휘하기 시작했다.

그는 심지어 굳게 작심하고 탄광에 한번 더 가보기까지 했다. 그곳에 도착했을 때, 그는 석탄 운반통을 타고 아래로 내려갔고, 석탄 운반통에 실려 채굴 갱도로 안내되었다. 전쟁 전에 배워 알고 있던 것들이, 완전히 잊어먹은 줄 알았는데, 이제 다시 그에게 되살아났다. 그는 불구의 몸으로 거기 석탄 운반통에 앉아 있었고, 지하 갱내(坑內) 감독이 강렬한 횃불을 비춰 그에게 석탄층을 보여주었다. 그는 별로 말이 없었다. 그러나 그의 정신은 활발하게 움직이기 시작했다.

그는 탄광 산업에 대한 전문 서적을 다시 읽기 시작했

고, 정부의 보고서를 연구하였으며, 채탄 기술과 석탄 및 혈암(頁岩)의 화학적 성분에 대해 독일어로 쓰여진 최신 정보들을 주의 깊게 읽었다. 물론 가장 가치 있는 발견들은 가능한 한 비밀로 감춰놓고 있었다. 그러나 탄광업 분야에 대한 조사 비슷한 것을 일단 시작하여, 여러 가지 방법과 수단에 대한 연구와, 부산물과 석탄의 화학적 가능성에 대한 연구에 들어가 보면, 현대 전문가들의 창조적 발명 기술과 거의 섬뜩할 만큼의 영민한 재주는 실로 놀라운 것이어서, 마치 악마가 직접 마귀의 지혜를 산업 기술 과학자들에게 빌려주기라도 한 것 같았다. 이 산업 기술 과학은 미술이니 문학이니 하는 얼뜨기 같고 보잘것없는 감정적 짓거리보다 훨씬 흥미로웠다. 이 과학 기술 분야에서 인간은 신 또는 악마와 같은 존재로서, 발견의 영감에 가득 차 그것을 실천으로 옮기기 위해 투쟁하고 있었다. 이런 행위에 있어, 인간은 계산 가능한 어떤 정신 연령보다도 높은 수준에 있었다. 그러나 클리퍼드도 알고 있는바, 감정적인 것과 인간다운 삶의 문제에 이르면, 바로 동일한 인간들인 이들은 정신 연령이 열세 살 먹은 연약한 소년 정도밖에 안 되었다. 그 불일치는 엄청났고 섬뜩한 것이었다.

그러나 상관할 바 아니다. 인간이 감정적이고 '인간다운' 정신의 면에서 온통 백치 상태로 미끄러져 전락하건 말건, 클리퍼드는 상관하지 않았다. 그런 건 다 어찌되든 내버려 둘 일이었다. 그가 관심 있는 것은 현대의 탄광업 기술이었고, 또 테버셜을 궁지에서 끌어내는 일이었다.

그는 매일같이 탄갱으로 내려갔고, 연구를 했으며, 총감독과 갱외 감독과 지하 갱내 감독과 기술자들을 들볶아 그들이 꿈도 꾸지 못했던 고생을 겪게 했다. 힘! 힘을 소유했다는 의식이 새롭게 그의 전신에 흐르는 것이 느껴졌다. 이 사람들 모두와 수백 수천의 광부들을 지배하는 힘이 그에게 있는 것이다. 그는 이것을 발견하고 있었다. 그러면서 일과 사태를 장악해 가고 있었다.

그는 실로 다시 태어난 사람처럼 보였다. 이제 그에게 생명의 기운이 솟아난 것이다! 그는 그동안 코니와 함께, 예술가로서 그리고 자의식에 사로잡힌 존재로서 고립된 개인적 삶 속에서 점차 죽어가고 있었다. 이제 그 모든 것을 떨쳐버리고, 잠재웠다. 그는 그저 생명의 기운이 석탄으로부터, 탄갱으로부터 자신에게로 용솟음쳐 들어오는 것만 같았다. 탄광의 곰팡내 나는 바로 그 공기가 그는 산소보다도 더 좋았다. 그것은 그에게 힘, 바로 힘을 소유하고 있다는 의식을 느끼게 했다. 그는 뭔가를 하고 있었다. 그리고 또 앞으로 뭔가를 할 것이다. 그는 승리를 획득할 것이다, 승리를 말이다. 그것은, 그가 소설로 얻은 것과 같은 승리, 즉 질투와 악의가 온통 요란하게 짖어대는 가운데 그저 대중적 명성을 얻는 것에 불과한 그런 승리가 아닐 것이다. 그것은 바로 한 인간으로서 석탄에 대해, 테버셜 탄갱의 바로 그 시커먼 탄가루에 대해 거둔 승리일 것이다.

처음에 그는 문제의 해결책이 전기, 즉 석탄을 갱구에서 바로 전력으로 변환하여 그것을 판매하는 데 있다고 생각했다. 그러다가 새로운 발상이 전해졌다. 자동 연료 공급

장치가 있어서 화부(火夫)가 필요 없는 새로운 기관차를 독일인들이 발명한 것이다. 그리고 그 기관차는 새로운 연료로 움직이도록 고안되었는데, 특수한 조건 아래에서 적은 양으로 아주 강렬하게 연소되는 연료였다.

무섭게 열을 내면서 아주 조금씩 천천히 연소되는 새로운 농축 연료에 대한 생각에 클리퍼드는 먼저 마음이 끌렸다. 그와 같은 연료가 연소되는 데는, 단순히 공기의 공급뿐만 아니라, 모종의 어떤 외적 자극 요소가 있는 게 틀림없었다. 그는 실험에 착수했고, 화학에 특출한 재능을 보인 머리 좋은 청년 하나를 채용해 자신의 일을 돕도록 했다.

그리고 그는 승리한 듯한 기분을 느꼈다. 그는 마침내 자기 자신으로부터 벗어난 것이다. 자기 자신으로부터 벗어나고 싶은, 평생 동안 몰래 간직해 온 갈망을 실현한 것이다. 예술은 그렇게 해주지 못했다. 예술은 오히려 악화시켰을 따름이었다. 그러나 이제, 마침내 그는 그것을 해낸 것이다.

그는 볼턴 부인이 뒤에서 얼마나 많이 자신을 받쳐주고 있는지 알아채지 못하고 있었다. 자신이 얼마나 많이 그녀에게 의존하고 있는지 그는 모르고 있었다. 그러나 그 모든 것에도 불구하고, 분명하게 나타나는바, 그녀와 함께 있을 때면 그의 목소리는 거의 천박하다 할 정도로, 허물없이 편하고 친밀한 어조로 바뀌었다.

코니와 함께 있을 때면, 그는 약간 뻣뻣해졌다. 그는 그녀에게 보는 셈에서 밎시고 있나고 느꼈고, 그래서 그녀가 자신을 외면상으로나마 존중하는 모습을 보이는 한, 최대한으로 존중하고 배려하는 태도를 보였다. 그러나 그가 그녀를 속으로 몰래 두려워하고 있다는 것은 명백한 사실이었다. 아킬레스 같은 영웅적 모습을 그가 새롭게 취하기 시작했지만, 아킬레스의 발꿈치와 같은 약점 역시 있었다. 그리고 이 발꿈치를 통해 여자, 즉 그의 아내 코니 같은 여자는 그를 치명적인 불구로 만들 수 있었다. 그는 그녀에게 비굴함에 가까운 모종의 두려움을 품고 있었으며, 따라서 그녀에게 극히 잘 대해 주었다. 그러나 그녀와 이야기를 나눌 때면 그의 목소리는 약간 긴장되어 있었고, 그래서 코니가 있을 때면 그는 언제나 말이 없어지기 시작했다.

오직 볼턴 부인과 단둘이 있을 때만 그는 정말로 자신이 주인이고 지배자라는 기분을 느낄 수 있었으며, 그의 목소리는 그녀를 상대로 하여, 그녀의 목소리와 거의 마찬가지로 재잘거리며 술술 흘러나왔다. 그러고는 그녀에게 면도를 해달라고 하거나, 마치 어린애같이, 정말 꼭 어린애같이, 닦고 씻겨달라고 온몸을 맡기는 것이었다.

# 제10장

　코니는 이제 아주 많은 시간을 혼자 보냈다. 라그비를 찾아오는 사람도 그나마 줄어들어 이젠 거의 없었다. 클리퍼드는 사람들의 방문을 더 이상 원하지 않았다. 심지어 그 친한 친구들조차도 싫어하게 되었다. 그는 이상해졌다. 그는 오히려 라디오 듣기를 좋아했는데, 상당한 비용을 들여 마침내 잘 들리게끔 성공적으로 라디오를 설치해 놓았다. 불편한 이곳 중부 지방에 있으면서도, 그는 이따금씩 마드리드나 프랑크푸르트의 소식까지 접할 수 있었다.

　그리고 그는 몇 시간이고 혼자 앉아서는 시끄럽게 짖어대는 라디오의 확성기에 귀를 기울이곤 했다. 그 모습에 코니는 놀라고 어리둥절해했다. 그러나 그렇게 그는 정신 나간 사람처럼 멍하니 얼빠진 표정을 하고, 그 뭐라 말할 수 없는 물건에 귀를 기울이면서, 아니면 귀를 기울이는

242

듯하면서 앉아 있곤 했다.

그는 정말로 듣고 있는 것일까? 아니면 그것은 일종의 수면제이고, 그동안 뭔가 다른 것이 그의 마음속 저 아래에서 움직이고 있는 것일까? 코니는 알 수가 없었다. 그녀는 자신의 방으로 올라가 버리든지 밖으로 나가 숲으로 달아나든지 했다. 이따금 그녀는 일종의 공포감에 휩싸였다. 그것은 문명인이라는 종족 전체가 막 광증에 빠져들기 시작했다는 공포감이었다.

그러나 이제 클리퍼드가 산업 활동이라는 또 다른 이 괴상한 행태에 빠져들어, 효율적이고 단단한 겉껍질에 과육(果肉)처럼 물컹한 속살을 지닌 하나의 생물, 즉 현대의 산업 및 금융 세계의 굉장한 가재와 게 무리 중의 하나로서, 기계처럼 강철로 된 껍질을 하고 안쪽의 몸은 부드러운 과육으로 된 갑각류 무척추동물이나 다름없는 존재가 되어가고 있는 상황이므로, 정말이지 코니는 완전히 앞뒤가 가로막혀 꼼짝 못하는 처지가 되고 말았다.

그녀는 심지어 자유롭지도 못했다. 클리퍼드에겐 그녀가 꼭 그곳에 있어야 했기 때문이다. 그는 그녀가 자신을 떠나지나 않을까 하는 공포감에 조마조마한 듯했다. 그의 그 묘한 과육질 부분, 즉 감정적이고 한 개인으로서 인간적인 부분은 공포감에 사로잡혀서 어린아이처럼, 거의 백치처럼 그녀에게 매달렸다. 그녀는 그곳 라그비에 채털리 부인으로서, 그의 아내로서 그대로 머물러 있어야만 했다. 그렇지 않으면 그는 황야를 헤매는 백치처럼 길을 잃고 말 것이다.

이러한 놀라운 의존 상태를 깨달은 코니는 일종의 소름 끼치는 혐오감에 휩싸였다. 그녀는 그가 탄광의 감독이니 이사회의 임원이니 젊은 과학자니 하는 사람들과 나누는 이야기를 듣곤 했는데, 사태에 대한 그의 날카로운 통찰력 과 힘, 즉 소위 실무 경험자라는 사람들을 지배하는 그의 섬뜩한 구체적 힘을 보고 상당히 놀랐다. 그는 자신이 먼 저 실무 경험자가 되어 있었고, 동시에 놀랄 정도로 빈틈 없고 힘 있는 고용주가 되어 있었다. 코니는 이것을 볼턴 부인이 그에게 끼친 영향력 탓으로 돌렸다. 그리고 그것은 바로 그의 인생이 위기에 처한 시점에 받은 영향력이었다.

그러나 이 빈틈없고 힘 있는 실무 경험자는 감정적 삶의 부분에 혼자 남으면 거의 백치나 다름없었다. 그래서 그는 코니를 숭배했다. 그녀는 그의 아내로서 보다 높은 존재였 으며, 그는 묘하고 겁에 질린 우상 숭배의 태도로 그녀를 우러러보았는데, 그것은 우상, 무서운 우상의 권능에 대해 느끼는 엄청난 두려움에서 비롯되었으며 그 바탕에 증오감 마저 깔려 있는 미개인의 숭배와 같았다. 그가 바라는 것 은 오직 코니가 맹세하는 것, 즉 그를 떠나지 않겠다고, 그를 버리지 않겠다고 맹세하는 것뿐이었다.

"클리퍼드!" 그녀는 그에게 말했다──그런데 이는 그녀 가 오두막의 열쇠를 얻은 뒤의 일이었다──"당신은 정말로 내가 언젠가 애를 하나 낳았으면 좋겠어요?"

좀 튀어나온 창백한 두 눈에 은밀한 불안의 표정을 띠고 서 그는 그녀를 바라보았다.

"그 때문에 우리 사이에 달라지는 것이 아무것도 없다면 난 괜찮아."

"무엇이 달라지면 안 된다는 거죠?"

"그거야 당신과 나 사이를 말하는 거지. 서로에 대한 우리의 사랑 말이야! 만약 그것이 영향을 받게 된다면, 난 그 생각에 절대 반대야. 그리고 말이야, 언젠가 당신이 바로 내 아이를 낳을 수 있을지도 모른다고!"

코니는 깜짝 놀라서 그를 바라보았다.

"그러니까 내 말은, 얼마 안 있어 나한테 그 능력이 다시 되살아날지도 모른다는 뜻이야."

그녀는 여전히 놀란 표정으로 빤히 쳐다보았고, 그는 거북해졌다.

"그러니까 당신은 내가 아이를 가진다면 좋아하지 않을 거라는 말이지요?" 그녀는 말했다.

"내 분명히 말하는데 말이야," 그는 궁지에 몰린 개처럼 곧바로 대답했다. "그 때문에 나에 대한 당신의 사랑이 손상되지만 않는다면, 난 아주 기꺼이 찬성이야. 그렇지 않다면 완전히 반대고."

코니는 싸늘한 두려움과 경멸감에 사로잡힌 채 그저 잠자코 있을 뿐이었다. 그 따위 이야기는 그야말로 백치가 지껄이는 헛소리였다. 그는 더 이상 자신이 무슨 이야기를 하고 있는지 모르고 있는 것이다.

"아 뭐, 그 때문에 당신에 대한 내 감정이 달라지는 일은 전혀 없을 거예요." 그녀는 다소 비꼬는 듯한 어조로 말했다.

"그래!" 그가 말했다. "바로 그거야! 그렇다면 난 조금도 이의가 없어. 정말이지 어린애가 집 안을 뛰어다니고 그 아이를 위해 장래를 준비하는 느낌을 갖는 것은, 참으로 근사한 일일 거야. 그러면 나에겐 뭔가를 위해서 애쓸 일이 생기는 셈일 테지. 게다가 어쨌든 당신이 낳은 아이라는 것은 알고 있을 테고. 안 그래, 여보? 그러면 바로 내 아이나 다름없이 여겨질 거야. 이런 문제에서 중요한 사람은 바로 당신이니까 말이야. 당신도 그걸 알고 있지, 여보? 난 끼어들 여지가 없다고. 난 존재가 없는 존재니까 말이야. 반면 당신은 바로 위대한 존재자인 셈이지! 삶에 관한 한 말이야. 당신도 그걸 알고 있지? 내 말은, 나에 관한 한 그렇다는 거야. 그러니까 내 말은, 당신 없이 난 완전히 아무것도 아닌 존재라는 거지. 난 오직 당신과 당신의 미래를 위해서만 살고 있거든. 나 자신에 대해서 난 아무것도 아니야……."

코니는 당혹감과 혐오감을 점점 깊이 느끼면서 이 모든 말을 들었다. 그것은 인간의 존재를 독살하듯 해치는 그 끔찍한 반쪽짜리 진실들 가운데 하나였다. 제정신으로 여자에게 그런 이야기를 하는 남자가 누가 있을 것인가! 그러나 남자들이란 제정신으로 있질 않는다. 조금이라도 명예심이 있는 남자라면 어떻게 삶의 모든 책임이라는 이 끔찍한 짐을 여자한테 짊어지게 하고서는, 공허 속에다 그렇게 내버려 둘 수가 있겠는가?

게다가 삼십 분밖에 지나지 않아 코니는 클리퍼드가 열렬하고 충동에 찬 목소리로 볼턴 부인과 이야기하는 것을 들었는데, 그는 마치 그 여자가 반은 정부(情婦)이고 반은 자기를 길러준 양모(養母)인 것처럼, 일종의 정열 없는 정열의 태도로 자신을 그 여자에게 드러내 보이고 있었다. 그리고 볼턴 부인은 주의를 기울여 그에게 야회복을 입혀 주고 있었다. 집에 중요한 사업상의 손님들이 와 있기 때문이다.

이 당시 코니는 이따금 자신이 죽게 되리라는 느낌을 정말로 받곤 했다. 자신이 섬뜩한 거짓말들에 의해, 그리고 그 백치 같은 행태의 놀라운 잔인함에 의해 압사당하도록 으깨어지고 있다고 그녀는 느꼈다. 클리퍼드의 묘하게 유능한 사업 능력은 어느 정도 그녀를 위압했다. 그리고 그녀에 대한 그의 개인적 숭배 선언은 그녀를 공포에 찬 경악 속으로 몰아넣었다. 그들 사이에는 아무것도 존재하지 않았다. 그녀는 요즈음 그를 만지는 일조차 전혀 하지 않았고, 그 역시 그녀에게 전혀 손을 대지 않았다. 그가 그녀의 손을 잡아 상냥하게 쥐어보는 일조차 전혀 없었다. 그랬다! 그들 사이에 그렇게 신체적 접촉이 전무한 지경이었으므로, 그녀를 향한 그의 우상적 숭배 선언은 그녀에게 고문이었다. 그것은 완전한 성불능이 가하는 잔인함이었다. 그래서 그녀는 자신의 이성이 무너져버리든지 아니면 자신이 죽든지 하고 말리라는 느낌이 들었다.

그녀는 할 수 있는 한 자주 숲으로 달아났다. 어느 날 오후, 그녀가 생각에 잠긴 채 앉아 존의 우물에서 물이 졸졸거리며 차갑게 흘러나오는 것을 바라보고 있을 때, 사냥터지기가 그녀 쪽으로 성큼성큼 다가왔다.

"부인께 드릴 열쇠를 마련했습니다, 부인!" 그는 인사를 하면서 말했다. 그러고는 그녀에게 열쇠를 내밀었다.

"아주 고맙군요!" 그녀는 깜짝 놀라면서 말했다.

"오두막이 아주 잘 정돈되어 있진 못한데, 괜찮으실지 모르겠습니다." 그가 말했다. "할 수 있는 한 치워놓긴 했습니다만."

"당신을 수고스럽게 할 마음은 없었어요!" 그녀는 말했다.

"아, 조금도 번거로운 일이 아니었습니다. 한 일주일쯤 있다가 암탉에게 꿩의 알을 품게 할 예정입니다. 하지만 닭들이 부인을 무서워하거나 하진 않을 겁니다. 아침저녁으로 가서 살펴봐야겠지만, 쓸데없이 부인께 방해가 되는 일은 없도록 하겠습니다."

"당신이 나한테 방해가 되는 경우는 없을 거예요." 그녀는 반박하듯 말했다. "오히려 내가 당신 일에 방해가 될지 모를 텐데, 그렇다면 차라리 오두막에 가지 않겠어요."

그는 날카로운 파란 눈으로 그녀를 쳐다보았다. 그는 친절해 보였지만, 어딘지 거리감이 느껴졌다. 그러나 적어도 그는 제정신을 지니고 있었고, 비록 야위고 아픈 듯이 보일지라도 건전하고 온전한 인간이었다. 그는 기침 때문에 고생하는 듯했다.

"기침을 하는군요." 그녀가 말했다.

"별거 아닙니다. 그저 감기죠! 지난번 앓았던 폐렴 때문에 기침이 좀 남아 있지만, 별거 아닙니다."

그는 그녀로부터 거리를 유지한 채, 더 이상 가까이 다가오려고 하지 않았다.

그녀는 아침이든 오후든 상당히 자주 오두막에 갔지만,

그가 거기에 있는 적은 한번도 없었다. 틀림없이 그는 일부러 그녀를 피하고 있었다. 그는 자신의 개인적인 자유를 지키고 싶었던 것이다.

그는 오두막을 정돈해 놓았는데, 작은 탁자와 의자를 벽난로 가까이 옮겨다 놓았으며, 불쏘시개와 조그만 장작들을 약간 쌓아놓고, 연장이나 덫 같은 것은 가능한 한 먼 구석에다 치워놓음으로써 자신이 있던 흔적을 지웠다. 바깥의 공터 옆에다가는, 큰 나뭇가지와 짚 등으로 나지막하게 작은 지붕을 엮어 새들의 피신처를 마련해 놓았는데, 그 지붕 아래에 다섯 개의 닭장이 놓여 있었다. 그녀는 어느 날 거기에 갔을 때, 갈색 암탉 두 마리가 그 닭장 안에서 주위를 경계하는 사나운 모습으로 앉아 있는 것을 보았다. 그 닭들은 꿩의 알을 품고 있었는데, 생명을 품는 일에 몰두한 암컷의 깊고 뜨거운 피에 휩싸여 아주 자랑스럽게 깃털을 한껏 부풀려 펼치고 있었다. 이것을 보자 코니의 마음은 거의 찢어질 것 같았다. 그녀 자신은 완전히 쓸모없이 버림받은, 여자구실이라고는 꿈도 꾸지 못하는 그저 끔찍한 존재에 불과했던 것이다.

그 후 곧 다섯 개의 닭장에 모두 암탉이 찼다. 세 마리는 갈색이었고 회색과 검정색 암탉이 각각 한 마리씩이었다. 암탉들은 모두 한결같이 깃털을 부풀린 채, 암컷으로서의 충동, 즉 암컷의 본성에 이끌려 부드럽고 편안하게 웅크린 묵직한 자세로 알 위에 자리를 틀고 앉아 있었다. 그리고 코니가 그 앞에 몸을 웅크리며 앉자, 닭들은 반짝이는 눈으로 코니를 바라보면서, 짧고 날카로운 분노와 경계의 소리로 꼭꼭꼭 울어대었는데, 거기에는 주로 접근당하는 것에 대한 암컷으로서의 분노가 담겨 있었다.

코니는 오두막의 곡물통에서 곡물을 찾아내었다. 그녀는 그것을 손에 올려놓고 암탉들에게 내밀었다. 암탉들은 먹으려 하지 않았다. 그중 한 마리만이 사납게 그녀의 손을 한번 콕 쪼아보았을 따름인데, 코니는 깜짝 놀라고 말았다. 그러나 그녀는 암탉들, 먹지도 마시지도 않고 알을 품고만 있는 이 어미 닭들에게 뭔가를 주고 싶은 마음이 간절했다. 그녀는 조그만 양철통에 물을 담아 가져다주었다. 그러고는 암탉 한 마리가 그걸 마시자 기뻐했다.

이제 코니는 매일같이 암탉들을 보러 왔다. 그것들은 이 세상에서 그녀의 가슴을 따뜻하게 해주는 유일한 존재였다. 클리퍼드가 불평하는 소리를 들으면 그녀는 머리끝에서 발끝까지 싸늘하게 식었다. 볼턴 부인의 목소리와 찾아오는 사업가들이 내는 소리 역시 그녀를 싸늘히 식게 만들었다. 마이클리스로부터 가끔씩 오는 편지에도 그녀는 똑같이 오싹한 한기에 휩싸였다. 이런 것들이 더 오래 계속된다면 그녀는 분명 살지 못하고 죽으리라는 느낌이 들었다.

하지만 계절은 봄이었고, 숲 속에서는 블루벨[1]이 피고 있었으며, 개암나무 가지마다 잎눈이 벌어져 초록빛 빗방울처럼 줄줄이 매달리고 있었다. 이렇게 봄인데 모든 것이 싸늘하게 식어 무정하기만 하다니 이 얼마나 끔찍한 일인가! 오직 암탉들만이, 그토록 훌륭하게 깃을 부풀리고 알

---

1) 이 작품에서 히아신스의 다른 이름으로 쓰이고 있다.

위에 앉아 있는 암탉들만이 따뜻한 존재였다. 알을 품은 암컷의 따뜻하고 뜨거운 몸을 하고서 말이다! 코니는 늘 실신하기 일보 직전의 상태에서 살고 있는 것 같은 느낌이었다.

그러던 어느 날, 개암나무 밑에 앵초꽃이 널리 무리 지어 피어 있고 제비꽃이 점점이 길 위를 수놓은, 햇살 다사롭고 아름다운 어느 날, 코니는 오후에 닭장 있는 곳으로 갔다. 그런데 닭장 하나 앞에 아주 조그마하니 당돌해 보이는 새끼새 한 마리가 종종걸음으로 깡충거리며 돌아다니고 있었다. 그리고 어미 닭은 겁에 질려 곁에서 꼬꼬댁거리고 있었다. 그 가냘프고 자그만 새끼새는 회색빛이 도는 갈색 몸에 거무스름한 반점이 있었는데, 그 순간 온 세상에서 가장 발랄한 생명의 자그만 불꽃을 발하고 있는 존재였다. 코니는 웅크리고 앉아 일종의 황홀감에 사로잡혀 바라보았다. 생명이었다! 생명! 순수하고, 불꽃처럼 빛나며, 무서움을 전혀 모르는 새로운 생명이었다! 새로운 생명! 그토록 자그마하면서도 정말 완전히 무서움을 모르는 존재였다! 어미 닭의 격렬하게 경고하는 울음소리에 응하여, 좀 허둥거리면서 닭장 안으로 다시 기어 들어가 암탉의 깃털 아래로 쏙 사라져 없어졌을 때조차, 새끼새는 정말로 놀라 겁에 질린 것이 아니었다. 새끼새는 그것을 하나의 놀이, 즉 삶의 놀이로 받아들였던 것이다. 왜냐하면 금세 자그마하니 뾰족한 머리를 암탉의 황금빛 도는 갈색 깃털 사이로 삐죽 내밀고는 우주를 빤히 내다보고 있었기 때문이다.

코니는 매혹당한 듯 바라보았다. 그러나 동시에 여자로서 버림받은 자신의 처지가 그 어느 때보다도 통렬하게 아파왔다. 자신의 그런 처지에 대한 아픔은 이제 견딜 수 없는 것이 되어가고 있었다.

그녀에게는 이제 오직 한 가지 욕망, 즉 숲 속의 그 공터에 가고자 하는 욕망밖에 없었다. 그 밖의 것은 모두 일종의 고통스러운 꿈에 불과했다. 그러나 이따금 그녀는 안주인으로서 의무를 수행하느라 하루 종일 라그비에 붙잡혀 있어야 했다. 그럴 때면 그녀는 자기도 똑같이 그저 알맹이 없이 텅 빈, 공허하며 제정신이 아닌 존재가 되어가는 것처럼 느끼곤 했다.

어느 날 저녁, 손님들이 있건 없건 신경 쓰지 않고 그녀는 차를 마신 뒤 집을 빠져나왔다. 좀 늦은 시간이었는데, 그녀는 마치 불려 되돌아가게 될까 봐 두려워하는 사람처럼 영지의 임원을 가로질러 도망치듯 달려갔다. 숲으로 들어섰을 때 해는 이미 장밋빛으로 지고 있었지만, 그녀는 계속 꽃 사이로 길을 재촉해 나아갔다. 머리 위로 밝은 빛은 오랫동안 계속 남아 있을 것이었다.

얼굴이 발갛게 상기되고 반쯤 의식이 몽롱해진 상태로 그녀는 공터에 이르렀다. 사냥터지기가 거기 있었다. 겉옷을 벗은 셔츠 차림으로, 새끼 꿩들이 밤새 안전하게 있도록 막 닭장 문을 닫고 있는 참이었다. 그러나 아직 새끼 꿩 세 마리가 한패를 이루어 조그마한 다리로 이리저리 종종거리며 돌아다니고 있었다. 담갈색의 쪼끄만 것들이 잽싸게 짚으로 엮은 지붕 아래를 돌아다니면서, 걱정스럽게 들어오라고 부르는 어미 닭의 소리를 안 듣고 있었다.

"새끼 꿩들을 와서 꼭 보고 싶었어요!" 그녀는 숨 가쁜 목소리로 말했다. 그러면서 사냥터지기를 수줍은 듯 흘끗 쳐다보긴 했지만, 그를 의식하는 태도는 거의 없었다. "새로 알에서 깨어난 것들이 있나요?"

"현재까지 서른여섯 마립니다!" 그가 말했다. "꽤 괜찮은 성적이지요!"

그도 역시 어린 새끼들이 알을 깨고 나오는 광경을 지켜보면서 묘한 즐거움을 느꼈다.

코니는 맨 끝에 있는 닭장 앞에 웅크리고 앉았다. 아까 그 새끼 꿩 세 마리도 이제 닭장 안으로 들어가 있었다. 그러나 이 새끼 꿩들은 계속 깜찍하게 생긴 머리를 어미 닭의 노란 깃털 사이로 삐죽 내밀었다가는 곧 쏙 집어넣었는데, 그런 다음에는 한 마리만이 구슬처럼 생긴 조그만 머리를 그 커다란 어미 닭의 몸통 사이로 쑥 내밀고 빠끔히 밖을 내다보는 것이었다.

"한번 만져보고 싶군요." 그녀는 말하면서, 손가락을 조심스럽게 닭장 창살 사이로 밀어 넣었다. 그러나 어미 닭이 사납게 그녀의 손을 쪼아대자 코니는 깜짝 놀라고 겁에 질려서 펄쩍 뒤로 물러섰다.

"어쩜 그렇게 날 쪼아댈 수 있지요! 내가 싫은 모양이네!" 그녀는 놀라워하는 목소리로 말했다. "하지만 내가 새끼들을 해치지는 않을 텐데!"

사내는 그녀 뒤에 서 있다가 쿡 하고 웃음을 터뜨렸다. 그러고는 그녀 곁에 무릎을 벌린 채로 웅크리고 앉더니,

침착하고 자신 있는 동작으로 손을 천천히 닭장 속에 밀어 넣었다. 그 늙은 암탉이 그의 손을 쪼아대긴 했지만, 그리 난폭하게 굴지는 않았다. 그러자 천천히, 살며시, 확실하면서도 부드러운 손길로, 그는 늙은 암탉의 깃털 사이를 더듬어 들어가 가냘프게 삐악거리는 새끼 꿩 한 마리를 손으로 잡아 꺼냈다.

"자, 여기 있습니다!"라고 말하면서 그는 손을 그녀 쪽으로 내밀었다.

그녀는 담갈색의 그 작은 새끼를 두 손에 받아 들었다. 도저히 다리라고 할 수 없는 가냘픈 풀줄기 같은 두 다리로 그 새끼 꿩은 그녀의 손바닥 위에 서서는, 무게라곤 거의 없는 두 발을 통해 그 여린 생명의 균형을 코니의 두 손에 전하며 떨고 있었다. 그러나 그것은 잘생기고 미끈하게 생긴 조그만 머리를 대담하게 쳐들고는, 날카로운 시선으로 둘러보면서, 작은 소리로 "삐악" 하고 울어대었다.

"참 사랑스럽기도 해라! 참 깜찍하기도 하고!" 그녀는 부드러운 목소리로 말했다.

사냥터지기 역시, 그녀 옆에 쭈그리고 앉은 채로, 그녀의 손안에 있는 그 대담한 작은 새를 즐거운 얼굴로 바라보고 있었다. 별안간 눈물 한 방울이 그녀의 팔목에 떨어지는 것이 보였다.

그는 일어섰다. 그러고는 자리를 옮겨 다른 닭장 쪽으로 가서 섰다. 왜냐하면 그가 영원히 사그라져 없어지기를 바랐던 옛날의 그 불꽃이 갑자기 다시 허리께에서 솟구쳐 약동하는 것을 느꼈기 때문이다. 그는 그녀에게 등을 돌린 채 그 불꽃과 싸웠다. 그러나 그것은 솟구쳐 올랐고, 이어 아래로 곤두박질치듯 요동하다가, 그의 무릎께를 감싸며 너울거렸다.

그는 다시 돌아서서 그녀를 바라보았다. 그녀는 무릎을 꿇고 앉아서 아무 생각 없이 그저 두 손을 천천히 앞으로 내밀어, 새끼 꿩이 다시 어미 닭에게로 달려가게 해주려고 하고 있었다. 그녀의 그런 모습에는 뭔가 참으로 말없는 외로움 같은 것이 있었고, 그녀에 대한 동정심의 불꽃이 그의 마음속에서 타올랐다.

자기도 모르게 그는 재빨리 그녀 쪽으로 가서는 다시 그 곁에 웅크리고 앉아, 새끼 꿩을 그녀의 손에서 받아들어 닭장 안에 집어넣어 주었다. 그녀가 암탉을 무서워하고 있었기 때문이다. 그의 허리 저 안쪽에서 불길이 갑자기 더욱 세차게 치솟았다.

그는 염려스러운 눈으로 그녀를 흘끗 쳐다보았다. 얼굴을 다른 쪽으로 돌린 채, 그녀는 자신이 속한 세대의 참담한 처지에 대한 그 모든 고뇌를 안고 그저 하염없이 울고 있었다. 그의 가슴은 갑자기 한 방울의 불꽃이 사그라지듯 녹아 풀어졌다. 그는 손을 뻗어 그녀의 무릎 위에 가만히 손가락을 얹었다.

"울지 마십시오!" 그는 부드럽게 말했다.

그러나 그 순간 그녀는 두 손으로 얼굴을 감쌌다. 그녀는 정말로 가슴이 찢어지는 느낌이었다. 그리고 이제 더 이상 아무것도 중요하지 않았다.

그는 그녀의 어깨에 손을 얹었다. 그리고 그의 손은 가만히, 부드럽게, 그녀의 구부린 등을 따라 움직이기 시작했고, 아무 생각 없이 맹목적인 동작으로 어루만지며, 웅크려 굽은 그녀의 허리께로 쓰다듬어 내려갔다. 그리고 거기를 그의 손은 부드럽게, 부드럽게, 맹목적이고 본능적인 애무의 손길로 그녀의 옆구리 곡선을 따라 어루만졌다.

그녀는 작은 손수건을 꺼내들고는 아무 생각 없이, 젖은 얼굴을 닦으려 하고 있었다.

"오두막으로 들어가겠습니까?" 그가 감정이 담기지 않은 조용한 목소리로 말했다.

그러곤 그녀의 팔 윗부분을 살짝 잡아 그녀를 일으켜 세운 뒤 천천히 오두막으로 인도해 갔는데, 그녀가 안으로 들어갈 때까지 그는 그녀를 잡은 손을 놓지 않았다. 안으로 들어가자 그는 의자와 탁자를 한쪽으로 치우고 갈색의 군인용 담요를 연장 상자에서 꺼내서는, 천천히 그것을 펼쳐 깔았다. 그녀는 꼼짝 않고 선 채로 그의 얼굴을 한번 살짝 바라보았다.

그의 얼굴은 창백하고 무표정했는데, 마치 운명에 순종하는 사람의 얼굴 같았다.

"여기 누워요!" 그는 부드럽게 말했다. 그러곤 오두막 문을 닫았는데, 그러자 방 안은 어두워져 아주 캄캄했다.

묘하게 순종하는 마음으로, 그녀는 담요 위에 누웠다. 그러자 부드럽게 더듬는, 어쩔 수 없는 욕망에 이끌린 손길이 그녀의 몸을 만지며 얼굴을 찾아 더듬어오는 것이 느껴졌다. 그 손은 그녀의 얼굴을 무드럽게, 무드럽게, 부한한 위로와 확신감을 주면서 어루만졌고, 그러다가 마침내 그녀의 뺨에 부드러운 입맞춤이 살며시 와 닿았다.

그녀는 아주 가만히, 잠에 취한 듯, 꿈에 젖은 듯 그대로 누워 있었다. 그러다가 그의 손이 부드럽게, 하지만 거절당한 듯 묘하게 어색한 손길로 그녀의 옷 사이를 더듬어 들어오는 것을 느꼈을 때, 그녀는 부르르 몸을 떨었다. 하지만 그의 손은 역시 원하는 부분의 옷을 어떻게 벗기는지 잘 알고 있었다. 그는 몸에 꼭 맞는 그녀의 얇은 실크 옷을 천천히, 조심스럽게 아래로 끌어당겨 발에서 빼내었다. 그러고는 아주 깊고 섬세한 기쁨으로 떨면서 따스하고 부드러운 그녀의 몸을 어루만졌고, 그녀의 배꼽에 잠깐 입을 맞추었다. 그러다가 그는 더 이상 참지 못하고, 그녀의 부드럽고 고요한 육체의 대지 위에서 평화를 누리기 위해 즉시 그녀에게로 들어갔다. 여자의 육체 속으로 들어가는 것, 그것은 그에게 완전히 순수한 평화의 순간이었다.

그녀는 가만히, 잠에 취한 듯이, 내내 일종의 잠에 빠진 듯이 그대로 누워 있었다. 행위와 오르가슴은 그의 것, 모두 그의 것이었다. 그녀는 자신을 위해 더 이상 애를 쓸 수가 없었다. 그의 팔이 그녀를 단단히 껴안고 있는 것조차, 그의 몸이 격렬하게 움직이는 것조차, 그리고 그의 정액이 그녀의 몸 안으로 분출해 들어오는 것조차 일종의 잠이었으며, 그가 행위를 끝내고 그녀의 젖가슴 위에 부드럽게 안겨 헐떡이면서 누워 있을 때에야 비로소 그녀는 그 잠에서 깨어날 기미를 보이기 시작했다.

그러고 나서 그녀는 궁금해졌다. 그저 막연하게 궁금해졌다. 왜? 왜 이런 일이 필요한 것일까? 왜 이것이 그녀를 덮고 있는 거대한 구름을 걷어 올려 그녀에게 평화를 주었을까? 이게 진정한 것일까? 이게 정말 진정한 것일까?

고민에 찬 현대 여성으로서 그녀의 머리는 여전히 아무런 평안도 얻지 못했다. 이게 진정한 것일까? 그런데 그녀도 알고 있는바, 자신의 존재를 온전히 그에게 내주었다면 그건 진정한 것이다. 그러나 자신을 내주지 않았다면 그건 아무 의미도 없었다. 그녀는 늙어버린 느낌이었다. 수백만 년이나 나이를 먹은 듯했다. 그리고 마침내 그녀는 자기 자신이라는 무거운 짐을 더 이상 견딜 수가 없었다. 누구든지 그녀를 차지하고 싶다면 그렇게 하라지 하는 마음이었다. 차지하고 싶다면 그렇게 하라지.

사내는 신비스러울 정도로 고요하게 누워 있었다. 그는 무얼 느끼고 있을까? 그는 지금 무슨 생각을 하고 있을까? 그녀는 알 수가 없었다. 그는 그녀에게 낯선 사람이었다. 그녀가 모르는 사람이었다. 그녀는 그저 기다려야만 했다. 왜냐하면 그의 신비스러운 고요를 감히 깨뜨릴 수가 없었기 때문이다. 그는 그녀를 팔로 안고서, 그녀의 몸 위에 자기 몸을 얹은 채, 그렇게 그대로 엎드려 있었는데, 땀에 젖은 그의 몸은 그녀의 몸에 아주 바싹 닿아 있었다. 그러면서도 그는 완전히 낯선 존재였다. 하지만 평화스럽지 않은 모습은 아니었다. 그의 고요함 그 자체는 평화로웠다.

마침내 그가 몸을 일으켜 그녀에게서 떨어졌을 때, 그녀는 그 의미를 알아차렸다. 그것은 버림받은 것 같은 느낌이었다. 그는 어둠 속에서 그녀의 옷을 끌어당겨 무릎 위로 올려주고는 잠깐 동안 서 있었는데, 자기 옷매무새를 가지런히 하고 있는 것 같았다. 그런 다음 그는 조용히 문을 열고 밖으로 나갔다.

초승달이 참나무 숲 너머 저녁놀 위로 아주 밝게 빛나고 있는 것이 보였다. 그녀는 재빨리 일어나서 옷차림새를 가다듬었다. 그녀는 다시 단정해졌다. 그러고 나서 오두막 문간으로 나갔다.

숲의 아래쪽은 모두 어둠에 잠겨 거의 깜깜한 상태였다. 하지만 머리 위의 하늘은 수정같이 투명했다. 그러나 하늘에서 비쳐 내리는 빛이라곤 거의 없었다. 그가 낮게 깔린 어둠 사이로 그녀를 향해 다가왔는데, 그의 얼굴은 창백한 얼룩처럼 어둠 속에 떠 있었다.

"그럼 이제 갈까요?" 그가 말했다.

"어디로요?"

"임원 입구의 출입문이 있는 데까지 바래다드리겠습니다."

그는 자신이 하던 방식대로 물건들을 정돈했다. 그는 오두막 문을 잠그고 그녀의 뒤를 따라 나섰다.

"후회하고 있는 것은 아니지요?" 그녀와 나란히 걸으면서 그가 물었다.

"내가요? 아뇨! 당신은요?" 그녀는 말했다.

"이 일 자체만은, 전혀 후회 없습니다!" 그가 대답했다. 그러고는 잠시 후 덧붙였다. "하지만 다른 문제들이 있지요."

"다른 문제들이라뇨?" 그녀가 말했다.

"클리퍼드 경이 있고, 다른 사람들이 있지요. 그 모든 복잡한 문제들 말입니다."

"왜 문제가 복잡하다는 거죠?" 그녀는 실망스러운 듯이 말했다.

"항상 그렇기 때문이지요. 나는 물론이고 부인에게도 말입니다. 항상 복잡한 문제가 있기 마련이지요." 그는 한결같은 걸음걸이로 어둠 속을 계속 걸어갔다.

"그래서 당신은 후회스러운 건가요?" 그녀가 말했다.

"어느 면에서는요!" 하늘을 올려다보면서 그는 대답했다. "나에게 이런 일은 다 끝난 걸로 생각했었지요. 그런데 이제 다시 시작하게 된 겁니다."

"무얼 시작했다는 거지요?"

"삶 말입니다."

"삶이라고요!" 그녀는 묘한 전율을 느끼며 되받아 말했다.

"그건 곧 삶이랍니다." 그가 말했다. "삶에서 깨끗이 벗어난다는 것은 불가능하지요. 삶에서 깨끗이 벗어난다면, 그건 죽은 거나 다름없지요. 그러니 내가 다시 부서져 열리게끔 되어 있는 거라면, 그럴 수밖에 없는 셈이죠……."

그녀는 그런 식으로 생각하지 않았다. 하지만 여전히…….

"그건 그저 사랑일 뿐이에요." 그녀는 쾌활한 목소리로 말했다.

"그게 무엇이든지 간에 마찬가지지요!" 그는 대꾸했다.

그들은 어두운 숲 속을 말없이 계속 걸어갔고, 이윽고 임원 입구에 거의 도착했다.

"하지만 날 미워하진 않으시요? 그렇죠?" 그녀는 뭔가 아쉬운 듯이 말했다.

"그럴 리가요! 아닙니다." 그는 대답했다. 그러고는 갑자기 그녀를 다시 가슴에 꼭 끌어안았다. 그를 삶과 연결해 주는 옛날의 정열이 뜨겁게 되살아난 포옹이었다. "아닙니다. 전 참 좋았습니다. 정말 좋았습니다. 부인도 좋았나요?"

"네, 나도 좋았어요." 그녀는 대답했다. 그 말은 얼마간 진실이 아니었는데, 행위를 할 때 그녀는 그다지 의식이 없었기 때문이다.

그는 그녀에게 따뜻한 입맞춤을 부드럽게, 아주 부드럽게 연이어 했다.

"그저 이 세상에 다른 사람들이 이토록 많지만 않다면 좋을 텐데요!" 그는 애처롭게 말했다.

그녀는 웃음을 터뜨렸다. 그들은 이제 임원의 출입문에 다다랐다. 그는 그녀를 위해 문을 열어주었다.

"전 여기서 이만 멈추겠습니다."

"그러세요!" 그리고 그녀는 악수라도 하려는 듯 손을 내밀었다. 그러나 그는 두 손으로 그녀의 손을 잡아 줘었다.

"내가 또 만나러 가도 되겠지요?" 그녀는 뭔가 아쉬운 듯이 물었다.

"예! 그러세요!"

그녀는 그를 떠나 임원을 가로질러 걸어갔다.

그는 뒤에 서서 그녀가 어슴푸레한 지평선을 향하여 어둠 속으로 사라져가는 것을 바라보았다. 거의 쓰라린 고통의 심정으로 그는 그녀가 가는 모습을 바라보았다. 홀로 살아가기를 바랐는데, 그녀가 그를 다시 삶의 관계 속으로 이끌어낸 것이다. 그녀는 그로 하여금, 마침내 홀로 살아 가기만을 바라는 남자의 그 쓰라린 자유를 잃어버리게 한 것이다.

그는 돌아서서 숲의 어둠 속으로 걸어갔다. 모든 게 고요했다. 달도 져서 없었다. 그러나 그는 밤의 소리들, 스택스 게이트의 기계 소리, 큰 도로에서 사람들이 오가는 소리 등을 들을 수 있었다. 천천히 그는 나무가 베어져 벌거숭이가 된 언덕 위로 올라갔다. 그 꼭대기에서 그는 이 지방을 사방으로 둘러볼 수 있었다. 스택스 게이트의 줄지어 선 밝은 불빛들, 테버셜 탄광의 좀 더 작은 불빛들, 테버셜 마을의 노란 불빛들, 어둠에 덮인 주변 지역의 사방 여기저기에 흩어진 불빛들, 저 멀리 용광로의, 약하지만 맑은 밤이라 장밋빛으로 선명하게 드러나 보이는 빨간 불빛, 백열의 금속이 쏟아지면서 발하는 장미색 불빛 등이 보였다. 스택스 게이트의 날카롭고 사악하게 보이는 전기 불빛들! 그 불빛들 속에 존재하는 뭐라 형언키 어려운 악의 핵심! 그리고 이 중부 지방 산업 지대의 밤에 드리워져 있는 그 모든 불안과 끊임없이 달라지는 그 모든 두려움! 그는 스택스 게이트의 권양기(捲揚機)가 저녁 7시부터 근무하는 광부들을 갱내로 내려 보내는 소리를 들을 수 있었다. 탄광은 삼교대로 작업이 이루어지고 있었다.

그는 다시 어둡고 외부와 격리된 숲 속으로 내려갔다. 그러나 그는 숲의 격리가 가짜라는 것을 알고 있었다. 산업 세계의 소리가 숲의 고독을 깨뜨리고 있었고, 비록 숲에서 보이지는 않지만, 날카로운 불빛들이 밖에서 숲을 조롱하고 있었다. 인간은 더 이상 혼자 세상에서 떨어져 나와 자유롭게 살 수 없었다. 세상은 은둔자를 허용하지 않는다. 게다가 이제 그는 여자를 받아들였고, 그럼으로써 고통과 운명의 새로운 순환 속에 스스로를 던져 넣고 말았다. 왜냐하면 그는 그것이 무엇을 의미하는지 경험을 통해 알고 있었기 때문이다.

그것은 그 여자의 잘못이 아니었으며, 심지어 사랑의 탓도 아니었고, 섹스의 탓도 아니었다. 잘못은 바로 저기, 바깥에, 저 사악한 전기 불빛과 덜컥거리는 저 악마적인 기계 소리에 있었다. 저기, 기계적이고 탐욕스럽기 그지없는 메커니즘과 기계화된 탐욕의 세상에, 불빛이 번쩍거리고 뜨거운 금속을 뿜어대며 차들과 사람들의 왕래로 요란스러운 저 바깥세상에, 거대한 악마적 존재가 순응하지 않는 것은 무엇이든지 모두 파괴해 버릴 태세를 한 채 도사리고 있었다. 그것은 머지않아 이 숲도 파괴해 버릴 것이며, 블루벨도 더 이상 피어나지 못하게 될 것이다. 저항할 힘이 없는 약한 것들은 모두 저 구르고 달리는 쇳덩이 밑에 깔려 소멸될 수밖에 없다.

그는 한없이 부드러운 마음으로 그 여자를 생각했다. 가엾게도 내버려진 존재인 그녀는 그녀 자신이 알고 있는 것보다 훨씬 훌륭한 여자였으며, 그녀가 접촉하고 있는 그 모질고 거친 무리에 비해, 아! 참으로 너무나 훌륭한 여자였다. 가엾은 존재 같으니라고. 그녀 역시 야생 히아신스처럼 상처받기 쉬운 연약함이 좀 있었다. 그녀는 요즘 여자처럼 온통 단단하고 질긴 고무 제품이나 백금 같은 성질의 여인이 아니었다. 저들은 그녀를 죽여버리고 말 것이다! 정말로 그들은, 타고난 모든 부드러운 생명을 죽여 없애듯이, 그녀도 죽여 없애버리고 말 것이다. 부드러움! 어딘지 그녀에게는 부드러운 데가 있었는데, 그것은 막 피어나는 히아신스의 부드러움과 같은 부드러움으로, 오늘날의 셀룰로이드 여성들에게는 사라져버린 것이다. 그러나 그가 자신의 가슴으로 여린 그녀를 잠시 동안이나마 보호해 줄 것이다. 비정한 철(鐵)의 세상과 기계화된 탐욕의 신이 두 사람 모두를, 그는 물론이고 그녀까지 다 죽여 없애버리기 전까지 잠시 동안이라도 말이다.

그는 엽총을 메고 개를 데리고서, 어두운 자신의 집으로 돌아갔다. 그리고 등불을 켜고 화로에 불을 지핀 다음, 치즈 바른 빵과 어린 양파와 맥주로 저녁 식사를 했다. 그는 홀로, 자신이 사랑하는 침묵 속에 잠겨 있었다. 그의 방은 깨끗하고 정돈이 잘 되어 있었지만, 다소 황량했다. 하지만 불이 밝게 타오르고 있었고, 벽난로는 하얗고 깨끗했으며, 기름 먹인 하얀 방수포로 덮인 식탁 위쪽에는 석유 등불이 밝게 빛을 비추며 매달려 있었다. 그는 인도에 관한 책을 읽으려고 해보았지만, 오늘밤은 어쩐지 책이 읽히지 않았다. 그는 셔츠 차림으로 불가에 앉았다. 담배를 피우지는 않았지만, 맥주 컵은 손 닿는 자리에 놓아두었다. 그리고 그는 코니에 대해 생각하기 시작했다.

사실을 말하자면, 그는 오두막에서 일어난 일이 후회스러웠다. 아마 대부분 그녀를 위하는 마음에서 그랬으리라. 그는 불길한 예감이 들었다. 잘못된 일을 했다거나 죄를 지었다는 의식은 전혀 없었다. 그런 점에서는 전혀 양심의 가책이 없었다. 그는 양심이란 대개 사회 또는 스스로에 대한 두려움이라는 것을 알고 있었다. 그는 자신에 대한 두려움이 없었다. 그러나 그는 사회에 대해서는 아주 분명하게 의식하면서 두려워했다. 사회란 악의적이고 반쯤 미친 야수와 같다는 것을 그는 본능적으로 알고 있었던 것이다.

그 여자! 그녀가 지금 이 자리에 함께 있고, 그 밖엔 이 세상에 아무도 없다면! 욕망이 다시 솟아올랐다. 그의 성기가 마치 살아 있는 새처럼 꿈틀거리기 시작했다. 그와 동시에 어떤 압박감이, 전기 불빛 속에서 사악하게 번쩍거리고 있는 저 바깥세상의 끔찍한 괴물 앞에 자신과 그녀를 드러내는 것에 대한 두려움이 그의 어깨를 무겁게 짓눌렀다. 가엾은 아가씨 같은 그녀는 그에게 그저 젊은 여자였지만, 이제는 그가 그 몸 안에 들어간 바 있으며 지금 다시 간절히 원하는 젊은 여자였다.

욕망이 꿈틀대는 묘한 하품을 하면서 그는 기지개를 폈다. 사 년 동안이나 그는 남자건 여자건 모두와 떨어져 혼자 살아왔기 때문이다. 그는 일어나 겉옷을 다시 입고 총을 메고 등불을 낮춘 다음, 개를 데리고 별이 비치는 밤하늘 아래로 나갔다. 욕망에 떠밀리고, 바깥세상의 그 악의에 찬 끔찍한 괴물에 대한 두려움에 떠밀려, 그는 천천히 그리고 조용히, 숲을 한 바퀴 순찰하며 돌았다. 그는 어둠이 아주 좋았으며 그 속에 자신을 감싸서 묻었다. 어둠은 탱탱하게 차오른 그의 욕망, 어쨌든 결국 하나의 재산과도 같은 그의 욕망과 잘 어울렸다. 꿈틀거리며 어쩔 줄 모르는 그의 자지, 그의 허리춤에서 꿈틀거리며 솟아오르는 불길! 아, 함께 저기 바깥세상의 전기가 번쩍거리는 저 끔찍한 괴물과 싸워, 생명의 부드러움과 여자의 부드러움과 욕망의 자연스럽고 풍성한 재산을 지켜낼, 다른 사람들이 있기만 하다면! 나란히 힘을 합쳐 싸워나갈 사람들이 있기만 하다면! 그러나 사람들은 모두 다 저 바깥세상에서, 그 끔찍한 괴물을 찬미하면서, 기계화된 탐욕이나 탐욕스러운 메커니즘의 솟구치는 물결 속에서 승리를 누리거나 짓밟히고 있었다.

한편, 콘스턴스는 거의 아무것도 생각하지 않고 임원을 가로질러 집으로 서둘러 돌아갔다. 그녀에겐 아직 되씹어 생각해 볼 여유가 없었다. 그저 저녁 식사 시간에 맞춰 도착하고 싶을 뿐이었다.

그렇지만 낭패스럽게도 그녀는 문이 잠긴 것을 알았다. 그래서 초인종을 울리지 않을 수 없었다. 볼턴 부인이 문을 열어주었다.

"아이고, 마침내 오셨군요, 부인! 부인께서 길을 잃어버리신 게 아닌가 하고 생각하던 참이었답니다!" 그녀는 약간 장난기가 섞인 태도로 말했다. "하지만 클리퍼드 경께서 부인을 찾지는 않으셨습니다. 린리 씨가 오셔서 계속 무슨 이야기를 나누고 계셨거든요. 아무래도 린리 씨가 저녁 식사까지 하고 갈 것 같지요, 부인?"

"그럴 것 같군요." 코니는 말했다.

"식사를 십오 분쯤 늦추도록 할까요? 그림 부인께서 편하게 옷을 갈아입으실 여유가 있을 테니까요."

"글쎄, 그러는 게 좋겠네요."

린리 씨는 탄광의 총감독이었는데, 북부 지방 출신의 나이 지긋한 남자로, 클리퍼드의 마음에 들 만큼 썩 박력 있는 사람은 아니었다. 그는 전후(戰後)의 상황에 어울리지 않는 사람이었고, '천천히 하자'는 신조를 가진 전후의 광부들과도 별로 맞지 않았다. 그러나 코니는 린리 씨를 좋아했다. 비록 아첨 잘하는 그의 아내와 마주치는 것만은 딱 질색이었지만.

린리 씨는 저녁 식사 때까지 남아 있었다. 코니는 남자들이 굉장히 마음에 들어하는 안주인이었는데, 매우 얌전하면서도 크고 넓은 파란 눈으로 아주 세심하고 주의 깊게 그들을 대해 주는 한편, 속으로 생각하는 것을 보이지 않게 충분히 가리는 부드럽고 차분한 태도를 지니고 있었기 때문이다. 그러한 여자 역할을 아주 많이 수행해 왔기에, 그것은 코니에게 거의 제2의 천성이 되다시피 했다. 물론 어디까지나 제2의 천성일 뿐이었다. 하지만 그녀가 그런 역할을 수행하고 있는 동안 어떻게 다른 모든 것이 그녀의 의식에서 사라져버리는지는 정말 묘한 일이었다.

2층의 자기 방으로 올라가 자신만의 생각을 할 수 있을 때까지 그녀는 참을성 있게 기다렸다. 그녀는 항상 기다리며 있었는데, 그것이 특기로 보일 정도였다.

그렇지만 자기 방에 올라온 뒤에도 그녀는 여전히 막연하고 혼란스러운 느낌이었다. 그녀는 무슨 생각을 해야 할지 몰랐다. 정말로 그는 어떤 종류의 사내일까? 그는 정말로 그녀를 좋아하는 것일까? 썩 좋아하진 않는다는 느낌이

들었다. 하지만 그는 다정하게 대해 주었다. 그녀의 자궁을 그에게 거의 열리게끔 한, 뭔가 따뜻하고 순수한 다정함이, 일종의 묘하고도 갑작스러운 어떤 것이 그에게 있었다. 그러나 그녀는 그가 어느 여자에게나 그렇게 다정하게 대해 줄지도 모른다는 느낌이 들었다. 허나, 비록 정말 그렇다고 하더라도, 그것은 정말 묘하게 마음을 달래주고 위로해 주었다. 게다가 그는 열정적인 사내였다. 온전하고 건전하며 열정적이었다. 그러나 그는 그녀에게만 유난히 그런 것이 아닌지도 몰랐다. 즉, 어느 여자에게나 그녀에게 한 것과 똑같이 대해 주는 것일 수 있었다. 정말 그녀만 특별히 잘 대해 주는 것이 아님에 틀림없었다. 그에게 그녀는 정말이지 한 사람의 여자에 불과한 것이다.

그러나 그러는 편이 더 나을지도 몰랐다. 게다가 결국 그는 그녀 내면의 여성적 존재에게 다정히 대해 준 것인데, 이제껏 그 어떤 남자도 그렇게 해준 적이 없었다. 남자들은 그녀의 인간적 존재에게는 아주 친절히 대해 주었지만, 그녀의 여성적 존재에 대해서는 경멸하거나 완전히 무시해 버리면서 잔인하게 대했다. 남자들은 콘스턴스 리드나 채털리 부인으로서의 그녀에게는 끔찍이도 친절했다. 하지만 그녀의 자궁에게는 친절하지 않았다. 그런데 이 사내는 그녀가 콘스턴스인지 채털리 부인인지 하는 것에는 전혀 아랑곳하지 않았다. 그는 그저 부드럽게 그녀의 허리와 젖가슴을 애무해 주었을 따름이다.

그녀는 다음 날 숲으로 갔다. 좀 흐리고 고요한 오후였는데, 암녹색 산쪽풀이 개암나무 수풀 아래 널리 퍼져 있었으며, 나무들마다 모두 눈을 틔우기 위해 말없이 애쓰고 있었다. 그녀는 오늘따라 그것을, 즉 수액이 우람한 나무들 속에서 엄청나게 가득 고여, 위로, 계속 위로, 잎눈 끝까지 차올라 가서는, 거기서 핏빛 적갈색의 조그만 불꽃같은 참나무 잎들로 벌어지며 밀고 나오려는 것을, 자신의 몸 안에서 거의 그대로 느낄 수 있을 것 같았다. 그것은 마치 바닷물의 조수가 위로 팽창하며 가득 부풀어 올라 마침내 하늘까지 퍼져 흐르는 것과도 같았다.

그녀는 공터에 이르렀다. 하지만 그는 거기 없었다. 그가 꼭 있으리라고 기대한 건 아니었다. 새끼 꿩들은 닭장에서 나와 가볍게, 곤충들처럼 가볍게 이리저리 뛰어 다니고 있었고, 닭장에는 암탉들만이 걱정스럽게 꼬꼬댁거리고 있었다. 코니는 앉아서 그것들을 바라보면서 기다렸다. 오직 기다리는 것에만 몰두했다. 새끼 꿩들에게조차 그녀는 거의 시선을 주지 않았다. 그녀는 기다렸다.

시간은 꿈결같이 느리게 지나갔고, 그는 오지 않았다. 그를 만날 수 있으리라고 기대한 건 아니었다. 그가 오후경에 이곳에 오는 경우는 결코 없었다. 그녀는 차를 마시러 집으로 돌아가야 했다. 그러나 그 자리를 떠나기가 싫어 억지로 몸을 일으켜야 했다.

그녀가 집에 돌아가고 있는 동안, 실가랑비가 내렸다.

"비가 또 오고 있어?" 모자의 빗방울을 털고 있는 그녀를 보면서 클리퍼드가 물었다.

"그저 가랑비일 뿐이에요."

그녀는 어떤 고집스러운 기분에 빠진 채, 말없이 차를

따랐다. 그녀는 오늘 사냥터지기를 꼭 만나고 싶었다. 만나서 그게 정말 진정한 것인지 알아보고 싶었다. 그게 정말 진정한 것인지를 말이다!

"이따가 책이라도 좀 읽어줄까?" 클리퍼드가 말했다.

그녀는 그를 쳐다보았다. 그가 뭔가 눈치를 챈 것일까?

"봄이라 그런지 기분이 이상하네요. 좀 쉴까 생각하던 참인데." 그녀는 말했다.

"당신 좋을 대로 해. 정말 어디 아프거나 한 건 아니지?"

"아녜요! 그저 좀 피곤할 따름이에요. 봄이라서 말예요. 볼턴 부인을 불러서 카드놀이라도 좀 할래요?"

"아냐! 라디오나 들을까 해."

그녀는 그의 목소리에 묘한 만족감이 배어 있는 것을 알아차렸다. 그녀는 위층의 자기 침실로 올라갔다. 라디오의 확성기가 울부짖듯 떠들어대기 시작하는 소리가 거기까지 들려왔다. 그것은 고상함을 매끄럽게 치장한 일종의 백치 같은 소리로, 행상인이 연달아 외치는 소리 같은 구석도 있었는데, 옛날에 동리를 돌아다니며 포고를 외쳐 알리는 사람들의 소리를 그야말로 갖은 고상을 다 떨며 흉내 내고 있는 것 같았다. 그녀는 낡은 보라색 방수 외투를 걸치고서는, 옆문으로 살짝 집을 빠져나왔다.

가랑비는 세상을 살포시 덮고 있는 장막같이 신비롭고, 고요하며, 별로 춥지 않게 내리고 있었다. 빠른 걸음으로 임원을 가로질러 가는 동안 그녀는 몸이 아주 훈훈해졌다. 얇은 방수 외투 앞자락을 열어야 할 정도였다.

숲은 저녁의 가랑비가 내리는 가운데 조용하고 고요하게 비밀에 싸여 있는 듯했고, 새알이며 반쯤 벌어진 잎눈, 또는 반쯤 내민 꽃봉오리의 신비로 가득 차 있었다. 그 뿌옇게 어둑한 가운데서 나무들은 모두 마치 옷을 벗어버린 듯 검은 줄기를 드러낸 채 비에 젖어 번들거리고 있었고, 땅위에서는 갖가지 초록 풀들이 초록색으로 불타고 있는 듯했다.

공터에는 여전히 아무도 없었다. 새끼 꿩들은 거의 모두 어미 닭의 품으로 들어가고, 대담한 녀석들 한두 마리만이 짚으로 엮은 지붕 아래의 마른 땅에서 아직 이리저리 다니며 종종거리고 있었다. 그런데 그것들도 그리 자신 있게 빨빨거리며 움직이는 모습은 아니었다.

그래! 그는 여전히 여기 오지 않은 것이다. 그는 일부러 그녀를 피하고 있다. 아니, 혹시 무슨 일이 일어난 건지도 몰랐다. 그의 집에 가서 한번 알아보는 게 좋을 성싶기도 했다.

그러나 그녀는 기다리는 운명을 타고난 사람이었다. 그녀는 열쇠로 오두막을 열었다. 오두막 안은 아주 깨끗이 정돈되어 있었다. 곡물은 통 속에 담겨 있었고, 담요는 개켜진 채 선반 위에 얹혀 있었으며, 새 짚 한 다발이 구석에 가지런히 쌓여 있었다. 유리 덮개가 달린 등은 못에 매달려 있었다. 탁자와 의자도 그녀가 누웠던 자리에 다시 옮겨져 있었다.

그녀는 문간에 있는 등 없는 의자에 앉았다. 모든 것이 어쩌면 이렇게 고요할까! 가랑비는 아주 부드럽게, 엷은 막처럼 바람에 휘날리며 내리고 있었다. 하지만 바람 소리는 하나도 들리지 않았다. 사방 그 어느 것에서도 소리가 전혀 들리지 않았다. 나무들은 희미하니 어스름에 싸인 채, 침묵하면서도 살아 있는 모습으로, 힘차고 강한 존재들처럼 우뚝 서 있었다. 사방의 모든 것들이 어쩌면 이렇게도 힘차게 살아 있는 것인지!

밤이 다시 다가오고 있었다. 그만 가야 할 때가 되었다. 그는 그녀를 피하고 있는 것이었다.

그러나 갑자기 그가 성큼성큼 걸어서 공터에 나타났다. 운전수같이 검정 방수포 상의를 입었는데, 그 옷은 비에 젖어 번들거렸다. 그는 오두막을 한번 흘긋 보더니 살짝 인사하고는, 방향을 바꾸어 닭장 있는 데로 계속 걸어갔다. 그러고는 잠자코 그 앞에 웅크리고 앉아서 모든 것을 주의 깊게 살펴본 다음, 밤사이 안전하도록 암탉과 새끼 꿩들을 닭장 안에 조심스럽게 잘 들여 넣고 문을 닫았다.

마침내 그가 천천히 그녀에게로 다가왔다. 그녀는 여전히 의자에 앉아 있었다. 그는 입구의 처마 밑까지 와서 그녀 앞에 멈춰 섰다.

"그래, 오셨군요." 그는 사투리 억양을 쓰면서 말했다.

"그래요!" 그녀는 그를 올려다보면서 말했다. "당신은 좀 늦었군요!"

"예!" 그는 고개를 돌려 숲 쪽을 바라보면서 대답했다.

그녀는 의자를 한쪽으로 잡아 빼면서 천천히 일어났다.

"안으로 들어가시려고요?"

그는 날카로운 시선으로 그녀를 내려다보았다.

"부인께서 매일 밤마다 여기 오시며는, 사람드리 좀 이상하게 생가카지 아늘까요?" 그가 말했다.

"왜요?" 그녀는 당황하면서 그를 쳐다보았다. "다시 오겠다고 말했잖아요. 게다가 아무도 몰라요."

"하지만 사람들은 곧 알게 될 겁니다." 그가 대답했다. "그럼 어떠케 하실 거죠?"

그녀는 뭐라고 대답해야 할지 몰랐다.

"어째서 사람들이 알게 되리라는 거지요?" 그녀는 말했다.

"사람들은 항상 알게 마련이죠." 그는 어쩔 수 없다는 태도로 말했다.

그녀의 입술이 약간 떨렸다.

"글쎄, 그럼 할 수 없는 거겠죠." 그녀는 말을 더듬었다.

"아닙니다!" 그가 말했다. "여기 안 오시면 사람드리 알지 모타게 막을 수 있지요. 막고 시픈 생각만 부인께 있따면 말임니다." 그는 나직한 어조로 덧붙여 말했다.

"하지만 막고 싶은 생각은 없어요." 그녀는 중얼거리듯 말했다.

그는 고개를 돌려 숲 쪽을 바라보면서, 잠자코 있었다.

"하지만 사람들이 알아차리면 어떻게 할 거죠?" 이윽고 그가 물었다. "좀 생각해 보십시오! 부인께서 얼마나 수치스러운 지경에 떨어질지 생각해 보십시오. 남편의 하인 놈하고 놀아났다고 알려지면 말입니다."

그녀는 옆으로 돌린 그의 얼굴을 쳐다보았다.

"그러니까……." 그녀는 더듬거리며 말했다. "그러니까 당신은 날 원하지 않는다는 말인가요?"

"좀 생가캐 보십시오!" 그가 말했다. "사람드리 알게 되면 어떠케 되는지 좀 생가캐 보십시오. 클리퍼드 경과 그바께 모든 사람드리 알게 되고, 모두들 수군대기 시작한다면……."

"글쎄요, 그럼 떠나버리면 되죠."

"어디로 말입니까?"

"어디든지요! 나에겐 내 마음대로 쓸 수 있는 재산이 있어요. 우리 어머니가 나한테 예금으로 남겨놓은 2만 파운드인데, 그건 클리퍼드가 손댈 수 없는 돈이에요. 어디로든 난 떠날 수가 있어요."

"하지만 부인은 떠나고 싶지 아늘 수도 있지요."

"아녜요! 그렇지 않아요! 난 내가 어떻게 되든 상관없어요."

"아, 그러시겠죠! 하지만 부인은 상관하게 될 겁니다! 상관하지 않으면 안 되게 될 겁니다. 누구나 다 그렇게 되지요. 명심하십시오. 남작 부인 마님이 사냥터지기하고 놀아나고 있는 거라는 사실을 말입니다! 상대가 신사인 경우하고는 다릅니다. 그래요, 부인은 상관하게 될 겁니다, 반드시 그렇게 될 겁니다!"

"안 그럴 거예요! 남작 부인 마님이니 하는 것에는 조금도 관심 없어요. 난 사실 그걸 증오해요. 사람들이 날 그렇게 부를 때마다 비아냥거리는 것처럼 느껴진다고요. 그리고 실제로 그렇지요! 정말 그래요! 당신조차 지금 날 그렇게 부르면서 비아냥거리고 있으니까요."

"내가 말입니까!"

274

처음으로 그는 그녀의 얼굴을, 그리고 그녀의 눈을 똑바로 쳐다보았다.

"난 부인을 비아냥대고 있지 않습니다." 그는 말했다.

그가 그녀의 눈을 들여다보았을 때, 그녀는 그의 두 눈이 눈동자가 커지면서 아주 깊숙이 어두워지는 것을 보았다.

"그 모든 위험이 전혀 아무러치도 안타는 건가요?" 그는 쉰 듯한 목소리로 물었다. "잘 생가캐야 합니다! 너무 늦었을 때 생각하지 안토록 말입니다!"

그의 목소리에는 탄원하는 듯한 묘한 경고가 배어 있었다.

"하지만 난 더 이상 잃을 게 아무것도 없어요." 그녀는 짜증스러운 듯 말했다. "내 처지가 정말 어떤가를 안다면, 당신도 내가 기꺼이 그걸 버리고 싶어 할 거라고 생각할 거예요. 하지만 당신은 당신 자신에 대해 두려워할지도 모르겠네요?"

"그렇습니다!" 그는 짧게 대답했다. "난 두렵습니다! 두려워요. 정말 두렵습니다. 여러 가지 것드리 두렵습니다."

"어떤 것들이 말인가요?" 그녀가 물었다.

그는 묘하게 머리를 뒤로 젖히는 몸짓을 했는데, 이는 바깥세상을 가리키는 것이었다.

"여러 가지 것들이요! 세상 모든 사람들! 전부가 말입니다."

그러고 나더니 그는 몸을 굽혀 갑자기 그녀의 불행해 보이는 얼굴에 입을 맞췄다.

"그래요, 나도 아무렇지 않아요!" 그는 말했다. "우리 뜻대로 합시다. 나머지야 망하든 빌어먹든 하라지요. 하지만 당신이 혹 나중에 이걸 후회라도 하게 된다면……."

"나를 버리지만 말아요!" 그녀는 간청하듯 말했다.

그는 손가락으로 그녀의 뺨을 만지더니 갑자기 다시 그녀에게 입을 맞췄다.

"그럼 안으로 들어가겠소." 그는 부드럽게 말했다. "당신도 그 방수 외투를 벗어요."

그는 엽총을 걸어놓고, 젖은 가죽 상의를 훌쩍 벗어던진 다음, 손을 뻗어 담요를 집어 들었다.

"담요를 하나 더 가져왔소." 그가 말했다. "그러니 원한다면 담요 한 장은 우리 몸을 덮는 데 쓸 수 있을 거요."

"오래 있을 수는 없어요." 그녀는 말했다. "저녁 식사가 7시 반이거든요."

그는 그녀를 빠르게 한번 쳐다보았다. 그러곤 자신의 손목시계를 보았다.

"알았소!" 그는 말했다.

그는 오두막 문을 닫고는, 매달려 있는 유리등에 불을 켜서 불빛을 약하게 낮춰놓았다.

"언제, 시간을 길게 가질 수 있는 때가 있겠죠." 그가 말했다.

그는 담요를 조심스럽게 펴서 내려놓고는 한 장은 그녀가 베개로 삼도록 접어놓았다. 그러고 나서 등받이 없는 의자에 잠깐 앉아 있더니, 곧 그녀를 잡아 자신에게로 끌어당기고는, 한 팔로 그녀를 꼭 껴안고 다른 한 손으로 그녀의 몸을 더듬기 시작했다. 그가 옷을 헤집고 그녀의 몸을 찾아 만지는 순간 그가 숨을 삼키는 소리가 들려왔다.

얇은 페티코트 밑으로 그녀는 알몸이었다.

"아! 그대의 몸을 만지는 이걸 뭐라고 표현할 수 있을까!" 그는 손가락으로 그녀의 허리와 엉덩이의 섬세하고 따스하며 비밀스러운 살결을 애무하며 말했다. 그는 얼굴을 아래로 숙여 그녀의 배와 허벅지에 연달아 뺨을 대고여러 번 문질렀다. 그러자 그러한 감촉이 그에게 주는 황홀감이 과연 어떤 것인지 그녀는 다시 좀 궁금해졌다. 그녀의 살아 있는 내밀한 육체를 만짐으로써, 그가 그녀에게서 발견하는 아름다움, 거의 황홀하다고 할 그 아름다움을 그녀는 이해하지 못했다. 왜냐하면 정열만이 그것을 느껴알 수 있는 법이기 때문이다. 정열이 죽거나 사라지고 없으면, 그 고동치는 기막힌 아름다움을 도저히 이해할 수가없을뿐더러 나아가 약간 경멸스럽게 여기기까지 한다. 따뜻하고 살아 있는 접촉의 아름다움, 눈으로 보는 아름다움보다 정말 훨씬 더 깊은 그 아름다움을 말이다. 그녀는 그의 뺨이 자기의 양 허벅지와 배와 궁둥이를 연달아 비벼대면서 미끄러지는 것을 느꼈고, 동시에 그의 콧수염과 부드럽고 숱이 많은 머리털이 그녀의 살갗에 바짝 닿으며 스치는 것을 느꼈다. 그녀의 두 무릎이 떨리기 시작했다. 그녀의 존재 저 아래 깊은 곳에서 어떤 새로운 꿈틀거림이 일어나는 것을, 어떤 새로운 벌거숭이 알몸이 솟아오르는 것을 그녀는 느꼈다. 그녀는 한편으로 두려웠다. 다른 한편으로는, 그가 그렇게 자기를 애무하지 않았으면 하는 마음이 들기도 했다. 그는 어떻게 한 것인지 그녀를 포위하듯꼼짝 못하게 하고 있었다. 하지만 그녀는 기다렸다. 가만히 기다리고 있었다.

안도감과 합일의 완성감을 강렬하게 느끼면서, 순수한 평화의 기쁨으로 그가 그녀의 몸 안에 들어왔을 때도, 그녀는 여전히 기다리고 있었다. 그녀는 자신이 약간 소홀하게 다뤄지고 있는 듯한 느낌이 들었다. 그러나 그녀도 알고 있었던바, 그것은 자기 탓이기도 하였다. 그녀는 스스로의 의지에 의해 일부러 이렇게 떨어져 있는 것이다. 지금으로서는 그럴 수밖에 없는 상태인지도 몰랐다. 그녀는 그저 가만히 누워서, 그녀의 몸 안에서 그가 움직이는 것을, 그러다가 그가 강렬한 집중의 순간으로 깊숙이 빠져드는 것을, 이어서 돌연 정액이 솟구쳐 나오면서 갑자기 그의 온몸이 떨리는 것을, 그러더니 찌르는 힘이 천천히 가라앉는 것을 차례로 느꼈다. 찌르며 움직이는 궁둥이의 그 동작, 분명 그것은 좀 우스꽝스러웠다! 만약 여자로서 그 모든 행위를 함께하지 않고 그냥 누워만 있다면, 분명 남자의 그 찌르며 미는 엉덩이 동작은 더할 나위 없이 우스꽝스럽게 보일 것이다. 분명, 그런 자세를 하고 그런 동작을 할 때 남자는 지독하게도 우스꽝스러워 보였다!

그러나 그녀는 가만히, 아무 반응 없이 누워 있었다. 그가 일을 끝냈을 때조차, 그녀는 자신의 만족을 이끌어내기 위해 마이클리스에게 그랬듯이, 스스로를 자극해 일으키려 하지 않았다. 그녀는 그저 가만히 누워 있었다. 눈물이 서서히 그녀의 두 눈에 고여 가득 차더니 주르르 흘러내렸다.

그도 역시 가만히 엎드려 있었다. 그러나 그는 그녀를 꼭 껴안고서, 가엾게 벌거숭이가 된 그녀의 두 다리를 자신의 두 다리로 덮어 따뜻하게 해주려고 애썼다. 다정하게 살을 바짝 맞대고 틀림없는 온기로 그녀를 감싸며, 그는 그녀 위에 엎드려 있었다.

"좀 춥지 안쏘?" 그는 그녀가 가까이, 정말 아주 가까이 있는 것처럼, 작은 목소리로 부드럽게 속삭이며 물었다. 하지만 그녀는 사실 소홀히 방치된 채, 저만치 멀리 떨어져 있었다.

"아뇨! 하지만 가봐야겠어요." 그녀는 상냥하게 말했다.

그는 한숨을 쉬고는 그녀를 더욱 꼭 껴안았다. 그러고는 다시 힘을 풀어 편한 자세를 취했다. 그는 그녀의 눈물의 의미를 제대로 추측해 내지 못했다. 그는 그저 그녀가 자신과 하나가 되어 그 자리에 함께 있는 것으로 생각했다.

"가봐야겠어요." 그녀는 다시 한번 말했다.

그는 몸을 일으켜 세우더니, 그녀 옆에 잠깐 동안 무릎을 꿇고 앉아서는, 그녀의 허벅지 안쪽에다 입을 한번 맞춘 뒤, 그녀의 치마를 당겨 내려주었다. 동시에 그는, 아주 희미하게 비치는 등불 빛을 받은 채 별 생각 없이 무심하게, 옆으로 돌아서지도 않고, 자기 옷의 단추를 채웠다.

"언제 한번 내가 사는 지베서 만납씨다." 다정하고 자신감 있으며 느긋한 얼굴로 그녀를 내려다보면서 그는 말했다.

그러나 그녀는 힘없이 그대로 누워서, 그를 빤히 올려다보며 생각하고 있었다. 낯설고 모르는 사람이야! 낯설고 모르는 사람! 그에 대해 좀 원망스럽고 화가 나는 마음까지 있었다.

그는 겉옷을 입고 바닥에 떨어져 있던 모자를 찾아 쓰고는, 엽총을 어깨에 둘러메었다.

"자, 갑시다!" 그 따뜻하고 평화로운 듯이 보이는 눈으로 그녀를 내려다보면서 그는 말했다.

그녀는 천천히 몸을 일으켰다. 가고 싶지 않았다. 그러면서 또한 거기에 머물러 있는 것이 화가 나기도 했다. 그는 그녀가 얇은 방수 외투를 입는 것을 도와주고, 그녀의 차림새가 단정한지 살펴봐 주었다.

그러고 나서 그는 문을 열었다. 바깥은 아주 어두웠다. 충직한 개가 입구의 처마 밑에 앉아 있다가 그를 보고 반갑게 벌떡 일어섰다. 가랑비는 어둠 위로 뿌옇게 흩날리며 내리고 있었다. 아주 어두웠다.

"등뿔를 갖꼬 가야겠쏘." 그가 말했다. "아무도 볼 사람이 업슬 거요."

그는 그녀의 바로 앞에 서서 좁은 길을 따라 걸어갔는데, 낮게 들고 가는 등불이 흔들리면서, 비에 젖은 풀과 시커멓게 번들거리는 뱀처럼 생긴 나무뿌리들, 그리고 창백한 꽃들이 드러나 보였다. 그 외에는 온통 뿌옇게 안개처럼 내리는 가랑비와 완전한 어두움뿐이었다.

"언제 한번 내 지베서 만납씨다." 넓은 승마로에 접어들자 그녀와 나란히 걸으면서 그가 말했다. "그럽씨다. 이왕 이러케 된 것, 우리가 하고 싶은 대로라도 다 해봐야 하지 않겠소?"

자신을 원하는 그의 묘한 집착이 그녀는 당혹스러웠다. 그들 사이엔 아직 아무것도 없었고, 진짜로 대화다운 대화를 나눈 적도 없었기 때문이다. 게다가 그녀는 자신도 모르게 그의 사투리가 싫어 화가 났다. "만납씨다."라는 그의 말은 그녀가 아니라 여느 평범한 여자에게나 던지는 말투처럼 들렸다.

그녀는 승마로에 나 있는 디기탈리스 잎들을 문득 알아보고는, 지금 어디쯤 와 있는지 대충 알 수 있었다.

"7시 15분이니까," 그가 말했다. "시간 내에 도착할 수 있을 겁니다."

그의 목소리는 달라져 있었는데, 그녀에게 거리감을 느끼는 듯했다.

그들이 승마로의 마지막 구부러진 길을 돌아 개암나무 울타리와 임원 출입문을 향하게 되자, 그는 등불을 불어 껐다.

"여기서부터는 조심하는 게 낫께찌요." 그녀의 팔을 부드럽게 잡으면서 그는 말했다.

그러나 걷기가 어려웠다. 발밑의 땅은 도무지 감을 잡을 수가 없었다. 하지만 그는 발걸음으로 느껴 길을 알았다. 그에겐 익숙한 길이었던 것이다.

출입문에서 그는 그녀에게 자신의 회중전등을 건넸다.

"임원에선 어두운 게 약간 덜 하게찌만," 그는 말했다. "그래도 혹시 길을 벗어날찌 모르니 이걸 갖꼬 가요."

그건 사실이었다. 임원의 트인 공간에는 유령처럼 어슴푸레한 빛이 희미하게 감돌고 있었다.

그는 갑자기 그녀를 끌어당기더니 손을 다시 그녀의 치마 밑으로 재빨리 밀어 넣고는, 그녀의 따뜻한 몸을 비에 젖어 싸늘해진 손으로 더듬어 만졌다.

"그대 같은 여자를 만지기 위해서라면 난 목숨이라도 버릴 수 있소." 목이 잠긴 목소리로 그는 말했다. "당신이 조금만 더 있을 수 이따면 좋으련만……."

그녀는 다시금 자기를 원하는 그의 갑작스러운 힘을 느꼈다.

"안 돼요! 서둘러 가야 해요." 그녀는 약간 거칠게 말했다.

"그래요!" 그는 갑자기 달라진 태도로 대답하면서, 그녀를 놓아주었다.

그녀는 돌아섰다. 그러나 즉시 그에게로 되돌아서서는 말했다.

"키스해 줘요!"

그는 어둠에 묻혀 보이지 않는 그녀의 얼굴 위로 몸을 숙였다. 그러고는 그녀의 왼쪽 눈에 입을 맞췄다. 그녀가 입에다 키스해 주기를 바라며 그대로 있자 그는 부드럽게 그녀의 입에 키스했다. 하지만 즉시 입을 떼었다. 그는 입을 맞대고 하는 키스를 싫어했다.

"내일 또 올게요." 그녀는 그에게서 멀어져가며 말했다. "올 수 있다면요." 그녀는 덧붙였다.

"그래요! 너무 늦지는 말아요." 그가 어둠 속에서 대답했다. 벌써 그의 얼굴은 전혀 알아볼 수가 없었다.

"잘 가요!" 그녀는 말했다.

"안녕히 가십시오, 마님." 그의 목소리였다.

그녀는 걸음을 멈추고는 비에 젖은 어둠 속을 되돌아보

았다. 그의 형체만 겨우 어렴풋이 보였다. "왜 그런 호칭을 쓴 거죠?" 그녀는 물었다.

"아니, 뭐!" 그가 대답했다. "자, 그럼 잘 가요! 어서 뛰어요!"

그녀는 손으로 만져질 듯한 밤의 암회색 어둠 속으로 뛰어갔다.

그녀는 옆문이 그대로 열려 있는 것을 보고, 누구의 눈에도 띄지 않은 채 자신의 방으로 미끄러져 들어갔다. 방문을 닫을 때, 저녁 식사 시간을 알리는 종소리가 들려왔다. 하지만 그녀는 어쨌든 목욕을 할 생각이었다. 목욕을 해야만 했다.

"하지만 앞으로는 늦지 말아야겠어." 그녀는 혼자 중얼거렸다. "너무 애가 타고 신경 쓰인단 말이야."

다음 날 그녀는 숲에 가지 않았다. 그 대신 클리퍼드와 함께 어스웨이트에 갔다. 그는 이제 이따금씩 자동차로 외출하곤 했는데, 필요할 경우 그가 차에서 내리는 것을 도와줄 수 있는 건장한 청년을 운전사로 고용했다.

클리퍼드는 특히 그의 대부인 레슬리 윈터 씨를 만나고 싶어 했는데, 그는 어스웨이트에서 그리 멀리 떨어지지 않은 시플리 홀에서 살고 있었다. 윈터 씨는 이제 나이 지긋한 신사로 부자──즉 에드워드 왕[2] 시대에 한참 호황을 누렸던 부유한 탄광주 중의 하나였다. 에드워드 왕 자신이 두어 번인가 사냥을 하러 시플리에 머문 적도 있었다. 시

─────────────
[2] 1901년에서 1910년까지 재위했던 영국의 왕.

플리 홀은 멋있고 고풍스러운 저택으로, 내부 벽면을 장식
벽토로 칠하는 등 아주 우아하게 꾸며놓았는데, 그것은 윈
터 씨가 독신으로서 자신의 스타일을 자랑스럽게 여기는
사람이었기 때문이다. 하지만 그곳 주변은 탄갱들로 둘러
싸여 있었다.

레슬리 윈터는 클리퍼드에게 애정을 지니고 있었지만,
개인적으로 그를 아주 훌륭하게 생각하지는 않았다. 그것
은 화보 신문에 실린 사진이니 문학이니 하는 것 때문이었
다. 이 노신사는 에드워드 왕조풍의 혈기 있는 남자로서,
인생이란 인생 그 자체일 뿐이며 글 나부랭이를 끼적거리
는 작자들은 뭔가 좀 다른 족속이라고 생각했다.

코니에 대해서는, 이 신사 나리는 항상 좀 정중한 태도
로 대했다. 그는 그녀를 매력적이고 얌전한 규수로, 클리
퍼드에게는 좀 아까운 여자라고 여겼다. 그녀가 라그비의
상속자를 낳을 가능성이 전혀 없는 것은 정말 천만 유감이
었다. 그 자신도 상속해 줄 자식이 없었다.

클리퍼드의 사냥터지기가 그녀와 관계를 갖고 있으며 그
녀에게 "언제 한번 내가 사는 지베서 만납씨다!" 하고 말
했다는 사실을 안다면 윈터 씨가 뭐라고 할지 코니는 궁금
해졌다. 그는 그녀를 혐오하고 경멸할 것이다. 왜냐하면
그는 노동자 계급이 밀치고 올라오는 것을 거의 증오에 가
깝게 싫어하였기 때문이다. 자신과 같은 계급의 남자라면
그는 별로 개의치 않을 것이다.

그러니 코니의 그 얌전하고 순종적인 규수다운 외모는
자연에게서 받은 선물로서, 아마 타고난 천성의 일부일 것

이었다. 윈터 씨는 "얘야!" 하고 그녀를 부르더니 18세기 귀부인을 그린 꽤 아름다운 세밀화를 주었다. 그는 그녀가 별로 원하지도 않는데 항상 그녀에게 뭔가를 선물로 주었다.

그러나 코니는 사냥터지기와의 관계에 생각이 팔려 있었다. 따지고 보면, 정말로 신사이고 경험 많은 사람인 윈터 씨가 오히려 그녀를 한 인간으로서, 분별력이 있는 한 개인으로서 대접해 주는 듯했다. 그는 '그대'니 '당신'이니 하면서 다른 여자들과 함께 그녀를 한 덩어리로 묶어 취급하지 않았다.

그녀는 그날도, 다음 날도, 그리고 그 다음 날도 숲에 가지 않았다. 그 남자가 자기를 원하면서 기다리고 있다는 느낌이 드는 한, 아니 그런 느낌이 든다고 생각되는 한, 그녀는 가지 않았다.

그러나 사흘째 되는 날 그녀는 끔찍할 정도로 불안하고 초조해졌다. 하지만 숲에 가서 또다시 그 남자에게 허벅다리를 벌리고 싶은 생각은 여전히 들지 않았다. 그녀는 다른 할 거리들을 있는 대로 다 생각해 보았다. 가령 셰필드로 드라이브를 가든지, 아니면 사람들을 방문하러 갈 수도 있을 것이다. 그런데 그 일들 역시 하기 싫었다.

그래서 마침내 그녀는 산책이나 가기로, 물론 숲 쪽이 아니라 그 반대 방향으로 가기로 결심했다. 그녀는 임원의 다른 쪽 울타리에 있는 조그만 철문을 통해 메어헤이 쪽으로 나가볼 작정이었다.

흐리지만 조용하고 거의 따사롭다고까지 할 만한 봄날이

었다. 그녀는 자기가 무슨 생각을 하는지도 모르고 상념에
깊이 빠져서, 주변의 것에 무관심한 채 마냥 걸었다. 그녀
는 주위를 제대로 의식하지 못하고 있었는데, 그러다가 메
어헤이 농장의 개가 크게 짖는 소리에 그만 깜짝 놀라 정
신을 차렸다. 벌써 메어헤이 농장이었다! 메어헤이 농장의
풀밭은 라그비의 임원 울타리까지 이어져 있어서, 두 곳은
서로 이웃인 셈이었다. 하지만 코니가 이곳을 방문한 지는
상당히 오래되었다.

"벨!" 그녀는 커다란 흰색 불테리어 개에게 소리쳤다.
"벨! 날 잊었니? 날 모르겠어?"

그녀는 평소 개들을 무서워했다. 그런데 벨은 뒤로 물러
나면서 계속 크게 짖어댔다. 그녀는 농장 마당을 지나서
토끼 사육장이 있는 길로 가고 싶던 참이었다.

플린트 부인이 나타났다. 그녀는 콘스턴스와 동갑으로,
예전에 학교 선생을 했으며 다소 매력적인 면도 없지 않았
다. 하지만 코니는 그녀를 속이 좁고 거짓된 여자가 아닌
가 하고 의심쩍게 여기고 있었다.

"아이고, 채털리 부인이 오셨네! 아이고 이런!" 그러면
서 플린트 부인의 두 눈은 다시금 밝게 타올랐고, 얼굴은
어린 소녀처럼 발갛게 달아올랐다. "벨, 벨. 아이고, 이런!
채털리 부인께 짖다니! 벨! 조용히 못해!" 그녀는 앞으로
달려 나오면서 손에 들고 있던 하얀 천을 개에게 내려치듯
마구 휘둘러 대었고, 그런 다음 코니에게로 다가왔다.

"개가 전엔 날 알아보았는데." 코니는 악수를 하면서 말
했다. 플린트 부부네는 채털리 집안의 임차인이었다.

"물론 저 개는 마님을 알아보지요! 그저 한번 뽐내본 것뿐이랍니다." 밝게 타오르는 눈빛과 당황한 듯 붉어진 얼굴로 쳐다보면서 플린트 부인은 말했다. "하지만 부인을 뵌 지 상당히 오래되어서 그렇기도 할 겁니다. 그간 부인께서는 건강이 좀 좋아지셨는지요?"

"예, 덕분에 이젠 괜찮답니다."

"겨울 내내 거의 뵙지 못했군요. 좀 들어오셔서 저희 아기 한번 보시지 않겠어요?"

"글쎄요!" 코니는 망설였다. "그럼 잠깐만요."

플린트 부인은 먼저 집 안을 좀 정돈하려고 날듯이 후다닥 달려 들어갔고, 코니는 천천히 뒤를 따라 들어가서, 좀 어두운 부엌에서 잠시 머뭇거리며 기다렸다. 그곳에는 주전자가 벽난로 불가에서 끓고 있었다. 곧 플린트 부인이 돌아왔다.

"누추하지만 용서해 주시겠지요." 그녀는 말했다. "이리로 들어오세요."

두 사람은 거실로 들어갔다. 아기가 벽난로 앞의 낡고 허름한 깔개 위에 앉아 있었고, 탁자 위에는 차가 대충 차려져 있었다. 나이 어린 하녀 하나가 수줍고 어색해하며 복도로 뒷걸음치듯 물러나는 모습이 보였다.

아기는 첫돌쯤 지난 듯한데 똘똘하니 귀여운 얼굴에, 아빠처럼 머리색이 붉었으며, 당돌하게 쳐다보는 두 눈은 연한 파란색이었다. 계집아이였는데, 낯선 사람을 무서워하지 않았다. 방석을 몇 개 깔아놓은 사이에 앉은 아기는 요즘의 과잉 풍조를 반영하듯, 낡고 허름한 인형들과 다른 여러 장난감들로 잔뜩 둘러싸여 있었다.

"어머! 참 귀엽기도 해라!" 코니가 말했다. "그리고 어쩜 이렇게 컸지요! 아가씨가 다 되었네! 아가씨가!"

코니는 이 아기가 태어났을 때 아기용 숄을 선물로 주었고, 크리스마스 때에는 셀룰로이드로 만든 장난감 오리 한 쌍을 선물했었다.

"자, 조세핀! 누가 널 보러 오셨는지 보렴! 이분이 누구시지, 조세핀? 바로 채털리 부인이시란다! 채털리 부인 생각나지, 아가야?"

그 묘하니 건방지고 깜찍한 아기는 당돌하게 코니를 빤히 쳐다보았다. 남작 부인이니 하는 것은 아직 이 아기에겐 아무것도 아니었다.

"자, 아가야! 나한테 한번 와볼래?" 코니가 아기에게 말했다.

아기는 어떻게 해도 반응을 보이지 않았다. 그래서 코니는 직접 아기를 안아 올려 무릎에 앉혔다. 아기를 무릎에 앉혀 보듬는 것은 그 얼마나 따뜻하고 사랑스러운 느낌인지! 보드랍고 자그만 팔이며, 아무렇게나 달랑거리고 있는 깜찍하니 자그만 다리며, 모두 귀여울 뿐이었다.

"막 혼자서 차를 대충 차려 마시려던 참이었답니다. 남편 루크는 시장에 가고 없으니까, 아무 때나 마시고 싶을 때 마시는 거지요. 같이 차를 한 잔 하시겠는지요, 채털리 부인? 댁에서 늘 드시던 것은 아니겠지만, 괜찮으시다면……."

집에서 늘 들던 차가 아닐 거네 하는 말은 듣기 싫었지만, 코니는 같이 들겠다고 했다. 탁자를 다시 차려 준비한다고 한바탕 법석이 일어났고, 제일 좋은 찻잔과 제일 좋은 찻주전자가 꺼내져 놓였다.

"괜히 수고스럽게 그럴 필요가 전혀 없는데요!" 코니는 말했다.

그러나 그렇게 수선을 피우지 않는다면, 플린트 부인에게 무슨 재미가 있을 것인가! 그래서 코니는 아기를 데리고 놀았고, 거리낌 없고 계집아이다운 아기의 귀여운 짓에 즐거워하면서, 어린 아기의 보드랍고 따뜻한 몸으로부터 깊고 육감적인 기쁨을 느꼈다. 어린 생명! 아무 두려움을 모르는 존재! 자기를 방어할 힘이 하나도 없기에, 오히려 이토록 아무 두려움이 없는 존재! 다른 사람들은 모두, 두려움에 그토록 마음이 졸아들어 있건만!

차가 나와 마셨는데, 약간 진했다. 버터를 바른 아주 맛 좋은 빵과 병조림 자두도 대접받았다. 플린트 부인은 마치 코니가 무슨 멋쟁이 기사라도 되는 듯, 홍조를 띠고 밝게 달아오른 얼굴에 흥분된 표정을 지으며 자랑스러워했다. 그리고 나서 그들은 여자들끼리 하는 진짜 잡담을 좀 나누었으며, 둘 다 그걸 즐겼다.

"하지만 차 대접이 보잘것없어서 죄송하군요." 플린트 부인이 말했다.

"집에서 들던 차보다 훨씬 맛있는걸요." 코니는 진심으로 말했다.

"오, 정말요!" 플린트 부인은 그렇게 말했지만 물론 믿지는 않았다.

그러나 마침내 코니는 자리에서 일어났다.

"이만 가봐야겠어요!" 그녀는 말했다. "남편은 내가 어디에 있는지 전혀 모르고 있거든요. 그는 온갖 생각을 하며 걱정하고 있을 거예요."

"부인께서 여기 와 계시다는 건 정말 결코 생각 못하실 거예요!" 플린트 부인은 흥분된 얼굴로 웃으면서 말했다. "사람을 시켜 외치며 찾게 하실지도 모르겠군요!"

"안녕, 조세핀!" 코니는 아기에게 입을 맞추고 숱이 아직 많지 않은 빨간 머릿결을 귀여운 듯 한번 쓸어 헝클어 보면서 말했다.

플린트 부인은 빗장을 질러 잠가놓은 앞문을 열어주겠다고 고집했다. 코니는 농장의 자그마한 앞뜰로 나왔다. 쥐똥나무 울타리로 둘러싸인 뜰이었는데, 길옆으로 노란 앵초가 우단을 펼쳐놓은 것처럼 아주 부드럽고 풍성하게 두 줄로 피어 있었다.

"노란 앵초꽃들이 아름답군요!" 코니가 말했다.

"마구잡이 꽃이지요. 제 남편 루크는 이 꽃들을 그렇게 부른답니다!" 플린트 부인은 웃으며 말했다. "몇 송이 가져가세요."

그러더니 그녀는 우단처럼 부드러운 연노랑 앵초꽃을 열심히 꺾기 시작했다.

"그만요! 됐어요!" 코니는 말했다.

그들은 뜰의 자그만 출입문이 있는 데까지 왔다.

"아까 어느 쪽으로 가시던 참이었지요?" 플린트 부인이 물었다.

"토끼 사육장 옆길 쪽으로요."

"그러시다면…… 아, 그렇지. 젖소들은 농장 울안에 들어와 있어요. 아직 우리에 가둬두진 않았지만요. 하지만 출입문이 잠겨 있어서, 넘어가셔야 할 거예요."

"넘어갈 수 있을 거예요." 코니는 말했다.

"농장 울안까지는 제가 모시고 갈 수 있을 거 같군요."

그들은 토끼에게 뜯어 먹힌 초라한 목초지를 따라 내려갔다. 새들은 숲 속에서 어딘지 승리감에 찬 저녁 흥취를 힘차게 지저귀며 노래하고 있었다. 한 남자가 마지막 남은 젖소들을 불러 모으고 있었는데, 밟고 다녀서 풀이 별로 없는 목초지 위를 젖소들은 꾸물거리며 천천히 걸어오고 있었다.

"일꾼들이 오늘 저녁 젖 짜는 일에 늦장을 부리는군요." 플린트 부인이 좀 모질게 말했다. "루크가 어두워진 다음에야 돌아올 거라는 걸 알고 있거든요."

두 사람은 울타리 있는 곳까지 왔다. 울타리 너머로는 어린 전나무 숲이 빽빽하게 들어서 있었다. 자그만 출입문이 있었지만, 잠겨 있었다. 문 안쪽의 풀밭에 빈 병 하나가 서 있었다.

"사냥터지기의 빈 우유병이랍니다." 플린트 부인이 설명했다. "우리가 그 사람을 위해 여기까지 우유를 갖다주지요. 그러면 그가 와서 가져간답니다."

"언제 와서 가져가는데요?" 코니는 물었다.

"뭐, 아무 때나 이 근처로 오게 될 때 가져가는데, 대개 아침에 온답니다. 그럼 안녕히 가십시오, 채털리 부인! 그리고 또 들러주세요! 이렇게 뵙게 되어서 정말 즐거웠답니다."

코니는 울타리를 넘어, 빽빽하게 들어선 어린 전나무들 사이의 좁은 오솔길로 접어들었다. 플린트 부인은 오르막 언덕의 목초지를 가로질러 달려서 되돌아갔다. 햇빛 가리는 모자를 쓴 채였는데, 학교 선생 티를 아무래도 버리지 못한 탓이었다.

콘스턴스는 새로 빽빽하게 나무가 들어선 이곳의 숲이 마음에 들지 않았다. 좀 으스스하고 숨이 막히는 듯했다. 그녀는 고개를 숙인 채, 플린트네 아기를 생각하면서 서둘러 앞으로 나아갔다. 귀엽고 사랑스러운 아기였다. 하지만 아빠처럼 약간 다리가 활 모양으로 휘어져 벌어질 것 같았다. 벌써 그럴 기미가 보였다. 하지만 혹시 자라면서 바로 잡힐지도 모르는 일이다. 아기를 갖는다는 것은 참으로 얼마나 마음 따뜻하고, 뭔가 할 일을 다한 듯이 뿌듯한 느낌일까! 플린트 부인은 아기를 얼마나 자랑해 보였던가. 어쨌든 그 여자에게는 코니가 갖지 못하고 또 가질 수 없을 것으로 보이는, 그런 것이 있는 셈이었다. 그렇다. 플린트 부인은 자신의 모성을 자랑스럽게 과시해 보였던 것이다. 그리고 코니는 그저 약간, 아주 약간 질투가 났다. 그녀로서는 어찌할 수 없는 감정이었다.

그녀는 갑자기 깜짝 놀라 생각에서 깨어나면서, 두려움에 찬 짤막한 비명을 질렀다. 사내 한 사람이 앞에 서 있었다.

그는 사냥터지기였다. 그는 길 가운데에 발람의 나귀[3]처럼 서서, 그녀가 가는 길을 막고 있었다.

"이게 웬일이요?" 그가 놀란 얼굴로 물었다.

"여긴 어떻게 왔지요?" 코니는 숨이 찬 듯한 목소리로 말했다.

"당신이야말로 어떻게 온 거요? 오두막에 갔었소?"

"아뇨! 아녜요! 메어헤이에 갔었어요."

그는 이상하다는 듯이 그녀를 살펴보았다. 그녀는 약간 죄의식을 느끼며 고개를 숙였다.

"그럼 지금 오두막으로 가던 중이었소?" 그는 다소 굳은 목소리로 물었다.

"아뇨! 그럴 수 없어요! 메어헤이에서 오래 머물러 있었거든요. 내가 어디 있는지 지금 아무도 모르고 있어요. 늦었어요. 어서 빨리 가야 해요……."

"나를 따돌리든지 하고 말이오?" 그는 비꼬는 듯한 미소를 살짝 지으면서 말했다.

"아뇨! 아녜요, 그건 아녜요! 그저……!"

"아니면 뭐란 말이오?" 그가 말했다. 그러더니 그녀에게로 다가와서 팔로 그녀를 껴안았다. 그녀는 그의 몸 앞쪽이 자신의 몸에 아주 가깝게 닿아 살아 움직이는 것을 느꼈다.

"아, 지금은 안 돼요! 지금은 안 돼요!" 그를 밀어내려 하면서 그녀는 외쳤다.

"왜 안 된다는 거요? 아직 6시밖에 안 되었소. 반시간은

---

3) 민수기 22장에 등장하는 히브리의 예언자인 발람의 나귀로, 하나님의 사자(使者)를 보고 길에 꼼짝하지 않고 서 있었다.

여유가 있잖소. 자, 자! 난 지금 당신을 원하오."

그는 그녀를 꼭 껴안았고, 그녀는 급하게 다그치는 그의 욕망을 느꼈다. 예전이라면 그녀는 본능적으로 그에게서 벗어나려고 싸웠을 것이다. 그러나 그녀 내부의 뭔가가 이상해져서는 움직일 힘을 잃어버린 채 무겁게 축 처져버렸다. 그의 몸이 그녀의 몸을 누르며 급하게 덤벼들었는데, 그녀는 더 이상 싸울 기력이 없어지고 말았다.

그는 주변을 둘러보았다.

"자, 이리 와요. 이리로! 이쪽으로!" 그는 빽빽하게 들어선 전나무들 사이를 뚫어질 듯 들여다보면서 말했다. 아직 어려서 채 반도 자라지 않은 전나무들이었다.

그는 다시 그녀를 돌아봤다. 그의 두 눈은 팽팽하게 긴장된 채 반짝였으며, 거친 눈빛에는 사랑이 담겨 있지 않았다. 그러나 그녀의 의지는 이미 그녀에게서 떠나고 없었다. 뭔가 이상하게 무거운 것이 그녀의 팔다리를 꽉 누르고 있었다. 그녀는 허물어지고 있었고, 단념하고 있었다.

그는 그녀를 이끌고, 삐죽삐죽한 나무들이 벽처럼 늘어서서 통과하기 쉽지 않은 사이를 뚫고 들어가, 죽은 나뭇가지들이 쌓여 있고 조그만 빈자리가 있는 곳으로 갔다. 그는 마른 나뭇가지 한두 개를 땅에 던져놓고는 웃옷과 조끼를 그 위에 걸쳐놓았다. 그녀는 그 위에, 머리 위로 나뭇가지들을 올려다보며 동물처럼 누워야 했고, 그동안 그는 셔츠와 바지 차림으로 그 자리에 선 채, 홀린 듯한 시선으로 그녀를 바라보며 기다렸다. 그러나 그는 여전히 조심스러웠다. 그는 그녀가 제대로 자리를 잘 잡고 눕도록

294

했다. 하지만 그는 그녀의 속옷 띠를 끊어먹었다. 그녀가 도와주지 않고 그저 꼼짝 않은 채 가만히 누워만 있었기 때문이다.

그도 옷을 풀어 젖혀 몸의 앞부분을 드러내었고, 곧 이어 그의 맨살이 자신의 살에 닿으면서 그가 몸 안으로 들어오는 것을 그녀는 느꼈다. 그녀의 몸 안에서 그는 한순간, 탱탱하게 부푼 채 떨면서, 그대로 가만히 있었다. 그러더니 그는 갑자기 어쩔 수 없는 오르가즘에 사로잡히면서 움직이기 시작했고, 그러자 그녀의 몸 안에는 문득 새롭고 이상야릇한 전율이 눈뜨면서 일어나 물결치기 시작했다. 마치 부드러운, 깃털처럼 부드러운 불꽃이 포개지며 피어나 너울거리듯이, 그 물결은 하염없이 일어나 퍼지며, 더할 나위 없이 아름답고 정묘한 눈부심의 순간들로 치달아 오르더니, 완전히 흘러내릴 정도로 그녀를 녹여버렸다. 그것은 무수한 종소리가 물결치며 하늘로 높이높이 퍼져 올라가 절정의 순간에 이르는 것과도 같았다. 가만히 누운 채 의식하지는 못했지만 그녀는 마지막 순간에 나직하면서도 격정적인 비명을 연달아 부르짖었다. 그러나 그것은 너무 빨리, 정말 너무 빨리 끝나버렸다!

그런데 그녀는 이제, 혼자 움직여서 억지로 자신의 절정을 끌어내는 것을 더 이상 할 수 없었다. 이건 달랐다. 정말 달랐다. 그녀는 아무것도 할 수가 없었다. 자신의 만족을 얻기 위해 그를 단단히 붙잡고 늘어지는 것을 그녀는 더 이상 할 수가 없었다. 그녀는 오직 기다리고만 있을 뿐이었다. 그리고 그가 점점 움츠러들고 줄어드는 것을 느끼다가 마침내 그녀에게서 미끄러지듯 빠져나가 사라져버리는 그 끔찍한 순간에 이르렀을 때, 그저 마음속으로 신음할 뿐이었다. 그동안 그녀의 자궁은 온통 활짝 열린 채 부드러워져 있었고, 조수 아래 휩쓸린 말미잘처럼 부드럽게 아우성치며, 그가 다시 들어와 그녀의 욕구를 채워주기를 간절히 외치고 있었다.

그녀는 정열에 사로잡혀 무의식적으로 그에게 매달렸다. 그는 결코 그녀에게서 완전히 빠져나가 버리지 않았다. 그녀는 곧 부드러운 그의 귀두가 그녀의 몸 안에서 다시 꿈틀거리기 시작하더니 묘한 율동으로 달아오르듯 솟아나면서 묘하고 율동적인 움직임으로 점점 커지는 것을 느꼈다. 그것은 점점 부풀대로 부풀어 오르더니 마침내 그에게 간절히 매달려 있는 그녀의 의식을 가득 채웠고, 곧이어 움직임이라기보다는 점점 깊어져가는 순수한 감각의 소용돌이라고 할, 말로 형언할 수 없는 움직임을 다시금 시작했다. 그리고 그 감각의 소용돌이는 그녀의 모든 육체 조직과 의식을 뚫고 점점 깊고 깊게 소용돌이치며 들어가더니, 마침내 그녀는 하나의 완전한 동심원을 이룬 감각의 유체(流體)가 되어, 그 자리에 누운 채 알아들을 수 없는 비명을 무의식적으로 내지르고 있었다. 완전한 밤의 암흑으로부터 터져 나오는 소리, 그것은 생명의 외침이었다. 사내는 자기 몸 아래에서 들려오는 그 소리를 일종의 경외감을 가지고 들었으며, 그 순간 그의 생명은 용솟음치듯 뿜어져 나와 그녀의 몸속으로 들어갔다. 그리고 그 소리가 가라앉음에 따라 그도 역시 가라앉았고, 그가 의식하지 않고 완전히 조용하게 엎드려 있는 동안, 그를 붙잡고 있던 그녀의 힘도 서서히 풀렸으며 마침내 그녀는 축 늘어져 꼼짝 않고 누워버렸다.

그리고 두 사람은 아무것도 의식하지 못한 채, 서로의 존재까지도 잊고서, 둘 다 멍하니 누워 있었다.

마침내 정신을 차리기 시작한 그는 자신이 완전히 무방비 상태의 나체라는 것을 깨닫게 되었다. 그녀는 자신을 누르며 휘감고 있던 그의 몸이 풀어지는 것을 알아챘다. 그는 떨어져나가고 있었다. 하지만 가슴속에서 그녀는, 그가 자신을 덮었던 몸을 떼어 떠나가는 것이 견딜 수 없게 느껴졌다. 그는 이 순간 언제까지나 그녀를 몸으로 덮어주고 있어야 했던 것이다.

그러나 그는 마침내 몸을 떼어 떨어져나갔다. 그러고는 그녀에게 입을 맞추고 그녀의 옷을 당겨 덮어준 뒤 자기도 옷을 여미기 시작했다. 그녀는 나뭇가지 사이로 허공을 올려다보면서 그대로 누워 있었다. 아직 움직일 수가 없었다. 그는 일어나서 바지를 올리고 꼭 여미며 입으며, 주위를 살펴보았다. 온통 나무들로 빽빽하고 조용했으며, 그의 개만이 겁먹은 듯 앞발을 코에 댄 채 엎드려 있을 뿐이었다.

그는 다시 죽은 나뭇가지 더미 위에 걸터앉더니 말없이 코니의 손을 잡아 쥐었다. 그녀는 고개를 돌려 그를 쳐다보았다.

"우린 아까 함께 절정에 올랐소." 그가 말했다.

그녀는 대답하지 않았다.

"그렇게 될 때는 정말 좋은 거요. 평생 동안 살면서 한번도 그걸 경험하지 못하는 사람들이 많다오." 그는 다소 꿈꾸는 듯한 목소리로 말했다.

그녀는 생각에 잠긴 그의 얼굴을 들여다보았다.

"그래요!" 그녀가 말했다. "그래서 당신은 기쁜가요?"

그는 그녀의 눈을 마주 들여다보았다.

"그렇소!" 그가 말했다. "기쁘오! 하지만 신경 쓰지 마시오!" 그는 그녀가 말하지 않았으면 했다.

그래서 그녀에게 몸을 구부려 입을 맞췄다. 그러자 그녀는 그가 언제까지라도 그렇게 입을 맞추고 있어야 한다는 느낌이 들었다.

마침내 그녀는 일어나 앉았다.

"사람들이 함께 절정에 오르는 경우가 별로 많지 않은가요?" 그녀는 순진한 호기심으로 물었다.

"대부분의 사람들은 그런 경험을 전혀 못한다오. 그들의 맨송맨송한 얼굴을 보면 알 수 있는 사실이오." 그는 무심코 말을 하면서, 이야기를 시작한 것을 후회했다.

"다른 여자하고도 그렇게 같이 절정에 오른 적이 있어요?"

그는 재미있다는 얼굴로 그녀를 바라보았다.

"글쎄, 모르겠소." 그가 대답했다. "잘 모르겠소."

그가 자신에게 말하고 싶지 않은 것은 어떤 것도 말하지 않으리라는 것을 그녀는 알아차렸다. 그녀는 그의 얼굴을 주의 깊게 바라보았다. 그를 향한 열정이 아랫배에서 꿈틀거렸다. 그녀는 온 힘을 다해 그 열정에 저항했다. 그에 응했다가는 바로 자신에게 지고 마는 것이기 때문이었다.

그는 조끼와 겉옷을 입었다. 그리고 나무들 사이를 헤치고 다시 길 쪽으로 나아갔다. 마지막 저녁 햇살이 수평으로 숲을 비추고 있었다.

"난 함께 가지 않겠소." 그가 말했다. "그러는 게 좋을 거 같소."

그녀는 뭔가 아쉬운 듯 그를 한번 쳐다보고는 돌아섰다. 그의 개는 그가 어서 가기를 아주 간절히 기다리고 있었다. 그리고 그는 아무것도 할 말이 없는 듯 보였다. 할 말이 아무것도 남아 있지 않은 듯이 말이다.

코니는 천천히 집을 향해 가면서, 자신의 내부에 있는 다른 존재의 깊이를 깨달았다. 또 다른 자아가 그녀 내부에서 살아나, 그녀의 자궁과 창자 속에서 타오르며 부드럽게 녹아 흐르고 있었다. 그리고 이 자아를 통해 그녀는 그를 흠모했다. 그를 흠모하는 마음은 점점 깊어져, 걷고 있는 그녀의 두 무릎에서 힘이 빠질 정도였다. 자궁과 창자 속에서 그녀는 이제 새로 살아나 부드럽게 흐르면서 다치기 쉬운 여린 존재가 되었고, 세상에서 가장 순진한 여자로서 그를 흠모하는 마음에 꼼짝없이 사로잡혀 있었다.

"꼭 어린아이 같은 느낌이야!" 그녀는 혼자 중얼거렸다. "내 안에 어린아이가 있는 것 같은 느낌이야."

정말 그랬다. 마치 그녀의 자궁이 이제까지 항상 닫혀만 있다가, 마침내 열려서 새로운 생명, 거의 묵직한 짐과도 같지만 사랑스러운 생명으로 꽉 채워진 것 같았다.

'만일 아이를 갖게 된다면!' 그녀는 마음속으로 혼자 중얼거렸다. '만일 그 사람을 내 안에 어린애로 갖게 된다면!'

그 생각에 그녀의 팔다리는 녹아 흐르는 듯했다. 그녀는
자기 혼자만의 아이를 낳는 것과 자신의 내장이 간절히 끌
리며 사모하는 사람의 아이를 낳는 것에는 엄청난 차이가
있다는 것을 깨달았다. 앞의 경우는 어느 정도 평범한 것
이었다. 하지만 자신의 창자와 자궁 속이 흠모하는 남자의
아기를 갖는다는 것은! 그것은 이제까지의 자신과 아주 다
른 존재가 되어, 마치 모든 여성성의 중심과 창조의 수면
(睡眠) 상태로 깊이깊이 빠져드는 것 같은 느낌을 주었다.

그녀에게 새로운 경험으로 다가온 것은 열정이 아니었
다. 그것은 간절한 흠모의 마음이었다. 자신이 항상 그것
을 두려워해 왔다는 것을 그녀는 알고 있었다. 자신을 꼼
짝없이 무력한 존재로 만들어버리기 때문이다. 그녀는 아
직도 그것을 두려워하고 있었다. 그를 너무 지나치게 흠모
하게 된다면 자신의 존재가 상실되고 지워져버리지 않을까
하는 걱정 때문이었다. 자신의 존재가 지워지는 것을 그녀
는 원하지 않았다. 그것은 미개인 여자처럼 노예가 되는
것이었다. 그녀는 노예가 되어서는 안 되었다.

그녀는 자신의 흠모하는 감정이 두려웠다. 하지만 즉시
그것에 저항하여 싸우지는 않을 것이다. 자신이 그것에 맞
서 싸울 수 있다는 것을 그녀는 알고 있었다. 자궁과 창자
에 가득 찬 부드럽고 깊은 흠모의 열정과 싸워 그것을 짓
밟아 물리칠 수 있는 굉장한 자기 의지가 그녀의 가슴속에
는 있었다. 그녀는 지금이라도 당장 그렇게 할 수 있었다.
즉 그렇게 할 수 있다고 생각했다. 그러면 자신의 열정을
그녀 자신의 의지로 다룰 수 있게 될 것이다.

아, 그렇다. 바코스를 섬기는 여사제처럼, 숲 속을 질주하는 바코스의 신도처럼 정열적인 존재가 되는 것이다. 그리고 찬란한 남근의 신 이아코스[3]를 찾아가는 것이다. 어떠한 독립된 개성도 없이 그저 순수하게 하인으로서 여자를 섬기는 신을 말이다! 그 남자, 그의 개인적 존재, 그러한 것이 감히 끼어들어서는 안 된다. 그는 그저 신전의 하인으로서, 그녀 자신의 것인 그 찬란한 남근을 몸에 지니고 관리하는 존재에 불과할 뿐이다.

그렇게 흘러드는 새로운 각성의 물결 속에서, 오래되고 견고한 그 정열의 불꽃이 얼마 동안 그녀의 내면에서 불타올랐으며, 그 남자의 존재는 작아져서 하나의 경멸스러운 대상이, 즉 단순한 남근 소지자로서 그가 섬기는 직분을 수행하고 나면 갈기갈기 찢겨지고 말 존재가 되었다. 그녀는 자신의 팔다리와 몸속에서 바코스를 섬기는 여사제의 힘이, 광채를 번뜩이고 쏜살같이 달리면서 남성을 쓰러뜨리고 짓밟는 여성의 존재가 약동하는 것을 느꼈다.

그러나 그렇게 느끼는 동안, 그녀의 마음은 무거웠다. 그녀는 그 존재를 원하지 않았기 때문이다. 그것은 이미 다 알려져 있는 것으로서, 생명을 낳지 못하는 불모의 힘이었다. 흠모의 마음이야말로 오히려 그녀의 소중한 보배였다. 그것은 정말 깊이를 잴 수 없고, 정말 부드럽고, 정말 깊디깊고, 정말 아무에게도 알려지지 않은 것이었다.

---

3) 그리스 신화에서 술의 신 디오니소스의 아들이라고도 말해지는데, 종종 디오니소스 또는 바코스와 동일시된다.

그렇다, 정말! 그녀는 그 견고하고 빛나는 여성의 힘을 포기할 것이다. 그것은 이제 지긋지긋해졌고, 그걸로 인해 온몸이 뻣뻣해져 있었다. 그녀는 새로운 생명의 온천수에, 소리 없는 흠모의 노래를 부르는 그녀의 자궁과 창자 저 깊은 곳에 몸을 담글 것이다. 이 남자를 두려워하기엔 아직 너무 일렀다.

"메어헤이까지 걸어가 봤어요. 그리고 플린트 부인과 차를 마셨지요." 그녀는 클리퍼드에게 말했다. "그 집 아기가 좀 보고 싶었거든요. 빨간 거미줄 같은 머리칼을 한 아기가 아주 사랑스럽더군요! 정말 귀여웠어요! 플린트 씨는 시장에 가고 없어서 플린트 부인하고 아기랑 함께 차를 마셨죠. 내가 어디 갔나 궁금했었나요?"

"글쎄, 좀 궁금했지. 하지만 당신이 어디 들러서 차를 마셨겠거니 하고 생각했어." 클리퍼드는 질투하는 듯이 말했다.

일종의 투시력 같은 육감으로 그는 그녀에게 뭔가 새로운 것이, 그가 전혀 이해할 수 없는 어떤 것이 생겼음을 알아차렸다. 하지만 그는 그것을 아기 탓으로 돌렸다. 코니의 마음을 아프게 하는 것은 모두 그녀가 아기를 가질 수 없다는 것, 말하자면 자동적으로 아기를 임신하여 낳을 수 없다는 사실에 있다고 그는 생각했다.

"임원을 지나 철문 쪽으로 가시는 게 보이더군요, 부인." 볼턴 부인이 말했다. "그래서 아마 목사관에라도 들르셨겠지 하고 저는 생각했답니다."

"그럴 뻔했지요. 그러다가 대신 메어헤이 쪽으로 발길을 돌렸어요."

두 여자의 눈이 서로 마주쳤다. 볼턴 부인의 회색 눈은 반짝이면서 탐색하는 듯했으며, 코니의 파란 눈은 베일에 덮인 듯 묘하게 아름다웠다. 볼턴 부인은 코니에게 연인이 생겼다는 확신에 가까운 느낌이 들었다. 하지만 어떻게 해서 연인이 생겼을까? 상대는 대체 누구일까? 어디서 사내가 나타났을까?

"네에, 그렇게 가끔씩 외출하셔서 사람도 만나고 하시면 부인께 아주 좋을 거예요." 볼턴 부인은 말했다. "부인께서 좀 더 자주 외출을 하셔서 사람들하고 어울리면 부인께 굉장히 좋을 거라고 마침 클리퍼드 경께도 말씀드리던 참이었답니다."

"그래요, 나도 나갔다 와서 기분이 좋아요. 그런데 클리퍼드, 참 깜찍하니 재밌고 사랑스러운 아기였어요!" 코니가 말했다. "밝은 오렌지색에 꼭 거미줄 같은 머리카락을 가졌는데 말이에요! 하늘색 도자기 빛깔 눈이 어쩜 그리 묘하니 깜찍하고 당돌한지 몰라요! 물론 계집아이예요. 계집아이가 아니고서는 그렇게 당돌할 수가 없지요. 아무리 프랜시스 드레이크 경[4]처럼 용감한 꼬마라도 그 아기보다는 대담하지 못할 거예요."

"맞습니다, 부인. 플린트네 집 아이들은 으레 그렇답니다! 그 집 사람들은 언제나 성격이 좀 건방지고 머리카락이 모래 빛깔이지요." 볼턴 부인이 말했다.

---

4) Francis Drake(1540~1596): 스페인의 무적함대를 무찌른 영국의 제독.

"당신도 한번 아기를 보지 않을래요, 클리퍼드? 당신에게 보여주고 싶어서 차를 마시러 오라고 초대했는데."

"누굴 초대했다고?" 그는 굉장히 불편해진 얼굴로 코니를 쳐다보면서 물었다.

"플린트 부인하고 아기 말예요. 다음 월요일에요."

"위층 당신 방에서 차를 대접하면 되겠군." 그가 말했다.

"어머, 당신은 아기가 보고 싶지 않아요?" 그녀는 외쳤다.

"아니, 아기는 볼 거야. 하지만 차 마시는 시간 내내 그들과 함께 있고 싶지는 않아."

"아, 그래요!" 코니는 외치면서, 베일에 덮인 듯한 눈을 크게 뜨고 그를 바라보았다. 하지만 그를 정말로 보고 있지는 않았다. 그는 어떤 다른 존재였던 것이다.

"부인 방에서 편안하게 차를 드시면 되겠군요. 게다가 플린트 부인도 클리퍼드 경께서 자리에 함께 계시는 것보다 더 편하게 여길 거고요." 볼턴 부인이 말했다.

코니에게 연인이 생겼다고 그녀는 확신했다. 그러자 그녀의 영혼 속에서 뭔가 크게 기뻐하며 환희하는 것이 있었다. 하지만 과연 남자는 누굴까? 누굴까? 혹시 플린트 부인한테서 무슨 단서를 알아낼 수 있을지 모른다.

그날 저녁 코니는 목욕을 하려 하지 않았다. 그의 살이 그녀의 살에 닿는 느낌, 끈끈하게 몸에 밀착된 그의 몸의 촉감은 그녀에게 소중했으며, 어떤 의미에서는 신성하기도 했다.

클리퍼드는 심기가 아주 불편했다. 저녁 식사 후에도 그는 코니를 놓아주려 하지 않았다. 그녀는 혼자 있고 싶은 마음이 참으로 간절했다! 그를 쳐다보긴 했지만, 그녀는 이상하게도 고분고분했다.

"카드놀이를 할까? 아니면 뭐 책이라도 하나 읽어줄까? 아님 뭐 다른 걸 할까?" 그가 불안스러운 듯이 물었다.

"책을 읽어줘요." 코니는 대답했다.

"뭘 읽을까? 시? 산문? 아니면 희곡?"

"라신[5] 작품을 읽어줘요." 그녀는 말했다.

라신을 진짜 프랑스식으로 장중하게 읽는 것은 과거에 그가 곧잘 뽐내던 장기 중의 하나였다. 하지만 이제는 솜씨가 녹슬었고, 또 약간 자의식적이기까지 했다. 그는 사실 라디오의 확성기에 귀를 기울이고 싶은 마음이 더 컸다.

그러나 코니는 바느질만 하고 있었는데, 자신의 옷가지 하나에서 잘라낸 담황색 비단 천으로 플린트 부인의 아기에게 줄 자그만 실내용 아동복을 만들고 있었다. 집에 돌아온 뒤 저녁 식사 때를 기다리는 사이에 천을 잘라놓았다. 그러고는 이제 책 읽는 소리가 계속되는 동안, 그녀는 자신에 대한 부드럽고 고요한 황홀감에 싸인 채, 바느질을 하며 앉아 있었다. 자신의 내부에서 그녀는 흥얼거리는 정열의 운율을 느낄 수 있었다. 그것은 마치 깊숙하게 울려 퍼지는 종소리의 여운과도 같았다.

클리퍼드가 그녀에게 라신에 대해 뭔가를 이야기했다. 하지만 그녀는 그의 말이 다 끝난 뒤에야 겨우 알아들었다.

"네! 맞아요!" 그를 올려다보면서, 그녀는 말했다. "그

---

5) Jean Baptiste Racine(1639~1699) : 프랑스의 신고전주의 극작가.

건 정말 훌륭하지요."

그는 다시금 그녀의 두 눈에 어린 그 깊고 그윽한 푸른 불꽃에, 그리고 부드럽고 고요한 자태로 거기 앉아 있는 그녀의 모습에 깜짝 놀랐다. 그녀가 그토록 완벽하게 부드럽고 고요하게 있었던 적은 한번도 없었다. 마치 그녀의 몸에 감도는 어떤 향기에 취해 빠져드는 것처럼, 그는 그저 맥없이 그녀에게 매혹되고 말았다. 그래서 그는 그저 맥없이 읽기를 계속할 따름이었으며, 프랑스어로 낭독하는 그의 쉰 목소리는 굴뚝 속에서 윙윙 울어대는 바람 소리처럼 그녀에게 들려왔다. 라신의 작품은 한마디도 그녀의 귀에 들어오지 않았다.

그녀는 부드러운 황홀경에 잠겨 있었다. 마치 잎눈을 틔우면서 봄의 즐거운 신음 소리를 희미하게 내며 출렁이는 숲과도 같은 모습이었다. 같은 세계 속에서 자신과 함께 그 남자가, 그 이름 없는 남자가, 남근의 신비에 싸인 아름다운 모습을 하고 아름다운 발로 돌아다니고 있는 것을 그녀는 느낄 수 있었다. 그리고 자신의 몸 안에서, 모든 혈관 속에서, 그 남자와 그의 아기의 존재를 느꼈다. 그의 아기는 그녀의 온 혈관 속에, 마치 황혼 빛처럼 스며 흐르고 있었다.

그녀는 손도 없고, 눈도, 발도 없으며, 보물처럼 빛나는 황금빛 머리칼도 없나니——[6]

---

6) 스윈번의 『해 뜨기 전의 노래 *Songs before Sunrise*』에 나오는 구절.

그녀는 마치 하나의 숲과 같았으니, 짙푸르게 우거져 얽힌 참나무 숲이 수없이 많은 잎눈을 틔우면서 들리지 않는 노래를 흥얼거리고 있는 것 같았다. 그동안 욕망의 새들은 복잡하게 얽히고 우거진 그녀 육체의 드넓은 숲 속에 잠들어 있었다.

그러나 클리퍼드의 목소리는, 탁탁 부딪히는 듯 꾸르륵 넘어가는 듯 기이한 소리를 내면서 계속되었다. 그것은 얼마나 이상스러웠는지! 책 위로 몸을 구부린 채 거기 앉아, 탐욕스러우면서 교양 있는 묘한 모습을 하고, 벌어진 양 어깨에 다리라고 할 수 없는 다리를 달고 있는 그는 참으로 얼마나 이상스럽게 보이는지! 무슨 이상한 새처럼 날카롭고 냉정하며 굽힐 줄 모르는 완고한 의지를 지니고서, 도대체 따뜻한 온기라곤 찾아볼 수 없는 그의 존재는 참으로 얼마나 이상스러운지! 영혼은 전혀 없고 오직 비상하게 예리한 의지, 차가운 의지만을 지니고 있는, 내세(來世)의 그 무슨 기묘한 생물들 가운데 하나 같은 존재. 그녀는 그에 대한 두려움에 잠시 몸서리쳤다. 그러나 다음 순간, 생명의 부드럽고 따뜻한 불꽃이 그의 존재보다 더 강하게 타올랐고, 그러자 그 진정한 것들은 감춰져 그가 알 수 없게 되었다.

읽기가 끝났다. 그녀는 깜짝 놀라 정신을 차렸다. 고개를 들어 쳐다본 그녀는, 클리퍼드가 창백하고 섬뜩한 시선으로 증오하는 듯이 자신을 주시하고 있는 걸 보고 더욱 놀랐다.

"정말 고마워요! 당신은 라신을 정말 근사하게 읽어요!"

그녀는 부드러운 목소리로 말했다.

"라신이 직접 읽는 걸 듣는 것만큼이나 근사하다고 하지 그래." 그는 매몰차게 말했다.

"뭘 만들고 있는 거야?" 그는 물었다.

"플린트 부인의 아기에게 줄 옷을 만들고 있어요."

그는 고개를 돌려 외면했다. 어린애! 어린애! 오로지 그 것에만 그녀는 사로잡혀 있다.

"요컨대," 그는 연설조의 목소리로 말했다. "우리는 원하는 것을 모두 라신에게서 찾을 수 있지. 질서 있게 다스려지고 형태가 주어진 감정은 무질서한 감정보다 더 중요한 거야."

그녀는 베일에 덮인 듯이 멍한 눈을 크게 뜬 채 그를 빤히 쳐다보았다.

"그래요, 나도 그렇게 믿어요." 그녀는 말했다.

"현대의 세계는 감정을 아무렇게나 풀어놓음으로써 감정을 속되게 만들어왔을 뿐이야. 우리에겐 지금 고전적인 절제가 필요해."

"그래요!" 그녀는, 백치 같은 감정만 담긴 라디오 소리에 멍한 얼굴로 귀를 기울이고 있는 그의 모습을 생각하면서, 천천히 말했다. "사람들은 풍부한 감정을 지닌 체하지만, 사실 그들은 아무것도 느끼지 못하지요. 낭만적이라는 것은 바로 그런 것일 뿐이라고 난 생각해요."

"맞아, 바로 그래!" 그가 말했다.

사실, 그는 좀 피곤했다. 그날 저녁은 피곤한 저녁이었다. 차라리 전문 기술 서적을 읽든지 탄광 지배인을 만나든지 아니면 라디오를 듣든지 하는 게 더 나을 뻔했다.

볼턴 부인이 엿기름을 넣은 우유 두 잔을 가지고 들어왔다. 클리퍼드는 잠이 잘 오게 하고, 코니는 살이 붙게 하기 위한 것이었다. 볼턴 부인의 제안으로 밤마다 자기 전에 으레 마시는 음료였다.

자기 잔을 다 마시고 나자 코니는 이제 자기 방으로 갈수 있게 되어 기뻤는데, 클리퍼드가 잠자리에 눕는 것을 도와주지 않아도 되어 더욱 고마웠다. 그녀는 잔을 가져다가 쟁반 위에 놓고는, 방 밖으로 내놓으려고 쟁반을 집어들었다.

"잘 자요. 클리퍼드! 편히 잘 자길 바라겠어요! 라신 작품은 꿈처럼 마음속에 스며드는군요. 잘 자요!"

그녀는 어느새 문 있는 데까지 가 있었다. 그에게 잘 자라는 입맞춤도 하지 않은 채 나가고 있었다. 그는 날카롭고 차가운 시선으로 그녀를 노려보았다. 그래! 저녁 내내 책을 읽어주며 함께 시간을 보냈는데, 그녀는 이제 잘 자라고 입도 맞추지 않는군. 이토록 깊은 무정함이 어디 있단 말인가! 물론 그런 입맞춤이란 단지 형식적인 것에 불과하다고 할 수도 있겠지만, 삶을 지탱해 주는 것은 바로 그런 형식들 아닌가? 그녀의 이런 행동은 정말이지 볼셰비키주의자의 행태나 다름없어. 그녀의 본능은 볼셰비키적이야! 그는 차갑고 분노에 찬 시선으로 그녀가 사라진 문간을 응시하며 노려보았다. 치미는 분노!

그러고 나자 다시금 어두운 밤의 공포가 그를 덮쳤다. 그는 일종의 신경 조직으로 짜인 그물과도 같았다. 그래서 긴장하여 일에 몰두하면서 정력으로 가득 차 있거나, 라디오에 귀를 기울이면서 완전히 무아지경에 빠져들어 있지 않을 때면, 위험하게 덮쳐오는 공허감과 불안에 시달리곤 했다. 그는 두려웠다. 그런데 코니는, 마음만 먹으면, 이 두려움을 그에게서 쫓아줄 수가 있었다. 하지만 그녀에겐 그럴 마음이 없다는 것이, 그렇게 할 생각이 없다는 것이 분명했다. 그녀는 무정했다. 그녀를 위해 그가 해준 그 모든 것에 대해 그녀는 그저 냉정하고 무정할 뿐이있다. 그녀를 위해 그는 자신의 인생을 포기했는데, 그녀는 그에게 무정하게만 대했다. 그녀는 오직 자기 하고 싶은 대로만 하려고 할 뿐이다. '귀부인은 자신의 의지를 사랑한다네.'[7] 이제 그녀의 온 마음을 사로잡고 있는 것은 아기 생각이었다. 그것도 바로 그의 아기가 아니라, 그녀 자신만의, 전적으로 그녀 자신만의 아기라는 전제에서!

클리퍼드는 그의 상태를 생각할 때 아주 건강한 편이었다. 얼굴이 아주 건강해 보이고 혈색도 좋았으며, 떡 벌어진 양 어깨는 튼튼하고, 가슴도 불룩하니 늠름해 보였는데, 그것은 그간 살이 좀 찐 탓도 있었다. 하지만 동시에 그에겐 죽음에 대한 두려움이 있었다. 끔찍한 공허가 어딘가에서, 어쩐지 그를 위협하는 듯했고, 이 텅 빈 심연 같은 공허 속으로 그의 정력은 결국 무너져 내리고 말 것 같았다. 정력이 없어졌을 때, 그는 이따금씩 자신이 죽은 것처럼, 정말로 죽어버린 것처럼 느끼곤 했다.

---

7) 영국의 전래 가요 「네 가지 사랑 The Four Loves」에 나오는 구절.

그리하여 그의 다소 튀어나온 창백한 두 눈에는 묘한 표정이 깃들기 시작했는데, 은밀한 듯하지만 약간 잔인하며 아주 냉혹한, 그러면서도 동시에 거의 뻔뻔스럽다고까지 할 시선이었다. 이 뻔뻔스러운 표정은 정말 이상했다. 마치 불행한 삶에도 불구하고 그가 삶에 대해 승리를 거두고 있는 듯한 표정이었다. '그 누가 의지의 신비를 알랴. 의지는 천사들에게조차 맞서 승리할 수 있는 것이니.' [8]

그러나 그가 특히 두려워한 것은 바로 잠을 이루지 못하는 밤이었다. 그럴 때면 정말 무섭기 짝이 없었는데, 소멸의 공포가 사방에서 그를 옥죄어 왔다. 그럴 때면, 삶다운 것이 전혀 없이 존재한다는 것, 즉 깜깜한 밤에 생명 없이 존재하고 있다는 것이 정말 소름 끼치도록 끔찍했다.

그러나 이제는 종을 울려 볼턴 부인을 부를 수 있었다. 부르면 그녀는 언제든지 달려올 것이다. 그것은 커다란 위안이었다. 실내복 차림으로 땋은 머리를 등에 늘어뜨린 채, 비록 그 갈색 머리에는 희끗희끗하게 백발이 섞여들긴 했지만, 소녀처럼 얼뜬 듯한 표정을 지으며 그녀는 달려올 것이다. 그러곤 그에게 커피나 카밀레 차를 끓여주고, 또 그와 체스를 두거나 피케 놀이를 할 것이다. 그녀는 여자 특유의 묘한 능력으로, 몸의 4분의 3이 잠들어 있을 때조차 체스를 상당히 잘 둘 수 있어서, 만만하게 그녀를 이길 수 없을 정도였다. 그래서 밤의 고요하고 다정한 분위기

---

8) 19세기 미국 작가 에드거 앨런 포(Edgar Allan Poe)가 쓴 단편소설 「라이제이어 Ligeia」의 첫머리에 제사(題詞)로 쓰인 구절을 변형한 것이다.

속에서, 두 사람은 마주 앉아, 아니 그녀는 앉고 그는 침대에 누워, 독서용 등불이 외롭게 그들에게 빛을 비춰주는 가운데, 그녀는 거의 잠에 빠지고 그는 일종의 두려움에 거의 사로잡힌 채, 함께 몇 판이고 체스를 두곤 했다. 그러고는 함께 커피를 마시며 비스킷을 먹기도 했다. 밤의 침묵 속에 잠겨 거의 아무 말도 없이, 하지만 서로에게 확신이 되어주면서 말이다.

그런데 이날 밤 볼턴 부인은 채털리 부인의 연인이 누구인지 궁금하게 생각하고 있었다. 그리고 그녀의 테드, 죽은 지 아주 오래되었지만 그녀에게는 결코 죽은 사람이 아닌 남편 테드 생각도 그녀는 하고 있었다. 남편 생각을 하자, 세상에 대한 그 오래도록 묵은 원한이 다시 솟아올랐다. 그것은 특히 고용주들에 대한 것─즉 그들이 남편을 죽였다는 원한이었다. 그들이 실제로 남편을 죽인 것은 아니었다. 하지만 그녀의 감정으로는 그들이 남편을 죽인 거나 마찬가지였다. 바로 그것 때문에 내면 깊은 곳 어딘가에서 그녀는 허무주의적 파괴주의자이자 진정한 무정부주의자였다.

반쯤 잠든 상태에서, 남편 테드에 대한 생각과 채털리 부인의 누군지 모를 연인에 대한 생각이 서로 뒤섞였고, 그러자 클리퍼드 경과 그가 대변하는 모든 것들에 대한 강렬한 원한을 코니와 공유하고 있는 듯한 느낌이 그녀에게 들었다. 하지만 그러면서도 그녀는 지금 그와 함께 피케를 하고 있었고, 두 사람은 6펜스 내기까지 걸었다. 준남작과 피케를 한다는 것은, 비록 그에게 6펜스를 잃는다고 해도,

만족감을 주는 원천이었다.

카드놀이를 할 때 그들은 항상 내기를 했다. 그렇게 함으로써 클리퍼드는 자신을 잊어버릴 수가 있었다. 그리고 대개 그가 내기에서 이기곤 했다. 오늘 밤 역시 그가 이기고 있었다. 그러니 첫새벽이 밝아오기 시작할 때까지는 잠을 자려고 하지 않을 것이다. 다행히도 4시 반쯤 되자 날이 밝아오기 시작했다.

코니는 먼저 잠자리에 들었고, 그동안 내내 깊이 잠들어 있었다. 그러나 사냥터지기 역시 편히 잠들 수가 없었다. 그는 닭장을 닫고 숲을 한 바퀴 순찰하고 나서는, 집으로 가서 저녁을 먹었다. 그러나 그는 잠자리에 들지 않았다. 그 대신 불가에 앉아 생각에 잠겼다.

그는 테버셜에서의 어린 시절과 오륙 년간의 결혼 생활에 대해 생각했다. 그의 아내에 대해 생각할 때면 언제나 쓰라린 마음뿐이었다. 그녀는 지독히도 야만스러웠다. 그러나 1915년 봄, 그가 군대에 들어갔던 이래 지금껏 만나본 적이 없었다. 하지만 지금도 그녀는 채 3마일도 떨어지지 않은 곳에 살고 있었고, 전보다 더 야만스러웠다. 살아 있는 동안 그녀를 다시 만나게 되는 일이 결코 없기를 그는 바랐다.

그는 군인으로서 외국에서 보낸 생활에 대해서도 생각했다. 인도, 이집트 그리고 다시 인도에서의 생활, 말[馬]과 더불어 맹목적이고 생각 없이 살던 생활, 그를 아주 좋아했고 또 그 자신도 좋아했던 대령, 장교로서 대위가 될 가능성이 아주 컸던 중위 시절의 몇 년간. 그러다가 대령이 폐렴으로 사망했고, 그 자신도 죽을 뻔하다 간신히 살아났지만, 건강을 크게 해치고 심한 불안감에 빠져 헤매다가, 제대를 하고 영국으로 돌아와 다시 노동자가 된 것이었다.

그는 삶과 적당히 타협하고 있었다. 그는 자신이 적어도 이 숲 속에서 당분간은 안전할 거라고 생각했었다. 숲은 아직 사냥을 할 수 없는 상태라, 그는 꿩만 기르면 되었다. 엽총 시중을 들 필요는 당분간 없을 것이다. 삶으로부터 떨어져서 혼자 살아갈 수 있을 것이고, 그게 그가 바라는 전부였다. 일종의 숨어들 자리가 그에겐 필요했던 것이다. 게다가 이곳은 바로 그의 고향이기도 했다. 비록 그에게 무슨 의미 있는 존재가 되어준 적은 결코 없었지만 어쨌든 그의 어머니도 이곳에 살고 있었다. 그래서 그는 외부와의 연결이나 희망 같은 것 없이 그저 하루하루 삶을 유지하며 계속 살아나갈 수 있었다. 그것은 그가 스스로를 어떻게 해야 할지 몰랐기 때문이었다.

그는 자기 자신을 어떻게 해야 할지 몰랐다. 몇 년 동안 장교로 지내면서, 아내며 가족을 거느린 다른 장교들이나 관리들과 뒤섞여 살아보았던지라, 그에겐 소위 '출세'를 해보겠다는 열망이 완전히 사라지고 없었다. 그가 알았던 중산 계급과 상류 계급 사람들에겐 어떤 질긴 근성이, 고개를 쭉 빼고 뭔가 알아내려고 살펴대는 묘하게 질긴 근성과 생기 없는 면이 있었다. 그리고 그것은 그로 하여금 그들을 냉정히 대하게 했고 자신은 그들과 다르다는 느낌만을 띄게 했다.

그래서 그는 자신의 계급으로 돌아온 것이었다. 그런데

돌아와 발견한 것은, 몇 년간 떨어져 있는 동안 그가 잊고 있었던 것, 즉 천박한 좀스러움과 혐오스럽기 짝이 없는 저속한 생활 태도였다. 생활 태도나 행동거지가 얼마나 중요한 것인가를 그는 마침내 인정하게 되었다. 동전 반 닢이나 삶의 자잘한 것들에 대해 걱정하지 않는 체하는 것조차 얼마나 중요한가를 그는 또한 인정하게 되었다. 그런데 평범한 하층 계급의 사람들에게는 그렇게 아무렇지 않은 체하는 구석이 전혀 없었다. 그저 베이컨이 1페니 비싸니 싸니 하는 것이 복음서 내용이 바뀌는 것보다 훨씬 더 심각한 일이었다. 그것이 그는 견딜 수가 없었다.

그리고 또다시, 임금을 둘러싼 다툼이 있었다. 유한계급 속에서 살아본 경험이 있는 그는 임금 분규에 어떤 해결을 기대한다는 것이 얼마나 쓸데없는 일인지를 알고 있었다. 죽음 이외엔 어떤 해결책도 있을 수가 없는 문제였다. 유일하게 할 수 있는 일이란 그저 신경 쓰지 않는 것, 임금에 대해 신경 쓰지 않는 것뿐이었다.

하지만 가난하고 살기가 비참해지면, 신경을 쓸 수밖에 없었다. 어쨌든, 임금은 이제 사람들이 유일하게 신경 쓰는 문제가 되었다. 돈에 구애되어 신경 쓰는 것은 커다란 암처럼 온 세상에 퍼져, 모든 계급 개개인들의 마음을 갉아먹고 있었다. 하지만 그는 그렇게 돈에 대해 신경 쓰기를 거부했다.

그렇다면 어떻게 되는 것인가? 돈에 대해 신경 쓰는 것 말고 인생이 우리에게 주는 것이 무엇이 있는가? 아무것도 없었다.

하지만 그는 혼자 있는 데서 오는 미약한 만족감 속에서, 혼자 꿩을 기르며 살아갈 수 있었다. 물론 결국에 가서는 아침 식사 후 사냥 나온 뚱뚱한 신사들의 총에 맞아 죽고 말 꿩들이었다. 따라서 그것은 헛되고 무익한 삶이기도 했다. 정말 무한히 쓸모없는 삶이었다.

그러나 그렇다고 신경 쓰고 고민할 필요가 어디 있는가! 그래서 그는 지금껏 신경 쓰지 않고 고민도 하지 않으며 살아왔다. 그런데 이제 이 여자가 그의 삶 속으로 들어온 것이다. 그는 그녀보다 거의 열 살가량이나 위였다. 게다가 인생 경험에 있어서는, 밑바닥 삶부터 시작한 그가 천 살이나 위였다. 두 사람의 관계는 점점 가까워지고 있었다. 이윽고 그것이 완전히 꽉 맞물리게 되어 두 사람이 함께 삶을 살아가야 할 날이 오리라는 것을 그는 예견할 수 있었다. '사랑의 결박은 풀기 고달픈 것이니!'

그렇다면 어떻게 되는 것인가? 과연 어떻게 되는 것인가? 발을 디디고 시작할 아무것도 없이 그는 다시 시작해야 하는 것인가? 이 여자가 얽혀들게 해야 하는 것인가? 불구인 그녀의 남편과 그 끔찍한 싸움을 벌여야 하는 것인가? 그리고 또 그를 증오하는 야만스러운 아내와도 어떻게 될지 모를 끔찍한 싸움을 벌여야 하는 것인가? 고통! 그 많은 고통을 어찌 감당할 것인가! 그는 더 이상 젊지 않았으며 낙천적이지도 않았다. 그는 또 태평스러운 성미도 아니었다. 온갖 쓰라리고 추한 일을 당할 때마다 그는 상처를 입을 것이다. 그리고 그 여자도!

그러나 설령 두 사람이 클리퍼드 경과 그의 아내에게서

벗어난다 하더라도, 정말 그렇게 벗어난다 하더라도, 그 뒤에는 과연 어떻게 할 것인가? 그 자신은 과연 어떻게 할 것인가? 그의 삶을 과연 어떻게 꾸려나갈 것인가? 왜냐하면 그는 뭔가 일을 해야만 하기 때문이다. 그녀의 돈과 자신의 몇 푼 안 되는 연금에 의지해 사는 건달 식객이 될 수는 없는 일이었다.

풀기 어려운 문제였다. 그저 미국으로 가서 뭔가 새로 일을 시작해 볼까 하는 것 말고는 생각나는 게 없었다. 그는 미국의 달러를 전혀 신뢰하지 않았다. 그러나 혹시, 혹시 뭔가 다른 것이 있을지도 몰랐다.

그는 편히 쉬는 것은 물론 잠자리에 들 수조차 없었다. 한밤중까지 괴로운 상념에 사로잡혀 망연자실한 듯 앉아 있다가, 그는 갑자기 의자에서 일어나서는 겉옷과 엽총을 찾아 들었다.

"자, 따라오너라." 그는 개에게 말했다. "밖에 나가는 게 제일 낫겠다."

별이 총총했지만 달은 뜨지 않은 밤이었다. 그는 천천히 꼼꼼히 살피면서, 부드러운 발걸음으로 살그머니 걸으며 순찰을 돌았다. 그가 감시하여 막아야 하는 것은 토끼를 잡으려고 덫을 놓는 광부들, 특히 메어헤이 쪽의 스택스 게이트 광부들뿐이었다. 그러나 지금은 토끼의 번식기였고, 광부들조차 어느 정도 이를 배려해 주고 있었다. 그렇지만 밀렵꾼을 찾아 살그머니 순찰을 도는 일은 그의 신경을 진정시켜 주었고 그의 마음을 상념에서 벗어나게 해주었다.

그러나 천천히 주의 깊게 구역을 돌며 순찰을 하고 나자
──거의 5마일 가까이 걷는 일이었다──그는 피곤해졌다.
그는 언덕의 꼭대기로 올라가 주위를 둘러보았다. 언제나
끊임없이 돌아가고 있는 스택스 게이트 탄갱에서 들려오는
소음, 희미하게 기계가 끌리는 듯한 그 소음을 제외하고는
아무 소리도 들리지 않았다. 그리고 스택스 게이트 공장의
줄지어 늘어선, 눈부시게 환한 전깃불을 제외하고는 거의
아무 빛도 보이지 않았다. 세상은 어둠 속에서 연무(煙霧)
에 싸인 듯 잠들어 있었다. 2시 반이었다. 그러나 잠들어
있으면서도 세상은, 기차 소리나 도로를 달리는 대형 화물
차 소리로 뒤흔들리거나, 용광로에서 솟구치는 장밋빛 섬
광의 불꽃을 받아 번쩍거리곤 하는 모습이, 여전히 불안하
고 잔인해 보였다. 그것은 철과 석탄, 곧 철의 잔인함과
석탄의 연기 그리고 그 모든 것을 몰아대는, 끝없는 탐욕
의 세상이었다. 오직 탐욕뿐이었고, 그 탐욕은 세상이 잠
들어 있는 가운데에도 꿈지럭거리고 있었다.

추웠다. 그래서 그는 기침을 했다. 맑고 차가운 바람이
불어 언덕 위를 스쳐갔다. 그 여자 생각이 났다. 지금 갖
고 있거나 혹 앞으로 갖게 될지 모르는 것까지 모두 다 내
주고라도, 지금 이 순간 그녀를 따뜻하게 껴안고, 같이 담
요 한 장에 감싸여, 함께 잠들 수만 있었으면 하는 심정이
었다. 영원에 대한 모든 희망과 이제까지 과거로부터 얻은
모든 것을 그는 다 내주고라도, 지금 이 자리에 그녀가 있
어 담요 한 장에 같이 따뜻하게 감싸여 함께 잠을, 그저
잠만을 잘 수 있었으면 했다. 그 여자를 품에 안고 잠드는

것, 그것만이 지금 유일하게 필요한 것으로 여겨졌다.

그는 오두막으로 갔다. 그러곤 담요로 몸을 감싸고 마루에 누워 잠을 청했다. 그러나 잠은 오지 않고, 춥기만 했다. 게다가 자기 존재의 불완전한 본질이 참담하게 느껴져 왔다. 홀로 존재하는 자신의 불완전한 상태가 참담하게 느껴져왔다. 그녀가 보고 싶었다. 그녀를 만지고 그녀를 몸에 꼭 껴안고 완전한 순간을 맛보며 잠들고 싶었다.

그는 다시 일어나서 밖으로 나갔다. 이번에는 임원의 출입문을 향해 갔는데, 문을 지난 뒤 천천히 길을 따라 저택이 있는 쪽으로 갔다. 거의 4시가 가까웠지만, 여전히 맑고 추운 밤공기에, 날이 밝아올 기미가 전혀 보이지 않았다. 그는 어둠에 익숙해져 있어서, 어둠 속에서도 사물을 잘 알아볼 수가 있었다.

서서히, 서서히 그 큰 저택은 자석처럼 그를 끌어당겼다. 그는 그녀 가까이 있고 싶었다. 그것은 욕망이 아니었다. 그건 아니었다. 그것은 바로, 홀로 있음의 불완전함에 대한 참담한 의식, 말없이 자신의 품에 안겨 있을 여자를 간절히 필요로 하는 그런 참담한 의식에서 비롯된 것이었다. 혹시 그녀가 있는 방을 알아낼 수 있을지 몰랐다. 어쩌면 그녀를 불러내기까지 할 수도 있을지 몰랐다. 아니면 그녀가 있는 곳으로 어떻게 해선가 찾아 들어갈 수 있을지도 몰랐다. 그만큼 그 필요는 절실했다.

그는 천천히, 소리 없이, 저택으로 향하는 오르막길을 올라갔다. 그러고는 언덕 꼭대기에 있는 커다란 나무들을 돌아, 자동차 진입로가 있는 데까지 나아갔다. 도로는 저택 현관 앞의 마름모꼴 잔디밭을 멋지게 빙 휘돌며 이어져 있었다. 집 앞의 그 커다란 마름모꼴의 평평한 잔디밭 가운데 서 있는 두 그루의 우람한 너도밤나무가 어두운 대기 속에 거무스름한 형체를 우뚝 드러내고 있는 모습이 벌써 그의 눈에 들어왔다.

저택은 낮고 길게 뻗은 모습을 어렴풋하게 내보이며 서 있었다. 아래층의 클리퍼드 경 방에만 불빛이 하나 밝혀져 있었다. 그러나 그녀가, 이토록 가차 없이 그를 끌어당긴 그 가냘픈 실의 다른 쪽 끝을 쥐고 있는 그 여자가, 과연 어느 방에 있는지 그는 알 수 없었다.

손에 총을 든 채, 그는 조금 더 가까이 다가갔다. 그러고는 도로 위에 꼼짝 않고 서서, 저택을 지켜보았다. 지금이라도 어쩌면 그녀가 있는 곳을 알아내, 뭔가 방법을 써서 그녀에게 갈 수 있을지도 몰랐다. 저택은 난공불락의 요새가 아니었다. 그는 강도만큼이나 영리하게 행동할 수 있었다. 그녀에게 왜 갈 수 없단 말인가?

그는 꼼짝 않고 서서 기다리고 있었다. 그러는 동안 새벽이 희미하고 알아챌 수 없게 조금씩 그의 등 뒤로 밝아왔다. 저택의 불빛이 꺼지는 것이 보였다. 그러나 볼턴 부인이 창가로 와서 암청색의 오래된 비단 커튼을 열어젖히고는, 어두운 방 안에 가만히 서서, 새벽이 밝아오는 아직 어슴푸레한 바깥을 내다보는 것을 그는 보지 못했다. 그녀는 간절히 바라던 새벽이 밝기를 고대하면서, 클리퍼드에게 어서 정말로 날이 밝았다는 확신이 들기만을 기다리고 있었다. 왜냐하면 날이 밝은 것을 확신하면, 그는 거의 곧

바로 잠이 들곤 했기 때문이다.

그녀는 졸음에 겨워 아무것도 보이지 않는 눈으로 창가에 서서 기다리고 있었다. 그런데 그렇게 서 있다가, 그녀는 문득 깜짝 놀라, 하마터면 비명이라도 지를 뻔했다. 저 바깥의 도로에 사람 하나가, 어스름한 가운데 검은 형상을 한 채 서 있었기 때문이다. 그녀는 창백해지며 정신을 차리고는, 가만히 지켜보았다. 그러나 소리를 내어 클리퍼드 경을 깨우지는 않았다.

밝은 새벽빛이 세상 속으로 바스락거리듯 퍼지기 시작했다. 그러자 그 검은 형체는 좀 작아지는 듯하면서 점점 뚜렷하게 보이기 시작했다. 그녀는 총과 각반과 헐렁한 웃옷 등을 알아볼 수 있었다──사냥터지기 올리버 멜러즈 같았다. 그렇다. 왜냐하면 그림자처럼, 냄새를 맡고 어슬렁거리면서 그를 기다리는 개가 곁에 있었던 것이다!

그런데 저 남자는 무엇 때문에 저기 와 있는 것일까? 집 안의 사람들을 깨우려는 것일까? 저 남자는 왜 그렇게 저기 못 박힌 듯이 꼼짝 않고 서서는 이 집을 올려다보고 있는 것일까? 마치 암캐가 있는 집 밖에 서 있는 상사병에 걸린 수캐처럼 말이다!

세상에! 문득 깨달음이 볼턴 부인의 뇌리에 총알처럼 날아와 박혔다. 채털리 부인의 연인은 바로 저 남자인 거야! 그래, 저 남자야! 저 남자!

아니, 이럴 수가! 아이비 볼턴, 그녀 자신도 한때 조금이나마 그를 사랑한 적이 있지 않았던가! 그가 열여섯 살의 젊은이였고 그녀가 스물여섯 살의 여인이었을 때이다.

그때 그녀는 간호사 공부를 하고 있었는데, 해부학이며 그녀가 배워야 했던 여러 가지 것들을 그가 아주 많이 도와주었던 것이다. 그는 총명한 소년이었고, 셰필드 문법학교의 장학생이었으며, 프랑스어와 그 밖의 여러 가지 것들을 배워 알고 있었다. 그러더니 결국 그는 말편자를 만드는 대장간 반장이 되고 말았다. 그는 말이 좋아서라고 말했지만, 사실은 세상에 나가 맞서 싸우기를 두려워했기 때문이었다. 다만 그는 그걸 결코 인정하지 않았을 따름이다.

그러나 그는 훌륭한, 정말 훌륭한 젊은이였으며, 그녀를 많이 도와주었고, 문제를 명료하게 이해시키는 솜씨가 아주 뛰어났었다. 그는 클리퍼드 경만큼 똑똑한 사람이었다. 그리고 항상 여자들에게 호감을 사는 사내였다. 남자들보다는 여자들과 더 잘 지낸다고 사람들이 말할 정도였다.

그러다가 어느 날 그는 마치 스스로에게 한풀이하고 자신을 욕보이려는 것처럼 그 여자, 버사 쿠츠와 결혼해 버렸다. 사람들은 스스로에게 한풀이하고 자신을 욕보이기 위해 결혼을 하는 경우가 있는데, 그것은 바로 그들이 뭔가에 대해 실망하였기 때문이다. 따라서 그 결혼은 당연히 실패할 수밖에 없었다. 전쟁이 계속되는 동안 내내, 몇 년간 그는 사라져 보이지 않았다. 그러다가 중위가 되었고 그 밖에도 여러 가지로 일이 잘 풀렸다고 했는데, 말하자면 바로 영락없는 신사가, 정말 완연한 신사가 된 것이었다! 그러더니 나중에 테버셜에 돌아와서는 겨우 사냥터지기가 되어 살았다! 정말이지, 세상에는 기회가 주어졌을 때 그것을 잡지 못하는 사람들이 있다! 그가 사실은, 세상 어느 신사 못지않게 훌륭한 언어를 구사할 수 있다는 것을 아이비 볼턴 그녀 자신은 알고 있는데, 그는 마치 최하층의 사람처럼 순 더비셔 사투리를 다시 쓰고 있는 것이다!

아니, 이런! 그러니까 우리 마님께서 바로 그 남자에게 반한 거라 이 말이지! 하기야, 뭐 그에게 반한 게 우리 마님이 처음은 아니지. 그에겐 뭔가 특별한 데가 있거든. 하지만 생각해 보라고! 바로 이곳 테버셜에서 태어나 자란 사내하고, 라그비 저택의 주인마님인 그녀가 놀아나다니 말이야! 이건 참으로, 지체 높고 권세 높은 채털리 가문에게 일대 치욕이 아닐 수 없겠군!

그러나 그 남자, 그 사냥터지기는 날이 밝아옴에 따라 깨달았다. 소용없는 일이야! 자신의 고독한 존재로부터 벗어나려고 하는 것은 소용없는 일이야. 그건 우리가 안고 살아가야만 하는 것이야——평생 동안 말이야. 다만 이따금씩, 어쩌다, 그 빈자리가 채워질 수 있을 뿐이지. 그저 이따금씩 말이야! 하지만 그런 때조차 우리는 기다려야지 억지로 오게 할 수는 없어. 우리는 자신의 고독한 존재를 받아들이고 평생 동안 그것을 안고 지키며 살아야 해. 그리고 가끔씩 어쩌다 그 빈자리가 채워지는 때가 찾아오면, 오는 대로 받아들일 뿐인 거야. 하지만 그런 때란 스스로 찾아오는 것이지, 억지로 오게 만들 수는 없는 거야.

그러자 그를 잡아끌어 그녀를 찾아오게 했던 그 피 끓는 욕망이 갑작스럽게 뚝 꺾이며 부러져버렸다. 그래야만 한다고 생각했기 때문에, 그는 그것을 부러뜨려 버렸다. 양쪽에서 같이 서로를 향해 다가오는 것이 있어야 했다. 따

라서 그녀가 그에게 오고 있지 않다면, 그도 그녀를 찾아
내려고 애쓰지 않을 것이다. 그렇게 해서는 안 되었다. 그
는 돌아가 떨어져서, 그녀가 올 때까지 기다리고 있어야
하는 것이다.

그는 다시금 고독을 받아들이면서, 생각에 깊이 잠긴 얼
굴로, 천천히 돌아섰다. 그렇게 하는 게 더 낫다는 것을
그는 알았다. 그녀가 그에게로 찾아와야 한다. 그가 그녀
의 뒤를 쫓아다니는 것은 아무 소용이 없었다. 정말 아무
소용 없는 일이었다!

볼턴 부인은 그가 사라지는 모습을 보았다. 그리고 그의
개가 그의 뒤를 쫓아 달려가는 것도 보았다.

"원, 이런!" 그녀는 말했다. "저 사람이리라곤 전혀 짐
작하지 못했는걸. 하지만 저 사람인 줄 진작에 짐작할 수
있는 것이기도 했어. 저 남자는 젊었을 때 나에게도 잘 대
해 주었거든. 내가 테드를 잃은 뒤에 말이야. 허, 이런! 이
사실을 알면 저기 누워 있는 저이는 과연 뭐라고 말할까!"

그러면서 그녀는 이미 잠들어 있는 클리퍼드를 승리한
듯한 얼굴로 한번 흘끗 바라보고는, 조용히 방에서 걸어나
갔다.

# 제11장



코니는 라그비의 창고용 방 가운데 하나를 정리하고 있었다. 그런 방이 여럿 있었다. 저택에 방이 토끼장처럼 빽빽하게 들어서 있는 데다, 채털리 가문의 사람들은 물건을 팔아 처분하는 일이 결코 없었기 때문이다. 제프리 경의 부친은 그림을 좋아했고, 모친은 16세기의 이탈리아 가구를 좋아했다. 제프리 경 자신은 교회의 제구를 넣는, 조각이 새겨진 옛 참나무 함을 좋아했다. 수집벽은 그런 식으로 세대를 거치며 계속 이어졌다. 클리퍼드는 최신의 현대 회화를 수집하고 있었는데, 상당히 싼 값으로 구입했다.

그래서 이 창고용 방에는 형편없는 에드윈 랜드시어즈[1]의 작품과 어쭙잖은 윌리엄 헨리 헌트[2]의 새 둥우리 그림

---

1) Edwin Landseers(1802~1873): 동물 그림으로 알려진 영국 화가.

따위가 있었다. 그리고 그 밖에 왕립 미술원 회원의 딸인 코니를 기겁하게 만들기에 충분한, 미술원 화가의 얼치기 작품들도 있었다. 어느 날 그녀는, 그것들을 살피고 검토해서 방을 깨끗이 치우기로 작정했다. 한편으로는 괴상한 가구들에 흥미가 가기도 했다.

파손되거나 썩어 들지 않도록 조심스럽게 포장에 싸둔 것이 하나 있었는데, 가문 대대로 내려온, 자단(紫檀)으로 만든 오래된 요람이었다. 코니는 포장을 풀어서 한번 살펴보지 않을 수 없었다. 그 요람에는 뭔가 마음을 끌어당기는 것이 있었다. 그녀는 한참 동안 그것을 바라보았다.

"이게 사용되는 날이 오지 않을 거라고 생각하니 천만 유감이군요." 곁에서 돕고 있던 볼턴 부인이 한숨을 쉬며 말했다. "물론 이런 요람은 이제 구식이 되고 말았긴 하지만요."

"사용되는 날이 올지도 몰라요. 아기를 갖게 될지도 모르거든요." 코니는 마치 새 모자가 하나 생길지 모른다고 말하기라도 하는 것처럼, 아무렇지도 않게 말했다.

"클리퍼드 경께서 혹 어떻게라도 되신다면 그렇다는 말씀인가요?" 볼턴 부인이 더듬거리며 말했다.

"아뇨! 현재의 상태 그대로 그럴 수 있다는 말이에요. 클리퍼드 경의 문제는 그저 근육 마비일 뿐이에요. 그에게 절대적인 영향을 끼치는 것은 아니지요." 코니는 숨을 쉬는

---

2) William Henry Hunt(1790~1864) : 과일, 채소, 새, 새의 둥지 등을 소재로 한 세밀한 정물화로 알려진 영국 화가.

것처럼 아주 자연스럽게 거짓말을 했다.

그런 생각을 불어넣어 준 것은 바로 클리퍼드 자신이었다. 그는 언젠가 이렇게 말한 적이 있었다. "물론 당신이 내 애를 낳을 가능성도 아직 충분해. 내가 정말로 완전히 병신이 된 건 아니야. 비록 둔부하고 다리의 근육이 마비되었다 할지라도, 생식 능력은 어렵지 않게 회복될 수 있을지도 모르거든. 그렇게 되면 방법을 써서 정자를 당신에게 옮겨줄 수도 있을 거야."

정력이 솟아나 탄광 문제에 몰두하여 아주 열심히 일하고 있을 때면, 그는 진심으로 자신의 성적 능력이 되살아나고 있다고 생각했다. 그런 그의 모습을 코니는 공포감에 사로잡혀 바라보았다. 그러나 자신의 보호를 위해 그의 그런 암시를 사용할 수 있을 만큼 코니는 충분히 머리가 잘 돌아가는 여자이기도 했다. 그녀는 할 수 있다면 아기를 가질 생각이었다. 다만 클리퍼드의 아기는 아닐 것이다.

볼턴 부인은 한순간 숨이 막힌 듯 아연실색한 채 있었다. 그러다가 곧 그녀는 코니의 말을 믿지 않게 되었다. 거기엔 어떤 술책 같은 것이 숨겨져 있는 듯했다. 하지만 의사들은 요즈음 그런 것들을 할 수 있었다. 가령 정자 이식 같은 것을 할 수 있을지도 모른다.

"글쎄요, 부인. 그러실 수 있기만을 바라고 기도하겠습니다. 그렇게만 된다면 부인께, 그리고 모두에게 정말 기쁜 일일 거예요. 참말이지, 라그비에 아이가 생긴다면 그 얼마나 굉장한 일이겠어요!"

"그렇겠죠!" 코니가 말했다.

그러고 나서 그녀는 육십 년 전 왕립 미술원 화가의 그림 세 점을 골라, 쇼틀랜즈 공작 부인이 다음에 주최하는 자선(慈善) 바자 때 쓰도록 보내주고자 따로 놓아두었다. 이 공작 부인은 '바자 공작 부인'이라 불렸는데, 바자에서 팔 물건을 좀 보내달라고 항상 도처에 부탁을 해두고 있었다. 액자에 끼운 세 점의 왕립 미술원 회원 작품을 받으면 그녀는 기뻐할 것이다. 그것에 고무되어, 그녀는 심지어 이곳까지 방문하러 올지도 몰랐다. 지난번 그녀가 방문했을 때 클리퍼드는 얼마나 격렬하게 화를 냈는지!

　　그러나 아이고, 이 마님아! 볼턴 부인은 속으로 혼자 생각하고 있었다.——당신이 지금 우리에게 마음의 준비를 시키고 있는 것은 바로 올리버 멜러즈의 아이지? 아이고 이 보시게, 그렇게 되면 라그비의 요람에 바로 테버셜 아기가 누워 있는 꼴이겠구먼, 정말! 그럼 그 아기 역시 이 요람을 더럽히고 말겠지!

　　이 창고용 방에 있는 다른 여러 가지 기괴한 물건들 가운데 좀 큼지막하니 옻칠을 한 검은 상자가 하나 있었는데, 한 육칠십 년쯤 전에 아주 훌륭한 솜씨로 정교하게 만든 것으로, 상상할 수 있는 온갖 것들이 딸려 있는 상자였다. 맨 위 칸에는 소형 화장 도구가 한 세트 갖춰져 있었는데, 머리솔, 병, 거울, 빗, 자그만 함 등과 심지어 세 개의 아름다운 자그만 면도날까지 안전 날집에 넣어져 있었고, 면도용 접시를 비롯하여 그 밖의 필요한 모든 것들이 함께 들어 있었다. 그 아래 칸에는 일종의 문방구 세트가 갖춰져 있어, 잉크 빨아들이는 압지, 펜, 잉크병, 종이, 봉투, 메모용 수첩 등이 들어 있었다. 그 다음 칸에는 재봉 도구 세트가 완벽하게 갖춰져 있었는데, 크기가 각기 다른 세 개의 가위, 골무, 바늘, 명주실과 무명실, 감침질용 둥근 받침돌 등이 모두 최고급품으로 완벽하게 잘 정리되어 들어 있었다. 그리고 다음 칸은 일종의 소형 약품함이었는데, 아편 정기, 몰약 정기, 정향(丁香) 등의 딱지가 붙은 빈 병들이 차곡차곡 들어 있었다. 모든 것이 완전히 새것이었고, 전부 다 넣고 닫아도, 꽉 찬 소형 여행 가방 정도의 크기밖에 안 되었다. 하지만 안쪽은, 모든 것이 퍼즐 조각처럼 서로 꼭 들어맞았다. 안에 들어 있는 병의 내용물이 엎질러질 가능성은 전혀 없을 정도로 틈이 하나도 없었다.

그 물건은 놀라울 정도로 훌륭하게 고안되고 만들어진 것으로, 탁월한 솜씨로 제작된 빅토리아 시대 양식의 작품이었다. 그러나 그것은 어딘지 모르게 기괴한 느낌을 주었다. 누군지 모르지만 채털리 집안의 사람조차 그런 느낌을 받았음에 틀림없었다. 그것은 한번도 사용된 흔적이 없었다. 그 물건에는 영혼 없는 존재의 묘한 섬뜩함이 감돌고 있었다.

하지만 볼턴 부인은 그것을 보고 전율하며 감탄했다.

"이 솔들 좀 보세요. 정말 참 아름답고, 아주 값비싼 것들이군요. 면도용 솔까지 세 개나 완벽하게 갖춰져 있네요! 어쩜! 이 가위들도 좀 보세요! 이보다 더 좋은 가위는 살 수 없을 거예요. 아, 정말 훌륭하다고밖에 말할 수 없군요!"

"그래요?" 코니가 말했다. "그럼 가지세요."

"아이 무슨 말씀을요, 부인!"

"정말이에요! 아님, 세상 끝날 때까지 여기 이대로 내팽개쳐져 있기만 할 거예요. 당신이 받지 않는다면, 저 그림들하고 같이 공작 부인한테 보내버릴 텐데, 그러기엔 좀 아까운 물건 같군요. 그러니 가지세요!"

"아이고, 부인! 정말, 뭐라고 어떻게 감사드려야 할지요……."

"그럴 필요 없어요." 코니는 웃으며 말했다.

그리하여 볼턴 부인은 그 까맣고 큼지막한 상자를 품에 안고, 흥분해서 환한 분홍빛으로 달아오른 얼굴로 미끄러지듯 단숨에 아래층으로 내려갔다.

가정부의 남편 베츠가 그녀와 함께 그 상자를 이륜 경마차에 실어 마을에 있는 그녀의 집까지 운반해 주었다. 그러자 그녀는 몇몇 친구들을 불러 그걸 자랑해 보이지 않을 수 없었다. 학교 여선생, 약제사의 아내 그리고 출납원 계장의 아내인 위든 부인이 왔는데, 그들 모두 그 상자를 보고 놀라워했다. 그러고 나서는 채털리 부인이 아기를 갖게 된다는 이야기를 속삭이기 시작했다.

"세상엔 놀라운 일이 끊이질 않는 법이죠!" 위든 부인의 말이었다.

그러나 볼턴 부인은, 만약 아기가 태어난다면 그건 클리퍼드 경의 아이일 것임을 확신한다고 말했다. 일은 바로 그렇게 전개되었다!

오래지 않아, 교구 목사가 와서 클리퍼드에게 상냥하게

물었다.

"그런데 정말 라그비의 상속자가 태어날 거라고 기대해도 되는 건가요? 아, 그렇다면 실로 하나님께서 자비로운 손길을 베풀어주신 것일 겁니다!"

"글쎄요! 기대는 할 수 있겠지요." 클리퍼드는 살짝 비꼬는 듯하면서도 동시에 어떤 확신감을 가지고 말했다. 자신의 핏줄을 이어받은 자식이 정말로 태어날 수도 있다고 그는 이미 얼마 전부터 믿어왔던 것이다.

그러던 어느 날 오후 레슬리 윈터, 사람들이 부르는 명칭으로는 지주 나리 윈터 씨가 찾아왔다. 깡마른 체구에 흠 없이 깔끔한 일흔 살 노인으로서, 볼턴 부인이 베츠 부인에게 말한 것처럼, 구석구석 완벽한 신사 양반이었다. 털끝 하나하나까지도 말이다! 그런데 옛날 어투로 허, 허! 하고 다소 헛웃음을 치며 말을 하는 그는 주머니 가발[3]보다도 더 구식 존재처럼 보였다. 시간은 쏜살같이 날아가면서, 이렇게 멋진 헌 깃털을 이따금 흘려놓곤 한다.

윈터 씨와 클리퍼드는 탄광에 대해 토론했다. 클리퍼드의 생각은, 그의 탄광에서 나오는 석탄은 질이 떨어지는 것조차도 단단한 농축 연료로 만들 수 있는데, 그 농축 연료는 어느 정도 습기가 있고 산성기가 가미된 공기를 상당히 강한 압력으로 가해 연소시키면 엄청난 열을 내며 탈 수 있으리라는 것이었다. 오랫동안 관찰된바, 어떤 날 특

---

3) 늘어뜨린 뒷머리를 싸는 장식 주머니가 달린 가발로 18세기에 유행하였다.

별히 강하고 습기 찬 바람이 불 때면 갱구는 아주 선명한 불꽃을 내며 타올라서, 거의 아무 연기도 내지 않은 채 분홍색 자갈로 서서히 변하는 대신 아주 가루가 고운 재만 남기곤 한다는 것이었다.

"하지만 자네의 그 연료를 연소시키기에 적합한 기계 장치는 어디서 구할 것인가?" 윈터 씨가 물었다.

"그건 제가 직접 만들 작정입니다. 그 연료도 제가 직접 사용할 거고요. 그래서 전력을 생산해 팔 겁니다. 틀림없이 전 해낼 수 있다고 생각합니다."

"자네가 해낼 수만 있다면, 그럼 아주 장한 일일 걸세. 이보게, 장한 일일 거야. 허! 장한 일이고말고! 내가 혹 무슨 도움이라도 될 수 있다면 아주 기쁠 걸세. 내가 시대에 뒤처진 사람이고 내 탄광 역시 마찬가지라고 생각은 한다네. 하지만 내가 죽고 난 뒤 혹시 자네와 같은 사람들이 탄광을 인수할지도 모르는 일이지. 그럼 얼마나 좋겠나! 전에 일하던 광부들을 모두 다시 고용할 수 있을 것이고, 석탄을 팔 필요가 없거나, 팔고자 할 때 팔지 못하는 일이 없게 될 거야. 아주 훌륭한 생각일세. 성공하길 비네. 나한테 아들놈들이라도 있다면, 틀림없이 시플리를 위해 최신식 구상을 할 텐데. 틀림없이 말이네! 그런데 이보게, 라그비에 상속자가 생기리라는 기대를 해도 된다는 소문이 도는데 정말 어떤 근거가 있는 말인가?"

"그런 소문이 돌고 있나요?" 클리퍼드가 물었다.

"글쎄, 이보게, 필링우드의 마셜이 물어보더군, 나한테 말이야. 그게 소문에 대해 내가 알고 있는 전부일세. 물론, 아무 근거가 없는 말이라면, 내가 그런 말을 다시 뇌까리는 일은 결코 없을 거네."

"글쎄요, 영감님." 클리퍼드는 불안스러운 얼굴로, 그러나 눈을 이상하게 반짝이면서 말했다. "희망은 있습니다. 희망은요."

윈터 씨는 방을 가로질러 다가와서는 클리퍼드의 손을 잡아 꼭 쥐었다.

"이보게, 이 친구야. 그 말이 나한테 얼마나 큰 의미를 갖는지 자넨 상상도 못할 걸세! 자네가 아들을 갖는다는 기대 속에서 일하고 있다는 얘길 듣게 되다니. 그리고 또 자네가 다시 테버셜의 광부들을 모두 고용할 수 있을지도 모른다니. 아, 이보게! 가문의 지위를 유지하고 일하고 싶은 사람 누구에게나 일자리를 줄 수 있다고 하니!"

노신사는 정말로 감격하는 모습이었다.

다음 날 코니는 기다란 노란 튤립을 유리 꽃병에 꽂고 있었다.

"여보, 코니." 클리퍼드가 말했다. "당신이 라그비의 상속자를 낳을 거라는 소문이 돈다는 걸 당신은 알고 있었어?"

코니는 공포감으로 눈앞이 희미해지는 느낌이었다. 하지만 그녀는 그대로 아주 가만히 서서 꽃을 매만졌다.

"아뇨!" 그녀는 말했다. "농담으로들 하는 말인가요? 아니면 악의로 그러는 건가요?"

그는 잠시 가만히 있다가 대답했다.

"어느 쪽도 아닌 것 같아. 하지만 일종의 예언이 될 수도 있다고 난 생각해."

코니는 계속해서 꽃을 매만지며 있었다.

"오늘 아침 아버지한테서 편지를 받았어요." 그녀는 말했다. "알렉산더 쿠퍼 경이 7월부터 8월까지 베네치아의 에스메랄다 별장에 저를 초청한 것을 아버지가 승낙하셨는데, 그걸 알고 있는지 물으시더군요."

"7월부터 8월까지 내내?" 클리퍼드가 말했다.

"아, 뭐, 그렇게 다 머무르진 않을 거예요. 당신 정말 같이 가지 않을래요?"

"난 외국 여행은 하고 싶지 않아." 클리퍼드는 곧바로 말했다.

그녀는 꽃을 창가로 가져갔다.

"나 혼자라도 가면 안 되겠어요?" 그녀는 말했다. "이번 여름엔 그러기로 약속했던 거잖아요."

"얼마나 오래 가 있을 건데?"

"아마 한 삼 주쯤요."

잠깐 동안 침묵이 흘렀다.

"글쎄!" 클리퍼드가 천천히, 그리고 좀 우울하게 입을 열어 말했다. "삼 주 정도라면 나 혼자 견딜 수 있겠지. 당신이 돌아오고 싶을 거라는 확신만 내가 절대적으로 가질 수 있다면 말이야."

"난 돌아오고 싶을 거예요." 그녀는 순순히, 확신에 찬 어조로 조용하게 말했다. 그녀는 다른 남자를 마음속에 떠올리고 있었다.

클리퍼드는 그녀의 확신하는 태도를 느꼈고, 어느 정도

그녀를 믿었다. 돌아오겠다는 그 확신이 바로 자기 때문이라고 믿었다. 그는 무한한 안도감을 느끼면서 즉시 기쁨에 넘쳤다.

"그렇다면." 그가 말했다. "괜찮을 거 같아. 그렇지 않아?"

"내 생각도 그래요." 그녀는 대답했다.

"당신은 변화가 생겨서 즐겁겠지?"

그녀는 묘하게 푸른 눈으로 그를 올려다보았다.

"베네치아는 다시 가보고 싶어요." 그녀는 말했다. "그리고 호수 건너의 조약돌 깔린 섬들 가운데 한 곳에서 수영도 하고 싶어요. 하지만 당신도 알다시피, 리도[4]는 정말 싫어요! 게다가 알렉산더 쿠퍼 경과 쿠퍼 부인도 맘에 들 것 같지 않아요. 하지만 힐더 언니가 함께 있고…… 또 우리만의 곤돌라를 쓸 수 있다면, 그래요, 그렇기만 하면, 꽤 근사할 거예요. 정말 당신도 함께 가면 좋겠어요."

그녀는 진심으로 말했다. 그런 것들로 그를 행복하게 해주고 싶은 마음 또한 간절했던 것이다.

"아, 하지만 파리 북부 정거장이나 칼레의 부두에서 내가 하고 있을 꼴을 생각해 봐!"

"그게 뭐 어때서요? 전쟁에서 부상당한 사람들이 침상 의자에 실려 여행하는 모습은 요즘 종종 볼 수 있는 광경이에요. 게다가 우린 모터 의자로 내내 움직일 텐데요, 뭐."

---

4) 이탈리아의 베네치아 근처에 있는 모래섬들로 해수욕 휴양지.

"장정을 두 사람은 데리고 가야 할걸."

"아, 아녜요! 필드만 데리고서도 해나갈 수 있을 거예요. 장정 한 사람쯤이야 가는 곳에서 언제든지 구할 수 있을 거니까요."

그러나 클리퍼드는 머리를 가로저었다.

"올해는 안 돼, 여보! 아무래도 올해는 안 되겠어! 내년에나 어디 한번 해보기로 하지."

그녀는 우울한 얼굴로 방에서 나갔다. 내년이라! 내년이면 어떻게 되어 있을까? 그녀 자신도 정말 베네치아에 가고 싶은 것은 아니었다. 다른 남자가 생긴 이상, 적어도 지금은 가고 싶지 않았다. 그러나 그녀는 일종의 자기 훈련 삼아 가려고 했다. 그리고 또 그녀가 임신을 하게 되는 경우, 베네치아에서 연인이 생겨 그렇게 되었다고 클리퍼드가 생각할 수 있기 때문에 가려는 것이기도 했다.

벌써 5월이었는데, 6월에 출발하기로 되어 있었다. 항상 이렇게 계획되어 있는 일들! 항상 미리 계획된 일이 있는 생활! 우리를 움직여 쉴 새 없이 몰아가는 삶의 바퀴들, 우리가 정녕 아무 통제도 할 수 없는 수레바퀴들!

5월이었지만 다시 춥고 축축한 날씨였다. 춥고 축축한 5월, 곡식과 목초가 자라는 데야 좋겠지! 곡식과 목초가 요즈음엔 아주 중요한 것이니까 말이야! 코니는 어스웨이트에 가야 할 일이 있었다. 그들 소유의 자그만 읍내인 그곳은 채털리 가문의 사람들이 아직도 바로 그 높으신 채털리 가문의 사람들로 대접받고 있는 곳이었다. 그녀는 혼자 갔는데, 운전사 필드가 차로 데려다 주었다.

5월이고 신록이 우거졌음에도 불구하고, 이 고장은 음산했다. 좀 으슬으슬한 날씨였는데, 빗속에 연기가 섞여 있었고, 공기 중에는 일종의 배기가스 같은 것이 떠도는 느낌이었다. 사람들은 그저 자신들의 저항력으로 살아가야 할 뿐이다. 이곳 사람들이 험악하고 모진 것은 당연했다.

집들이 길게 흩어져 여기저기 불결하게 늘어선 테버셜 마을 사이로 차는 오르막길을 힘들게 올라갔다. 시커먼 벽돌집들, 처마 끝을 날카롭게 번득이며 내밀고 있는 검정 슬레이트 지붕들, 석탄 가루로 시커먼 진흙탕, 까맣게 비에 젖은 포장된 인도(人道) 등을 지나갔다. 마치 모든 것에 음산함이 속속들이 적셔든 것 같았다. 자연의 아름다움이 완전히 말살되고, 삶의 즐거움이 완전히 말살되었으며, 어떤 새나 짐승이든지 다 지니고 있는 균형미에 대한 본능이 완전히 부재하고, 인간적 직관력이 완전히 사멸해 버린 풍경은 정말 소름 끼칠 정도였다. 식료품 가게의 산더미처럼 쌓여 있는 비누하며, 야채 가게의 대황(大黃)과 레몬 무더기, 모자 가게에 걸린 저 끔찍한 모자들, 모든 것이 참으로 추하디추하게 지나갔고, 그 뒤를 이어 석고판에 금박을 씌운 흉측한 영화 광고판에는 비에 젖은 그림에 '여인의 사랑'이라고 쓰여 있었으며, 그 뒤로 새로 지은 커다란 초기 감리교파 예배당이 나타났는데, 황량하게 드러난 벽돌이며 녹색과 진자주색 유리로 된 창들을 커다랗게 창문에 달고 있는 모습은 실로 원시적이라 하고도 남을 만했다. 웨슬리파의 예배당은 좀 더 높이 솟아 있었는데, 시커먼 벽돌 건물로, 철책 울타리와 시커먼 관목숲 뒤편에 우뚝

서 있었다. 스스로를 우월하게 여기는 조합 교회파[5]의 예배당은 거친 사암(砂岩)으로 지어졌고 그다지 높지는 않은 첨탑이 세워져 있었다. 그리고 바로 그 너머로 보이는 새로 지은 학교 건물들은 값비싼 분홍색 벽돌로 지은 것으로, 자갈을 깔고 철책을 두른 운동장이 있었으며, 모든 것이 아주 당당해 보이면서 예배당과 감옥을 동시에 연상시키는 모습이었다. 마침 5학년 여학생들이 음악 수업을 받고 있었는데, 막 라—미—도—라 발성 연습을 마치고 '즐거운 어린이 노래' 한 곡을 부르기 시작했다. 그런데 그보다 더 노래답지 못한, 즉 자연스러운 노래와 거리가 먼 것은 아마 상상하기가 불가능하리라. 이상하게 외치며 악쓰는 소리만이 곡조랍시고 시늉을 하면서 내질러지고 있었다. 그것은 야만인들의 소리와도 달랐다. 야만인들의 소리에는 미묘한 리듬이라도 있기 때문이다. 동물들의 소리와도 달랐다. 동물들이 외칠 때는 그래도 뭔가 의미하는 바가 있는 법이다. 그것은 지구상의 그 어떤 것과도 다른 소리였다. 그런데 그것을 노래라 일컫고 있는 것이다. 필드가 차에 연료를 채우고 있는 동안, 코니는 앉아서 가슴이 짓눌리는 듯한 느낌으로 듣고 있었다. 이런 인간들, 살아 있는 직관력을 깡그리 잃어버린 채 그저 기묘한 기계적인 고함 소리와 섬뜩한 의지력만 남아 있을 뿐인 이런 인간들은, 과연 도대체 뭐가 될 수 있단 말인가?

석탄 운반차가 빗속에서 철커덕거리며 언덕을 내려오고

---

5) 각 교회가 신도들의 자치를 통해 독립적으로 운영되는 교파.

있었다. 필드는 차를 출발시켜 위쪽으로 몰았고, 크긴 했지만 황량해 보이는 포목점과 옷 가게 그리고 우체국을 지나, 쓸쓸한 작은 시장터로 접어들었다. 선술집이 아니라 여관이라고 자칭하는, 외판원들이 주로 머무르곤 하는 '태양' 여관의 문간에서 샘 블랙이 밖을 내다보고 있다가 채털리 부인의 차를 보고는 꾸벅 머리 숙여 인사했다.

교회가 검은 나무들 사이 왼쪽으로 좀 떨어진 곳에 서 있었다. 차는 이제 내리막길로 미끄러지듯 굴러 '광부들의 팔'을 지나갔다. 이미 '웰링턴', '넬슨', '세 개의 술통' 그리고 '태양' 여관 등을 지나쳐 이제 '광부들의 팔'을 지나고 있었는데, 이어 '기계공들의 회관'이 나타났고, 그 뒤로 새로 지어 거의 화려하다고 할 '광부들의 복지 회관'이 이어졌다. 그러고 나자 차는 새로 지은 몇 채의 '별장들'을 지나, 거무죽죽한 산울타리와 거무튀튀한 초록 들판 사이로 스택스 게이트를 향해 나 있는 시커먼 길로 빠져 나왔다.

테버셜! 이게 바로 테버셜이다! 즐거운 영국[6], 셰익스피어의 영국이라는 곳이다! 천만에! 코니가 이곳에 와서 살게 된 이래 깨닫게 된바, 이곳은 바로 오늘날의 영국이었다. 이곳은 새로운 종류의 인간을, 즉 돈과 사회적, 정치적 측면에 있어서 과도하게 의식적이지만, 자연스럽고 직관적인 측면에 있어서는 죽어버린, 그저 죽었을 따름인,

---

6) 에드워드 저먼(Edward German, 1862~1936)이 1902년에 쓴 희가극의 제목. 이 작품은 영국 역사의 황금기로 여겨지는 엘리자베스 여왕 치하의 시대(1558~1603)를 배경으로 삼고 있다.

그런 인간을 만들어내고 있었다. 그들 모두, 반은 죽은 시체인 존재들이었다. 하지만 나머지 반에는 고집스럽고 끔찍한 의식이 있었다. 그 모든 것에는 뭔가 소름 끼치고 음험한 것이 있었다. 그것은 일종의 저승 같은 암흑 세계였다. 그리고 전혀 헤아릴 수가 없었다. 반쯤 죽은 시체가 반응하며 움직이는 것을 우리가 어떻게 이해할 수 있단 말인가? 커다란 화물 트럭에 가득 타고서 매틀록으로 소풍을 가려고 떠나는 셰필드의 제강 노동자들을 보았을 때, 인간 같은 모양을 한 그 괴상하고 뒤틀린 자그마한 존재들을 보았을 때, 코니는 창자가 꺼지는 듯하면서 이런 생각이 들었다. 아, 하나님, 인간은 같은 인간에게 대체 무슨 짓을 한 건가요? 지도자라는 사람들은 동료 인간들에게 대체 무슨 짓을 가해 온 건가요? 그들은 동료 인간들을 인간다움 이하로 전락시켜 버렸나이다! 그래서 이제 인간의 우애라곤 더 이상 존재할 수가 없게 되었나이다! 그저 악몽 같기만 한 세상이 되었습니다.

그녀는 물결처럼 덮쳐오는 공포감 속에서 그 모든 것에 대해 모래알을 씹는 듯한 잿빛 절망을 느꼈다. 산업 노동자 대중이 저런 존재들이고 상류 계급은 그녀가 아는 바대로라면 아무런 희망이, 정말 더 이상 아무 희망이 없었다. 그런데 그녀는 지금 아기를, 라그비의 상속자를 낳고 싶어 하는 것이다! 라그비의 상속자를 말이다! 그녀는 두려움에 몸서리를 쳤다.

그렇지만 멜러즈도 바로 이 모든 것에서 나왔다. 그렇다. 하지만 그 역시 그녀만큼이나 이 모든 것과 떨어져 있는 사람이었다. 그 사람조차도 인간에 대한 형제애는 하나도 남아 있지 않았다. 그건 죽어 없어져버렸다. 인간의 형제애는 죽어 없어진 것이다. 이 모든 것에 관한 한, 멀리 떨어져 있는 것과 절망하는 것만이 남아 있을 뿐이다. 그리고 이게 바로 영국, 거대한 몸체의 영국이었다. 그 중심부로부터 차를 타고 지나쳐 나오면서 코니가 깨달은 것은 바로 이 사실이었다.

차는 스택스 게이트를 향하여 올라가고 있었다. 비가 멎어가고 있었고, 대기 중엔 묘하게 투명한 5월의 광채가 서리기 시작했다. 이 고장의 지형은 물결치듯 길게 기복을 이루며 뻗어나갔는데, 남쪽으로는 피크 고원 지대를, 동쪽으로는 맨스필드와 노팅엄을 향하고 있었다. 코니가 지금 가고 있는 방향은 남쪽이었다.

높은 지대로 올라가자, 구릉지며 뻗은 대지의 한 언덕 위에 우람한 덩치의 위숍 성(城)이 암회색 모습을 어렴풋하게 드러내고 있는 것이 왼쪽으로 보였다. 그 아래쪽으로는 새로 지은 듯한, 불그스름하니 회반죽을 바른 광부들의 주택들이 보였고, 다시 그 아래쪽으로는 커다란 탄갱으로부터 시커먼 연기와 하얀 증기가 커다란 깃털 무리를 이루며 솟아오르고 있었다. 매년 수천 파운드에 이르는 막대한 돈을 공작과 그 밖의 여러 주주들의 호주머니에 꼭꼭 채워넣어준 탄갱이었다. 그 우람한 옛 성은 이제 폐허가 되었지만, 저 아래쪽에서 깃털 무리 같은 시커먼 연기와 하얀 증기가 습기 찬 대기 위로 물결치듯 올라가는 것을 내려다보며, 낮게 뻗은 구릉의 능선 위로 그 거대한 덩치를 여전히 드리우고 있었다.

모퉁이 하나를 돌고, 차는 높은 평지를 달려 스택스 게이트를 향해 갔다. 이 큰길에서 보이는 스택스 게이트의 모습이라곤 그저 거대하고 화려한 새 호텔, 즉 '코닝즈비 가문의 문장(紋章)'이라는 이름의 호텔밖에 없었는데, 빨갛고 하얀 색에다 금칠을 한 이 호텔은 길에서 떨어져 야만스러울 정도로 덩그렇게 서 있었다. 그러나 잘 보면, 왼쪽편으로 맵시 있는 '현대식' 주택들이 줄지어 있는 모습이 눈에 띄었는데, 빈터와 정원이 딸린 주택들이 죽 늘어서 있는 모습은 마치 도미노 놀이, 즉 놀란 대지 위에서 어떤 괴이한 '도사들'이 기묘한 도미노 놀이라도 벌이고 있는 것같이 보였다. 그리고 이 주택가 너머 저 뒤쪽으로, 놀랍고 경악스럽게 우뚝 높이 솟아오른 것들은 모두 진짜 현대식 탄광 건물들이었는데, 화학 공장과 긴 수평 갱도들이 이제까지 인간이 한번도 본 적 없는 갖가지 모양을 하고 거대하게 늘어서 있었다. 탄광의 축받이와 갱구 그 자체는 거대한 신식 시설물 사이에서 아주 보잘것없어 보였다. 그리고 바로 이 탄광 앞으로, 도미노의 패(牌) 같은 집들은 일종의 놀라움에 사로잡힌 채, 판이 벌어지기를 기다리면서 언제까지나 그렇게 서 있는 것이었다.

이것이 바로 전쟁 후, 지상에 새로 생겨난 스택스 게이트였다. 그러나 사실은, 코니조차도 모르고 있었지만, 그 '호텔'이란 것 아래쪽으로 반 마일쯤 내려간 곳에 바로 옛 스택스 게이트가 있었다. 오래된 작은 딩겡 하나와 거무스름한 낡은 벽돌 주택들이 있고, 예배당이 한두 곳, 가게가 한두 집 그리고 자그만 선술집도 한두 군데 있는 곳이었다.

그러나 그곳은 이제 더 이상 의미가 없었다. 거대한 깃털 모양의 연기와 증기는 저 위쪽 높은 곳에 위치한 새 공장에서 솟아올랐으니, 그곳이 이제 스택스 게이트였다. 거기에는 예배당도, 선술집도, 심지어 가게 하나도 없었다. 오직 거대한 '공장'만이, 모든 신들에게 각각 할당된 사원이 있는 현대의 성지(聖地) 올림피아로서 우뚝 서 있었다. 그리고 시범 주택들과 호텔이 있을 따름이었다. 그런데 그 호텔은 비록 일류처럼 보였지만, 사실은 광부들의 선술집에 지나지 않았다.

코니가 라그비에 온 직후부터 이곳은 새로 지상에 생겨나기 시작했고, 그 이래 시범 주택은 어딘지 모를 온갖 곳에서 흘러 들어온 어중이떠중이들로 가득 찼는데, 그들은 여러 가지 다른 일에 종사하는 틈틈이 클리퍼드의 토끼를 밀렵하곤 했다.

구릉을 이루며 넓게 펼쳐진 고장을 바라보며, 차는 고지대를 따라 계속 달려갔다. 이 고장! 한때는 자랑스럽고 위엄 있는 곳이었다. 앞쪽으로, 다시금 어렴풋하게 드러나면서 구릉의 능선 정상에 걸려 있는 모습으로, 거대한 덩치의 화려한 채드윅 저택이 나타났는데, 벽보다는 창문이 더 많은, 아주 유명한 엘리자베스 여왕 시대의 저택 가운데 하나였다. 저택은 장엄하게, 커다란 임원 위로 우뚝 홀로 서 있었다. 하지만 이제 구시대의 유물로, 과거로 넘겨진 건물이었다. 아직 유지 보존은 되고 있었지만, 구경거리로서만 그럴 뿐이었다. '보라, 우리 선조들이 어떻게 이곳에

서 영주로 군림하며 훌륭히 살았는지를!'

그건 과거의 일이었다. 현재는 저 아래 놓여 있었다. 미래가 어디에 있는지는 신(神)만이 알고 있다. 차는 벌써 구부러진 길을 돌아, 광부들의 작고 낡은 시커먼 집들 사이로, 어스웨이트를 향해 내려가고 있었다. 어스웨이트는 습기 찬 날이면 깃털 모양으로 솟아오르는 연기와 증기를, 그 어떤 신이 되었든지 하늘에 있는 신들에게로, 있는 대로 하늘 높이 뿜어 올렸다. 계곡 저 아래의 어스웨이트는, 즉 셰필드로 이어지는 철도가 강철로 된 실처럼 관통하고 있으며, 탄광과 제강(製鋼) 공장의 긴 관처럼 생긴 굴뚝에서는 연기와 불꽃이 뿜어져 나오고 있고, 교회의 자그마한 나선형 뾰족탑이 곧 쓰러져 넘어질 것 같으면서도 여전히 연기 사이를 뚫고 애처롭게 서 있는, 그런 어스웨이트의 모습은 이상하게도 항상 코니에게 어떤 감동을 주곤 했다. 그곳은 시장이 서는 오래된 읍으로서, 근처 골짜기 지역의 중심지였다. 그곳의 대표적인 여관 가운데 하나는 바로 '채털리 가문의 문장(紋章)'이라는 이름을 지녔다. 그곳, 어스웨이트에서 라그비는 외부인들이 생각하듯이 단순한 한 채의 집이 아니라, 마치 하나의 지역 전체를 말하는 것처럼, 라그비 그 자체로 여겨지고 일컬어졌다. 즉 '테버셜 옆, 라그비 저택 마을', 또는 '라그비 영지(領地)' 하는 식으로 불리었다.

광부들의 집은 시커먼 모습을 하고, 포장된 인도를 따라 같은 높이로 줄지어 서 있었는데, 백 년 이상 된 광부들의 주택들이 그러하듯 서로 다정하게 오밀조밀 붙어 있었다.

길을 따라 죽 그런 집들이 이어져 있었다. 길은 어느덧 거리로 접어들었고, 그래서 거리를 따라 아래로 내려가면서, 성(城)과 대저택들이 유령 같긴 하지만 여전히 우뚝 솟아 군림하고 있는 그 탁 트이고 구릉진 고장의 풍경을 금방 잊어버리게 되었다. 이제, 복잡하게 뒤얽힌 모습을 그대로 드러낸 철로 바로 위쪽에 이르렀고, 그러자 곧바로 주물 공장들과 그 밖의 다른 '공장들'이 주위를 가로막으며 나타났다. 이것들은 너무 크고 높아서 벽만 보일 정도였다. 쩌렁쩌렁 부딪치는 쇳소리가 엄청나게 크게 울려대었고, 거대한 화물 트럭들이 땅을 뒤흔들어 대며 달렸으며, 기적 소리는 요란스럽게 비명을 질러대었다.

하지만 일단 아래로 다 내려와 구불구불 이리저리 꼬인 읍내의 중심부로 들어서고 나면, 교회 뒤쪽으로 구불구불한 거리를 따라 다시금 이 세기 정도 되돌아간 듯한 세상이 홀연 펼쳐지는데, 바로 '채털리 가문의 문장'이라는 이름의 여관과 오래된 약국이 있는 거리로서, 웅장하게 자리 잡은 저택들과 성들이 있는 구릉지의 거칠고 넓게 트인 세계로 나가던 길목이었다.

그러나 모퉁이에서 경찰관 한 사람이 서서 손을 들어 차를 세웠다. 쇠를 가득 실은 세 대의 화물 트럭이 교회 건물을 불쌍하게도 뒤흔들어 대면서 지나가고 있었다. 화물 트럭들이 다 지나가고 나서야 경찰은 채털리 부인에게 경례를 올릴 수 있었다.

그런 곳이었다. 오래된 시가지의 구불구불한 거리를 따라 낡고 시커먼 광부들의 주택이 무리를 지어 빽빽하게 들어서 있었고, 그 사이로 길이 대충 나 있었다. 그리고 거기를 지나자마자 곧바로, 그보다 나중에 지은 좀 더 크고 밝은 분홍빛을 띤 집들이 줄지어 나타나 골짜기를 다닥다닥 덮고 있었는데, 보다 현대적인 직종의 노동자들이 사는 주택이었다. 그리고 그곳 너머로 저쪽에 다시금 성들이 있는 넓은 구릉 지대가 펼쳐졌는데, 그곳에서는 연기가 증기와 뒤섞여 물결치듯 피어오르고 있었으며, 거칠고 불그스름한 벽돌 건물이 다닥다닥 여기저기 이어져 때로는 분지에, 때로는 비탈진 능선을 따라, 무섭도록 추한 모습으로, 생긴 지 얼마 안 된 탄광 부락을 이루고 있었다. 그리고 그 사이로, 바로 그 안쪽 사이로, 마차를 타고 시골 오두막에서 살던 옛 영국의 자취가, 로빈 후드 시절까지도 더듬어 볼 수 있는 옛 영국의 자취가 군데군데 초라한 숲으로 아직 남아 있었고, 그곳을 광부들은 일이 없을 때면 억압된 사냥 본능으로 음울하게 어슬렁거리곤 했다.

영국이여, 나의 영국이여![7] 그러나 과연 뭐가 나의 영국이란 말인가? 영국의 웅장한 엘리자베스 시대 저택들은 사진을 찍으면 아주 근사해 보이고, 엘리자베스 여왕 시대 사람들과 연결되어 있다는 환상을 일으킨다. 또 근사한 옛 저택들도, 훌륭하신 앤 여왕[8] 시대나 톰 존스[9]의 시대로부

---

7) W. E. 헨리의 시 「영국을 위해 For England's Sake」(1900)에 나오는 표현.

8) 1702~1714년 재위.

9) Tom Jones: 18세기 영국 소설가 헨리 필딩(Henry Fielding)이 1749년 출간한 소설의 제목이자 주인공 이름.

터 내내, 거기 그렇게 우뚝 서 있었다. 그러나 이미 황금색을 잃은 지 오래인 우중충한 치장 벽토 위에는 검댕과 석탄 가루가 떨어져 시커멓게 쌓여 있다. 그래서 하나씩 하나씩, 그 근사한 저택들은 웅장한 엘리자베스 시대 저택들과 마찬가지로 버려졌으며 이제는 헐리고 있는 중이다. 그리고 영국의 시골 오두막집들의 경우는, 저기 그대로 남아 있긴 하다. 아무 희망도 없는 시골을 회반죽 칠로 온통 다닥다닥 덮은 저 벽돌 주택들의 모습으로 말이다.

이제 그 웅장한 엘리자베스 시대 저택들이 헐려가고 있는 참이므로, 조지 왕조[10]의 저택들 역시 사라져가고 있다. 조지 왕조의 완벽한 옛 대저택인 프리칠리조차 바로 지금, 코니가 차로 지나가고 있는 그 순간, 헐리고 있는 중이었다. 보수가 완벽하게 잘 되어 있고, 전쟁 전까지 웨더비 가문이 화려하게 살았던 저택이었다. 그러나 이제는 너무 커서 유지비가 너무 많이 들고, 주변의 고장 풍경과도 어울리지 않는 흉물이 되고 말았다. 상류 계급의 사람들은 돈이 벌리는 과정을 봐야 하는 부담 없이 돈을 쓸 수 있는, 보다 기분 좋은 곳을 찾아 떠나가고 있었다.

이것이 역사라는 것이다. 하나의 영국이 다른 영국을 지워 없앤다. 탄광들은 큰 저택들을 부유하게 해줬다. 그런데 이제 그 탄광들이, 이미 그 전에 시골 오두막집들을 지워 없애버렸던 것처럼, 그 부유한 저택들을 지워 없애고

---

10) 조지 1세가 즉위해서 조지 4세가 사망한 1714년부터 1830년에 이르는 시기.

있는 것이다. 산업 사회의 영국이 농업 사회의 영국을 지워 없애는 것이다. 하나의 의미가 다른 의미를 지워 없앤다. 새로운 영국이 옛 영국을 지워 없앤다. 그리고 그 연쇄는 유기적으로 일어나는 것이 아니라 기계적으로 일어난다.

유한계급에 속한 코니는 옛 영국에 대한 미련을 버리지 않고 계속 간직하고 있었다. 그 옛 영국이 사실은 이 무섭고 끔찍스러운 새 영국에 의해 지워져 없어졌다는 사실을, 그리고 완전히 지워 없어질 때까지 이 지워 없애기는 계속될 거라는 사실을 그녀가 깨닫는 데는 여러 해가 걸렸다. 프리칠리가 사라졌고, 이스트우드가 사라졌으며, 시플리도 사라지고 있었다. 지주 나리 윈터 씨가 사랑하는 시플리도 말이다.

코니는 잠깐 시플리에 들렀다. 임원의 뒤쪽 출입문은 탄갱 철도의 건널목 바로 근처에 나 있었다. 시플리 탄갱 그 자체는 임원의 나무들 바로 너머로 보였다. 출입문은 열려 있었는데, 광부들이 사용하는 통행로가 임원을 통해서 나 있기 때문이다. 임원에는 출입하는 광부들의 모습이 늘 보였다.

차는 장식용 연못들을 지나갔는데, 연못에는 광부들이 버린 신문지들이 떠 있었다. 연못을 지나 사유 도로인 찻길로 접어들어 저택을 향해 나아갔다. 저택은 위쪽에 따로 떨어져 우뚝 서 있었는데, 치장 벽토를 바른 아주 보기 좋은 건물로 18세기 중엽에 지어진 것이었다. 주목이 늘어선 아름다운 오솔길이 나 있었고, 그 길을 따라가자 한 채의 오래된 저택 앞에 이르렀다. 저택은 시원스럽고 차분하게 몸체를 활짝 펼친 채, 조지 왕조풍 유리창을 즐거운 듯이 반짝거리며 서 있었다. 그 뒤로는 정말로 아름다운 정원이 있었다.

코니는 라그비보다 이 저택의 내부가 더 마음에 들었다. 그것은 훨씬 밝고 생기가 있었으며, 모양새가 매끈하고 우아했다. 방의 벽은 우윳빛을 칠한 판자로 발라져 있었으며, 천장은 금박으로 장식되어 있었고, 모든 것이 더할 나위 없이 잘 정돈되고, 시설도 비용을 아끼지 않고 완벽하게 잘 갖춰져 있었다. 복도조차도 널찍하니 훌륭하게 꾸며져서, 부드럽게 곡선을 이루면서 생기에 차 있었다.

그러나 레슬리 윈터 씨는 가족이 없었다. 그는 자신의 집을 끔찍이 사랑했다. 그러나 그의 임원은 그가 소유한 탄갱 세 곳과 경계를 같이하고 있었다. 그는 마음이 너그러운 사람이었다. 그는 광부들이 자신의 임원에 들어오는 것을 거의 기꺼운 마음으로 받아들였다. 광부들 덕에 자신이 부자로 살고 있는 것 아닌가! 그래서 보기 흉한 광부들이 무리 지어 그의 관상용 연못가를──하지만 임원의 사유지 구역은 안 되었다. 그건 안 되었다. 그것까지는 양보할 수 없다고 그는 분명히 선을 그었다──어슬렁거리는 것을 보면, 그는 이렇게 말하곤 했다. "광부들은 사슴들만큼 보기에 운치가 있지는 못하겠지만, 금전적으로는 훨씬 유익한 존재이지."

그러나 그건 빅토리아 여왕의 통치 후반 경제적 황금기의 일이었다. 광부들은 그 당시엔 '훌륭한 일꾼들'이었다.

윈터 씨는 그의 집을 방문한, 당시 아직 황태자 신분이었던 에드워드 왕[11]에게도 그렇게, 반쯤은 변명조로, 말했었다. 그러자 왕자는 특유의 약간 목이 쉰 영어로 이렇게 대답했다.

"맞소이다. 만약 샌드링엄[12]에도 석탄이 매장되어 있다면, 난 잔디밭에다 탄갱을 파놓고 그걸 일류 조경(造景) 작품으로 여길 거외다. 아, 정말이지 나는 기꺼이 노루하고 광부를 맞바꿀 용의가 있소. 당신네 광부들은 또 훌륭한 일꾼이라고들 합디다."

그러나 그 당시, 황태자는 돈의 매력과 산업주의의 축복에 대해 아마 좀 지나치게 생각을 했던 것이리라.

하지만 그 황태자가 결국 국왕이 되었고, 그러다가 다시 그가 사망하여, 이제 또 다른 국왕[13]이 즉위해 있었는데, 그의 주된 임무는 빈민을 위한 무료 급식소를 여는 데 있는 것처럼 보였다.

그러는 동안에 그 훌륭하다는 일꾼들은 어떻게 된 건지 점점 시플리를 에워싸 들어오고 있었다. 새로운 탄광 마을들이 생겨나 임원 위에 가득 들어섰고, 윈터 씨는 어쩐지 그곳의 주민들이 이질적으로 느껴졌다. 그는 호인다우면서도 제법 위엄 있게, 토지와 자신이 거느린 광부들에 대해 영주와도 같은 주인 의식을 느껴왔었다. 그런데 이제, 미묘하게 스며든 새로운 정신에 의해 어쩐지 그는 차츰 밀려나 있었다. 바로 자기 자신이야말로 더 이상 그곳에 속하지

11) 에드워드 7세를 가리킨다. 1901~1910년 재위.
12) 1863년에 황태자를 위해 노퍽에 구입한 왕실 별장 영지.
13) 조지 5세를 가리킨다. 1910~1936년 재위.

않는 존재였던 것이다. 그것은 틀림없는 사실이었다. 탄광은, 즉 산업은 그 자체의 의지를 가지고서 이 신사다운 소유주를 배척하고 있었다. 모든 광부들이 그 의지에 동참하고 있었고, 그것에 대항해 살아나가기는 어려웠다. 그것은 윈터 씨와 같은 사람을 밀어내 자리에서 쫓아내든지, 아니면 아예 생을 마감하도록 하든지 하는 것이었다.

군인이었던 지주 나리 윈터 씨는 그것에 완강하게 저항했다. 그러나 그는 더 이상 저녁 식사 후에 임원을 산책하고 싶은 마음이 들지 않았다. 그는 집 안에 거의 숨어 있다시피 했다. 언젠가 한번은 모자를 안 쓴 채, 자주색 비단 양말에 에나멜가죽 구두를 신고, 좀 허허거리며 점잖게 헛웃음을 치는 태도로 이야기를 나누면서 코니와 함께 출입문 쪽으로 걸어 내려간 적이 있었다. 그러나 인사나 그 어떤 예의 하나 차리지 않고 거기에 그대로 선 채 빤히 노려보고 있는 몇몇 광부들의 무리를 지나치게 되었을 때 코니는, 그 야위고 점잖은 노신사가 마치 우리 안에 갇힌 단아한 수컷 영양(羚羊)이 천박한 응시를 받고 움츠러드는 것처럼 그렇게 움츠러드는 것을 느꼈다. 광부들이 개인적으로 적의가 있는 것은 아니었다. 그건 전혀 아니었다. 그러나 그들의 정신은 차디찼고, 그를 밀쳐내고 있었다. 그리고 마음속 저 깊은 곳에, 어떤 깊디깊은 원한이 도사리고 있었다. 그들은 '그를 위해 일을 하는' 사람들이었던 것이다. 그리고 자신들은 추한 몰골을 하고 있는데, 그의 우아하고 고상하며 점잖은 존재를 보자 분노가 치밀었던 것이다. 저자는 대체 누구야! 그들이 분개하고 있는 것은 바로 그 차이였다.

그리고 군인다운 진실성을 여전히 깊이 간직하고 있던 그는 영국인다운 마음속 어딘가 내밀한 곳에서, 광부들이 그런 차이에 대해 분개하는 것이 옳다고 믿고 있었다. 그는 자신이 그 모든 이익을 다 차지하는 것은 아무래도 좀 잘못되었다는 느낌이 들었다. 그렇지만 그는 어쨌든 하나의 사회 체제를 대표하는 몸이었고, 따라서 밀려나지 않을 작정이었다.

죽지 않는 한은 말이다. 그런데 그 죽음은 코니가 방문한 지 얼마 안 되어 갑자기 그에게 닥쳐왔다. 그리고 그는 클리퍼드에게도 상당한 금액의 유산을 물려준다는 말을 잊지 않고 유언장에 남겼다.

상속인들은 즉시 지시를 내려 시플리를 허물도록 했다. 저택을 유지하는 데 비용이 너무 많이 들었다. 게다가 아무도 들어와 살려는 사람이 없었다. 그래서 저택은 헐렸다. 주목이 늘어선 가로수 길도 베어져 없어졌다. 임원은 나무가 목재로 다 잘려나가 없어지고, 여러 구획의 택지로 나뉘었다. 그곳은 어스웨이트에 충분히 가까웠다. 그리하여 이 '또 하나 새로 생긴' 무인 지대의 기이하게 헐벗은 황무지에는, 벽 한쪽이 서로 붙어 있는 집들이 부리나케 뚝딱 지어져 올라가더니 어느 틈에 자그만 거리들을 이루고 있었다. 얼마나 바람직한가! 그 이름도 시플리 저택 부동산 주택 단지라네!

코니가 마지막으로 방문한 지 일 년이 채 안 되는 동안에, 바로 그런 일이 벌어졌다. 시플리 저택 부동산 주택

단지가 거기에 들어서서는, 빨간 벽돌에 벽 한쪽이 서로 붙은 '별장 주택들'이 늘어서서 새로운 거리를 이루고 있었다. 바로 열두 달 전에 치장 벽토를 바른 큰 저택이 그 자리에 서 있었다고는 아무도 상상하지 못할 정도였다.

그러나 이것은 바로 잔디밭에 장식으로 탄광을 만들어놓겠다는 에드워드 왕의 조경술이 후기 단계로 발전된 결과였다.

하나의 영국이 다른 영국을 지워 없앤다. 지주 윈터 씨 같은 사람들과 라그비 같은 저택들의 영국은 지나갔고 끝장난 것이다. 다만 그 지워 없애기가 아직 완성되지 않았을 따름이다.

앞으로 어떻게 될 것인가? 코니는 상상이 가지 않았다. 그저 벽돌로 지은 새로운 거리들이 들판마다 널리 퍼져나가고, 새로운 건물들이 탄광마다 솟아오르고, 비단 스타킹을 신은 새로운 아가씨들과 새로운 광부 청년들이 무도장이나 복지관을 드나들며 빈둥거리는 모습만이 떠오를 뿐이었다. 젊은 세대들은 옛 영국에 대해 알고 있는 바가 전혀 없었다. 의식의 연속성이 단절된 것인데, 초기의 미국과 거의 비슷한 단절이었다. 하지만 사실은 산업 사회의 발달로 인한 단절이었다. 과연 앞날은 어떻게 될까?

코니는 항상 앞날 같은 건 없다고 느꼈다. 그녀는 모래 속에다 머리를 처박고 현실로부터 도피하고 싶은 마음이었다. 아니면 적어도, 살아 있는 남자의 가슴에라도 머리를 묻고 싶었다.

세상은 너무도 복잡하고 끔찍하고 소름 끼쳤다! 하층 대중은 너무 많았고, 또 정말 너무 무서웠다. 집으로 돌아가는 도중에, 광부들이 탄광에서 줄지어 나오는 모습을 보고 코니는 그렇게 생각했다. 그들은 시커메진 잿빛 형상에 일그러진 얼굴을 하고 한쪽 어깨를 추켜올린 채 징 박힌 무거운 장화를 아무렇게나 질질 끌고 있었다. 지하 생활자의 시커먼 잿빛 얼굴, 흰자위가 희번덕거리며 돌아가는 두 눈, 갱도의 천장에 부딪히지 않으려고 움츠러들어 비틀어진 목, 흉하게 어긋난 양어깨. 인간들이여! 대체 이게 뭔가! 어느 면에선 참을성 많고 선량한 인간들이었다. 하지만 다른 면에서는 존재를 상실한 인간들이었다. 남자에게 있어야만 하는 그 어떤 것이 그들에겐 자라나다가 말살되어 버리고 없었다. 하지만 그들은 여전히 남자들이었다. 자식을 낳았다. 여자에게 자식을 낳게 할 수가 있는 것이다. 끔찍했다. 생각만 해도 끔찍했다! 그들은 선량하고 친절한 사람들이었다. 그러나 그들은 반쪽에 불과했다. 잿빛 반쪽 인간에 불과했다. 아직 그들은 '훌륭한 일꾼들'이기도 했다. 그러나 그것조차 반쪽자리 훌륭함에 불과했다. 그들에게서 죽은 반쪽이 되살아나 일어난다면! 그러나 아니었다. 그건 너무 끔찍해서 생각할 수 없는 일이었다. 코니는 산업 노동자 대중이 정말 한없이 두려웠다. 그녀에게 그들은 너무나 소름 끼치는 존재로 보였다. 그들의 삶에 아름다움이나 직관이라곤 전혀 없고, 항상 '갱 속에서'만 삶을 보내는 존재였다.

그런 남자들에게서 자식들이 태어난다니! 아아, 하나님, 맙소사!

하지만 멜러즈도 그런 아버지에게서 태어난 사람이었다. 물론 꼭 그런 것은 아니었다. 사십 년 전이라면 남성성이 지금과는 달라도 아주 엄청나게 달랐을 때이다. 그때만 해도 지금처럼 철과 석탄이 남자의 육체와 영혼을 깊숙한 데까지 파먹어 들어가지는 않았을 것이다.

살아 있지만 추함의 화신(化身)들! 그들 모두 과연 어떻게 될 것인가? 혹시 석탄이 없어지면, 그들도 함께 지상에서 다시 사라질지 모른다. 석탄이 부르는 소리를 듣고 어디선가 수천수만의 떼를 지어 나타난 존재이니까. 그들은 혹시 석탄층에 딸린 괴상한 동물군(群)에 불과한지도 몰랐다. 또 다른 실체를 지닌 존재로서, 그들은 석탄의 원소들을 위해 봉사하는 일종의 원소 생물이었다. 금속 노동자들이 철이라는 원소를 위해 봉사하는 원소 생물인 것처럼 말이다. 인간이지만 인간이 아니라, 석탄이나 철이나 진흙에서 생겨난 생명체였다. 탄소, 철, 규소 등과 같은 원소에 딸린 동물군, 즉 원소 생물 말이다. 혹시 그들에게는 석탄의 광택, 철의 무게와 푸르스름한 빛깔과 단단함, 또는 유리의 투명함같이, 광물질의 그 괴상하고 비인간적인 어떤 아름다움이 있는지도 몰랐다. 광물계의 괴상하고 흉측한 원소 생물 같은 존재! 물고기가 바다에 속하고 벌레가 썩은 나무에 속하듯이, 그들은 석탄, 철, 진흙 등에 속한 존재였다. 광물의 분해가 낳은 생명체였다!

코니는 집에 돌아오게 되어, 그래서 현실로부터 숨을 수 있게 되어 기뻤다. 클리퍼드에게 지껄이는 것조차 즐거울 정도였다. 중부 지방의 탄광과 제철 산업 광경에서 얻은 공포감으로 인해 그녀는 기묘한 느낌에 사로잡혔고, 그 느낌이 독감처럼 온몸에 퍼졌기 때문이다.

"물론 벤틀리 양의 가게에서 차를 마셔야 했지요." 그녀가 말했다.

"그래! 윈터 씨가 차를 대접해 주었을 텐데, 왜 그랬어?"

"예, 맞아요! 하지만 벤틀리 양을 실망시킬 수가 없었어요."

벤틀리 양은 경박한 노처녀로 코가 좀 크고 성격이 낭만적이었는데, 성찬식에 어울릴 만한 조심스러움과 열성으로 차를 대접하곤 했다.

"그녀가 내 안부를 물어?" 클리퍼드가 말했다.

"물론이지요! 여쭙기 외람되지만 클리퍼드 경께서는 어떠신지요! 하고 묻더군요. 그녀는 당신을 캐블 간호사[14]보다도 훨씬 더 높이 우러러본다니까요!"

"그래서 당신은 내가 원기 왕성하다고 했겠지."

"그럼요! 그러자 그녀는 마치 내가 당신한테 천국이 열렸다고 말하기라도 한 것처럼 황홀한 표정이 되더군요. 혹 테버셜에 올 기회가 있으면 꼭 당신을 만나러 오라고 말해 주었어요."

"나를! 무엇 때문에? 나를 만나러 온다고!"

"그래요, 클리퍼드. 그토록 숭배받고 있는데 뭔가 보답을 해주는 게 있어야지요. 그녀의 눈엔, 카파도키아[15]의 성(聖)

---

14) Edith Louisa Cavell(1865~1915) : 영국의 영웅적인 간호사로 1차 세계대전 중 독일군에 총살당했다.

조지[16]도 당신과 비교하면 아무것도 아닐 정도라고요."

"그래, 그녀가 올 거 같아?"

"글쎄요. 그녀는 얼굴이 빨개지더군요! 그러더니 한순간 아주 아름다워 보였어요. 애처로울 정도로 말예요! 왜 남자들은 진정으로 자기를 숭배하는 여자와 결혼하지 않는 걸까요?"

"여자들은 너무 뒤늦게 숭배를 하기 시작하거든. 한데 그 여자가 오겠다고 했어?"

"아이고, 마님!" 코니는 숨이 막혀 말도 제대로 못하는 벤틀리 양을 흉내 내며 말했다. "제가 어찌 감히 그런 주제넘은 짓을 하겠는지요!"

"감히 주제넘은 짓이라고! 별 얼빠진 소리 다 하는구먼! 하지만 어쨌든 그 여자가 나타나지 않았으면 정말 좋겠군. 그런데 차 맛은 어땠어?"

"아, 립턴 차였는데, 아주 진했어요. 하지만 클리퍼드, 벤틀리 양을 비롯하여 그녀와 같은 많은 여자들에게 당신이 바로 「장미 이야기」[17]와 같은 존재라는 걸 알고 있어요?"

"그래도 난 별로 영광스럽지 않아."

"그 여자들은 화보 신문에 실린 당신의 사진이란 사진은

---

15) 소아시아 동부에 있던 고대 국가로 서기 17년에 로마의 속주가 되었다.

16) 영국의 수호 성인.

17) Roman de la Rose: 13세기에 기욤 드 로리스(Guillaume de Lorris)가 쓰고 장 드 묑(Jean de Meun)이 완결지은 프랑스의 유명한 장편 연애시.

죄다 오려 소중히 간직하고 있어요. 그리고 아마 밤마다 당신을 위해 기도까지 올릴걸요. 정말 꽤 근사한 일 아녜요?"

코니는 옷을 갈아입으러 위층으로 올라갔다.

그날 저녁 클리퍼드가 그녀에게 말했다.

"결혼이라는 것에는 뭔가 영원한 것이 있다고 당신도 생각하지 않아?"

그녀는 그를 바라보았다.

"하지만 클리퍼드, 당신이 지금 한 영원이라는 말은 마치 무슨 뚜껑과 같은 것, 또는 우리가 아무리 멀리 가도 늘 우리 뒤에 질질 끌리며 달려 있는 길디긴 쇠사슬과 같은 것처럼 들리는군요."

그는 좀 화가 난 듯한 얼굴로 그녀를 바라보았다.

"내 말은," 그가 말했다. "당신이 베네치아에 간다고 할 때, 뭔가 아주 진지하게(au grand sérieux) 연애 관계에 빠질 것을 기대하지는 않을 거라는 뜻이야. 그렇지?"

"베네치아에서 아주 진지하게 연애 관계에 빠지지 않을 거냐고요? 천만에요. 염려 말아요! 아주 하찮게(au très petit sérieux)가 아니면 베네치아에서 결코 연애 관계에 빠지지 않을 테니까요."

그녀는 묘하게 경멸감이 섞인 어조로 말했다. 그는 이마를 찌푸리면서 그녀를 바라보았다.

다음 날 아침에 아래층으로 내려왔을 때, 그녀는 사냥터지기의 개 플로시가 클리퍼드의 방문 앞 복도에 앉아서는 아주 희미한 소리로 낑낑대고 있는 것을 보았다.

"어머, 플로시!" 그녀는 부드럽게 말했다. "여기서 뭘 하고 있니?"

그리고 그녀는 조용히 클리퍼드의 방문을 열었다. 클리퍼드는 침대용 탁자와 타자기를 한쪽으로 밀어놓은 채 침대에 일어나 앉아 있었고, 사냥터지기는 침대 발치에 반듯한 자세로 서 있었다. 플로시가 달려 들어갔다. 살짝 고개를 저으며 멜러즈는 눈짓으로 개에게 다시 문간으로 나가라고 명령했고, 그러자 개는 슬금슬금 기어나갔다.

"아, 여보, 안녕!" 코니가 말했다. "일하고 있는 줄 몰랐어요." 그런 다음 그녀는 사냥터지기를 바라보면서 인사를 했다. 그는 답하는 인사말을 뭐라고 중얼거리면서, 멍한 듯이 그녀를 바라보았다. 그러나 그녀는 단순히 그가 거기 있는 것만으로도 정열의 기운이 확 끼쳐오는 것을 느꼈다.

"내가 일을 방해했나요, 클리퍼드? 미안해요."

"아냐, 괜찮아. 별로 중요한 일도 아니야."

그녀는 방에서 다시 가만히 나와서는 위층의 파랗게 칠한 내실로 올라갔다. 그녀는 창가에 앉아서, 그가 도로를 따라 그 묘하고 말없는 동작으로, 자신의 존재를 감춘 채 걸어 내려가는 모습을 바라보았다. 그에게는 일종의 타고난 조용한 남다름과 좀 거만한 듯한 초연함이 있었으며, 그러면서 또한 어떤 약한 모습이 있기도 했다. 고용인! 클리퍼드의 고용인 가운데 한 사람! '브루투스여, 우리가 아랫것들인 것은 우리 별자리 탓이 아니라 우리 자신의 탓이라네.'[18]

그는 아랫것인가? 그런가? 그는 그녀를 어떻게 생각하고 있을까?

날씨가 화창한 어느 날, 코니는 정원에서 일하고 있었고 볼턴 부인이 곁에서 돕고 있었다. 어떤 이유에서인지 두 사람은, 사람들 사이에 존재하는 그 뭐라 설명할 수 없는 공감의 넘나드는 물결 속에서 서로에게 끌렸다. 그들은 카네이션을 말뚝에 매어 고정시키고, 여름용 화초 모종을 심고 있었다. 두 사람 다 좋아하는 일이었다. 코니는 특히, 어린 모종의 부드러운 뿌리를 부드럽게 이긴 검은 흙 속에 심고 꼭꼭 눌러 자리를 잡아주는 것에 큰 즐거움을 느꼈다. 이 따스한 봄날 아침에 코니 역시, 마치 햇빛이 자신의 자궁에 비쳐들어 거기를 어루만지며 행복하게 해주는 것처럼, 자궁 속이 떨리는 것을 느꼈다.

"당신이 남편을 여읜 지도 꽤 오래되었지요?" 어린 모종 하나를 집어 들어 구덩이에 심으면서, 그녀는 볼턴 부인에게 말했다.

"스물세 해나 되었답니다!" 어린 매발톱꽃 모종 다발을 조심스럽게 하나씩 낱개로 나누어놓으면서, 볼턴 부인이 대답했다. "사람들이 죽은 그이를 집으로 떠메고 온 지도 어언 스물세 해나 되었지요."

끔찍한 종지부와도 같은 그 말에 코니의 심장은 움찔 뒤틀렸다. "집으로 떠메고 왔다니!"

"남편이 왜 죽은 거라고 당신은 생각해요?" 그녀는 물었다. "당신하고는 행복했죠?"

---

18) 셰익스피어의 「줄리어스 시저 Julius Caesar」 1막 2장 139~140행.

그것은 여자 대 여자로서의 질문이었다. 볼턴 부인은 손등으로 머리카락 한 올을 얼굴에서 걷어 올렸다.

"잘 모르겠어요, 부인! 그는 좀, 상황에 그대로 순응하려 하지 않는 사람이었어요. 다른 사람들과 정말로 같이 어울려 행동하려고 하질 않았어요. 게다가 겁이 나서 머리 숙이는 걸 세상없이 싫어했지요. 일종의 옹고집인데, 자신을 망하게 만드는 성질이죠. 그러니까 사실 그는 매사 어찌 되든 상관 않는 무심한 사람이었던 거예요. 전 그게 탄광 탓이라고 본답니다. 그는 탄광에 발을 들여놓지 말았어야 했어요. 하지만 소년이었을 때, 그의 아버지가 그를 탄광에 집어넣었답니다. 그러곤 그렇게 스물을 넘기자, 이미 발을 빼기가 쉽지 않게 돼버린 거죠."

"탄광 일이 싫다고 남편이 말하던가요?"

"아뇨, 천만에요! 한번도 그런 적이 없었답니다! 그이는 뭐가 싫다는 말을 한 적이 결코 없었지요. 그저 묘하게 익살스러운 표정을 짓곤 할 뿐이었어요. 그이는 뭐가 어찌되든 상관없다는 식의 사람들 중의 하나였어요. 첫 번째로 지원해 아주 즐겁게 전쟁터로 떠나가서는 곧장 전사하고 말았던 몇몇 젊은이들같이 말예요. 그이는 사실 소갈머리가 없는 사람은 아니었어요. 하지만 매사에 무심했죠. 그래서 전 그이에게 늘 이렇게 말하곤 했답니다. '당신은 매사에 모두에게 어찌 그리 무심하기만 한가요!' 하고요. 하지만 그는 항상 그렇지만은 않았답니다! 첫애가 태어났을 때인데, 그이는 꼼짝 않고 가만히 앉아서는, 마침내 다 끝났는데도 일종의 경악에 찬 끔찍한 시선으로 저를 바라보고 있는 것 아니겠어요! 난산이라 고통스러웠지만, 오히려 제가 그이를 위로해야 했지요. '이봐요, 서방. 괜찮아요. 괜찮으니 걱정 마요!' 하고 말입니다. 그러자 그인 절 바라보면서, 그 묘하게 익살스러운 미소를 짓더군요. 그는 그 일에 대해 결코 한마디도 한 적이 없었어요. 하지만 제가 확신하건대, 그는 그 이후로 밤에 나와의 잠자리에서 즐거움을 제대로 맛본 적이 없어요. 결코 자신을 정말로 완전히 풀어 끝까지 가질 않았거든요. 그래서 전 그에게 말하곤 했지요. '이봐요, 서방. 끝까지 가서 확 풀어보라니까!' 하고요──가끔 그이에게 사투리로 말하곤 했어요──그이는 아무 대꾸도 하지 않았지요. 하지만 그는 자신을 완전히 풀어 내맡기려고 하지 않았고, 또 그렇게 할 수도 없었어요. 제가 더 이상 아기를 갖는 걸 원치 않았던 거지요. 저는 이 문제에 대해 늘 그의 어머니를 원망했는데, 그를 방 안에 들어오게 한 사람이 바로 그의 어머니였거든요. 아기 낳는 방에 그가 들어와 있어서는 안 되는 거였어요. 남자들은 일단 생각에 빠지기 시작하면, 필요 이상으로 일을 심각하게 생각하니까 말이에요."

"남편이 그렇게도 깊이 마음에 꺼려했나요?"

"그렇답니다. 그인 아무래도 그것을 당연하게 받아들일 수가 없었던 거죠. 출산할 때의 그 모든 진통을 말입니다. 그리고 그것 때문에 부부 생활의 사랑에서 얻는 그의 즐거움은 망쳐지고 만 것이지요. 그에게 전 이렇게 말했지요. '내가 아무렇지도 않은데, 왜 당신이 그러는 거예요? 그건 내 소관 사항이란 말예요!' 하고요. 하지만 그이한테 듣는 대답이라곤 오직 '그건 옳지 않아!'라는 말뿐이었답니다."

"아마 너무 예민한 사람이었던가 보죠." 코니가 말했다.

"예, 바로 그거예요! 가만히 잘 살펴보면 남자들이란 바로 그렇다는 걸 알게 돼요. 말하자면 쓸데없는 일에 지나치게 예민하다는 거죠. 그리고 제가 믿기로, 비록 자신은 모르고 있었지만 그이는 탄광 일을 싫어했답니다. 그저 싫었을 뿐이었던 거죠. 죽은 그이의 모습은 정말 평온해 보였어요. 마치 자유로워지기라도 한 것처럼 말이에요. 그인 정말 미남 청년이었지요. 마치 죽기를 바라기라도 했던 것처럼 그렇게 고요하니 맑고 깨끗한 얼굴로 누워 있는 모습을 보았을 때, 정말 가슴이 찢어지는 듯했답니다. 아, 그건 정말 가슴이 찢어지는 일이었어요, 정말로요. 하지만 그 모든 것이 다 바로 탄광 탓이었지요……."

그녀는 사무치는 고통으로 잠시 눈물을 흘렸다. 코니는 더 많은 눈물을 흘렸다. 따스한 봄날이었다. 대지와 노란 꽃들에게서는 향기가 퍼져 나오고, 수많은 초목들이 싹을 틔우며 자라나고 있었으며, 정원에는 햇빛의 순수한 생기가 고요하게 넘쳐흐르고 있었다.

"참으로 견디기 힘든 일이었겠군요!" 코니가 말했다.

"아, 부인! 처음엔 전혀 실감이 나질 않았답니다. 제가 할 수 있는 말이라곤 그저 이런 것뿐이었죠. '아, 여보, 대체 무엇 때문에 이렇게 날 버리고 떠나고 싶어 한 거죠!' 울부짖으며 오직 그 말만 외쳤지요. 하지만 어쩐지 그가 돌아올 것만 같이 느껴졌답니다……."

"하지만 남편이 당신을 버리고 떠나고 싶어 한 것은 아니었잖아요." 코니가 말했다.

"아, 물론이지요, 부인! 그저 제가 바보같이 그렇게 울부짖었던 것뿐이지요. 그리고 그가 돌아오리라는 기대도 계속 버리지 못했지요. 밤에 특히 더 그랬답니다. 잠을 이루지 못한 채, '왜 그이가 나하고 같이 침대에 누워 있지 않은 거지!' 하는 생각만 계속 들었죠. 마치 제 감정이 그이가 죽고 없다는 것을 믿으려 하지 않는 것과도 같았답니다. 그저, 그가 돌아와서 저와 살을 맞대고 누워, 제가 그의 몸을 느낄 수 있도록 해주지 않을 수 없을 것이라는 느낌뿐이었지요. 그게 제가 원하는 전부였으니까요. 곁에 누운 그의 몸을 내 살로 따뜻하게 느끼는 것 말이에요. 수천 번의 충격을 받고 나서야 비로소 저는 그가 돌아오지 않을거라는 사실을 깨달을 수 있었지요. 여러 해가 지나고 나서 말입니다."

"남편의 촉감 말이군요?" 코니가 말했다.

"네, 바로 그거예요, 부인. 그이의 촉감요! 오늘 이 순간까지도 저는 결코 그 촉감을 이겨내지 못했답니다. 앞으로도 못할 거고요. 저 위에 하늘나라가 있다면, 그는 거기에서 기다리고 있다가 제가 그리로 가는 날, 곁에 살을 맞대고 누워 제가 잠들 수 있게 해줄 겁니다."

코니는 생각에 잠긴 볼턴 부인의 잘생긴 얼굴을 두려운 마음으로 흘끗 쳐다보았다. 테버셜 출신의 또 다른 정열적 인간이다! 남편의 촉감이라! 사랑의 결박은 풀기 고달픈 것이거니!

"일단 한 남자를 우리의 핏속에 받아들이고 나면, 참으로 무서워지는군요!" 코니는 말했다.

"그래요, 부인! 그리고 바로 그것 때문에 그토록 쓰라린 아픔을 느끼게 되는 것이랍니다. 남편이 죽기를 사람들이 바랐다고 느끼는 거예요. 또 탄광이 남편을 정말로 죽이고 싶어 했다고 느끼는 거고요. 아, 저는 느꼈지요. 탄광이, 그리고 탄광을 경영하는 사람드리 업서따면, 남펴니 나를 버리고 떠나는 이른 업서쓸 텐데, 하고 말예요. 그들은 모두, 한 여자와 한 남자가 함께 있을 때, 둘을 서로 떼어놓고 싶어 하는 존재예요……."

"두 사람이 육체적으로 함께 있을 때 말이죠?" 코니가 말했다.

"맞습니다, 부인! 세상에는 무정한 사람이 정말 많아요. 그래서 매일 아침 그이가 일어나 탄광으로 갈 때면, 전 그게 잘못되고 또 잘못된 일이라고 느끼곤 했지요. 하지만 그이가 달리 뭘 어떻게 할 수 있었겠어요? 남자가 뭘 어떻게 할 수 있겠어요?"

묘한 증오심이 그 여자의 마음속에 불끈 솟구치며 타올랐다.

"하지만 한 사람의 촉감이 그렇게 오래 지속될 수 있는 건가요?" 코니는 갑자기 물었다. "당신이 남편을 그토록 오래 느낄 수 있다니 말이에요!"

"아, 부인, 오래 지속되는 것이 그것 말고 뭐가 있겠어요? 자식들도 자라서 결국 떠나가 버리지요. 하지만 남자는……! 글쎄요! 하지만 마음속에 있는 그것조차, 남편의 촉감에 대한 생각마저, 세상은 죽여 없애려고 하지요. 심지어 내 배로 낳은 자식들까지도 말입니다! 뭐, 글쎄요! 남편과 제가 나중에 서로 사이가 나빠 멀어졌을 수도 있겠죠. 아무도 장담할 수 없는 일이니까요. 하지만 그 감정만은 좀 다른 것이지요. 글쎄요, 그런 거 상관 안코 사는 게 차라리 나을지도 모르게씀니다. 하지만 남자에 의해 정말로 온몸 샅샅이 뜨겁게 달궈진 적이 한번도 없는 여자들을 볼라치면, 글쎄요, 그들이 아무리 훌륭하게 옷을 차려입고 나대며 돌아다닌다 해도, 저한테는 결국 불쌍한 처녀 귀신 정도로밖에 보이지 않는답니다. 그래요, 저는 이런 제 생각을 지킬 거예요. 세상 사람들이 어떻게 생각하는지는 저에게 별로 중요하지 않답니다……."

세계문학전집 **85**

# 채털리 부인의 연인 1

1판 1쇄 펴냄  2003년 9월 15일
1판 37쇄 펴냄  2022년 12월 16일

지은이  D. H. 로렌스
옮긴이  이인규
발행인  박근섭, 박상준
펴낸곳  (주)민음사

출판등록  1966. 5. 19. (제 16-490호)
서울특별시 강남구 도산대로1길 62(신사동) 강남출판문화센터 5층 (우편번호 06027)
대표전화 02-515-2000  팩시밀리 02-515-2007
www.minumsa.com

© 이인규, 2003. Printed in Seoul, Korea

ISBN 978-89-374-6085-2 04800
ISBN 978-89-374-6000-5 (세트)

* 잘못 만들어진 책은 구입처에서 교환해 드립니다.

# 세계문학전집 목록

1·2 **변신 이야기** 오비디우스 · 이윤기 옮김  서울대 권장도서 100선

3 **햄릿** 셰익스피어 · 최종철 옮김  서울대 권장도서 100선 | 미국대학위원회 선정 SAT 추천도서

4 **변신 · 시골의사** 카프카 · 전영애 옮김  서울대 권장도서 100선

5 **동물농장** 오웰 · 도정일 옮김  미국대학위원회 선정 SAT 추천도서 | 《타임》 선정 현대 100대 영문소설

6 **허클베리 핀의 모험** 트웨인 · 김욱동 옮김  《뉴스위크》 선정 100대 명저

7 **암흑의 핵심** 콘래드 · 이상옥 옮김  미국대학위원회 선정 SAT 추천도서 | 《뉴스위크》 선정 10대 명저

8 **토니오 크뢰거 · 트리스탄 · 베니스에서의 죽음** 토마스 만 · 안삼환 외 옮김  노벨 문학상 수상 작가

9 **문학이란 무엇인가** 사르트르 · 정명환 옮김

10 **한국단편문학선 1** 김동인 외 · 이남호 엮음  국립중앙도서관 선정 청소년 권장도서

11·12 **인간의 굴레에서** 서머싯 몸 · 송무 옮김

13 **이반 데니소비치, 수용소의 하루** 솔제니친 · 이영의 옮김  노벨 문학상 수상 작가

14 **너새니얼 호손 단편선** 호손 · 천승걸 옮김

15 **나의 미카엘** 오즈 · 최창모 옮김

16·17 **중국신화전설** 위앤커 · 전인초, 김선자 옮김

18 **고리오 영감** 발자크 · 박영근 옮김

19 **파리대왕** 골딩 · 유종호 옮김  노벨 문학상 수상 작가 | 《타임》 선정 현대 100대 영문소설

20 **한국단편문학선 2** 김동리 외 · 이남호 엮음

21·22 **파우스트** 괴테 · 정서웅 옮김  서울대 권장도서 100선 | 미국대학위원회 선정 SAT 추천도서

23·24 **빌헬름 마이스터의 수업시대** 괴테 · 안삼환 옮김

25 **젊은 베르테르의 슬픔** 괴테 · 박찬기 옮김  논술 및 수능에 출제된 책(1998~2005)

26 **이피게니에 · 스텔라** 괴테 · 박찬기 외 옮김

27 **다섯째 아이** 레싱 · 정덕애 옮김  노벨 문학상 수상 작가

28 **삶의 한가운데** 린저 · 박찬일 옮김

29 **농담** 쿤데라 · 방미경 옮김

30 **야성의 부름** 런던 · 권택영 옮김

31 **아메리칸** 제임스 · 최경도 옮김

32·33 **양철북** 그라스 · 장희창 옮김  노벨 문학상 수상 작가 | 서울대 권장도서 100선

34·35 **백년의 고독** 마르케스 · 조구호 옮김  노벨 문학상 수상 작가 | 서울대 권장도서 100선

36 **마담 보바리** 플로베르 · 김화영 옮김  서울대 권장도서 100선

37 **거미여인의 키스** 푸익 · 송병선 옮김

38 **달과 6펜스** 서머싯 몸 · 송무 옮김

39 **폴란드의 풍차** 지오노 · 박인철 옮김

40·41 **독일어 시간** 렌츠 · 정서웅 옮김

42 **말테의 수기** 릴케 · 문현미 옮김

43 **고도를 기다리며** 베케트 · 오증자 옮김  노벨 문학상 수상 작가 | 서울대 권장도서 100선

44 **데미안** 헤세 · 전영애 옮김  노벨 문학상 수상 작가

**45 젊은 예술가의 초상** 조이스·이상옥 옮김  서울대 권장도서 100선

**46 카탈로니아 찬가** 오웰·정영목 옮김

**47 호밀밭의 파수꾼** 샐린저·공경희 옮김  《타임》 선정 현대 100대 영문소설 | 미국대학위원회 선정 SAT 추천도서 | 《뉴스위크》 선정 100대 명저 | BBC 선정 꼭 읽어야 할 책

**48·49 파르마의 수도원** 스탕달·원윤수, 임미경 옮김

**50 수레바퀴 아래서** 헤세·김이섭 옮김  노벨 문학상 수상 작가 | 국립중앙도서관 선정 청소년 권장도서

**51·52 내 이름은 빨강** 파묵·이난아 옮김  노벨 문학상 수상 작가

**53 오셀로** 셰익스피어·최종철 옮김  서울대 권장도서 100선

**54 조서** 르 클레지오·김윤진 옮김  노벨 문학상 수상 작가

**55 모래의 여자** 아베 코보·김난주 옮김

**56·57 부덴브로크 가의 사람들** 토마스 만·홍성광 옮김  노벨 문학상 수상 작가

**58 싯다르타** 헤세·박병덕 옮김  노벨 문학상 수상 작가

**59·60 아들과 연인** 로렌스·정상준 옮김  《뉴스위크》 선정 100대 명저

**61 설국** 가와바타 야스나리·유숙자 옮김  노벨 문학상 수상 작가 | 서울대 권장도서 100선

**62 벨킨 이야기·스페이드 여왕** 푸슈킨·최선 옮김

**63·64 넙치** 그라스·김재혁 옮김  노벨 문학상 수상 작가

**65 소망 없는 불행** 한트케·윤용호 옮김  노벨 문학상 수상 작가

**66 나르치스와 골드문트** 헤세·임홍배 옮김  노벨 문학상 수상 작가

**67 황야의 이리** 헤세·김누리 옮김  노벨 문학상 수상 작가

**68 페테르부르크 이야기** 고골·조주관 옮김

**69 밤으로의 긴 여로** 오닐·민승남 옮김  노벨 문학상 수상 작가 | 미국대학위원회 선정 SAT 추천도서

**70 체호프 단편선** 체호프·박현섭 옮김

**71 버스 정류장** 가오싱젠·오수경 옮김  노벨 문학상 수상 작가

**72 구운몽** 김만중·송성욱 옮김  서울대 권장도서 100선 | 국립중앙도서관 선정 청소년 권장도서

**73 대머리 여가수** 이오네스코·오세곤 옮김

**74 이솝 우화집** 이솝·유종호 옮김  논술 및 수능에 출제된 책(1998~2005)

**75 위대한 개츠비** 피츠제럴드·김욱동 옮김  《타임》 선정 현대 100대 영문소설

**76 푸른 꽃** 노발리스·김재혁 옮김

**77 1984** 오웰·정회성 옮김  《타임》 선정 현대 100대 영문소설 | 《뉴스위크》 선정 100대 명저

**78·79 영혼의 집** 아옌데·권미선 옮김

**80 첫사랑** 투르게네프·이항재 옮김

**81 내가 죽어 누워 있을 때** 포크너·김명주 옮김  노벨 문학상 수상 작가

**82 런던 스케치** 레싱·서숙 옮김  노벨 문학상 수상 작가

**83 팡세** 파스칼·이환 옮김

**84 질투** 로브그리예·박이문, 박희원 옮김

**85·86 채털리 부인의 연인** 로렌스·이인규 옮김

**87 그 후** 나쓰메 소세키·윤상인 옮김

**88 오만과 편견** 오스틴·윤지관, 전승희 옮김  미국대학위원회 선정 SAT 추천도서

**89·90 부활** 톨스토이·연진희 옮김  논술 및 수능에 출제된 책(1998~2005)

**91 방드르디, 태평양의 끝** 투르니에·김화영 옮김

**92 미겔 스트리트** 나이폴·이상옥 옮김  노벨 문학상 수상 작가

**93 뻬드로 빠라모** 룰포·정창 옮김

**94** 차라투스트라는 이렇게 말했다 니체·장희창 옮김  국립중앙도서관 선정 청소년 권장도서

**95·96** 적과 흑 스탕달·이동렬 옮김  국립중앙도서관 선정 청소년 권장도서

**97·98** 콜레라 시대의 사랑 마르케스·송병선 옮김  노벨 문학상 수상 작가 | BBC 선정 꼭 읽어야 할 책

**99** 맥베스 셰익스피어·최종철 옮김  서울대 권장도서 100선 | 미국대학위원회 선정 SAT 추천도서

**100** 춘향전 작자 미상·송성욱 풀어 옮김  서울대 권장도서 100선

**101** 페르디두르케 곰브로비치·윤진 옮김

**102** 포르노그라피아 곰브로비치·임미경 옮김

**103** 인간 실격 다자이 오사무·김춘미 옮김

**104** 네루다의 우편배달부 스카르메타·우석균 옮김

**105·106** 이탈리아 기행 괴테·박찬기 외 옮김

**107** 나무 위의 남작 칼비노·이현경 옮김

**108** 달콤 쌉싸름한 초콜릿 에스키벨·권미선 옮김

**109·110** 제인 에어 C. 브론테·유종호 옮김  BBC 선정 꼭 읽어야 할 책

**111** 크눌프 헤세·이노은 옮김  노벨 문학상 수상 작가

**112** 시계태엽 오렌지 버지스·박시영 옮김  《타임》 선정 현대 100대 영문소설 | 《뉴스위크》 선정 100대 명저

**113·114** 파리의 노트르담 위고·정기수 옮김  미국대학위원회 선정 SAT 추천도서

**115** 새로운 인생 단테·박우수 옮김

**116·117** 로드 짐 콘래드·이상옥 옮김  《뉴스위크》 선정 100대 명저

**118** 폭풍의 언덕 E. 브론테·김종길 옮김  미국대학위원회 선정 SAT 추천도서

**119** 텔크테에서의 만남 그라스·안삼환 옮김  노벨 문학상 수상 작가

**120** 검찰관 고골·조주관 옮김

**121** 안개 우나무노·조민현 옮김

**122** 나사의 회전 제임스·최경도 옮김  미국대학위원회 선정 SAT 추천도서

**123** 피츠제럴드 단편선 1 피츠제럴드·김욱동 옮김

**124** 목화밭의 고독 속에서 콜테스·임수현 옮김

**125** 돼지꿈 황석영

**126** 라셀라스 존슨·이인규 옮김

**127** 리어 왕 셰익스피어·최종철 옮김  서울대 권장도서 100선 | 《뉴스위크》 선정 100대 명저

**128·129** 쿠오 바디스 시엔키에비츠·최성은 옮김  노벨 문학상 수상 작가

**130** 자기만의 방·3기니 울프·이미애 옮김

**131** 시르트의 바닷가 그라크·송진석 옮김

**132** 이성과 감성 오스틴·윤지관 옮김

**133** 바덴바덴에서의 여름 치프킨·이장욱 옮김

**134** 새로운 인생 파묵·이난아 옮김  노벨 문학상 수상 작가

**135·136** 무지개 로렌스·김정매 옮김

**137** 인생의 베일 서머싯 몸·황소연 옮김

**138** 보이지 않는 도시들 칼비노·이현경 옮김

**139·140·141** 연초 도매상 바스·이운경 옮김  《타임》 선정 현대 100대 영문소설

**142·143** 플로스 강의 물방앗간 엘리엇·한애경, 이봉지 옮김  미국대학위원회 선정 SAT 추천도서

**144** 연인 뒤라스·김인환 옮김

**145·146** 이름 없는 주드 하디·정종화 옮김

**147** 제49호 품목의 경매 핀천·김성곤 옮김  《타임》 선정 현대 100대 영문소설

**148** 성역 포크너·이진준 옮김  노벨 문학상 수상 작가 | 퓰리처상 수상 작가

**149** 무진기행 김승옥

**150·151·152** 신곡(지옥편·연옥편·천국편) 단테·박상진 옮김  《뉴스위크》 선정 100대 명저

**153** 구덩이 플라토노프·정보라 옮김

**154·155·156** 카라마조프가의 형제들 도스토옙스키·김연경 옮김

**157** 지상의 양식 지드·김화영 옮김  노벨 문학상 수상 작가

**158** 밤의 군대들 메일러·권택영 옮김  퓰리처상 수상 작가

**159** 주홍 글자 호손·김욱동 옮김  서울대 권장도서 100선 | 미국대학위원회 선정 SAT 추천도서

**160** 깊은 강 엔도 슈사쿠·유숙자 옮김

**161** 욕망이라는 이름의 전차 윌리엄스·김소임 옮김

**162** 마사 퀘스트 레싱·나영균 옮김  노벨 문학상 수상 작가

**163·164** 운명의 딸 아옌데·권미선 옮김

**165** 모렐의 발명 비오이 카사레스·송병선 옮김

**166** 삼국유사 일연·김원중 옮김  서울대 권장도서 100선

**167** 풀잎은 노래한다 레싱·이태동 옮김  노벨 문학상 수상 작가

**168** 파리의 우울 보들레르·윤영애 옮김

**169** 포스트맨은 벨을 두 번 울린다 케인·이만식 옮김

**170** 썩은 잎 마르케스·송병선 옮김  노벨 문학상 수상 작가

**171** 모든 것이 산산이 부서지다 아체베·조규형 옮김  《타임》 선정 현대 100대 영문소설

**172** 한여름 밤의 꿈 셰익스피어·최종철 옮김  미국대학위원회 선정 SAT 추천도서

**173** 로미오와 줄리엣 셰익스피어·최종철 옮김  미국대학위원회 선정 SAT 추천도서

**174·175** 분노의 포도 스타인벡·김승욱 옮김  노벨 문학상 수상 작가 | 《타임》 선정 현대 100대 영문소설

**176·177** 괴테와의 대화 에커만·장희창 옮김

**178** 그물을 헤치고 머독·유종호 옮김  《타임》 선정 현대 100대 영문소설

**179** 브람스를 좋아하세요... 사강·김남주 옮김

**180** 카타리나 블룸의 잃어버린 명예 하인리히 뵐·김연수 옮김  노벨 문학상 수상 작가

**181·182** 에덴의 동쪽 스타인벡·정회성 옮김  노벨 문학상 수상 작가

**183** 순수의 시대 워튼·송은주 옮김  《뉴스위크》 선정 100대 명저 | 퓰리처상 수상작

**184** 도둑 일기 주네·박형섭 옮김

**185** 나자 브르통·오생근 옮김

**186·187** 캐치-22 헬러·안정효 옮김  《타임》 선정 현대 100대 영문소설 | 《뉴스위크》 선정 100대 명저 | BBC 선정 꼭 읽어야 할 책

**188** 솔로호프 단편선 솔로호프·이항재 옮김  노벨 문학상 수상 작가

**189** 말 사르트르·정명환 옮김

**190·191** 보이지 않는 인간 엘리슨·조영환 옮김  《타임》 선정 현대 100대 영문소설

**192** 왑샷 가문 연대기 치버·김승욱 옮김  퓰리처상 수상 작가

**193** 왑샷 가문 몰락기 치버·김승욱 옮김  퓰리처상 수상 작가

**194** 필립과 다른 사람들 노터봄·지명숙 옮김

**195·196** 하드리아누스 황제의 회상록 유르스나르·곽광수 옮김

**197·198** 소피의 선택 스타이런·한정아 옮김  퓰리처상 수상 작가

**199** 피츠제럴드 단편선 2 피츠제럴드·한은경 옮김

**200** 홍길동전 허균·김탁환 옮김

201 요술 부지깽이 쿠버 · 양윤희 옮김

202 북호텔 다비 · 원윤수 옮김

203 톰 소여의 모험 트웨인 · 김욱동 옮김

204 금오신화 김시습 · 이지하 옮김

205·206 테스 하디 · 정종화 옮김  미국대학위원회 선정 SAT 추천도서 | BBC 선정 꼭 읽어야 할 책

207 브루스터플레이스의 여자들 네일러 · 이소영 옮김

208 더 이상 평안은 없다 아체베 · 이소영 옮김

209 그레인지 코플랜드의 세 번째 인생 워커 · 김시현 옮김  퓰리처상 수상 작가

210 어느 시골 신부의 일기 베르나노스 · 정영란 옮김

211 타라스 불바 고골 · 조주관 옮김

212·213 위대한 유산 디킨스 · 이인규 옮김  서울대 권장도서 100선 | BBC 선정 꼭 읽어야 할 책

214 면도날 서머싯 몸 · 안진환 옮김

215·216 성채 크로닌 · 이은정 옮김

217 오이디푸스 왕 소포클레스 · 강대진 옮김  서울대 권장도서 100선

218 세일즈맨의 죽음 밀러 · 강유나 옮김

219·220·221 안나 카레니나 톨스토이 · 연진희 옮김  서울대 권장도서 100선

222 오스카 와일드 작품선 와일드 · 정영목 옮김

223 벨아미 모파상 · 송덕호 옮김

224 파스쿠알 두아르테 가족 호세 셀라 · 정동섭 옮김  노벨 문학상 수상 작가

225 시칠리아에서의 대화 비토리니 · 김운찬 옮김

226·227 길 위에서 케루악 · 이만식 옮김  《타임》 선정 현대 100대 영문소설 | 《뉴스위크》 선정 100대 명저

228 우리 시대의 영웅 레르몬토프 · 오정미 옮김

229 아우라 푸엔테스 · 송상기 옮김

230 클링조어의 마지막 여름 헤세 · 황승환 옮김  노벨 문학상 수상 작가

231 리스본의 겨울 무뇨스 몰리나 · 나송주 옮김

232 뻐꾸기 둥지 위로 날아간 새 키지 · 정회성 옮김  《타임》 선정 현대 100대 영문소설

233 페널티킥 앞에 선 골키퍼의 불안 한트케 · 윤용호 옮김  노벨 문학상 수상 작가

234 참을 수 없는 존재의 가벼움 쿤데라 · 이재룡 옮김

235·236 바다여, 바다여 머독 · 최옥영 옮김

237 한 줌의 먼지 에벌린 워 · 안진환 옮김  《타임》 선정 현대 100대 영문소설

238 뜨거운 양철 지붕 위의 고양이 · 유리 동물원 윌리엄스 · 김소임 옮김  퓰리처상 수상작

239 지하로부터의 수기 도스토옙스키 · 김연경 옮김

240 키메라 바스 · 이운경 옮김

241 반쪼가리 자작 칼비노 · 이현경 옮김

242 벌집 호세 셀라 · 남진희 옮김  노벨 문학상 수상 작가

243 불멸 쿤데라 · 김병욱 옮김

244·245 파우스트 박사 토마스 만 · 임홍배, 박병덕 옮김  노벨 문학상 수상 작가

246 사랑할 때와 죽을 때 레마르크 · 장희창 옮김

247 누가 버지니아 울프를 두려워하랴? 올비 · 강유나 옮김

248 인형의 집 입센 · 안미란 옮김

249 위폐범들 지드 · 원윤수 옮김  노벨 문학상 수상 작가

250 무정 이광수 · 정영훈 책임 편집  서울대 권장도서 100선

**251·252** 의지와 운명 푸엔테스·김현철 옮김

**253** 폭력적인 삶 파솔리니·이승수 옮김

**254** 거장과 마르가리타 불가코프·정보라 옮김

**255·256** 경이로운 도시 멘도사·김현철 옮김

**257** 야콥을 둘러싼 추측들 욘존·손대영 옮김

**258** 왕자와 거지 트웨인·김욱동 옮김

**259** 존재하지 않는 기사 칼비노·이현경 옮김

**260·261** 눈먼 암살자 애트우드·차은정 옮김 《타임》 선정 현대 100대 영문소설

**262** 베니스의 상인 셰익스피어·최종철 옮김

**263** 말리나 바흐만·남정애 옮김

**264** 사볼타 사건의 진실 멘도사·권미선 옮김

**265** 뒤렌마트 희곡선 뒤렌마트·김혜숙 옮김

**266** 이방인 카뮈·김화영 옮김 노벨 문학상 수상 작가 | 미국대학위원회 선정 SAT 추천도서

**267** 페스트 카뮈·김화영 옮김 노벨 문학상 수상 작가 | 국립중앙도서관 선정 청소년 권장도서

**268** 검은 튤립 뒤마·송진석 옮김

**269·270** 베를린 알렉산더 광장 되블린·김재혁 옮김

**271** 하얀 성 파묵·이난아 옮김 노벨 문학상 수상 작가

**272** 푸슈킨 선집 푸슈킨·최선 옮김

**273·274** 유리알 유희 헤세·이영임 옮김 노벨 문학상 수상 작가

**275** 픽션들 보르헤스·송병선 옮김 서울대 권장도서 100선

**276** 신의 화살 아체베·이소영 옮김

**277** 빌헬름 텔·간계와 사랑 실러·홍성광 옮김

**278** 노인과 바다 헤밍웨이·김욱동 옮김 노벨 문학상 수상 작가 | 퓰리처상 수상작

**279** 무기여 잘 있어라 헤밍웨이·김욱동 옮김 미국대학위원회 선정 SAT 추천도서

**280** 태양은 다시 떠오른다 헤밍웨이·김욱동 옮김 《타임》 선정 현대 100대 영문 소설

**281** 알레프 보르헤스·송병선 옮김

**282** 일곱 박공의 집 호손·정소영 옮김

**283** 에마 오스틴·윤지관, 김영희 옮김

**284·285** 죄와 벌 도스토옙스키·김연경 옮김 미국대학위원회 선정 SAT 추천도서

**286** 시련 밀러·최영 옮김

**287** 모두가 나의 아들 밀러·최영 옮김

**288·289** 누구를 위하여 종은 울리나 헤밍웨이·김욱동 옮김 노벨 문학상 수상 작가

**290** 구르브 연락 없다 멘도사·정창 옮김

**291·292·293** 데카메론 보카치오·박상진 옮김

**294** 나누어진 하늘 볼프·전영애 옮김

**295·296** 제브데트 씨와 아들들 파묵·이난아 옮김 노벨 문학상 수상 작가

**297·298** 여인의 초상 제임스·최경도 옮김 미국대학위원회 선정 SAT 추천도서

**299** 압살롬, 압살롬! 포크너·이태동 옮김 노벨 문학상 수상 작가

**300** 이상 소설 전집 이상·권영민 책임 편집

**301·302·303·304·305** 레 미제라블 위고·정기수 옮김

**306** 관객모독 한트케·윤용호 옮김 노벨 문학상 수상 작가

**307** 더블린 사람들 조이스·이종일 옮김

308 에드거 앨런 포 단편선 앨런 포·전승희 옮김  미국대학위원회 선정 SAT 추천도서

309 보이체크·당통의 죽음 뷔히너·홍성광 옮김

310 노르웨이의 숲 무라카미 하루키·양억관 옮김

311 운명론자 자크와 그의 주인 디드로·김희영 옮김

312·313 헤밍웨이 단편선 헤밍웨이·김욱동 옮김  노벨 문학상 수상 작가

314 피라미드 골딩·안지현 옮김  노벨 문학상 수상 작가

315 닫힌 방·악마와 선한 신 사르트르·지영래 옮김

316 등대로 울프·이미애 옮김  《타임》 선정 현대 100대 영문소설 | 《뉴스위크》 선정 100대 명저

317·318 한국 희곡선 송영 외·양승국 엮음

319 여자의 일생 모파상·이동렬 옮김

320 의식 노터봄·김영중 옮김

321 육체의 악마 라디게·원윤수 옮김

322·323 감정 교육 플로베르·지영화 옮김

324 불타는 평원 룰포·정창 옮김

325 위대한 몬느 알랭푸르니에·박영근 옮김

326 라쇼몬 아쿠타가와 류노스케·서은혜 옮김

327 반바지 당나귀 보스코·정영란 옮김

328 정복자들 말로·최윤주 옮김

329·330 우리 동네 아이들 마흐푸즈·배혜경 옮김  노벨 문학상 수상 작가

331·332 개선문 레마르크·장희창 옮김

333 사바나의 개미 언덕 아체베·이소영 옮김

334 게걸음으로 그라스·장희창 옮김  노벨 문학상 수상 작가

335 코스모스 곰브로비치·최성은 옮김

336 좁은 문·전원교향곡·배덕자 지드·동성식 옮김  노벨 문학상 수상 작가

337·338 암 병동 솔제니친·이영의 옮김  노벨 문학상 수상 작가

339 피의 꽃잎들 응구기 와 시옹오·왕은철 옮김

340 운명 케르테스·유진일 옮김  노벨 문학상 수상 작가

341·342 벌거벗은 자와 죽은 자 메일러·이운경 옮김  퓰리처상 수상 작가

343 시지프 신화 카뮈·김화영 옮김  노벨 문학상 수상 작가

344 뇌우 차오위·오수경 옮김

345 모옌 중단편선 모옌·심규호, 유소영 옮김  노벨 문학상 수상 작가

346 일야서 한사오궁·심규호, 유소영 옮김

347 상속자들 골딩·안지현 옮김  노벨 문학상 수상 작가

348 설득 오스틴·전승희 옮김

349 히로시마 내 사랑 뒤라스·방미경 옮김

350 오 헨리 단편선 오 헨리·김희용 옮김

351·352 올리버 트위스트 디킨스·이인규 옮김

353·354·355·356 전쟁과 평화 톨스토이·연진희 옮김

357 다시 찾은 브라이즈헤드 에벌린 워·백지민 옮김

358 아무도 대령에게 편지하지 않다 마르케스·송병선 옮김

359 사양 다자이 오사무·유숙자 옮김

360 좌절 케르테스·한경민 옮김  노벨 문학상 수상 작가

361·362 닥터 지바고 파스테르나크 · 김연경 옮김  노벨 문학상 수상 작가

363 노생거 사원 오스틴 · 윤지관 옮김

364 개구리 모옌 · 심규호, 유소영 옮김  노벨 문학상 수상 작가

365 마왕 투르니에 · 이원복 옮김  공쿠르상 수상 작가

366 맨스필드 파크 오스틴 · 김영희 옮김

367 이선 프롬 이디스 워튼 · 김욱동 옮김  퓰리처상 수상 작가

368 여름 이디스 워튼 · 김욱동 옮김  퓰리처상 수상 작가

369·370·371 나는 고백한다 자우메 카브레 · 권가람 옮김

372·373·374 태엽 감는 새 연대기 무라카미 하루키 · 김연경 옮김

375·376 대사들 제임스 · 정소영 옮김

377 족장의 가을 마르케스 · 송병선 옮김  노벨 문학상 수상 작가

378 핏빛 자오선 매카시 · 김시현 옮김

379 모두 다 예쁜 말들 매카시 · 김시현 옮김

380 국경을 넘어 매카시 · 김시현 옮김

381 평원의 도시들 매카시 · 김시현 옮김

382 만년 다자이 오사무 · 유숙자 옮김

383 반항하는 인간 카뮈 · 김화영 옮김  노벨 문학상 수상 작가

384·385·386 악령 도스토옙스키 · 김연경 옮김

387 태평양을 막는 제방 뒤라스 · 윤진 옮김

388 남아 있는 나날 가즈오 이시구로 · 송은경 옮김

389 앙리 브륄라르의 생애 스탕달 · 원윤수 옮김

390 찻집 라오서 · 오수경 옮김

391 태어나지 않은 아이를 위한 기도 케르테스 · 이상동 옮김  노벨 문학상 수상 작가

392·393 서머싯 몸 단편선 서머싯 몸 · 황소연 옮김

394 케이크와 맥주 서머싯 몸 · 황소연 옮김

395 월든 소로 · 정회성 옮김

396 모래 사나이 E. T. A. 호프만 · 신동화 옮김

397·398 검은 책 오르한 파묵 · 이난아 옮김  노벨 문학상 수상 작가

399 방랑자들 올가 토카르추크 · 최성은 옮김  노벨 문학상 수상 작가

400 시여, 침을 뱉어라 김수영 · 이영준 엮음

401·402 환락의 집 이디스 워튼 · 전승희 옮김

403 달려라 메로스 다자이 오사무 · 유숙자 옮김

404 아버지와 자식 투르게네프 · 연진희 옮김

405 청부 살인자의 성모 바예호 · 송병선 옮김

406 세피아빛 초상 아옌데 · 조영실 옮김

407·408·409·410 사기 열전 사마천 · 김원중 옮김  서울대 권장도서 100선

411 이상 시 전집 이상 · 권영민 책임 편집

412 어둠 속의 사건 발자크 · 이동렬 옮김

413 태평천하 채만식 · 권영민 책임 편집

414·415 노스트로모 콘래드 · 이미애 옮김

416·417 제르미날 졸라 · 강충권 옮김

418 명인 가와바타 야스나리 · 유숙자 옮김  노벨 문학상 수상 작가

419 핀처 마틴 골딩 · 백지민 옮김  노벨 문학상 수상 작가

세계문학전집은 계속 간행됩니다.